D1931154

JODI
COMPTON

JODI
COMPTON

36:00
STUNDEN

Aus dem Amerikanischen
von Sabine Lohmann

HEYNE

Die Originalausgabe erschien unter dem Titel
The 37th Hour
bei Bantam Dell, New York

Redaktion: Katrin Oberländer

Copyright © 2003 by Jodi Compton
© 2004 der deutschen Ausgabe by
Wilhelm Heyne Verlag, München
in der Verlagsgruppe Random House GmbH
Herstellung: Helga Schörnig
Satz: Christine Roithner Verlagsservice, Breitenaich
Druck und Bindung: GGP-Media, Pößneck
Printed in Germany

ISBN 3-453-87926-0

Kapitel I

Es gibt Fälle, die sich ihren Ermittler suchen und nicht umgekehrt. Draußen auf der Straße, ob im Dienst oder nicht, sieht ein Polizist zwei Burschen mit Baseballkappen und Sonnenbrillen aus einer Bankfiliale stürzen, als sei ihnen der Leibhaftige auf den Fersen. Tja, und zufällig ist die Polizei schon zur Stelle, noch bevor der Alarmruf bei der Zentrale eingeht.

Bei Vermissten verhält es sich allerdings ein wenig anders. Die Leute, nach denen man sucht, sind meist schon tot, unbekannt verzogen oder irgendwo untergetaucht. In der Regel halten sie sich nicht an auffälligen Orten auf, als legten sie es geradezu darauf an, dass man über sie stolpert. Ellie Bernhardt, vierzehn Jahre alt, erwies sich als Ausnahme von der Regel.

Gestern war Ellies Schwester zu mir nach Minneapolis gekommen, den ganzen langen Weg von Bemidji, im Nordwesten von Minnesota. Ainsley Carter war einundzwanzig, höchstens zweiundzwanzig, schmal und blond, von einer schüchternen, verhaltenen Schönheit, wie sie dieser Art von Blondinen eigen ist. Sie schien keinen besonderen Wert darauf zu legen, ihr Aussehen zu betonen, und war ungeschminkt, abgesehen von einem Hauch Wimperntusche und Abdeckstift, um die Schatten einer schlaflosen Nacht zu kaschieren. Sie trug Jeans und ein weißes Hemd mit langen blauen Ärmeln, an der rechten Hand einen schlichten Silberreif, an der linken einen winzigen Brillanten.

»Ich glaube, meine Schwester ist hier irgendwo in der Stadt«, sagte sie, nachdem ich ihr den Besucherstuhl vor meinem Schreibtisch und eine Tasse Kaffee angeboten hatte. »Sie ist vorgestern nicht von der Schule heimgekommen.«

»Haben Sie die Polizei in Bemidji schon verständigt?«

»In Thief River Falls«, sagte sie. »Da wohnt Ellie noch mit

unserem Vater. Mein Mann und ich sind nach der Hochzeit weggezogen. Natürlich haben wir bereits Vermisstenanzeige erstattet, aber ich glaube, sie ist hier. Ich glaube, sie ist von zu Hause weggelaufen.«

»Hat sie eine Reisetasche, die jetzt nicht mehr da ist?«

Ainsley legte den Kopf schief und überlegte. »Nein, aber ihre Schultasche ist ziemlich groß, und als ich ihre Sachen durchgesehen habe, kam es mir vor, als fehlte einiges. Dinge, die sie nicht in die Schule mitnehmen, aber sicher einpacken würde, falls sie von daheim weg wollte.«

»Was denn zum Beispiel?«

»Nun ja, zum Beispiel ein Foto von unserer Mutter«, sagte Ainsley. »Mom ist vor sechs Jahren gestorben. Dann habe ich geheiratet, und Joe und ich sind weggezogen. Seitdem ist Ellie mit Dad allein geblieben.«

Langsam schien aus den allgemeinen Hintergrundinformationen ein persönlicheres Bild zu entstehen, also sagte ich vorerst nichts und ließ es sich nach und nach entfalten.

»Natürlich hatte Ellie die übliche Anzahl Freundinnen. Sie war vielleicht ein bisschen zurückhaltend, aber nicht einsam. Doch im letzten Jahr, meint Dad, seien all diese Freundschaften abgekühlt. Ich glaube, das lag einfach daran, dass Ellie so hübsch geworden war. Mit einem Mal war sie hoch aufgeschossen, entwickelte weibliche Formen, und sie hatte so ein süßes Gesicht. Es war das gleiche Jahr, in dem sie auf die Highschool wechselte, und das ist ja stets eine tiefgreifende Veränderung. Wahrscheinlich sahen die Mädchen sie plötzlich mit anderen Augen, genauso wie die Jungs.«

»Jungs?«, hakte ich nach.

»Seit Ellie dreizehn war oder so, waren sie hinter ihr her, vor allem die älteren Jungs, meint jedenfalls Dad. Es macht ihm ziemliche Sorgen.«

»Hat Ellie sich öfter mit jemand Älterem getroffen, irgendwem, dem Ihr Vater vielleicht nicht traute?«

»Nein«, sagte Ainsley. »Soweit er weiß, hat sie sich mit überhaupt niemandem verabredet. Aber mir ist das alles nicht so ganz geheuer.« Sie hielt einen Moment inne. »Dad ist schon fast siebzig. Er redet nicht über solche Mädchendinge mit uns, das hat er nie getan. Aus dem, was er sagt, lässt sich also schlecht abschätzen, wie es in Ellies Leben wirklich aussieht. Ich versuch ja immer, sie am Telefon zum Reden zu bringen, aber das ist nicht das Gleiche, wie dort zu sein. Ich glaube, sie hat überhaupt keinen, dem sie sich anvertrauen kann.«

»Ainsley«, sagte ich behutsam, »wenn Sie mit Ellie sprechen, wenn Sie sie zu Hause besuchen, haben Sie da je das Gefühl, dass irgendwas mit ihrer Beziehung zu ihrem Vater nicht stimmt?«

Sie begriff sofort, worauf ich hinauswollte. »Oh, Gott, nein«, sagte sie, und ihr Tonfall ließ keinerlei Zweifel zu. Sie hob ihre Kaffeetasse an die Lippen; der Blick ihrer blauen Augen schien anzudeuten, dass sie die nächste Frage erwartete.

Ich fuhr mir nachdenklich mit der Zunge über die Zähne, klopfte mit dem Kuli auf meinen Notizblock.

»Wenn ich Sie recht verstehe, sind Sie besorgt, weil Ellie keine Freundinnen oder weiblichen Verwandten in ihrem Umkreis hat, mit denen sie offen reden könnte. Was zwar bedauerlich für sie ist, wie ich annehme, aber doch wohl kaum eine Krisensituation darstellt, vor der sie Hals über Kopf hätte flüchten müssen. Können Sie sich vielleicht irgendeinen konkreten Grund für ihre Flucht vorstellen?«

»Nun ja«, sagte Ainsley zögernd, »ich habe mit ihren Freundinnen gesprochen. Ihren Mitschülerinnen, meine ich.«

»Und was haben sie gesagt?«

»Nicht viel. Sie waren etwas verlegen, vielleicht sogar schuldbewusst. Ellie ist weggelaufen, und ich bin ihre Schwester. Da dachten sie wohl, ich würde ihnen vorwerfen, dass sie nicht netter oder kameradschaftlicher zu ihr waren.«

»Keine brauchbaren Hinweise?«, drängte ich.

»Eins der Mädchen sagte, es hätte Gerüchte gegeben.«

»Was für Gerüchte?«

»Dass Ellie sexuell aktiv war, vermutlich. Ich hab versucht, mehr aus ihr herauszuholen, aber die anderen beiden Mädchen haben sich gleich eingemischt: ›Sie wissen doch, wie die Leute so tratschen‹, haben sie gesagt. So in der Art. Mehr hab ich nicht aus ihnen herausbringen können.«

Ich nickte. »Aber Sie sagten, Ellie hätte sich nicht mit Jungs verabredet. Es scheint demnach wenig Anlass zu solchen Gerüchten gegeben zu haben.«

»Dad ließ sie manchmal bei Freundinnen übernachten.« Ainsley griff nach ihrer Tasse, trank aber nicht. »Er dachte, das wären reine Mädchenpartys, aber wer weiß. Man hört ja so allerhand, was die Kids heutzutage in immer jüngerem Alter schon anstellen …« Ihre Stimme verebbte, als wollte sie lieber nicht näher darauf eingehen.

»Na gut«, sagte ich. »Vielleicht hat das ja auch gar nichts mit dem Grund ihres Ausreißens zu tun.«

»Ich wünschte, wir könnten sie bei uns aufnehmen«, setzte Ainsley ihren Gedankengang fort. »Ich hab mit Joe darüber gesprochen, aber er meint, wir hätten nicht genug Platz.« Sie drehte den Brillantring an ihrem Finger hin und her.

»Wieso glauben Sie, dass sie hier in der Stadt ist?«

»Es gefällt ihr hier«, sagte Ainsley schlicht.

Die Antwort war durchaus plausibel. Jugendliche Ausreißer zog es oft in die nächste Großstadt. Das Leben in der Stadt schien immer voller Verheißungen.

»Haben Sie ein Foto von Ellie dabei?«

»Natürlich«, sagte sie. »Ich hab extra eins für Sie mitgebracht.«

Das Foto von Ellie zeigte ein sehr hübsches Mädchen, die Haare von dunklerem Blond als die ihrer Schwester, die Augen grün statt blau wie bei Ainsley. Sie hatte ein paar kindliche Sommersprossen über der Nase und einen munteren, aber etwas unpersönlichen Gesichtsausdruck, wie es bei Schulfotos oft der Fall ist.

»Es ist von letztem Jahr«, sagte sie. »An ihrer Schule sagten sie, die neuen seien gerade erst gemacht worden und nicht vor nächster Woche erhältlich.« Es war jetzt Anfang Oktober.

»Haben Sie noch einen Abzug, den Sie verwenden können?«

»Wieso ich?«

»Ich habe noch eine Menge anderer Fälle zu bearbeiten«, erklärte ich. »Sie dagegen können Ihre ganze Zeit der Suche nach Ellie widmen. Und das sollten Sie auch tun.«

»Ach, ich dachte …« Ainsley schaute etwas enttäuscht drein.

»Ich werde selbstverständlich alles tun, was ich kann«, versicherte ich ihr. »Aber im Moment sind Sie Ellies beste Anwältin. Zeigen Sie ihr Foto überall herum. In Hotels, bei Obdachlosen, bei den Pfarrern und Sozialarbeitern, die Unterkünfte für Obdachlose betreuen … eben bei allen, die Ellie gesehen haben könnten. Machen Sie Farbfotokopien mit einer Personenbeschreibung und hängen Sie sie überall auf, wo man Sie nur lässt. Machen Sie die Suche zu Ihrem Ganztagsjob.«

Ainsley Carter hatte mich verstanden; sie war gegangen, um zu tun, was ich ihr aufgetragen hatte.

Aber dann war doch ich es, die Ellie fand, und zwar durch puren Zufall.

Am nächsten Vormittag war ich zu einem Hotel am äußersten Stadtrand gefahren. Eine der Angestellten dort meinte, einen Mann mit einem Jungen gesehen zu haben, der in einem Fall von elterlicher Entführung gesucht wurde, und ich war gebeten worden, mich darum zu kümmern.

Ich hatte mit allen möglichen Arten von Verbrechen zu tun, wie jeder Kriminalbeamte der Bezirkspolizei, doch die Vermisstenfälle waren das Spezialgebiet meiner Partnerin, und so waren sie allmählich auch zu dem meinen geworden.

Besagter Vater mit Sohn war gerade dabei, sein Gepäck in einen alten Ford-Kombi zu laden, als ich dort ankam.

Der Junge war mindestens zwei Jahre älter und einen halben Kopf größer als der, nach dem ich suchte. Ich wollte trotzdem wissen, wieso er nicht in der Schule war, aber sie sagten, sie seien auf dem Rückweg von einer Beerdigung.

Ich wünschte ihnen gute Fahrt und ging zurück zur Rezeption, um der Hotelangestellten für ihre Hilfsbereitschaft zu danken.

Auf der Rückfahrt, kurz bevor ich zum Fluss kam, sah ich einen Streifenwagen, der an der Böschung zwischen der Straße und den Bahngleisen parkte.

Eine uniformierte Polizistin stand neben dem Wagen und blickte nach Süden, fast als bewachte sie die Bahntrasse. Hinter ihr führten die Gleise zu einer Bockbrücke über den Fluss, und ich sah die breitschultrige Silhouette eines zweiten Beamten, der auf die Brücke hinausging.

Die Szene kam mir so merkwürdig vor, dass ich spontan anhielt. »Was ist los?«, fragte ich die Polizistin, als sie auf meinen Wagen zukam, und zückte meine Dienstmarke, um ihrer Aufforderung zum Weiterfahren zuvorzukommen.

Obwohl ihre Miene sich etwas entspannte, ging sie nicht weg, nahm nicht mal ihre verspiegelte Sonnenbrille ab, sodass ich mein Gesicht in den Gläsern sah, verzerrt wie durch eine Fischlinse. »Officer Moore«, las ich auf ihrem Namensschild.

»Sie sind mir gleich bekannt vorgekommen«, sagte Moore. Und dann, als Antwort auf meine Frage, kurz und knapp: »Ein Springer.«

»Wo?« Ich sah nur Moores Partner, der jetzt mitten auf der Eisenbahnbrücke stand, aber sonst niemanden.

»Sie ist auf das Gerüst runtergeklettert«, sagte Moore. »Sie können sie von hier aus gerade noch sehen. Ist noch ein halbes Kind.«

Ich reckte den Hals und erblickte eine schmale Gestalt zwischen den Brückenbalken; honigblondes Haar schimmerte kurz in der Sonne auf.

»Ein junges Mädchen? So um vierzehn Jahre alt?«

»Ja, genau«, sagte Moore.

»Wo kann ich hier parken?«

Der Schotterweg hinaus auf die Eisenbahnbrücke führte abwechselnd durch Licht- und Schattenstreifen, die nicht nur vom Brückenaufbau über den Gleisen herkamen, sondern auch von der Sonne, die immer wieder zwischen den Wolken verschwand und wieder hervorbrach.

»Ich dachte, wir hätten die Wasserwacht angefordert«, sagte Moores Partner zur Begrüßung ein bisschen perplex, als ich auf ihn zukam.

Ich kannte ihn vom Sehen, wusste aber nicht mehr genau, wie er hieß. Irgendwas mit V. Er war ein paar Jahre jünger als ich, fünfundzwanzig oder so. Gut aussehend, Latinotyp.

»Niemand hat mich hergeschickt, Officer Vignale«, sagte ich. Sein Name war mir wieder eingefallen, bevor ich ihn ablesen musste. »Ich bin nur zufällig vorbeigekommen. Was ist denn los?«

»Sie ist immer noch da unten, Detective …«

»Pribek«, sagte ich. »Sarah Pribek. Haben Sie versucht, mit ihr zu reden?«

»Ich habe Angst, sie zu erschrecken. Sie könnte leicht das Gleichgewicht verlieren und hinunterstürzen.« Ich drehte mich um, beugte mich über das Geländer und spähte hinunter. Und tatsächlich, da stand sie noch, sprungbereit, die Hände auf einem schrägen Balken über ihr. Eine milde Brise fächelte ihr durchs Haar, das genau Ellie Bernhardts Farbe hatte.

»Sie ist aus Thief River Falls weggelaufen«, sagte ich. »Scheint mir jedenfalls ganz so. Ihre ältere Schwester war gestern da und hat Vermisstenanzeige erstattet.«

Vignale nickte. »Die Wasserwacht schickt uns ein Boot, falls wir sie rausfischen müssen.«

Ich blickte auf Ellie und das Wasser unter ihr hinab.

Ellie hatte sich eine besonders niedrige Brücke für ihr Vorhaben ausgesucht, und das allein war schon sonderbar.

Ich verstand nicht viel von Psychologie, aber ich wusste, dass ein Selbstmordversuch, der auf Überleben abzielt, oft als Hilferuf gemeint ist.

Aber vielleicht war Ellie auch nur verwirrt, wütend und ungeduldig und war einfach auf die erstbeste Brücke über den Mississippi hinausgekraxelt, die sie finden konnte.

Wie auch immer, es war eine glückliche Wahl, wenn man so will. Trotzdem war der Fluss, über dem sie da stand, immer noch der Mississippi.

Ich war in New Mexico aufgewachsen, und das Hochland, in dem ich gelebt hatte, war von Wasserläufen durchzogen gewesen, doch keiner davon glich im Entferntesten dem Mississippi. Mit dreizehn war ich nach Minnesota gezogen, aber auch dort hatte ich nicht am Flussufer gelebt. Der Mississippi war immer etwas Abstraktes für mich geblieben, etwas, das man nur von weitem sah oder manchmal auf Autofahrten überquerte. Erst Jahre später war ich einmal ans Ufer hinabgegangen, um den Fluss aus der Nähe zu sehen.

Unten am Wasser hatte ein Junge gestanden, der einen Bindfaden an einem langen Zweig ins Wasser hielt und so tat, als ob er angelte.

»Geht da je einer rein?«, hatte ich ihn gefragt.

»Ich hab mal wen mit einem Seil um den Bauch reingehen sehen«, hatte der Junge gesagt. »Die Strömung hat ihn so schnell mitgerissen, dass seine beiden Freunde, und das waren beides erwachsene Männer, mit aller Kraft ziehen mussten, um ihn wieder rauszuholen.«

Seitdem hatte ich noch andere Meinungen über die reißende Kraft und die Bösartigkeit des Flusses gehört, der Minneapolis in zwei Hälften teilte. Im Polizeiarchiv der Stadt sind eine Menge Leute registriert, die Sprünge und Stürze von sämtlichen Brücken überlebt haben. Aber diese Überlebensfälle sind nicht die Regel. Selbst nüchterne, gesunde Erwachsene, die schwimmen können und keine Selbstmordabsichten hegen, werden kaum mit der Strömung fertig. Sie zieht einen in die Tiefe, wo man sich in den Wurzeln und Ästen überschwemmter Bäume verfängt, und treibt einen in die Flussmitte, wo das Wasser voller gefährlicher Strudel ist.

Ein Sturz von dieser Brücke wäre wahrscheinlich zu überleben, zumal das Wasser jetzt noch nicht so eisig war wie im Winter. Trotzdem schien es mir besser, es nicht darauf ankommen zu lassen.

Ich hielt mich am Geländer fest und tastete vorsichtig mit einem Fuß über den Rand.

»Das ist doch wohl nicht Ihr Ernst«, sagte Vignale.

»Aber sicher«, sagte ich. »Wenn sie nicht wollte, dass jemand zu ihr runterkommt und es ihr ausredet, wäre sie doch längst gesprungen.« *Hoffe ich wenigstens.* »Ich bin um *Ihre* Sicherheit besorgt, Officer Vignale«, sagte ich. »Falls Ihre Kollegin den Zugverkehr nicht schon per Funk hat aufhalten lassen, würde ich an Ihrer Stelle lieber die Gleise verlassen.«

Es war nicht schwieriger, sich an den Brückenbalken hinabzuhangeln, als an irgendwelchen Stangengestellen auf Kinderspielplätzen, ich kam nur wesentlich langsamer voran.

»Keine Angst«, sagte ich ruhig, sobald ich mich auf gleicher Höhe mit dem Mädchen befand. »Ich möchte bloß ein bisschen mit dir reden.«

Sie wandte den Kopf zu mir um, und ich sah, dass es tatsächlich Ellie war. Mehr noch, ich sah die Schönheit, die ihrer älteren Schwester solche Sorgen gemacht hatte. Ellie hatte sich seit dem letztjährigen Klassenfoto noch mehr zu ihrem Vorteil verändert.

Sie gehörte zu den Leuten, die durch Ernst, ja sogar Unglück, weit bezaubernder wirken als durch ein Lächeln. Ihre graugrünen Augen blickten unter schweren Lidern hervor, ihre Haut war glatt und ebenmäßig, ihre Unterlippe sehr voll. Die Sommersprossen auf dem Foto, fast schon ganz verblasst, wirkten wie die letzten Überbleibsel ihres Kindergesichts. Sie trug ein graues T-Shirt und schwarze Jeans. Keine Pastelltöne, keine Schleifchen, nichts Mädchenhaftes war an Ellie. Von weitem hätte ich sie für eine zierliche Zwanzigjährige halten können.

»Einen Moment noch, Ellie«, sagte ich und wechselte den Griff auf dem Balken, damit ich mich zu ihr umdrehen konnte, während ich mit ihr sprach.

»Uff, so ist es besser.« Meine Füße hatten sicheren Halt gefunden, und ich konnte mich mit dem Rücken an das Gerüst lehnen. »Ganz schön anstrengend für eine Erwachsene, diese Kletterei. Einsneunundsiebzig groß zu sein ist ja gut und schön, aber hierfür ist es nicht so günstig.«

»Woher kennen Sie meinen Namen?«, fragte sie.

»Deine Schwester war gestern bei mir«, sagte ich. »Sie macht sich große Sorgen um dich.«

»Ainsley ist hier?« Ellie blickte zur Straße hinauf, wo Vignale und ich hergekommen waren. Ich konnte ihr nicht ansehen, ob die Aussicht, ihre Schwester zu treffen, sie hoffnungsvoll oder verdrossen stimmte.

»Nein, nein. Aber sie ist in der Stadt.«

Ellie schaute wieder hinab aufs Wasser. »Sie will mich bestimmt nach Thief River Falls zurückholen.«

»Wir wollen beide nur wissen, was dich bedrückt«, sagte ich. Da sie nicht antwortete, versuchte ich es noch einmal. »Warum bist du von zu Hause weggelaufen, Ellie?«

Sie schwieg.

»Hat es was mit den Leuten an der Schule zu tun?« Ich formulierte die Frage absichtlich so allgemein wie möglich, um es ihr zu überlassen, ob sie darauf eingehen wollte oder nicht.

»Ich kann nicht dahin zurück«, sagte sie leise. »Sie zerreißen sich alle das Maul über mich und Justin Teague. Er hat's überall herumerzählt, der Scheißkerl.«

Irgendwie machte der Kraftausdruck sie mir noch sympathischer. Außerdem klang es so, als ob der Betreffende ihn verdient hätte.

»Hat er Lügen über dich erzählt?«, fragte ich.

Sie schüttelte den Kopf. »Nein, es hat alles gestimmt. Ich hab mit ihm geschlafen. Ich musste es tun.«

»Weil du ihn gern mochtest und Angst hattest, ihn zu verlieren?«

»Nein«, sagte sie nur.

Ich dachte, das sei die richtige Art, mit Springern umzugehen, mit ihnen über ihre Probleme zu reden, bis sie sich besser fühlten und bereit waren, ihr Vorhaben aufzugeben. Aber das schien hier nicht zu funktionieren. Ellie Bernhardt schien sich kein bisschen besser zu fühlen.

»Hör zu«, sagte ich. »Offenbar gibt es Dinge in deinem Leben, die geklärt werden müssen, aber ich glaube nicht, dass der Unterbau einer Eisenbahnbrücke der beste Ort dafür ist. Also komm einfach wieder mit mir rauf, okay?«

Sie schniefte laut. »Ich hab mit ihm geschlafen, weil ich ihn *nicht* mochte. Und ich wollte was ändern.«

»Versteh ich nicht«, sagte ich.

»Ainsley versteht es auch nicht«, murmelte sie. »Ich … ich mag Mädchen.«

»Oh«, sagte ich. *Querschläger von links.* »Das macht doch nichts.«

Tränen der Wut standen in Ellies Augen. »Für *wen* macht das nichts? Für *Sie?* Irgendeine Polizistin in Minneapolis?«

Als hätte ihre Wut sie befreit, sprang Ellie hinab.

Und ich hinterher.

Wäre es Januar gewesen, wenn der Fluss am kältesten ist, hätte ich mich vielleicht anders entschieden. Oder ich wäre geblieben, wo ich war, wenn ich alles richtig gemacht hätte, anstatt Ellie über ihre Probleme reden zu lassen, bis sie so aufgebracht war, dass sie sprang.

Vielleicht war es auch gar keine bewusste Entscheidung, ihr nachzuspringen. Ich kann mich nicht erinnern, dass ich überhaupt etwas dachte. Als ich losließ, meine ich. In dem kurzen Moment, bis ich aufs Wasser aufschlug, dachte ich in blitzschneller Folge an verschiedene Dinge. An den Jungen mit seiner selbst gebastelten Angel. An meinen Bruder, der meinen Kopf in einem Bottich untertauchte, als ich fünf war.

Und zuletzt dachte ich an Shiloh.

An jenem Tag lernte ich etwas am eigenen Leib kennen, das ich bisher nur zu wissen geglaubt hatte: der Fluss, in den man an einem Sommertag die Füße eintaucht, mit leichtem Frösteln sogar schon im Juni, ist nicht der gleiche Fluss, den Gott einem entgegenschleudert, wenn man selbst aus mäßiger Höhe hineinfällt. Es fühlte sich beinah so an wie auf Asphalt zu knallen. Der Aufprall war so heftig, dass ich mir die Zunge blutig biss.

Die ersten Momente nach dem Sprung vergingen zu schnell, als dass ich mich noch deutlich daran erinnern könnte. Meine Lungen brannten, als ich endlich wieder auftauchte, und fast sofort schnaufte ich wie ein Rennpferd, allein von der Kälte. Die Umgebung war so völlig anders als das zahme, kühle, gechlorte Wasser des Beckens, in dem man mir das Schwimmen beigebracht hatte, dass ich nur hilflos in der Strömung zappeln konnte wie jemand, der nie schwimmen gelernt hat. Es war purer Zufall, glaube ich, dass ich mit Ellie zusammenstieß und sie zu fassen bekam.

Sie war entweder ohnmächtig geworden, weil sie irgendwie unglücklich aufs Wasser aufgeschlagen war, oder wie gelähmt von dem Schock. Jedenfalls schlug sie nicht um sich, was ein Segen war. Ich schob den Arm unter sie und drehte mich keuchend auf den Rücken.

Panische Angst durchfuhr mich, als ich sah, wie schnell die Eisenbahnbrücke verschwand und wie schnell wir zur Flussmitte getrieben wurden. Die Strömung zerrte an meinen strampelnden Beinen, besonders an den voll gelaufenen Stiefeln, die sich so schwer anfühlten wie Wackersteine.

Schwach mit dem freien Arm paddelnd, versuchte ich auf das Ufer zuzuhalten, doch nach ein, zwei Minuten merkte ich, dass es mir nicht gelingen würde, Ellie zu retten. Mir fehlte als Schwimmerin einfach die Kraft.

Ich konnte uns beide gerade eben über Wasser halten, wenn ich heftig genug mit den Beinen trat. Aber das war auch alles. Und wie lange konnte ich das durchhalten? Nach einer Weile würde Ellie vielleicht schon tot sein, denn ich war keineswegs sicher, dass ich ihr Gesicht weit genug über Wasser hielt, um zu verhindern, dass ihre Lungen sich voll sogen.

Und soweit ich wusste, würden wir verdammt bald an der Staustufe und der Schleusenbrücke angelangt sein. Das war bei weitem die größte Gefahr in diesem Flussabschnitt. Ich hatte von einem gehört, der dort mal lebend durchgekommen war. *Mehr Glück als Verstand*, hatte es damals geheißen.

Ich konnte Ellie loslassen, mit Müh und Not ans Ufer kraulen und überleben. Oder ich konnte bei ihr bleiben und ertrinken.

Ich glaube nicht, dass ich die Möglichkeiten lange abwog. Eher wollten meine kältestarren Arme sich nicht mehr von ihrer reglosen

Last lösen. Wir gingen kurz unter. Ich schluckte Wasser, kam hustend wieder hoch und sah, dass die Sonne sich wieder hinter einer Wolke verzogen hatte. Die Wolke war dunkelgrau und regenschwer, doch ihre zerrissenen Ränder erstrahlten in feurigem Gold.

Gott, wie schön.

Und dann lenkte mich etwas am äußersten Rand meines Blickfelds ab. Ein Boot. Ein Schlepper, genauer gesagt, aber ohne Lastkahn.

Ellie und ich hatten an jenem Tag wirklich das Glück auf unserer Seite: unerhörtes Glück, dass der Schlepper mitten auf dem Fluss liegen geblieben war, wo die Mannschaft Zeit hatte, uns zu bemerken, und zusätzlich noch das Glück, dass die Schiffsschraube nicht funktionierte und keinen Strudel aufwirbelte, der jegliche Rettung vereitelt hätte.

Die Leute schrien uns etwas zu, aber meine Ohren waren so voller Wasser, dass ich nichts hörte, nur hektisches Gestikulieren sah, wie von Stummfilmschauspielern. Einer der Männer warf etwas ins Wasser.

Es war eine Leine, an deren Ende eine Zwei-Liter-Plastikflasche gebunden war, um sie am Untergehen zu hindern. Ich ruderte wild platschend darauf zu und schaffte es schließlich, ungeheuer erleichtert, mich mit der freien Hand an die Flasche zu klammern.

Etwas Seltsames war im Wasser mit meiner Haut passiert. Normalerweise werden bei eisigen Temperaturen zuerst die Fingerspitzen und Zehen taub, und dann erst die Hände und Füße. Aber als sie mich herauszogen, konnte ich immer noch meine Finger spüren, doch Arme und Brust hatten jedes Gefühl verloren, sodass ich kaum die Kante des Decks spürte, als viele Hände mich wie einen Sack hinaufhievten. Erst da merkte ich, dass ich im Wasser wohl meine Jacke abgestreift hatte; jedenfalls hatte ich sie nicht mehr an.

Ellie lag schon auf dem Rücken neben mir, die Augen geschlossen. Ihr Gesicht war so bleich vor Kälte, dass die Sommersprossen, die vorhin kaum noch zu sehen gewesen waren, auf einmal wieder scharf abgezeichnet hervortraten. Ich setzte mich auf.

»Ist sie …«

»Sie atmet noch«, sagte der Älteste der Mannschaft. Wie zum Beweis drehte die halbtote Ellie sich auf die Seite und erbrach einen Schwall Flusswasser.

»Jesses«, ächzte ein junger mexikanischer Matrose.

»Alles in Ordnung mit Ihnen, Miss?«, fragte mich der Alte besorgt. Seine Augen waren stechend blau, obwohl alles andere an ihm grau und verblichen aussah. Skandinavisches Urgestein wie aus der Gründerzeit von Minnesota, doch in seiner Stimme klang Texas durch.

»Ich spür meine Haut nicht mehr«, sagte ich und drückte mit meinen zitternden Fingern die Muskeln meiner Unterarme. Es war ein befremdliches Gefühl. Ich stand schwankend auf; vielleicht half es, wenn ich ein bisschen hin- und herging.

»Ich hab Bourbon da«, sagte er.

Im Erste-Hilfe-Kurs hatte unser Ausbilder uns abgeraten, zur Schocktherapie auf die »Feldapotheke«, sprich Alkohol oder Zigaretten, zurückzugreifen.

Aber in dem Moment dachte ich nicht an meine Ausbildung, nicht daran, dass ich das Trinken seit einigen Jahren praktisch aufgegeben hatte oder dass die Wasserwacht schon am Horizont auftauchte und mit schäumender Bugwelle herangeprescht kam. Ein kräftiger Schluck Bourbon schien mir in dem Moment das Vernünftigste auf der Welt.

Doch es war mein eigenes schwaches Fleisch, das mich vor mir selbst rettete. Als der alte Flussschiffer mir die Flasche in die Hand drückte, rutschte sie mir durch die bebenden Finger und zerschellte auf den Deckplanken.

Kapitel II

Die Nachwehen von Ellie Bernhardts Selbstmordversuch nahmen den größten Teil meines Nachmittags in Anspruch.

Wir wurden beide zum Bezirkskrankenhaus von Hennepin County gebracht. Nachdem sie Ellie mitgenommen hatten, sagte eine ältere Stationsärztin zu mir: »Kommen Sie, ich will Sie mir mal im zweiten Untersuchungsraum dort am Ende der Halle anschauen.«

»Wie, mich?«, sagte ich erschrocken. »Mir geht's doch gut.«

»Kann ja sein«, meinte sie. »Aber ich muss nachschauen, ob Ihre Ohren …«

»Mit meinen Ohren ist alles in Ordnung«, unterbrach ich sie hastig, obwohl es sich in einem Ohr verdächtig danach anfühlte, dass noch Wasser drin war. Auf ihren skeptischen Blick hin – Mediziner vertragen es fast so schlecht wie Polizisten, wenn man ihre heilige Autorität infrage stellt – erklärte ich: »Wissen Sie, ich lasse mich nämlich grundsätzlich nicht untersuchen.«

Nein, wirklich. Ich habe vor kaum etwas Angst. Bloß vor Ärzten. »Zeigen Sie mir einfach, wo es zur Dusche geht, okay?«, sagte ich.

Sie musterte mich weiter mit zweifelndem Blick und zuckte die Schultern. »Na gut, wie Sie wollen. Zu dieser Jahreszeit werden Sie sich wohl nicht ernstlich unterkühlt haben.« Ihr Abschied klang eindeutig nach sauren Trauben, als hätte sie mich ohnehin nicht untersuchen wollen.

Im Waschraum des Personals duschte ich eine Viertelstunde lang so heiß wie möglich und schlüpfte dann in die Schwesternkleidung, die sie mir gegeben hatten, ein geblümtes Oberteil und seegrüne Hosen. Meine nassen Sachen stopfte ich in eine Plastiktüte.

Als ich herauskam, spähte ich in die Untersuchungsräume, auf der Suche nach Ellie. Eine junge Krankenschwester ertappte mich dabei.

»Wir haben sie schon auf die Krisenstation verlegt«, sagte sie, womit sie die Psychiatrie meinte. »Sie wird mindestens über Nacht noch dort bleiben müssen. Wir haben ihre Lunge geröngt, um zu sehen, ob sie sehr viel Wasser inhaliert hat. Die Aufnahmen sind noch nicht vollständig ausgewertet, aber ich glaube, ihr Zustand ist so weit stabil, zumindest der physische.«

Officer Moore war zum Revier geschickt worden, um die Sachen zu holen, die ich für alle Fälle in meinem Spind dort aufbewahrte.

Kriminalbeamte bekommen zwar nicht halb so viel Blut oder Erbrochenes ab wie Streifenpolizisten, aber auch wir halten uns gelegentlich an Tatorten auf, die schlammig sind oder noch von einem verdächtigen Brandherd glimmen, und ich hatte mir gedacht, ein paar Kleidungsstücke zum Wechseln könnten eines Tages ganz nützlich sein. Dieser Tag war nun gekommen.

Als ich ins Wartezimmer zurückkehrte, war Moore noch nicht wieder da. Dafür aber Ainsley Carter. Sie sprang ungestüm von ihrem Stuhl auf, doch ihre Umarmung fiel eher zaghaft aus, als wäre ich krank oder verletzt.

»Haben Sie Kinder, Detective Pribek?«, fragte mich Ainsley.

»Wie bitte?« Ich hatte eine Frage über Ellies Zustand erwartet. »Nein, hab ich nicht.«

»Weil, Joe und ich hätten eigentlich ganz gern welche.« Sie drehte an ihrem Brillantring, wie gestern, als sie davon gesprochen hatte, dass ihr Mann dagegen war, Ellie bei ihnen wohnen zu lassen. »Aber nach dem, was heute passiert ist ...« Sie schüttelte den Kopf. »Da erscheint ein Kind einem doch wie eine furchtbare Verantwortung.« Auf ihren Wangen sah ich die Spur der Tränen, die ich am Telefon gehört hatte.

Officer Moore trat durch die automatisch aufgleitende Glastür, einen Plastikbügel mit Kleidern in der einen Hand, ein Paar Stiefel in der anderen.

»Sie sind doch noch unter derselben Telefonnummer in Ihrem Motel erreichbar, nicht?«, fragte ich Ainsley schnell. »Ich werde mich später bei Ihnen melden.«

»Ja, ich bleibe da«, nickte Ainsley. »Und … danke«, setzte sie leise hinzu.

Ich ging Officer Moore entgegen und räusperte mich. »Vielen Dank«, sagte ich verlegen. Ich war noch nicht lange Kriminalbeamtin und genierte mich, eine Streifenpolizistin mit dieser Art von Aufträgen zu belästigen.

»Gern geschehen«, antwortete sie, als ich ihr meine Sachen abnahm. »Sie waren doch Genevieve Browns Partnerin, nicht wahr?«

»Das bin ich immer noch.«

»Wie geht es ihr?«

»Ich weiß nicht. Ich habe sie länger nicht mehr gesprochen.«

»Viele von uns vermissen sie.«

»Sie wird wiederkommen«, sagte ich eilig.

»Ach, wirklich? Wann?«

Da musste ich leider passen. »Vorerst hat sie noch kein genaues Datum angegeben. Ich meine, sie ist ja nur auf Erholungsurlaub. Sie wird bestimmt wiederkommen.«

Moore schüttelte den Kopf. »Sicher, so was braucht Zeit. Einfach grauenhaft, was ihr passiert ist.«

»Das kann man wohl sagen.«

Genevieve Brown war meine erste Freundin in Minneapolis gewesen. Es überraschte mich nicht, dass Officer Moore sie kannte; Genevieve kannten alle.

Sie war in dieser Stadt verwurzelt, hatte ihre gesamte Berufslaufbahn bei der Bezirkspolizei im Sheriff's Department verbracht: erst als Streifenpolizistin, dann als Kontaktbeamtin und war schließlich zum Detective befördert worden. Ihre Stärke war das Verhör. Genevieve konnte einfach mit jedem reden.

Verbrecher fürchteten sich nicht vor ihr: Sie war klein, eher unauffällig, und mit ihrer samtweichen Stimme alles andere als einschüchternd. Was sie sagte, klang stets logisch, kultiviert, vernünftig. Ehe die Ganoven wussten, wie ihnen geschah, erzählten sie ihr Dinge, die sie den Männern nie gestanden hätten. Einige der Kollegen nannten Genevieve den menschlichen Lügendetektor.

Ich kannte sie aus meiner Zeit bei der Streife, wo ich viel von ihr gelernt hatte. Ich revanchierte mich dafür, indem ich sie beim Fitnesstraining anspornte, ihr half, in Bestform zu bleiben, auch wenn sie schon auf die Vierzig zuging. Als ich noch in einer billigen Mansarde in Seven Corners wohnte, hatte sie mich hin und wieder zum Abendessen in ihre Wohnung in St. Paul eingeladen.

Es war vielleicht der schönste Tag meines Lebens, als ich meine Dienstmarke erhielt und an ihrer Seite arbeiten durfte. Sie war eine gute Lehrerin und Mentorin, aber vor allem machte es Spaß, mit ihr zu arbeiten.

Wir gingen oft auf einen Kaffee ins Skyways, eine hoch gelegene Einkaufspassage mit Zeitungsständen und Cafés, die den Geschäftsleuten von Minneapolis als Treffpunkt diente. Genevieve blieb gern mal ein Weilchen in einem der verglasten Durchgänge stehen, meist an Vormittagen, wenn das Wetter klar und kalt war. Sie hielt ihren Pappbecher mit schwarzem Kaffee in beiden Händen und blickte auf die Stadt hinaus, wo weißer Dampf aus allen Lüftungsschächten aufstieg und das Sonnenlicht mit trügerischem Glitzern von den Schneewällen und Eisflächen widerstrahlte.

»Hey, das ist unser Tag«, sagte sie dann. »Wir stellen den Funk ab und fahren immer weiter nach Süden, bis wir nach New Orleans kommen. Und da hocken wir uns in die Sonne und futtern Krapfen.« Manchmal sagte sie zur Abwechslung, wir sollten nach San Francisco fahren, um Irish Coffee an der Bucht zu trinken.

Aber das meinte sie nicht ernst. Nach mehr als einem Jahrzehnt bei der Polizei liebte sie ihren Job noch immer wie am ersten Tag.

Dann wurde ihr einziges Kind, ihre Tochter Kamareia, vergewaltigt und ermordet.

Ich kannte Kamareia von klein auf, seit meinen Anfängen bei der Polizei, als Genevieve begann, mich nach Hause zum Essen einzuladen. Aus Genevieves kurzer, gemischtrassiger Collegeehe mit einem Jurastudenten hervorgegangen, war Kamareia frühreif und vernünftig für ihr Alter und tat alles, um ihre Mutter zu entlasten, deren Job ja schon aufreibend genug war.

Manchmal hörten wir andere Kolleginnen über ihre Teenager jammern: schlampig gemachte Hausaufgaben, Ärger mit der Schule, Chaos in der Bude, wenn man abends müde heimkam. Danach sagte Genevieve immer zu mir: »Gott, was hab ich für ein Glück mit meiner Tochter. Womit hab ich das nur verdient?«

Ich war bei ihr gewesen an jenem schrecklichen Abend, als Genevieve ihre Tochter zu Hause schwer verletzt, aber noch lebend vorfand. Ich war mit Kamareia ins Krankenhaus gefahren und hatte ihre Hand gehalten, bis sie in den Operationssaal gebracht wurde. Ich hatte im Wartezimmer gestanden, als ein Arzt herauskam, um mir mitzuteilen, dass Kamareia, die Gedichte schrieb und schon Aussicht auf ein Collegestipendium hatte, an schweren inneren Blutungen gestorben war.

Genevieve war zwei Wochen nach Kamareias Tod schon wieder zum Dienst angetreten.

»Ich brauche die Arbeit«, hatte sie mir, bevor sie tags darauf wiederkam, am Telefon gesagt. »Bitte erklär du es den anderen.«

Am nächsten Morgen war Genevieve eine Viertelstunde zu früh erschienen, mit rot geränderten Augen, aber sehr gefasst, den frischen Duft von Kräutershampoo im feuchten Haar und wild entschlossen, sich in die Arbeit zu stürzen. Und sie war gut damit zurechtgekommen an jenem Tag und auch in den folgenden zwei Wochen.

Es war wohl auch hilfreich, dass es gleich eine Festnahme gegeben hatte: ein Anstreicher aus Genevieves Nachbarschaft. Kamareia selbst hatte ihn noch als ihren Angreifer bezeichnet. Während er in Untersuchungshaft saß und der Prozess gegen ihn vorbereitet wurde, vergrub Genevieve sich in die Arbeit, vollkommen auf den Job konzentriert, wie ein Passagier, der bei einem rauen Flug gegen seine Angst ankämpft, oder ein Alkoholiker, der mit nichts als Willenskraft einen Entzug durchhält.

Doch dann wurde das Verfahren aus formalen Gründen eingestellt, und Genevieve verlor den Boden unter den Füßen.

Einen Monat lang schleppte ich sie mehr schlecht als recht durch. Sie magerte ab, kam mit tiefen Schatten unter den Augen zum Dienst, konnte sich nicht mehr konzentrieren. Bei der Vernehmung von Verdächtigen fielen ihr nur noch die plattesten Fragen ein. Ihre Beobachtungsfähigkeit war schlechter als die der vergesslichsten Zeugen. Sie erkannte nicht mal mehr die simpelsten logischen Zusammenhänge.

Ich brachte es nicht über mich, ihr zu sagen, sie sollte mal ausspannen, und zum Glück blieb es mir auch erspart. Genevieve hatte noch genug Durchblick, um von selbst zu merken, dass sie keine Leistung mehr brachte, und beantragte einen unbefristeten Erholungsurlaub. Sie verließ die Stadt, um fürs Erste bei ihrer jüngeren Schwester zu bleiben, die mit ihrem Mann auf einer Farm südlich von Mankato wohnte.

Wann hatte ich Genevieve zum letzten Mal angerufen? Ich versuchte, mich daran zu erinnern, während ich in die Innenstadt fuhr. Der Gedanke erfüllte mich mit solchen Schuldgefühlen, dass ich ihn schnell beiseite schob.

Zurück im Revier, verfasste ich ein Protokoll von den Ereignissen des Vormittags und versuchte dabei, meinen Sprung wie eine vernünftige Entscheidung klingen zu lassen, wie etwas, das jeder Polizist an meiner Stelle getan hätte. Hatte ich Ellie in den Fluss »verfolgt«? Klang irgendwie komisch. Ich löschte das Wort und probierte es mit »folgte«. Protokollschreiben war das, was ich an meinem Job am wenigsten mochte.

»Pribek!« Ich blickte auf und sah Detective John Vang, der mir als Partner in Genevieves Abwesenheit zugeteilt worden war. »Sag mal, man hört ja die irrsten Sachen über dich!«

Vang war ein Jahr jünger als ich und erst kürzlich vom Streifendienst zum Detective befördert worden. Eigentlich sollte ich ihn anlernen, was mir einigermaßen unangenehm war.

Es schien noch gar nicht so lange her, dass ich als Anfängerin hinter Genevieve hergetappt war, ihr bei Festnahmen stets den Vortritt gelassen hatte … Ich schaute zu ihrem Schreibtisch hin. Er war noch nicht mal ganz leer geräumt, und doch machte Vang sich jetzt daran breit.

Er hatte zwei gerahmte Fotos aufgestellt: eins von seiner Frau mit ihrem neun Monate alten Baby auf dem Arm, das andere von der kleinen Tochter auf der Babyschaukel, Kopf und Ärmchen weit über die Haltestange vorgestreckt. Sicher hatte sie das Gefühl zu fliegen, als das Foto aufgenommen wurde.

Einmal, als Vang gerade nicht da war, hatte ich das Foto schräg gerückt, damit ich es von meinem Platz aus sehen konnte. Wenn die Trostlosigkeiten vom Schlage Ellie Bernhardts sich auf meinem Schreibtisch stapelten, tat es mir gut, beim Aufblicken das fröhlich fliegende Baby zu sehen.

»Wenn du mein Bad im Fluss meinst, das stimmt«, sagte ich.

»Mach keine Witze!«

»Ich hab nicht gesagt, dass es schlau war, sondern nur, dass es stimmt.«

Leicht geniert strich ich mir über die Haare. Ich hatte sie im Krankenhaus zu einem Pferdeschwanz zurückgebunden und dessen Ende mit ins Gummiband geschlungen, sodass er mir als schwere, aber nicht sehr lange Schlaufe im Nacken hing. Meine Haare fühlten sich immer noch klamm an.

Als ich das Protokoll fertig hatte, war es an der Zeit, einen neuen Piepser zu beantragen. Der alte steckte in meiner Jacke, und die war im Fluss geblieben. Ich war froh, dass ich bei der Wahnsinnsaktion des Vormittags wenigstens meine Brieftasche und mein Handy im Auto gelassen hatte.

Doch bevor ich mich daran machen konnte, klingelte mein Telefon. Es war Jane O'Malley, eine Staatsanwältin im Bezirk Hennepin County.

»Kommen Sie doch bitte mal zu mir herauf«, sagte sie. »Die Zeugenanhörung ist schneller gegangen als erwartet. Wir kommen wahrscheinlich heute noch zu Ihnen.«

O'Malley untersuchte einen Fall, der ebenso banal wie traurig war: eine junge Person mit einem Exlover, der einfach nicht loslassen konnte. Nur war die verschwundene Person in diesem speziellen Fall ein junger Mann. Er hatte das Gay 90s, wo er mit Freunden tanzen war, allein und nüchtern verlassen, und seitdem war er wie vom Erdboden verschluckt.

Genevieve und ich hatten die Ermittlungen geführt. Als die Ausflüchte und Pseudoalibis des Exlovers nach und nach immer fadenscheiniger wurden, war ein Beamter vom Morddezernat hinzugezogen worden. Das Opfer oder seine Leiche wurde nie gefunden, nur eine Menge Blut und einer seiner Ohrringe im Kofferraum des Wagens, den sein Ex am nächsten Tag als gestohlen gemeldet, aber nicht gut genug versteckt hatte.

Als ich die Eingangshalle des Regierungsgebäudes von Hennepin County durchquerte und auf die Aufzüge zuging, hörte ich plötzlich eine bekannte Stimme.

»Detective Pribek!«

Christian Kilander tauchte an meiner Seite auf. Er war Staatsanwalt im Bezirk Hennepin County, von riesenhafter Statur und ebensolchem Ehrgeiz, sowohl im Gerichtssaal als auch auf dem Basketballplatz, wo ich manchmal beim Training gegen ihn antrat.

Wenn Genevieves Stimme wie Samt klang, dann klang seine womöglich noch einschmeichelnder. Sein Tonfall hatte fast immer etwas Witzelndes, Flirtendes, das bei Kreuzverhören in beißende Ironie umschlug.

Eigentlich war Kilander mir ganz sympathisch, aber ein Zusammentreffen mit ihm durfte man nie auf die leichte Schulter nehmen.

»Schön, Sie wieder im Trockenen zu sehen«, sagte er. »Wie immer sind wir alle starr vor Staunen über Ihre innovativen Methoden.«

»Alle?« Ich ging schneller, um mich seinen langen Schritten anzupassen. »Ich seh nur einen hier. Oder haben Sie Flöhe?«

Er lachte spontan und großzügig und nahm meine schnippische Bemerkung nicht krumm. »Wie geht es der Kleinen?«, fragte er, als wir vor den Aufzügen angelangt waren.

»Sie erholt sich schon«, sagte ich. Eine Tür glitt zu unserer Linken auf, und wir folgten den anderen Wartenden in den Lift. Gleichzeitig überlegte ich, dass ich nun wohl nichts mehr von Ellie Bernhardt hören würde. Körperlich war sie auf dem Weg der Besserung, aber was ihren seelischen Zustand betraf, würde sich jemand anders ihrer annehmen müssen, ich konnte da nichts tun. Und ob diese Bemühungen erfolgreich waren, würde ich wahrscheinlich nie erfahren. Damit musste ich mich als Polizistin nun mal abfinden. Wer das nicht konnte, quittierte den Dienst und widmete sich fortan der Sozialarbeit.

Die zwei Mitfahrenden stiegen im fünften Stock aus. Ich rieb mir das linke Ohr.

»Sie haben Wasser im Ohr, stimmt's?«, fragte Kilander, als der Lift weiter hochfuhr.

»Stimmt genau«, gab ich zu. Obwohl es sicher harmlos war, störte mich das Gluckern im Ohr.

Der Aufzug hielt an meinem Stockwerk, und in dem kurzen Moment, bevor die Tür aufglitt, warf Kilander mir aus der Höhe seiner einssechsundneunzig einen nachdenklichen Blick zu. »Aber kalte Füße bekommen Sie nicht, soviel steht fest, Detective Pribek.«

»Danke«, sagte ich unverbindlich, nicht ganz sicher, ob das die passende Antwort war. Vor ein paar Jahren hätte ich mich bestimmt über seinen gönnerhaften Ton geärgert und vergebens nach einer flapsigen Entgegnung gesucht, die mir dann erst eine Viertelstunde später eingefallen wäre. Aber ich war kein unsicherer Grünschnabel mehr, und Kilander kein Macho, auch wenn es so scheinen mochte. Der Flur war menschenleer, und ich ging langsam auf die Tür des Gerichtssaals zu, postierte meine Schultertasche auf der Bank vor der Tür, und mich daneben. Ich kannte die Gepflogenheiten hier; ich hatte draußen zu warten, bis O'Malley kam und mich hereinrief.

Nur einmal war ich bisher in nichtberuflicher Funktion in den Zeugenstand gerufen worden, und das war nicht hier in Minneapolis gewesen, sondern in St. Paul bei der richterlichen Anhörung von Royce Stewart, der des Mordes an Kamareia Brown angeklagt war.

Mir und nur mir gegenüber hatte Kamareia ihn als ihren Mörder bezeichnet, damals im Rettungswagen.

An dem Nachmittag, als sie starb, war Kamareia allein zu Hause gewesen. Überfallen aber wurde sie im Nachbarhaus, das gerade renoviert wurde. Die beiden Maler dort hatten gegen vier Uhr Feierabend gemacht, doch nur einer von ihnen hatte ein Alibi für die Zeit danach.

Der andere war Stewart, ein fünfundzwanzigjähriger Gelegenheitsarbeiter von außerhalb. Auf dem Nummernschild seines Wagens stand sein Spitzname, »Shorty«. Er war knapp einssiebzig, ein drahtiger Typ mit einer buschigen blonden Mähne. Kamareia kannte seinen richtigen Namen gar nicht, nur den Spitznamen, den sie auf seinem Nummernschild gesehen hatte. Eine Woche vor Kamareias Tod hatte Genevieve mir erzählt, dass Kam bemerkt hatte, wie »Shorty« ihr nachschaute, und dass es ihr vor ihm gruselte.

Niemand konnte sich je erklären, wie er es geschafft hatte, sie ins Nachbarhaus zu locken.

Stewarts Jugendstrafregister war für mich nicht einsehbar, da ich nicht offiziell an den Ermittlungen beteiligt war. Als Erwachsener war er mehrfach dabei erwischt worden, wie er Alkohol an Minderjährige abgab und sich in der Nähe einer Schule vor Teenagern entblößte. Shorty hatte ganz offensichtlich eine Schwäche für junge Mädchen.

Jackie Kowalski, die Pflichtverteidigerin, die Stewart vertrat, erzählte mir später, dass er ihr gesagt habe, er zahle Alimente »an so 'ne schwarze Schnalle, die ich eh bloß einmal gepoppt hab«.

Stewart glaubte nicht, dass das Baby von ihm war. Er meinte, der Vaterschaftstest sei vom Klinikpersonal gefälscht worden, das selbstverständlich Partei für die junge ledige Mutter ergriff. »Als Mann haste heutzutage ja keine Rechte mehr«, hatte Shorty erklärt.

Diese Geschichte hatte er Kowalski mehr als einmal erzählt, anscheinend hielt er sie für entlastend: Die Tatsache, dass er Unterhalt für ein Kind zahlte, ein halb schwarzes Kind obendrein, bewies in seinen Augen, was für ein guter Kerl er war, der Kamareia doch nie ein Haar gekrümmt hätte.

Shorty hatte seiner Anwältin außerdem vorgeschlagen, die Theorie zu präsentieren, ein Schwarzer hätte Kamareia umgebracht mit der Absicht, einen Weißen dafür hinzuhängen.

Wenn Shorty doch nur vor Gericht gestellt worden wäre! Mit seinem Auftreten hätte er die Geschworenen so gegen sich eingenommen, dass er sich praktisch selbst verurteilt hätte.

Aber der Fall kam nie zur Verhandlung, und das war meine Schuld.

Ich war im Zeugenstand im Regierungsgebäude von Ramsey County während einer Anhörung im Zuge des Vermittlungsverfahrens. Stewarts Pflichtverteidigerin hatte die Einstellung des Verfahrens beantragt, wie Mark Urban, der zuständige Richter vom Bezirk Ramsey County, schon vorausgesagt hatte.

Urban saß an dem Pult neben der leeren Geschworenenloge, doch nicht er war es, zu dem ich hinschaute. Christian Kilander war ebenfalls anwesend, auf der Zuschauerbank. Er musste sich den Vormittag freigenommen haben, um meine Zeugenaussage zu hören. Es überraschte mich, auch wenn ich wusste, dass Kamareias Tod die vielen Menschen, die Genevieve kannten und mochten, zutiefst erschüttert hatte.

Kilander registrierte meinen Blick mit einem leichten Kopfnicken, das ich nicht erwidern konnte, und seine Miene wirkte ungewohnt ernst.

Jackie Kowalski stand vor mir, eine zierliche junge Frau frisch von der Uni, mit hellbraunen kurzen Haaren und einem billigen Katalogkostüm.

Mehr oder weniger wusste ich schon, was sie mich fragen würde – Urban hatte mich gewarnt –, aber das machte es auch nicht leichter.

»Detective Pribek – darf ich Sie Miss Pribek nennen? Sie haben ja nicht als Polizeibeamtin mit diesem Fall zu tun.«

»Sie dürfen.«

»Miss Pribek, Sie waren kurz nach dem Verbrechen selbst am Tatort, wie Sie ausgesagt haben. Und Sie sind mit Miss Brown im Rettungswagen mitgefahren, richtig?«

»Richtig.«

»Warum Sie und nicht ihre Mutter?«

»Genevieve stand noch unter Schock, als sie Kamareia abgeholt haben. Ich fand es besser, wenn jemand sie begleitete, der nicht so außer sich war, dass es ihr Leid nur noch verschlimmert hätte.«

»Verstehe. Und wie kam es, dass Miss Brown gesagt hat, wer sie angegriffen hat? Haben Sie sie danach gefragt?«

»Nein, sie hat es von sich aus getan.«

»Was hat sie genau gesagt?«

»Sie sagte: ›Es war Shorty. Der Kerl, der mich dauernd angegafft hat.‹«

»Und Sie fassten das so auf, dass sie damit Mr. Stewart meinte?«

»Ja. Shorty war sein Spitzname.«

Jackie Kowalski hielt inne. In der Hauptverhandlung mit Geschworenen hätte sie die Sache sicher noch länger verfolgt, hätte versucht, die Fragwürdigkeit solch einer Identifizierung per Spitznamen herauszustreichen. Aber es gab keine Geschworenen, nur den Richter, den Kowalski dazu bringen wollte, die Anklage fallen zu lassen. Dafür musste sie ein juristisches Argument finden, also fuhr sie gleich mit ihren Fragen fort.

»Was hat sie Ihnen noch über den Angriff gesagt?«

»Sie sagte, sie hätte vorsichtiger sein sollen, oder so etwas. Und ich antwortete: ›Mach dir keine Vorwürfe, wie hättest du das denn wissen sollen.‹«

»War das alles, was sie Ihnen zu dem Angriff mitgeteilt hat?« Kowalski wusste, dass das alles war. Sie hatte das Protokoll gelesen.

»Ja.«

»Sie haben ihr also keine Fragen gestellt.«

»Nein.«

»Sind Sie in Ihrer Funktion als Polizeibeamtin an den Tatort gekommen?«

»Ich bin immer Polizeibeamtin.«

»Unbenommen«, sagte Kowalski. »Aber Sie hielten sich an dem betreffenden Abend doch privat in der Wohnung Ihrer Partnerin auf, nicht wahr?«

»Ja.«

»Sie beide sehen sich oft außerhalb der Dienstzeit, und stehen in freundschaftlicher Verbindung zueinander?«

»Ja.«

»Und als Freundin ihrer Mutter haben Sie auch Kamareia oft getroffen?«

»Ja.«

»Und als Ms. Brown zu aufgewühlt war, um ihre Tochter ins Krankenhaus zu begleiten, haben Sie das an ihrer Stelle übernommen, weil Sie ›gefasster‹ waren. Für mich deutet das darauf hin, dass Sie es in der Absicht taten, Kamareia Brown zu beruhigen, ihr Trost zu spenden. Würden Sie dem zustimmen?«

»Mir ging es vor allem darum, Kamareia in ihrem Zustand nicht allein zu lassen.«

Ich hatte nicht vor, es ihr leicht zu machen.

»Haben Sie sie je auf Ihren Status als Polizeibeamtin hingewiesen?«

»Kamareia hat mich ja von klein auf …«

»Bitte beantworten Sie nur meine Frage.«

»Nein, habe ich nicht.«

Kowalski hielt kurz inne, als holte sie Luft zu einem neuen Vorstoß. »Miss Pribek, die Sanitäterin, die mit Ihnen im Rettungswagen saß, hat ausgesagt, Sie hätten sich bemüht, Miss Brown Trost zu spenden. Konkret hat sie Sie zweimal sagen hören: ›Es wird schon alles wieder gut.‹ Stimmt das?«

Dies war die Frage, zu der alle anderen hingeführt hatten.

»Ich weiß nicht, ob ich das zweimal gesagt habe.«

»Aber Sie wissen, dass Sie mindestens einmal gesagt haben: ›Es wird schon alles wieder gut.‹«

Ich fing Kilanders Blick auf und merkte, dass er den Fall in die Binsen gehen sah. Er wusste, was die Frage zu bedeuten hatte.

»Ja.«

Genevieve war als potenzielle Zeugin von der Anhörung ausgeschlossen, und in dem Moment war ich froh, dass meine Partnerin nicht im Publikum saß.

»Insgesamt also richteten Sie tröstliche Sätze an Miss Brown, die sie glauben lassen sollten, sie würde ihre Verletzungen überleben.«

»Ich bin nicht der Ansicht, dass ich sie irgendetwas glauben machen wollte.«

Kowalski hob die Augenbrauen. »Könnten Sie mir dann vielleicht erklären, wie sie die Aussage ›Es wird schon alles wieder gut‹ sonst hätte auffassen sollen?«

»Einspruch«, sagte Urban. »Keine Suggestivfragen.«

»Ich ziehe die Frage zurück«, sagte Kowalski. »Miss Pribek, haben Sie irgendetwas zu Miss Brown gesagt, das ihr zu erkennen gab, ihre Verletzungen könnten tödlich sein?«

Genevieve, es tut mir so Leid. Ich habe wirklich versucht, alles richtig zu machen.

»Nein.«

Aussagen von Sterbenden sind immer problematisch. Grundsätzlich geht man davon aus, dass jemand, der weiß, dass er im Sterben liegt, keinen Grund mehr hat zu lügen. Darum ist es vor Gericht oft ausschlaggebend, ob die sterbende Person sich über ihren Zustand im Klaren war.

Mit ihrer Befragung hatte Kowalski dem Richter deutlich gemacht, dass Kamareia mich nicht als Polizistin sah, weshalb Kowalski auch so penetrant darauf bestanden hatte, mich mit »Miss Pribek« anzureden und nicht mit meinem Dienstrang. Vor allem aber hatte sie hervorgehoben, dass ich Kamareia hatte glauben lassen, sie würde nicht an ihren Verletzungen sterben.

Kilander hatte mich lange vor Kamareias Tod schon einmal auf dieses Problem hingewiesen. Es war nicht so, als hätte ich noch nie etwas von den juristischen Aspekten solcher Aussagen im Augenblick des Todes gehört. Doch ich hatte einfach nicht daran gedacht, als ich die junge Frau sterben sah.

In einer Sache hatte Jackie Kowalski Recht: Ich war als Freundin in den Rettungswagen gestiegen. Ich hatte versucht, als Freundin zu ihr zu sprechen, zu tun, was ihre Mutter getan hätte, sie zu trösten und zu beruhigen. All das machte Kamareias Anschuldigung im Nachhinein unglaubwürdig und untergrub die Beweislage in einem Fall, der ohnehin auf schwachen Füßen stand.

Trotz der Vergewaltigung gab es keine Spermaspuren, was öfter vorkommt, als man denkt. Vielleicht hatte Shorty ein Kondom benutzt, vielleicht hatte er gar nicht ejakuliert. Für mich war Kamareias Mord aus purem Hass verübt worden. Soweit ich sah, hatte Stewart Kamareia vergewaltigt, weil es einfach eine Möglichkeit war, ihr wehzutun.

Aber letztlich gab es keine brauchbaren Indizien, kein Material für die Genanalyse. Am Tatort aufgefundene Haare und Fasern waren von keinerlei Nutzen, da Stewart ohnehin schon seit zwei Wochen in der Wohnung gearbeitet hatte. Auch unter Kamareias Fingernägeln fand sich nichts. Sie war offenbar zu überrumpelt gewesen von dem plötzlichen Angriff, um sich noch richtig zu wehren.

Das ganze Ermittlungsverfahren beruhte auf Kamareias Beschuldigung im Angesicht des Todes. Als der Richter diese nicht gelten ließ, fiel der Rest wie ein Kartenhaus in sich zusammen. Aus Mangel an Beweisen kam es nie zu einem Prozess, und so war alles, was Royce Stewart in Minneapolis widerfuhr, der Verlust seines Führerscheins, weil er irgendwann später mal betrunken am Steuer angehalten wurde.

»Sarah?«

Neben mir war die Tür des Gerichtssaals fast geräuschlos aufgeschwungen. Jane O'Malley schaute mich an. »Sind Sie bereit?«

»Ja«, sagte ich.

Kapitel III

O'Malley hatte zwar gesagt, die Zeugenvernehmung wäre heute schneller als erwartet gegangen, doch ich brauchte eine ganze Weile für meinen Teil der Geschichte.

Es war schon nach fünf, als ich zurückkam. Vang saß noch an seinem Schreibtisch, wie üblich am Telefon. Er hing wohl gerade in der Warteschleife, denn er hielt den Hörer einen Moment von seinem Mund weg und sagte zu mir: »Dein Mann war vorhin da und hat nach dir gefragt.«

»Was, Shiloh war da?«, wunderte ich mich. »Ist er ...«

Aber Vang konzentrierte sich schon wieder auf sein Telefongespräch.

»Hallo, Commander Erickson, hier spricht ...«

Ich hörte nicht mehr hin. Shiloh war offensichtlich wieder abgeschwirrt, und obwohl ich Dienstschluss hatte und bald zu Hause sein würde, war ich seltsam enttäuscht, ihn verpasst zu haben.

Bis vor zwei Wochen war Shiloh noch bei der Stadtpolizei von Minneapolis tätig gewesen. Wir hatten zwar nicht zusammengearbeitet, waren uns aber manchmal im Dienst begegnet. Jetzt trafen wir uns nie mehr zufällig in der Stadt, und das fehlte mir irgendwie.

Doch ich würde mich wohl oder übel daran gewöhnen müssen. Nächste Woche würde Shiloh seinen FBI-Lehrgang in Quantico antreten und ganze vier Monate fortbleiben.

Ich schaute nach, ob noch irgendwelche Nachrichten für mich gekommen waren. Es gab keine, also stellte ich das Telefon auf Voice-Mail beim ersten Klingeln um, schnappte mir meine Tasche und winkte Vang im Hinausgehen zu, was er mit einem Kopfnicken quittierte.

Mein alter Nova, Baujahr 1970, war der erste Wagen, den ich je gekauft hatte. Manche Kollegen verzogen das Gesicht, wenn sie ihn sahen. Sicher stellten sie sich vor, was sie alles daran erneuern würden, wenn es ihr Wagen wäre. Der stahlgraue Lack war stumpf geworden ohne die regelmäßige Pflege, die ein Autonarr ihm hätte angedeihen lassen, und das Armaturenbrett war von dünnen Rissen durchzogen.

Trotzdem war der Wagen erstaunlich zuverlässig, und ich hing nun mal an der alten Karre. Jeden Winter überlegte ich, ob ich sie nicht gegen ein Modell eintauschen sollte, das besser gegen Schnee und Eis gerüstet war, zum Beispiel so einen Geländewagen, wie ihn viele meiner Kollegen fuhren. Aber jetzt war es wieder einmal Herbst, Oktober, und ich hatte noch immer keine Annonce aufgegeben.

Ich fuhr nicht direkt nach Hause. Die Tanknadel war bedenklich weit nach links gerutscht, und so steuerte ich erst einmal die billigste Tankstelle an, die ich kannte, und brachte dann meine Stiefel zum Schuster. Sie brauchten eine professionelle Überholung, um ihr unvorhergesehenes Bad im Mississippi zu überleben. Meine Besorgungen kosteten mich mehr als eine halbe Stunde, bis ich endlich in die ruhige Seitenstraße im Nordosten von Minneapolis einbog, wo Shiloh und ich wohnten.

Unser Stadtviertel, einst stark von osteuropäischen Einwanderern geprägt, war mit den Jahren immer bunter gemischt geworden. Vom Bahndamm zweigeteilt, war es voller verwitterter alter Häuser mit großen, von Fliegengitter abgeschirmten Veranden, mittelständischen Gewerbebetrieben und Eckkneipen, die Grillfleisch und Fassbier anpriesen. Es hatte mir auf Anhieb hier gefallen, ich mochte Shilohs altes Haus mit dem schmalen Garten, hinter dem die Züge vorbeiratterten, die verträumte Atmosphäre im Sommer, wenn man sich im lichtdurchbrochenen Schatten der hohen Bäume fast wie am Grund eines stillen Teichs fühlte. Dennoch hatte Shiloh in dieser Umgebung schon mal ein Schnappmesser von einem Elfjährigen kassiert, und letztes Halloween hatte irgendwer polizeifeindliche Sprüche in roter Kreide auf unsere

Einfahrt gekrakelt. Keine Frage, bei aller Beschaulichkeit war man hier doch immer noch in der Großstadt.

Die alte Mrs. Muzio, unsere Nachbarin, kam gerade aus der Tür, mit ihrem Wolfshundmischling Snoopy an der Leine. Ich wollte schon winken, ließ es dann aber, denn Nedda Muzio bekam sowieso nicht mehr viel mit. Shilohs Pontiac Catalina stand nicht in unserer Einfahrt, also parkte ich an seinem Platz.

Vielleicht hatte er das Auto in die Werkstatt gebracht. Wie der Nova war es eine alte Karre, die Shiloh mehr aus Trägheit als aus Sentimentalität behielt.

Baujahr 1968, das hieß natürlich permanente Reparaturen; in letzter Zeit stimmte irgendwas nicht mit der Kupplung. Hin und wieder redete Shiloh davon, sich ein praktischeres Gefährt anzuschaffen, aber noch hatte er nichts in dieser Richtung unternommen.

Ich betrat das Haus durch die Hintertür. Sie führte in eine Art Diele mit ewig dreckigem Linoleumboden, die als Waschküche diente. Ich stellte meine Plastiktüte auf dem Trockner ab und beschloss, die nassen Sachen gleich in die Maschine zu stopfen.

Ich war gerade dabei, das Waschmittel einzufüllen, als ich sah, dass jemand mich beobachtete, ein Schatten, der sich auf dem Weiß der gegenüberliegenden Wand abzeichnete.

Ich fuhr zusammen, meine Pistolenhand zuckte automatisch hoch und verschüttete etwas von dem Waschpulver. Doch dann erkannte ich, wer es war, und drehte mich ärgerlich zu Shiloh um.

»Verdammte Scheiße«, blaffte ich, »was schleichst du dich denn hier so an!« Ich atmete tief durch. »Ich dachte, du wärst nicht zu Hause, dein Wagen …«

Ich unterbrach mich, plötzlich verunsichert.

Obwohl er über einsachtzig groß war, hatte mein Mann von seinem Äußeren her nie so einschüchternd gewirkt wie viele seiner Kollegen. Er war jungenhaft schmal und schlaksig, doch mit scharfen, fein gemeißelten Gesichtszügen, blasser Haut und leicht geschlitzten Augen, die ihm etwas von einem Eurasier verliehen, als hätten seine Vorfahren früher in den Steppen der Mongolei gelebt.

Die Augen machten seine Miene schwer durchschaubar. Aber im Moment schien sie mir Missbilligung auszudrücken.

»Was ist los?«, fragte ich.

Shiloh schüttelte langsam den Kopf, eindeutig tadelnd. »Du dummes Ding«, sagte er ruhig.

»Wieso? Was soll das?«, wunderte ich mich, doch er schwieg, sah mich nur weiter mit diesem finsteren Blick an.

Shiloh und ich hatten nie zusammen an einem Fall gearbeitet, daher hatte ich nie Gelegenheit gehabt, seine Verhörtechnik mitzuerleben. Vielleicht lernte ich sie jetzt kennen.

»Weißt du, wie viele Leute jedes Jahr in dem Fluss ertrinken?«, fragte er schließlich.

»Oh«, sagte ich. »Vang hat also gepetzt?« Meine Stimme klang etwas zu hoch. Wenn Leute selten wütend werden, ist ihr Zorn doppelt fürchterlich. »Ich bin ja noch mal heil davongekommen«, sagte ich.

»Was hast du dir bloß dabei gedacht?«

»An meiner Stelle hättest du dasselbe getan.«

Er stritt das nicht ab. »Ich hab aber nicht erst mit dreiundzwanzig schwimmen gelernt.«

»Ich war zweiundzwanzig«, sagte ich.

»Darum geht's doch gar nicht.«

Ich kehrte ihm den Rücken zu und wischte das verstreute Waschpulver in die Maschine, startete das Waschprogramm und hörte das gedämpfte Zischen des einlaufenden Wassers.

Shiloh kam näher und legte mir die Hände auf die Hüften. »Mir ist fast das Herz stehen geblieben, als Vang es mir erzählt hat«, sagte er, und seine Stimme klang schon versöhnlicher.

Vor lauter Erleichterung drängte es mich jetzt geradezu, mich zu entschuldigen. Stattdessen sagte ich: »Heute hätte ich dich da draußen gut brauchen können.« Er hatte Erfahrung mit Selbstmordkandidaten, mehr als Erfahrung, oft auch Erfolg bei dem Versuch, sie davon abzubringen. »Sie war mein erster Springer.«

Er hätte jetzt sagen können: *und beinah auch dein letzter*, aber offenbar war das Thema für ihn erledigt. Er beugte sich näher zu meinem Ohr hin und murmelte: »Ich kann den Fluss in deinem Haar riechen.« Dann hob er meinen untergeschlungenen Pferdeschwanz hoch und küsste mich in den Nacken.

Ich wusste, was das zu bedeuten hatte.

NACHHER IN UNSEREM SCHLAFZIMMER war Shiloh so still, dass ich schon dachte, er wäre eingeschlafen. Ich hob den Kopf von seiner Brust und blickte ihm ins Gesicht; seine Augen waren geschlossen. Dann streichelte er mir mit einer Hand über den Rücken, ohne die Augen zu öffnen. Hätte ich ihn nicht besser gekannt, hätte ich denken können, dies sei eben seine Art, die Dinge zu nehmen: entspannt und lässig.

Aber ich wusste es besser. Ich beobachtete Mike Shiloh seit Jahren, aus der Ferne wie aus der Nähe. Manchmal kam es mir so vor, als suchte er sich absichtlich den Weg des größten Widerstands, als verschmähte er es aus Prinzip, sich irgendetwas leicht zu machen.

Shilohs Karriere war nicht so geradlinig verlaufen wie meine. Als ich ihn kennen gelernt hatte, war er Zivilfahnder beim Rauschgiftdezernat gewesen. Später hatte er sich für einen Lehrgang als Unterhändler bei Geiselnahmen beworben. Da hatten sie ihn aber nicht genommen, sondern ihm eine Stelle zugewiesen, die ihm überhaupt nicht passte, als Sachbearbeiter im Morddezernat. Und so war Shiloh Spezialist für ungelöste Fälle geworden.

Die Aufarbeitung ungelöster Fälle ist eigentlich ein Luxus, den sich die Polizei nur in Zeiten wirtschaftlichen Aufschwungs zu leisten vermag, wenn das Budget großzügig aufgestockt wird und zugleich die Verbrechensrate sinkt, sodass Beamte dazu abgestellt werden können, alten Fährten nachzuspüren, normalerweise Mordfällen. In vielerlei Hinsicht war es eine ideale Aufgabe für Shiloh, der knifflige Rätsel liebte. Trotzdem war ihm klar, dass die Versetzung ins Hinterstübchen der Polizeiarbeit, wo man bezeichnenderweise keinen Partner zugeteilt bekam, eine dünn verschleierte Herabstufung darstellte.

Shiloh war siebzehn, als er aus seinem Heimatort in Utah fortging, ohne die Highschool abgeschlossen zu haben. Er arbeitete bei einer Holzfällertruppe in Montana, als er in einer Rettungsmannschaft zum ersten Mal bei einem Polizeieinsatz mitmachte.

Seine Polizeilaufbahn hatte ihn kreuz und quer durch den mittleren Westen geführt. Bei der Rauschgiftfahndung brauchten sie allerorts ein neues Gesicht, denn ein Zivilfahnder musste vor allem unbekannt sein, um sich erfolgreich in die einschlägigen Kreise schmuggeln zu können. In Städten wie Gary, Indiana, oder Madison, Wisconsin, hatte er oft allein gearbeitet. Manchmal waren seine Kollegen ganz anständige Leute, oft aber auch engstirnige, schießwütige Cowboys. Und seine Vorgesetzten waren nicht unbedingt besser.

Als er schließlich nach Minneapolis kam, um sich dort auf unbestimmte Zeit niederzulassen und nebenbei einen Collegeabschluss in Psychologie zu machen, war Shiloh zu einem einsamen Wolf geworden, der gelernt hatte, nur noch seinen eigenen Instinkten und Ansichten zu vertrauen.

Seiner Herkunft nach war Shiloh ein Predigersohn. Im Herzen des Mormonenstaats Utah hatte sein Vater einer kleinen freikirchlichen Gemeinde vorgestanden, deren strenger Glaube die Welt in Gerettete und Ungerettete einteilte. Und obwohl Shiloh seit gut zehn Jahren keinen Gottesdienst mehr besucht hatte, schien es mir doch, als lebte etwas von dem hehren Moralkodex seiner Jugend noch in ihm weiter in Gestalt einer sehr viel liberaleren politischen Einstellung als unter Polizeibeamten üblich.

In der engen, von Kameradschaftsgeist geprägten Welt eines Polizeireviers machte Shiloh sich mit seinen Ansichten wenig Freunde. Er stieß immer wieder mit Vorgesetzten zusammen, deren Auffassungen und Taktiken er nicht guthieß. Sein Mitgefühl für Drogenabhängige und Prostituierte rief Kopfschütteln hervor, zumal er den gutbürgerlichen Denunzianten, die seine Vorgesetzten so schätzten, mit unverhohlener Antipathie begegnete. Ein anonymer Spaßvogel hatte ihm einmal Flugblätter der American Civil Liberties Union an seine Dienststelle geschickt, als wären Schriften einer Bürgerrechtsvereinigung eine besonders anrüchige Form von Pornografie.

Ich selbst verstrickte mich oft genug in Diskussionen mit ihm und reagierte ärgerlich und abwehrend, wenn er mich mit Fangfragen über polizeiliche Tugenden bedrängte, die ich nicht infrage stellen wollte.

Unsere Debatten arteten nie in Zank oder Groll aus, aber wenn wir in der gleichen Abteilung gearbeitet hätten, wären wir wohl nie als Partner eingesetzt worden, und noch weniger hätte man vorausgesagt, dass wir einmal heiraten würden.

»Keiner versteht, dass ausgerechnet ihr beide zusammen seid«, hatte Genevieve einmal gesagt.

»Als ich dich kennen lernte, hast du noch Worte wie ›verworren‹ und ›verwirrt‹ verwechselt. Und Shiloh …« Sie überlegte einen Moment. »Shiloh hat mal einen Kollegen angerüffelt, der einer Fernsehreporterin vertrauliche Informationen zugetragen hatte – ich glaube, es wurde gemunkelt, der Typ hätte ein Verhältnis mit ihr. Jedenfalls nannte Shiloh ihn einen ›verdammten Quisling‹. Kaum waren die beiden draußen, haben wir anderen uns gleich aufs Wörterbuch gestürzt, um rauszufinden, was ›Quisling‹ heißt. Wir dachten, es wär was Schweinisches.« Genevieve lachte. »Aber wie sich rausstellte, bedeutet es Verräter.«

»Typisch Shiloh«, sagte ich, »jemanden anzumosern und ihn zugleich seine Überlegenheit fühlen zu lassen.«

Doch an der Art, wie er seinen Dienst versah, konnte niemand etwas aussetzen. Etliche Kollegen schätzten seine Intelligenz und seine Arbeitsmoral, doch es gab zu viele andere, die meinten, Mike Shiloh sollte endlich mal einen Dämpfer verpasst kriegen, und den bekam er dann auch.

Die Aufarbeitung ungelöster Fälle gibt einem wenig Gelegenheit, sich hervorzutun. Die meiste Zeit ist man mit fruchtlosem Nachlesen und Nachfragen beschäftigt. Längst zu den Akten gelegte Fälle lassen sich nur dann neu aufrollen, wenn irgendein Zeuge sich nach Jahren oder gar Jahrzehnten wieder meldet, weil er Gewissensbisse hat.

Während Shilohs Karriere hinter Aktenbergen versackte, lösten Genevieve und ich Fall um Fall in beachtlicher Geschwindigkeit.

»Reine Glücksache«, sagte ich damals zu Shiloh. »Das Blatt wird sich schon wieder wenden.«

Und tatsächlich, nachdem er Annelise Eliot überführt hatte, eine Mörderin, die seit über zehn Jahren frei herumlief, kam ein FBI-Agent auf ihn zu und schlug vor, er könne sich ja mal bei ihnen bewerben.

Unsere Beziehung hatte sich über fünf Jahre hinweg in einem abenteuerlichen Zickzackkurs auf die Ehe zubewegt.

Als Paar passten wir sicherlich nicht besonders gut zueinander, wie Genevieve bemerkt hatte. Wir waren eine Weile liiert, verkrachten uns, vertrugen uns wieder und zogen schließlich zusammen, bevor wir dann erst vor kurzem heirateten.

Aber dennoch hatte es mich all die Zeit fast unausweichlich zu Shiloh hingezogen. Ich konnte es selbst Genevieve kaum erklären, obwohl sie meine Beziehung zu Shiloh besser verstand als jeder andere.

Ich hatte ihr gleich zu Beginn erzählt, dass ich etwas mit ihm hatte, obwohl *erzählt* nicht ganz das richtige Wort ist; ich hatte mich verplappert.

Als ich noch Streifenpolizistin war, versuchte Genevieve immer, mir zu einem besseren Posten zu verhelfen. Eines Abends, als ich bei ihr in St. Paul zu Gast war, hatte sie wieder eine Gelegenheit ausgespäht.

»Radich, der Koordinator für verdeckte Ermittlungen beim Rauschgiftdezernat, hält eine Menge von dir«, sagte sie. Sie war eine kleine Frau in einer Schürze, die halb die alte Jeans und den Pulli verdeckte, die sie zum Kochen angezogen hatte. Obwohl sie gerade Oliven und Tomaten für die Pasta hackte, schaute sie dauernd zu mir herüber, und ihre braunen Augen sprühten geradezu vor Ideen. Augenkontakt war ihr überaus wichtig; reden ohne Augenkontakt war für sie wie fahren ohne Licht.

»Könntest du dir vorstellen, so einen Job zu übernehmen?«, fragte sie. »Zwei von den altgedienten Zivilfahndern, Nelson und Shiloh, werden demnächst wahrscheinlich aussteigen, dann brauchen sie neue Leute.«

»Ach? Davon hat Shiloh noch gar nichts gesagt«, warf ich unbedacht ein und dachte sofort: *Oh, Mist.*

»Wieso hätte Shiloh dir etwas davon sagen sollen?«, wunderte sie sich. Ich hatte zwar mal an einem Einsatz des Rauschgiftdezernats teilgenommen, aber das war lange her, wie Gen sehr wohl wusste.

Dann ging ihr plötzlich ein Licht auf. »Mein Gott, das kann doch wohl nicht dein Ernst sein.«

»Wir haben's vor den Kollegen bisher noch verschwiegen«, murmelte ich, ein wenig geniert.

»Wir sprechen hier doch von demselben Typ, oder?«, neckte sie mich. »Einsfünfundachtzig, rötlich braune Haare, sagt nicht viel, lässt dafür aber keine Gelegenheit aus, einem beim Basketball an den Hintern zu grapschen?«

»Das ist nicht wahr!«

»Oh doch, Sarah. Du willst nur nicht zugeben, dass du's nicht schaffst, ihn rund um die Uhr zu bewachen.«

»Nein, ich meine, dass er nicht viel sagt. Mir schon. Mir sagt er eine Menge.«

Ihre braunen Augen musterten mich prüfend, und ein halb garer Tomatenschnitz tropfte langsam, unbemerkt, von dem Kochlöffel in ihrer Hand auf den Boden. Ich sah, dass sie mir glaubte.

»Jetzt bin ich aber platt«, sagte sie. »Nie im Leben hätte ich gedacht, dass ihr beide mal zusammenkommt. Ihr seid doch total verschieden. Na ja, vielleicht scheint's mir auch nur so. Ich kenne Shiloh ja nicht so gut.« Sie zögerte. »Sag mal, wie ist er denn nun wirklich?«

Meinst du, im Bett?, hätte ich fast gefragt, um das Ganze ins Scherzhafte zu ziehen, aber das ging nicht, also sagte ich nur, ohne lange zu überlegen: »Shiloh ist ein tiefes Wasser.«

Das war natürlich nicht sehr erhellend. Doch wie hätte ich Genevieve erklären können, dass ich Shiloh nicht trotz unserer Verschiedenheit mochte, sondern gerade deswegen. Shiloh war nicht wie ich, und er war auch nicht wie die Männer, zu denen ich mich normalerweise hingezogen fühlte.

Er musste mir nicht die Hand halten oder mich ständig anfassen, wenn wir zusammen waren. Er brauchte es auch nicht, dass ich all seine Interessen teilte oder die gleichen Dinge mochte wie er. Und von Anfang an war mir klar gewesen, dass ich mich anstrengen musste, um mit seinem Wissen und seiner Denkweise mitzuhalten.

Hätte ich ihn auch nur ein Jahr früher getroffen, hätten genau diese Dinge mich wahrscheinlich abgeschreckt. Aber jetzt sah ich in Shiloh die Möglichkeit einer Seelenverwandtschaft, die in etwas viel Tieferem gründete als gemeinsamen Interessen und Ausgewogenheit in allen Bereichen, etwas, das diese alten Kriterien bedeutungslos erscheinen ließ, ja geradezu trivial. Er hatte Abgründe in sich, die mich ängstigten und faszinierten, mir das Gefühl gaben, nach einem Leben in der Prärie zum ersten Mal das Meer zu sehen. Nachdem ich ihn getroffen hatte, erschien mir die Art von Männern, mit denen ich früher ausgegangen war, die mit dem akkuraten Haarschnitt und dem Geländewagen, ziemlich konturlos und weit weniger attraktiv.

Shiloh regte sich jetzt neben mir und schlüpfte unter dem Arm hervor, den ich ihm über die Brust gelegt hatte. Ich sah ihm nach, als er zur Kommode ging und einen Nagelknipser hervorkramte.

»Du willst dir jetzt die Nägel schneiden? Die Haare hast du dir auch schon wieder schneiden lassen, stimmt's?«, fragte ich ein wenig vorwurfsvoll. Er wusste doch, dass er mir mit längeren Haaren besser gefiel. Wenn er sie so kurz trug, hatte die Sonne keine Chance, die helleren Kupfertöne in seinem dunklen Schopf zur Geltung zu bringen.

Er ignorierte die sanfte Kritik. »Nein, ich will *dir* die Nägel schneiden«, sagte er, setzte sich auf die Bettkante und griff nach meiner Hand.

Ich zog sie ihm weg. »Wieso denn das?«

»Weil du mich gekratzt hast. Ich weiß nicht, ob sie in Quantico Gemeinschaftsduschen haben, aber ich will da nicht mit zerkratztem Rücken auftauchen.« Er nahm sich wieder meine Hand vor.

»So lang sind meine Nägel doch gar nicht.«

»Nein, aber abgesplittert. Weil du drauf rumkaust.«

»Tu ich überhaupt nicht mehr«, log ich. Als ich den Knipser am ersten Fingernagel spürte, zuckte ich unwillkürlich zurück.

Shiloh blickte auf. »Traust du mir nicht?«

»Doch«, sagte ich, und diesmal war es nicht gelogen.

Mit einem metallischen Klicken biss sich der Knipser durch den Nagel meines Zeigefingers; Shiloh ließ den Finger los und ging zum nächsten über. Eine lang verschüttete Erinnerung stieg in mir auf, und ich schloss die Augen, um ihr nachzuspüren. Natürlich, das war es: In Shilohs Händen fühlte ich die Berührung meiner Mutter. Sie hatte mir als Kind auch immer die Nägel geschnitten, damals, als der Eierstockkrebs sie schon von innen zerfraß.

Shiloh wischte die Nagelschnipsel von der indianischen Bettdecke auf den Boden. »So, das hätten wir«, sagte er sanft.

»Danke.« Ich stand auf und klaubte meine verstreuten Kleider zusammen. »Wir sollten mal langsam ans Abendessen denken.« Ich zog mir das T-Shirt über den Kopf.

Shiloh legte die Beine hoch, verschränkte die Hände im Nacken und sah mir beim Anziehen zu. »Mach dir da lieber nicht zu viel Hoffnung«, meinte er. »Ich will ja nicht unken, aber der Kühlschrank sah ziemlich leer aus, als ich das letzte Mal reingeschaut habe.«

»Echt?«, sagte ich. »Das klingt aber gar nicht gut.«

Ich ging in die Küche. Draußen vor dem Fenster dämmerte es schon. Als Shiloh hereinkam, hockte ich vorm Kühlschrank und peilte die Proviantlage. Viel versprechend sah es nicht gerade aus.

»Ich könnte uns was von Ibrahim holen«, schlug ich vor.

»Ibrahim« nannten wir den Tankstellenshop in unserer Nachbarschaft. Obwohl es in Minneapolis jede Menge Supermärkte mit langen Öffnungszeiten gab, zog Ibrahim uns unwiderstehlich an, wenn uns zu später Stunde wieder mal die Vorräte ausgegangen waren. Wir kauften dort so oft ein, dass Shiloh schon gemeint hatte, es sei doch schade, dass wir keinen Hochzeitsempfang veranstaltet hätten; wir hätten das Buffet direkt von der Tanke liefern lassen können.

»Hmm …«, sagte Shiloh. Die Aussicht auf Ibrahims sattsam bekannte Tiefkühlkost schien ihn nicht sonderlich zu begeistern.

»Oder«, überlegte ich, »wir machen was mit Reis, Oliven und gehackten Mandeln, das haben wir alles noch da. Wenn wir ein paar Tomaten besorgen und Zitronen …«

»Und Huhn, jaja, ich seh schon, wo das wieder hinführt«, unterbrach Shiloh.

Keiner von uns legte besonderen Wert aufs Kochen, aber Shiloh war darin besser als ich. Von den paar Rezepten, die er auswendig konnte, mochte ich das baskische Huhn am liebsten.

Shiloh bereitete es ziemlich oft zu, alle zwei bis drei Wochen, doch ich musste ihn immer erst darum bitten. Ich hatte den Verdacht, dass er sich ganz gern ein bisschen drängen ließ. Denn natürlich gefiel es ihm, dass mir sein Essen schmeckte, auch wenn er sich gegen die Kocherei zu sträuben schien; also schmeichelte ich munter weiter.

»Ich weiß ja, es ist ziemlich arbeitsintensiv, mit der ganzen Vorbereitung und so …«

Wie erwartet, schüttelte Shiloh nachlässig den Kopf. »Nein, nein, ich mach's schon. Wenn du dafür einkaufen fährst.«

»Klar, ich hol nur schnell meine Schuhe.« Auf dem Weg ins Schlafzimmer fiel mir plötzlich etwas ein. »Sag mal, wo hast du eigentlich dein Auto?«

»Ah …« Pause. Ich hörte ihn eine Coladose aus dem Kühlschrank nehmen. »Das hab ich verkauft.«

»Was?« Ich war baff. »So plötzlich?«

Trotz seiner Drohungen, die alte Klapperkiste endlich abzustoßen, hatte Shiloh sie immer wieder so liebevoll von ihren zahlreichen Gebrechen kurieren lassen, dass sein schneller Entschluss mich doch einigermaßen verblüffte. Mit Socken und Turnschuhen in der Hand ging ich in die Küche zurück und setzte mich auf den Boden, um sie anzuziehen.

»Der lange Weg nach Virginia war dem Wagen nicht mehr zuzumuten«, meinte Shiloh. »Ich werde stattdessen einfach fliegen. Über einen neuen Wagen kann ich mir immer noch den Kopf zerbrechen, wenn ich Quantico hinter mir habe.«

»Du hast doch noch Zeit, bevor du los musst. Da könntest du auch gleich einen kaufen.«

»Ich hab noch eine Woche«, sagte er, während er begann, die Knoblauchzehen zu schälen. »In der Zeit könnte ich ein Auto kaufen, aber ich kann so lange auch mal ohne leben.«

»Also, ich würde verrückt werden.« Ich stand auf. »Es macht mir zwar nichts aus, zu Fuß zu gehen, aber allein schon der Gedanke, kein Auto zu haben, wenn ich eins bräuchte – nee, das fände ich schrecklich.«

»Ich weiß, was du meinst«, nickte Shiloh. »Ein Auto ist viel mehr als bloß ein Transportmittel. Es ist auch eine Investition, ein Büro, ein Schließfach, eine Waffe.«

»Eine Waffe?«, wunderte ich mich.

»Wenn die Leute mal darüber nachdenken würden, was für physikalische Kräfte sie da in Gang setzen, würden manche sich nicht mehr trauen, aus der Garage rauszufahren. Du hast ja selber genug Unfälle gesehen.« Er schob die klein gehackten Knoblauchstücke mit der Messerklinge zu einem akkuraten Häufchen zusammen.

»Oh ja, mehr als genug«, seufzte ich. Dann fiel mir noch etwas anderes ein. »Sag mal, als du vorhin in der Stadt warst, wolltest du da eigentlich mit mir heimfahren?«

»Ja. Ich musste den Wagen zu den Leuten bringen, die ihn gekauft haben, und dann bin ich zu dir ins Büro, aber Vang sagte, du wärst gerade bei Gericht.«

»Du hättest ruhig warten können. Das war doch ein ziemlicher Fußmarsch hier raus.«

»Ach was, die paar Meilen, nicht weiter tragisch. Übrigens, hast du mal wieder was von Genevieve gehört?«

Die Frage traf mich völlig unvorbereitet. Ich griff nach seiner Coladose und nahm einen Schluck, um mir Halt zu geben. »Nein, sie ruft mich nie an. Und wenn ich sie anrufe, ist sie immer so einsilbig … Ich weiß nicht, ob das besser oder schlechter ist als früher, als sie die ganze Zeit nur über Royce Stewart reden wollte.«

Genevieve wohnte eine Stunde nördlich von dem Heimatort des Mörders ihrer Tochter, einer Kleinstadt namens Blue Earth. Aber sie kannte dort einige Hilfssheriffs, die anscheinend bereit waren, sie über Shortys Aktivitäten auf dem Laufenden zu halten. Sie hatte mir mitgeteilt, dass er wieder auf Baustellen arbeitete und abends in seiner Stammkneipe herumhing. Obwohl er keinen Führerschein mehr besaß und außerhalb der Stadt wohnte, schien er es vorzuziehen, in Gesellschaft zu trinken statt allein zu Hause. Genevieves Informanten zufolge sah man ihn nachts oft zu Fuß unterwegs. Keiner hatte ihn je beim Fahren ohne Führerschein erwischt, und offenbar betrank er sich nie derart, dass er wegen Erregung öffentlichen Ärgernisses festgenommen worden wäre.

»Ich erinnere mich«, sagte Shiloh. »Das hast du mir erzählt.«

»Jetzt redet sie gar nicht mehr von ihm. Aber ich weiß nicht, ob das heißt, dass sie auch aufgehört hat, an ihn zu denken. Ich wünschte, sie würde wieder zur Arbeit kommen. Sie braucht etwas zu tun.«

»Fahr sie doch besuchen«, sagte Shiloh.

»Meinst du wirklich?«

»Nun ja, du hast doch selbst gesagt, du überlegst, ob du hinfahren sollst.«

Das stimmte, ich hatte mal so etwas erwähnt. Wie viele Wochen war das nun schon wieder her? Aber unternommen hatte ich noch immer nichts. Ich schämte mich. Natürlich hatte ich nie Zeit gehabt, das ist ja die klassische Ausrede, bei Polizisten wie bei Managern. *Ich bin so eingespannt, mein Job nimmt mich so in Anspruch, die Leute verlassen sich auf mich.* Bis man eines Tages merkt, dass die Bedürfnisse von Fremden einem wichtiger geworden sind als die der Menschen, die man jeden Tag sieht.

»Du hast doch demnächst ein paar Tage Urlaub«, setzte Shiloh hinzu.

Langsam gefiel mir die Idee. »Du, da wär ich gar nicht abgeneigt. Wann, meinst du, sollten wir hinfahren?«

»Ich nicht. Nur du.« Er stand gerade am Kühlschrank, mit dem Rücken zu mir, sodass ich sein Gesicht nicht sehen konnte.

»Ist das dein Ernst?« Ich war perplex. »Ich hab doch extra Urlaub eingereicht, um die paar freien Tage mit dir zu verbringen, bevor du nach Virginia musst.«

»Das weiß ich doch«, sagte Shiloh geduldig. Er wandte sich zu mir um. »Und wir werden auch noch genug Zeit für uns haben. Mankato ist ja nicht so weit weg. Du könntest über Nacht bleiben und am nächsten Tag wieder hier sein.«

»Wieso kommst du nicht einfach mit?«

Shiloh schüttelte den Kopf. »Ich hab noch Verschiedenes zu erledigen, bevor ich fahre. Außerdem wär's ein bisschen viel verlangt von Genevieves Schwester, gleich zwei Leute unterzubringen. Ich wär bloß im Weg.«

»Überhaupt nicht wahr! Du kennst Genevieve länger als ich. Schließlich hast du ja sogar den Sarg bei Kamareias Beerdigung getragen!«

»Ich weiß, ich weiß.« Ganz kurz sah ich den Schmerz in seinen Augen aufblitzen, und ich bereute es, davon angefangen zu haben.

»Ich wollte nur sagen«, verbesserte ich mich hastig, »wenn du nicht mitkommen kannst, dann schieb ich den Besuch lieber auf, bis du in Quantico bist. Zu Genevieve kann ich dann immer noch fahren.«

Shiloh sah mich schweigend an, mit diesem typischen Blick, der mich immer unsicher machte, so wie vorhin, als ich ihm meinen Sprung von der Brücke zu erklären versuchte.

»Du bist ihre Partnerin«, sagte er. »Sie braucht dich, Sarah. Es geht ihr nicht gut.«

»Na ja …«, sagte ich zögernd. »Also, ich werd's mir überlegen.«

Shiloh versuchte nicht, mich zu beschämen, dachte ich, während er ein Glas mit eingelegten Oliven aus dem Kühlschrank holte. So war er nun mal – so direkt, dass es schon an Schroffheit grenzte.

»Ich will dich nicht scheuchen, aber ich brauch das Huhn und die anderen Sachen ziemlich bald«, erinnerte er mich. Dann gab er mir eine Olive, tropfnass aus dem Glas. Er wusste, dass ich Oliven liebte.

DRAUSSEN AUF DER STRASSE, als ich zum Einkaufen fuhr, schimmerte schon das erste Lampenlicht in den Fenstern der hohen, hellen Häuser. Warm und einladend sah es aus, und es ließ mich an den Winter und die kommenden Weihnachtsferien denken.

Ich fragte mich, wie wir sie dieses Jahr wohl verbringen würden.

»NEIN, ICH HÖR DIR ZU«, *sagte Genevieve. »Elija in der Wüste. Sprich weiter.«*

Genevieves Haus in St. Paul hatte eine große Küche, mit viel Platz, um gemeinsam darin zu arbeiten, und jeder Menge Gerätschaften, die einer Profiköchin würdig gewesen wären. Sie lebte allein mit Kamareia. Deshalb waren Shiloh und ich gekommen, um das Weihnachtsmahl mit ihnen zu kochen.

Während der Kalbsbraten unter einem dicken Kräutermantel im Ofen schmorte, bereitete Shiloh die Knoblauch-Kartoffel-Rösti zu, und Genevieve zerschnitt rote Paprikaschoten und Brokkoli, die zuletzt gegart werden sollten. Ich, die ich am wenigsten vom Kochen verstand, war mal wieder nur zum Kartoffelschälen abgestellt worden, also war meine Arbeit bereits getan. Kamareia hatte vorher schon einen Käsekuchen gebacken und saß, ebenso wie ich von weiteren Küchenpflichten befreit, mit einem Buch im Wohnzimmer.

Shiloh hatte Genevieve von seiner Theorie der Polizeiarbeit erzählt, die auf der alttestamentarischen Geschichte von Elija in der Wüste basierte.

»Also bitte, erklär das mal genauer«, drängte Genevieve und nippte an ihrem Punschglas. Es war alkoholfreier Punsch; die Röte auf ihren Wangen kam nur von der Hitze in der Küche, nicht vom Trinken.

»Okay«, sagte Shiloh und hielt inne, als wollte er sich noch mal die Bestandteile einer Geschichte vergegenwärtigen, die er gut kannte, aber länger nicht mehr erzählt hatte. »Elija ging in die Wüste, um darauf zu warten, dass Gott zu ihm spräche«, begann er. »Während er da wartete, kam ein Sandsturm auf, und Gott war nicht in dem Sandsturm. Dann kam ein Erdbeben, und Gott war nicht in dem Erdbeben. Dann kam ein Feuer, und Gott war nicht in dem Feuer. Und dann kam eine ganz leise Stimme.«

»Und die ganz leise Stimme war Gott, der zu ihm sprach«, ließ sich eine zarte Stimme hinter uns vernehmen.

Keiner von uns hatte Kamareia näher kommen hören, und wir schauten alle zum Türbogen hin, wo sie stand und uns mit ihren dunklen Rehaugen beobachtete.

Kamareia war größer als ihre Mutter und gertenschlank, während Genevieve drall und muskulös war. In ihrem grauen Body und den ausgeblichenen Jeans – wir hatten beschlossen, uns nicht zum Essen umzuziehen –, und mit ihren Dutzenden von stramm geflochtenen Afrozöpfchen, die sie im Nacken zusammengebunden trug, glich sie mehr einer Tänzerin als einer angehenden Schriftstellerin.

»Richtig«, nickte Shiloh anerkennend.

Kamareia gab sich ihrer Mutter und mir gegenüber immer sehr selbstbewusst und wortgewandt. Wenn Shiloh dabei war, wirkte sie viel stiller, obwohl mir nicht entging, dass sie ihm aufmerksam mit den Augen folgte.

»Und was heißt das im Klartext?«, fragte Genevieve.

»Nun ja …« Shiloh streute eine Hand voll Knoblauch in die Pfanne mit heißem Olivenöl. »Es ist doch so, dass es bei unseren Ermittlungen oft auch wie im Zirkus zugeht.«

»Im Zirkus?«, wunderte sich Genevieve. »Ich dachte, Elija ist in die Wüste gegangen?«

»Also, eigentlich ja in die Berge«, sagte Shiloh. »Aber ich meine damit nur, dass man bei jedem neuen Fall erst mal auf ein heilloses Durcheinander stößt. Doch man muss das Feuer und den Wirbelwind außer Acht lassen und auf die ganz leise Stimme hören.«

»Du hättest als Katholik zur Welt kommen sollen, Shiloh«, sagte Genevieve. »An dir ist ein Jesuit verloren gegangen. Ich kenne keinen, der sich so gut in der Bibel auskennt wie du.«

»Selbst der Teufel kann die Heilige Schrift zitieren, wenn es seinen Zwecken dient«, warf Kamareia ein.

Offenbar unbeeindruckt davon, mit Satan verglichen zu werden, zwinkerte Shiloh ihr zu. Kamareia schaute schnell weg und tat so, als interessierte sie sich für das Gemüse, das ihre Mutter zubereitete. Ich dachte, wenn sie die blasse Haut eines weißen Mädchens gehabt hätte, dann wäre sie jetzt über ihre eigene Keckheit errötet. Umso mehr überraschte es mich, als sie plötzlich wieder zu Shiloh aufschaute. »Willst du damit sagen, dass du bei deiner Arbeit versuchst, auf Gott zu hören?«

Shiloh goss Milch in die Pfanne, um den schmurgelnden, angebräunten Knoblauch abzulöschen. Er antwortete nicht gleich, doch er dachte über ihre Frage nach. Auch Genevieve blickte gespannt zu ihm hin.

»Nein«, sagte Shiloh. »Ich glaube, diese ganz leise Stimme kommt aus dem ältesten und weisesten Teil des Bewusstseins.«

»Das gefällt mir«, sagte Kamareia sanft.

Shiloh und ich sprachen an dem Abend nicht mehr über Genevieve oder über die Arbeit oder über seine bevorstehende viermonatige Abwesenheit. Sein baskisches Huhn war so köstlich wie beim ersten Mal, und wir aßen es fast schweigend, mit wahrem Heißhunger. Später stießen wir im Fernsehen auf *Othello*, in der Branagh-Verfilmung, mit Laurence Fishburne in der Hauptrolle. Shiloh schlief ein, bevor der Film zu Ende war, aber ich blieb hellwach im dunklen Wohnzimmer, um die tragische Bettszene zu sehen.

Kapitel IV

Shiloh war ein Morgenmensch. Ich blieb abends gern spät auf. Seit wir zusammenlebten, zogen wir einander mit wie Ebbe und Flut. Ich stand ihm zuliebe früher auf; er ging meinetwegen später schlafen. Doch an dem Tag, als ich nach Mankato fuhr, weckte er mich nicht; ich merkte überhaupt nicht, wie er aus dem Bett schlüpfte.

Am Ende hatten Shilohs Worte: *Du bist ihre Partnerin*, doch an mein Gewissen appelliert, und ich war seinem Vorschlag gefolgt. Ich hatte Genevieve angerufen und auch mit ihrer Schwester Deborah gesprochen. So war es also ausgemacht: ein Kurzbesuch mit Übernachtung am Samstag, Zeit genug, um Genevieves Seelenzustand einzuschätzen und sie hoffentlich etwas aufzumuntern. Aber auch nicht so lang, dass die Zeit sich allzu sehr hinziehen würde, falls es mir nicht glückte, sie aus ihrer depressiven Stimmung herauszureißen.

Als ich fertig angezogen und mit feuchten Haaren aus dem Badezimmer kam, saß Shiloh gemütlich am Wohnzimmerfenster, das einen breiten Marmorsims hatte und nach Osten ging. Er hatte es einen Spalt weit geöffnet; die frische Luft von draußen kühlte den Raum.

Es hatte über Nacht Schneeregen gegeben, ja sogar einen kurzen Eissturm. Die kahlen Zweige der Bäume vor dem Fenster waren mit einer silbrigen Eisschicht überzogen. Mit dem ersten Winterschnee war normalerweise erst zwei Wochen später zu rechnen, und doch hatte unsere Nachbarschaft sich schon in eine glitzernde Wunderwelt verwandelt, eine Kulisse, auf die jeder Bühnenbildner stolz gewesen wäre.

»Alles in Ordnung?«, fragte ich, weil er so still und in sich gekehrt dasaß.

Shiloh sah zu mir herüber. »Ja, sicher.« Er schwang die Beine vom Fensterbrett. »Hast du gut geschlafen?« Er folgte mir in die Küche.

»Wie ein Ratz.« Die Uhr über dem Herd zeigte fast zehn. »Ich wünschte, ich wäre früher aufgewacht.«

»Wieso, du hast doch keine Eile. Es sind ja nur zwei Stunden Fahrt.«

»Ich weiß«, nickte ich. »Eigentlich könntest du immer noch mitkommen.«

»Nein, danke.«

»Ich hab nur ein bisschen Angst, dass ich nachher nicht weiß, was ich sagen soll. Dir fällt in schwierigen Situationen immer was ein. Mir nie.«

»Ach, das wird schon gut gehen.« Er rieb sich den Nacken, seine typische Geste, wenn er überlegte, wie er etwas ausdrücken sollte. »Am Montag muss ich pünktlich in Quantico antreten. Ich will nicht riskieren, dass mir die Zeit davonläuft, falls die Rückfahrt von Mankato sich irgendwie verzögert. Mein Flugticket lässt sich nämlich nicht umbuchen.«

»Warum sollte sich denn da was verzögern? Ich meine, du verlässt dich doch eh drauf, dass ich dich zum Flughafen fahre.«

»Ich verlass mich auf gar nichts. Mein Flug geht um halb drei. Wenn ich bis um eins nichts von dir höre, nehme ich ein Taxi.«

Die Kaffeemaschine gab ihr übliches ersticktes Gurgeln von sich. Ich hatte schon gewusst, dass ich ihn nicht würde umstimmen können. Wenn Shiloh einen Entschluss gefasst hatte, war jeder Versuch, etwas daran zu ändern, als wollte man Wasser bergauf fließen lassen. Er holte meinen Reisebecher vom Regal und reichte ihn mir.

Im Schlafzimmer zog ich meine Reisetasche unter dem Bett hervor und schaute nach, ob ich alles Nötige eingepackt hatte. Kleidung zum Wechseln, Pyjama, Jogginganzug, falls ich eine Runde laufen wollte. Mehr brauchte ich nicht. Als ich die Tasche hochhob, beulte sie sich hohl an den Seiten ein. Sie war nicht mal halb voll, lächerlich leicht.

Ich fühlte Shiloh neben mir am Boden niederknien. Er strich mir die Haare am Nacken hoch und küsste mich auf den Hals.

Es war eine schnelle Nummer. Wir zogen uns nicht mal ganz aus.

Vieles hatte sich im letzten Jahr bei uns verändert: Kamareia war nicht mehr da, Shiloh war auf dem Sprung nach Virginia, von wo seine Karriere ihn wer weiß wohin führen würde. Für ihn war die Welt sicher genauso aus den Fugen wie für mich. Es war Shiloh gewesen, der zuerst von Heirat gesprochen hatte, fast im gleichen Atemzug mit der Mitteilung, dass er die zweite Teststufe bestanden hatte und für den nächsten Kurs in Quantico zugelassen war.

Shilohs Heiratsantrag war ein Versuch gewesen, in all der Ungewissheit wenigstens etwas Stabilität zu schaffen. So gut ich das verstand, hatte ich doch den Eindruck, dass wir mit den Heiratsüberlegungen ein wenig überstürzt an etwas herangingen, das eigentlich mehr Bedachtsamkeit erfordert hätte.

Dennoch hatte ich ja gesagt und ihn geheiratet. Bedachtsamkeit war sowieso nie meine Stärke gewesen.

Shilohs Atem ging immer noch heftig, als er sagte: »Nur für den Fall, dass du doch länger dort bleibst und ich nicht mehr dazu komme, mich zu verabschieden.«

»Na, dann alles Gute«, sagte ich und strich mir die Haare aus den Augen.

Shiloh begleitete mich zum Wagen hinaus und kratzte das Eis von der Windschutzscheibe des Nova, während ich meine leichte Reisetasche auf die Rückbank warf und die Fahrertür aufschloss.

»Ich ruf dich an, wenn ich's nicht rechtzeitig zurückschaffe, um dich zum Flughafen zu bringen«, sagte ich, als er zu mir ans Autofenster trat. Ich lehnte mich hinaus und küsste ihn auf die Wange.

Bevor ich mich zurückziehen konnte, umfasste Shiloh mit beiden Händen mein Gesicht und küsste mich auf die Stirn.

»Fahr vorsichtig«, sagte er.

»Tu ich eh.«

»Nein, wirklich. Ich kenn doch deinen Fahrstil. Sieh zu, dass ich mir keine Sorgen um dich machen muss.«

»Mir passiert schon nichts«, sagte ich. »Bis bald.«

Der eisige Regen über der Stadt war auch im Süden von Minnesota niedergegangen, und ich drosselte das Tempo, sobald ich auf der Landstraße war. Stellenweise gab es noch Glatteis, das unter den Autoreifen aber allmählich wegschmolz. Im Radio wurden weitere Regenfälle über Süd-Minnesota und sinkende Temperaturen mit Nachtfrostgefahr angekündigt. Doch bis dahin würde ich längst von der Straße runter sein. Schon gegen Mittag hatte ich die Grenze zum Bezirk Blue Earth County passiert.

Es war eine dieser geografischen Absonderlichkeiten, die Neuankömmlinge in der Region oft verwirrten, dass Mankato die Bezirkshauptstadt von Blue Earth County war, während das Städtchen Blue Earth, fast an der Grenze zu Iowa gelegen, zum Bezirk Faribault County gehörte.

Blue Earth war der Ort, wo Royce Stewart, der Mörder von Kamareia Brown, nach wie vor lebte und frei herumlief. Besser gar nicht daran denken.

Genevieves Schwester und Schwager wohnten auf einer Farm südlich von Mankato, obwohl sie nur zwei Hektar Land hatten und keine Landwirtschaft betrieben. Es war das erste Mal, dass ich sie besuchte, auch wenn ich Deborah Lowe in den Wochen nach Kamareias Tod öfter getroffen hatte. Sie war in die Stadt gekommen und hatte alle nötigen Schritte für die Beerdigung unternommen, um ihre Schwester so weit wie möglich zu entlasten.

Ihre Familie, die ursprünglich aus Italien und Kroatien stammte, war schon seit vier Generationen in St. Paul ansässig. Genevieves Eltern, liberale Gewerkschaftler, hatten vier ihrer fünf Kinder aufs College geschickt und eins davon außerdem ins Priesteramt. Als Genevieve in den Polizeidienst eingetreten war, hatten ihre Eltern ihre Berufswahl ebenso problemlos akzeptiert wie ihre Ehe mit einem Schwarzen, aus der eine gemischtrassige Enkelin hervorgegangen war.

Als Teenager hatte Deborah mit dem Gedanken gespielt, ins Kloster zu gehen, die Idee dann aber fallen lassen. »Jungs«, hatte sie knapp erklärt.

Stattdessen war sie Lehrerin geworden, anfangs noch in St. Paul, bis sie dann aufs Land gezogen war, um eine Lebensweise aufzunehmen, die ihre Familie über ein Jahrhundert nicht mehr gekannt hatte. Sie und Doug Lowe betrieben zwar weder Ackerbau noch Viehzucht, doch sie hatten einen großen Gemüsegarten und hielten Hühner, um die Lebenshaltungskosten zu senken und ihr mageres Lehrergehalt aufzubessern.

Es war Deborah, die den Wagen in der Einfahrt hörte und mich begrüßen kam, als ich meine Tasche vom Rücksitz des Nova holte, den ich unter dem Apfelbaum vor ihrem Haus geparkt hatte.

Deborah war ein bisschen größer und schlanker als Genevieve, aber sonst glichen sie sich fast wie Zwillinge. Beide hatten dunkle Augen, schwarze Haare – Deborah trug sie lang, heute zu einem Pferdeschwanz gebunden – und einen leicht olivenfarbenen Teint. Deborah kam die Eingangsstufen herab, gefolgt von einem Hund, einem fetten braun-weißen Corgi, der zwar ein bisschen kläffte, aber unten an den Stufen stehen blieb, um den Eindringling erst einmal aus sicherer Distanz zu beäugen.

Während ich noch am Auto stand, kam Deborah lächelnd auf mich zu und schloss mich, ehe ich's mich versah, fest in ihre harten, sehnigen Arme.

»Danke, dass du hergekommen bist«, sagte sie, als sie mich losließ.

»Wie geht es ihr denn?«, wollte ich gerade fragen, aber da schwang die Fliegengittertür schon wieder auf, und Genevieve trat auf die Veranda heraus.

Sie hatte ihre kurzen Haare wachsen lassen – oder hatte seit Kamareias Tod wohl einfach nicht mehr daran gedacht, zum Friseur zu gehen. Die paar Pfunde, die sie mehr als ihre Schwester hatte, waren kein Fett; es waren Muskeln vom Fitnesstraining. Ihre Statur erinnerte mich an die dralle Rundlichkeit von Ponys, die früher in Bergwerken eingesetzt wurden.

Ich schulterte meine Tasche und ging an Deborah vorbei auf die Veranda zu. Genevieve blickte mich unverwandt an, während ich die Stufen hinaufstieg.

Es schien mir selbstverständlich, sie zur Begrüßung zu umarmen, aber sie blieb so steif in meinen Armen wie ich eben noch in Deborahs.

Den Geräuschen im Wohnzimmer nach lief gerade ein Basketballspiel im Fernsehen. Deborahs Mann, Doug, hob grüßend die Hand, ohne von seinem Sessel aufzustehen.

Deborah führte mich den Flur entlang. »Du kannst deine Tasche hier abstellen«, sagte sie und deutete in einen Raum, der wohl als Gästezimmer diente.

Drinnen standen zwei Betten. Die Tagesdecke auf dem einen war ein bisschen verknittert, als hätte jemand dort mitten am Tag gelegen, und ich begriff, dass es Genevieves Zimmer war, das ich mit ihr teilen würde.

Ich stellte meine Tasche vor dem anderen Bett ab. Auf der Kommode, in einem altertümlichen Zinnrahmen, stand ein vertrautes Foto von Kamareia. Das Foto war erst ein Jahr alt; eine sechzehnjährige Kam blickte mich daraus mit ihren dunklen Gazellenaugen an. Sie lächelte strahlend und hielt den Corgi an sich gedrückt. Der Hund wollte sich offenbar ihrem Griff entwinden, und sie versuchte, ihn für das Foto festzuhalten, was der Grund für ihre Heiterkeit war.

Ich hatte das Bild in Genevieves Haus gesehen und fragte mich, ob sie es wohl mitgebracht hatte oder ob die Lowes immer schon das Gleiche in ihrem Gästezimmer stehen hatten.

»Magst du was trinken?«, fragte Deb in der Tür. »Wir haben Cola und Mineralwasser, glaub ich. Oder Bier, falls es dir nicht zu früh am Tag dafür ist.« Es war gegen ein Uhr mittags.

»Danke, ja, ich hätte gern eine Cola«, sagte ich.

In der großen, sonnigen Küche schenkte mir Deborah ein Glas Cola mit Eis ein. Genevieve war so still, als wäre sie gar nicht da. Ich fing absichtlich ihren Blick auf.

»Also«, sagte ich, »was kann man denn hier auf dem Land alles so unternehmen?«

»Ich dachte, du bist nur für einen Tag rausgekommen.«

Ich spürte, wie ich rot wurde vor Verlegenheit. Ich hatte nur auf gut Glück versucht, ein Gespräch in Gang zu bringen, und mir war nichts Besseres eingefallen. »Na ja, ich meine, nur ganz allgemein.«

Als Genevieve darauf die Antwort schuldig blieb, sprang Deborah ein. »Wir haben ein Multiplexkino in unserer Stadt, und das ist schon praktisch alles. Wenn wir uns ins Nachtleben stürzen wollen, müssen wir nach Mankato fahren. Da gibt's eine Uni, also auch die Art von Zerstreuungen, an denen Studenten Spaß haben.«

»Alles, was Studenten brauchen, sind Kneipen«, sagte ich.

»Kneipen und Musikclubs«, nickte Deborah.

Darauf folgte erst einmal Schweigen. Schließlich fragte Deborah: »Wie geht's deinem Freund ... wie heißt er noch?«

Unwillkürlich sah ich zu Genevieve hin, ob sie ihre Schwester wohl verbessern würde. Sie wusste doch, dass Shiloh und ich verheiratet waren. Aber sie blieb stumm.

»Meinem Ehemann«, sagte ich. »Shiloh geht's gut.« Ich nippte an meiner Cola und wandte mich wieder zu Deborah um, nachdem Genevieve ohnehin nichts zur Unterhaltung beizutragen hatte.

Es war nicht so, dass sie kataton gewirkt hätte. Sie ging herum, sie antwortete auf Fragen, sie tat, was gerade zu tun war. Aber sie wirkte womöglich noch bedrückter als zuletzt in Minneapolis. Vielleicht würde der Rückzug aufs Land ihr irgendwann helfen, doch bislang hatte es nicht den Anschein.

Die Unterhaltung zwischen mir und Deborah, größtenteils über Kriminalität und Stadtpolitik in Minneapolis, schleppte sich noch eine halbe Stunde lang dahin. Ich trank meine Cola. Genevieve hörte nur zu. Schließlich sagte Deb, sie hätte noch ein paar Schulaufgaben zu korrigieren, und Genevieve und ich setzten uns zu Doug ins Wohnzimmer, wo immer noch die Sportübertragung lief.

Ich schaute eine Viertelstunde zu. Seit meiner Jugend spielte ich Basketball, aber heute brachte ich keinerlei Interesse dafür auf.

Seit ich Genevieve kannte, hatte sie sich nie etwas aus Sport gemacht, nur manchmal mitgespielt, wenn man sie aufforderte, aber jetzt starrte sie ebenso gebannt auf die Mattscheibe wie Doug.

Es schien sie nicht weiter zu kümmern, als ich aufstand und mich leise verdrückte.

Deborah saß in der Küche mit zwei Stapeln Schulaufgaben vor sich auf dem Tisch: korrigierte und unkorrigierte. Den Rotstift in der Hand, saß sie über eins der Blätter gebeugt und blickte auf, als ich mich auf dem Stuhl ihr gegenüber niederließ.

»Glaubst du, Genevieve ist mir böse?«, fragte ich.

Deborah legte den Stift hin und kaute nachdenklich auf der Lippe. »Sie verhält sich mit jedem so«, sagte sie. »Man muss sie praktisch in den Hintern treten, um sie zum Reden zu bringen.«

»Das hab ich schon gemerkt. Aber du weißt doch, wie das mit Royce Stewart in der Vorverhandlung gelaufen ist?«

»Was meinst du?«

»Kamareias Identifizierung des Täters auf dem Weg ins Krankenhaus«, sagte ich. »Es war meine Schuld, dass sie für unzulässig erklärt wurde.«

Deb schüttelte den Kopf. »Das war nicht deine Schuld.«

»Wenn ich damals im Rettungswagen alles richtig gemacht hätte, säße Stewart jetzt hinter Gittern.«

Sie sah mich fragend an. »Was heißt denn das, ›richtig gemacht‹, ›richtig‹ aus polizeilicher Sicht? Hättest du Kamareia etwa sagen sollen, dass sie sterben muss?«

Ich schwieg.

»Glaubst du, dass Genevieve das getan hätte, wenn sie bei ihrer Tochter gewesen wäre?«, beharrte sie.

»Nein, natürlich nicht.«

»Siehst du? Und wenn du das getan hättest, dann hätte Genevieve es dir niemals verziehen.«

»Ich bereue ja auch nicht, was ich zu Kamareia gesagt habe, aber …«

»Aber was?«

»Genevieve denkt da vielleicht nicht so logisch.«

Deborah streckte die Hand aus und drückte meine krampfhaft geballte Faust. »Sie nimmt es dir wirklich nicht übel. Das weiß ich ganz sicher.«

»Tja, dann …«, seufzte ich. »Das wär ja schon mal ein Lichtblick. Entschuldige, dass ich dich bei der Arbeit gestört habe.«

»Ich denke wirklich, sie ist froh, dass du da bist«, sagte Deborah. »Du musst einfach Geduld mit ihr haben.«

Gegen halb elf fand ich mich mit Genevieve im Gästeschlafzimmer wieder. Ich hatte mich schon unzählige Male in Umkleideräumen bei der Arbeit oder beim Sport vor ihr ausgezogen, aber dieses schwesterliche, intime Ambiente machte mich auf einmal befangen. Ich versuchte, meine Kleider allesamt im Sitzen abzulegen, auf der Bettkante, mit gesenktem Kopf.

»Verdammt«, grummelte ich, während ich einen Socken über meine hornige Ferse herabrollte, »um zehn Uhr ins Bett. So sieht also das Landleben aus.«

»Jawohl«, sagte Genevieve so teilnahmslos, als läse sie ihren Text von einem Skript ab.

»Wird's dir denn nicht langweilig hier draußen?« Ich zog mir das Hemd über den Kopf und hoffte wohl, so etwas von ihr zu hören wie: *Ja, allerdings, ich glaube, es würde mir gut tun, wieder in die Stadt zurückzukommen.*

»Es ist schön ruhig hier«, sagte Genevieve.

»Jaja, das schon«, bestätigte ich lahm und schlug die Decke auf meinem Bett zurück.

»Brauchst du das Licht noch?«, fragte sie.

»Nein.«

Genevieve knipste die Nachttischlampe aus.

In einem hatte sie Recht: Es war ruhig. Trotz der frühen Stunde fing ich schon an, mich schläfrig zu fühlen. Doch ich wehrte mich gegen den Schlaf. Ich wollte lange genug wach bleiben, um zu hören, wie Genevieves Atemzüge tiefer wurden. Wenn sie in normaler Zeit einschlafen konnte, war das doch wenigstens ein gutes Zeichen.

Ich weiß nicht, wie viel Zeit verging, aber sie muss wohl gedacht haben, ich schliefe. Ich hörte das Bettzeug leise rascheln und bloße Füße über den Boden tappen, als sie das Zimmer verließ. Es dauerte ein paar Minuten, bis mir klar wurde, dass sie nicht nur über den Flur zur Toilette gegangen war. Ich stand auf und folgte ihr.

Ein schmaler Lichtkegel aus der Küche erleuchtete den Flur. Ich brauchte mich nicht lange zu fragen, wo sie wohl hingegangen sein mochte. Vorsichtig schlich ich über den kalten Linoleumläufer, sodass meine Schritte nur für mich selbst hörbar waren. An der Türschwelle zur Küche blieb ich stehen.

Genevieve saß mit dem Rücken zu mir an dem breiten Tisch, wo Deborah die Schulaufgaben korrigiert hatte. Vor ihr standen eine Flasche Scotch und ein Glas, etwa zwei Fingerbreit voll geschenkt.

Wie kann man seiner eigenen Mentorin Ratschläge erteilen, einer Autoritätsperson gegenüber als Autorität auftreten? Am liebsten wäre ich klammheimlich wieder ins Bett verschwunden.

Du bist ihre Partnerin, hatte Shiloh gesagt.

Stattdessen trat ich also in die Küche, zog einen Stuhl unter dem Tisch hervor und setzte mich zu ihr. Genevieve sah mich an, scheinbar nicht sonderlich überrascht, doch in ihren Augen glomm ein dunkler Funke, den ich vorher nicht gesehen hatte. »Er ist wieder hier«, sagte sie. »In Blue Earth.«

Sie meinte Shorty. Royce Stewart.

»Ich weiß«, sagte ich.

»Ich hab eine Freundin dort auf der Wache. Sie sagt, er verbringt jeden Abend in der Kneipe. Mit seinen *Freunden.* Wie kann so ein Kerl überhaupt Freunde haben?« Sie lallte nicht, aber sie sprach schon etwas schleppend, als ob ihr Blick, ihre Worte und ihre Gedanken nicht mehr so ganz auf derselben Linie wären.

»Wie erklärst du dir das?«, fragte sie. »Meinst du, sie *wissen* nicht, dass er ein Mädchen umgebracht hat? Oder ist es ihnen einfach egal?«

Ich schüttelte den Kopf. »Keine Ahnung.«

Genevieve hob ihr Glas und trank, einen kräftigeren Zug als bei Hochprozentigem üblich. »Er geht nachts immer zu Fuß nach Hause, obwohl er ziemlich weit außerhalb wohnt.«

»Das hast du mir schon mal erzählt, weißt du nicht mehr?«

Nur zu verständlich, dass der Gedanke an Stewart sie nicht losließ, aber mir war gar nicht wohl dabei.

»Lass sie darüber reden, so viel sie will«, hatte Shiloh mir noch kurz vor meiner Abreise geraten. »So wird sie es wahrscheinlich am ehesten los und kommt mit der Zeit wieder zu sich. Kamareia ist tot, und er ist frei … damit wird sie nicht einfach so über Nacht zurande kommen.«

Doch im Moment hatte ich eine sehr viel konkretere Befürchtung.

»Genevieve«, sagte ich. »Ich fange allmählich an, mir Sorgen zu machen, wie du über ihn redest.«

Sie nahm noch einen Schluck und sah mich über den Rand ihres Glases fragend an.

»Du hast doch nicht etwa vor, ihn aufzusuchen, oder?«

»Um was zu tun?« Als ob sie das nicht wüsste.

»Um ihn zu töten.« *Gott, hoffentlich brachte ich sie da nicht gerade erst auf den Gedanken.*

»Ich hab meine Dienstpistole in Minneapolis abgegeben.«

»Und nichts hindert dich daran, eine neue zu kaufen. Oder dir eine von einem Freund zu besorgen. Pistolen gibt's hier in der Gegend ja wohl genug.«

»Er hat Kamareia nicht mit einer Pistole umgebracht«, sagte Genevieve leise. Sie füllte ihr Glas wieder auf.

»Hey, das ist wichtig, verdammt noch mal! Lass dich jetzt bitte nicht voll laufen. Ich muss absolut sicher sein, dass du da nie hingehen wirst.«

Sie zögerte einen Moment. »Ich habe selber oft genug Angehörige von Mordopfern beraten. Es gibt keine Vergeltung für sie, auch wenn wir den Täter überführen. Wir haben ja keine Todesstrafe in Minnesota.« Sie überlegte. »Außerdem würde ich wohl nicht davonkommen, wenn ich das Schwein umbringe.«

Das waren stereotype Antworten, nicht gerade beruhigend.

»Es gibt so etwas wie Vergeltung«, erklärte ich. »Man kann es auch Abschluss nennen.«

»Abschluss?«, sagte Genevieve. »Scheiß drauf. Ich will meine Tochter zurück.«

»Okay«, nickte ich. »Ich versteh dich ja.« In ihrer Stimme war so viel Bitterkeit, dass ich glaubte, sie habe resigniert und wolle Royce Stewart nicht töten.

Genevieve blickte auf den leeren Platz vor mir, als merkte sie erst jetzt, dass ich nicht mit ihr getrunken hatte. »Soll ich dir ein Glas holen?«, fragte sie.

»Nein, nein«, winkte ich ab. »Wir sollten lieber wieder ins Bett gehen.«

Sie überhörte meinen Appell an die Vernunft und stützte den Kopf auf die verschränkten Arme. »Du und Shiloh, wollt ihr eigentlich Kinder?«

»Tja, ähm …«, stammelte ich überrascht. »Vielleicht später mal …« Die Frage erinnerte mich nebelhaft an etwas, und nach einem Moment kam ich drauf – Ainsley Carter: *Haben Sie Kinder, Detective Pribek?* »Doch, ich glaub ziemlich sicher, dass wir irgendwann eins bekommen werden.«

»Nein.« Genevieve schüttelte emphatisch den Kopf. »Nicht bloß eins!« Sie sprach die S-Laute übertrieben zischend aus. »Bekommt zwei oder drei. Wenn ihr nur eins habt und es dann verliert … das ist zu schrecklich.«

»Oh, Genevieve.« *Hilf mir, Shiloh*, dachte ich. Er hätte gewusst, was er sagen sollte.

»Sieh zu, dass du Shiloh überzeugst, mehr als ein Kind in die Welt zu setzen!«, beharrte Genevieve. Sie drückte mir mit fast fanatischem Eifer den Arm. »Ich weiß, dass ich das jetzt nicht sagen sollte«, setzte sie hinzu.

»Was denn?«

»Ich sollte sagen, dass ich froh bin, Kamareia wenigstens für die paar kurzen Jahre gehabt zu haben. Das ist so wie bei der Beerdigung, da nennen sie es auch nicht mehr Beerdigung, sondern

›Lebensfeier‹, wenn es um einen jungen Menschen geht.« Ihre Augen waren trocken, aber tränenschwer. »Doch ich sag dir, wenn ich noch mal von vorn anfangen könnte, würde ich überhaupt kein Kind haben wollen. Ich hätte nie eine Tochter zur Welt bringen wollen, nur damit ihr *das* passiert.«

»Ich glaube«, erwiderte ich, bemüht, die richtigen Worte zu finden, »ich glaube wirklich, dass du das eines Tages anders sehen wirst. Vielleicht noch nicht so bald. Aber irgendwann doch.«

Genevieve hob den Kopf und atmete tief durch, schloss die Augen, öffnete sie wieder. Sie wirkte jetzt gefasster. »Eines Tages, das ist noch lange hin.« Sie schaute auf die Whiskyflasche, fand den Deckel und schraubte sie wieder zu. »Aber ich weiß, du meinst es gut.«

»Hör zu«, sagte ich. Eine Idee nahm allmählich Gestalt an, während ich sprach. »Shiloh wird für die nächsten vier Monate in Quantico sein. Wie wär's, wenn du so lange bei mir wohnst? Das würde dir bestimmt leichter fallen, als gleich nach Hause zurückzukehren.« Ich hielt kurz inne. »Du musst ja auch nicht gleich wieder zu arbeiten anfangen. Leiste mir einfach Gesellschaft, solange Shiloh weg ist.«

Genevieve antwortete nicht sofort, und ich setzte noch hinzu: »Ich weiß, dass er dich gern noch mal sehen würde, bevor er fährt.«

Einen Moment schien es, als hätte ich sie überredet. Dann schüttelte sie den Kopf. »Nein, lieber nicht. Ich bin noch nicht so weit.«

Ich stand auf. Sie ebenfalls. »Na gut«, sagte ich. »Aber mein Angebot steht.«

Sie räumte den Scotch weg, doch statt das Glas in der Spüle stehen zu lassen, wusch sie es ab und stellte es in den Schrank zurück. Ihre Sorgfalt ließ mich vermuten, dass dieses nächtliche Trinken zu einer Gewohnheit geworden war, die sie vor ihrer Schwester und ihrem Schwager verbergen wollte.

Als wir wieder im Bett waren, schlief Genevieve fast augenblicklich ein, wobei der Whisky ihr zweifellos half. Ich dagegen konnte keinen Schlaf finden. Unser Gespräch hatte mich zu sehr aufgewühlt. Ich schloss die Augen und hoffte, meine vorherige Müdigkeit würde schon wiederkehren.

Aber nein. Ich lag lange wach in dem schmalen Gästebett, mit dem Waschpulvergeruch der Bettwäsche in der Nase. Auf dem Nachttisch stand eine altmodische Digitaluhr, deren weiß leuchtende Ziffern immer nach oben wegglitten, und alle zehn Minuten sprang die erste der beiden hinteren Zahlen mit einem hörbaren Klick um. Genauso eine Uhr gab es auch im Wohnzimmer des Trailers, in dem ich als Kind gelebt hatte.

Als die Ziffern elf Uhr dreißig zeigten, von der Seite orange angestrahlt, setzte ich mich auf und war beinah überrascht, dass meine Füße den Boden berührten.

Ich hatte schon zu lange in der Stadt gelebt, hatte mich zu sehr an ein bisschen Licht und Lärm zu jeder Stunde gewöhnt. Seit New Mexico hatte ich nicht mehr so tiefe Stille erlebt. Hinter der dünnen Gardine, die ich mit einer Hand zurückschob, war der Nachthimmel, wie erwartet, von Sternen übersät trotz des blassen Vollmondschimmers.

Das letzte Mal, als ich aus einem Schlafzimmerfenster auf einen solchen Sternenhimmel blickte, hatte ich noch nie eine Waffe in der Hand gehalten, noch nie eigenes Geld besessen und noch nie einen Lover im Bett gehabt.

Ich legte mich wieder hin, nahm das Kissen in die Arme und wünschte, Shiloh wäre bei mir. Wenn er hier wäre, könnten wir etwas Unartiges und Erwachsenes anstellen, um dieses entnervende Kindergefühl in Schach zu halten.

In der Ferne pfiff ein Zug. Wahrscheinlich ein Güterzug, zu dieser Stunde. Der Zug war zu weit weg, um das rhythmische Schienenrattern zu hören, aber dann ertönte wieder das lang gezogene Pfeifen, ein ferner, tröstlicher Gruß aus Minneapolis.

Am Morgen willigte Genevieve ein, mit mir joggen zu gehen, zwei lockere Meilen. Als wir zurückkamen, brachen Doug und Deborah gerade zu einem späten Sonntagsfrühstück bei Freunden auf. »Der Kaffee ist fertig«, rief Deborah uns unter der Tür zu, und tatsächlich zog schon ein herrlich aromatischer Duft durch das Haus.

Kurz bevor sie gingen, fand ich gerade noch Gelegenheit, ein paar Worte mit den beiden zu wechseln, während Genevieve außer Hörweite war.

»Hört zu«, begann ich vorsichtig. »Gestern Nacht hab ich mit Genevieve gesprochen … Habt ihr irgendwelche Waffen im Haus?«

»Waffen?«, wunderte sich Doug. »Du meinst, ein Gewehr? Nein, ich geh nicht auf die Jagd.«

»Wieso fragst du das?«, wollte Deb wissen.

»Ich mach mir Sorgen wegen Genevieve«, sagte ich. »Ihr wohnt unheimlich nah bei Royce Stewart. Und ich bin mir nicht sicher, ob Genevieve immer so ganz bei Vernunft ist.«

Doug sah mich ungläubig an. »Du meinst doch nicht etwa im Ernst …«

»Nein«, sagte ich. »Wahrscheinlich seh ich Gefahren lauern, wo gar keine sind. Das bringt mein Job manchmal so mit sich.«

Genevieve kam in die Küche zurück, und ich verstummte. Deborah machte sich angelegentlich am Kühlschrank zu schaffen.

»Schatz«, sagte sie zu Doug. »Wir haben fast keine Cola mehr da. Erinnere mich dran, auf dem Rückweg noch welche zu besorgen, okay?«

Während ihr Mann den Wagen in der Garage warmlaufen ließ, nahm Deborah mich beiseite: »Komm mal kurz mit mir nach oben.«

Ich folgte ihr ins Schlafzimmer und sah zu, wie sie die Kleider im Schrank zur Seite schob und eine kleine schwarze Tasche von einem Haken an der Rückwand nahm. Obwohl die Tasche mir leer vorkam, ging sie sehr behutsam damit um. Sie setzte sich aufs Bett, öffnete den Reißverschluss und langte hinein. Ich beugte mich neugierig vor.

Mit der Hand in der Tasche blickte sie zu mir auf. »Ich glaube, nicht mal Doug weiß, dass ich das hier habe«, sagte sie. »Also weiß Genevieve bestimmt auch nichts davon.«

Sie holte eine kleine schwarze Pistole hervor, Kaliber .25 mit billiger Metallplattierung.

»Bei meinem ersten Job in St. Louis war ich an einer Schule, die in einer ziemlich unsicheren Gegend lag«, sagte sie. »Ein Freund, der schon sein ganzes Leben lang dort wohnte, hat mir die hier gegeben. Sie ist nicht auf meinen Namen zugelassen ... Ich weiß gar nicht, ob sie überhaupt irgendwo registriert ist.«

Deborah Lowe trug eine weiße Bluse und einen schwarzen Rock und dezenten blassroten Lippenstift. Ich staunte.

»Sieh da«, sagte ich. »Eine Lehrerin mit Schießeisen!«

»Ja, ich weiß, es ist schrecklich. Darum möchte ich ja, dass du das Ding an dich nimmst. Es ist weniger wegen Genevieve, ich will's nicht mehr im Haus haben, und ich weiß nicht, wie ich's loswerden soll.« Sie hielt mir die Pistole hin.

Dougs Stimme hallte zu uns hinauf. »Deb! Wir müssen jetzt aber wirklich los!«

Ich nahm ihr die zierliche Waffe aus der Hand. »Also gut«, sagte ich. »Hiermit beschlagnahmt.«

Ich blieb noch eine Weile bei Genevieve, als sie fort waren. Ich versuchte, sie für die Klatschgeschichten aus dem Department zu interessieren, sofern mir welche bekannt waren. Eigentlich hatte ich mich in dieser Hinsicht immer auf sie verlassen. Früher war sie meine Direktverbindung zum Flurfunk gewesen.

Als ich ging, folgte Genevieve mir bis auf die Veranda hinaus. Dort drehte ich mich noch mal zu ihr um. »Wenn du das Bedürfnis hast, dich auszusprechen, ruf mich einfach an. Du weißt ja, ich bleib immer lange auf.«

»Okay«, nickte sie fügsam.

»Du solltest wirklich bald wieder zum Dienst kommen«, setzte ich hinzu. »Es würde dir sicher gut tun, wieder aktiv zu sein. Und außerdem brauchen wir dich.«

»Ich weiß«, sagte sie. »Ich werd's versuchen.« Aber ich sah in ihren Augen, dass sie in tiefer Düsternis versunken war, aus der meine aufmunternden Worte ihr nicht heraushelfen konnten.

Kaum war das Haus aus dem Rückspiegel verschwunden, sprenkelten Regentropfen meine Windschutzscheibe.

Ich dachte, ich wäre früh genug weggefahren, um rechtzeitig nach Minneapolis zurückzukommen. Ich hätte es besser wissen müssen. Auf der Straße sollte man immer mit dem Schlimmsten rechnen. Besonders bei schlechtem Wetter. Zwanzig Minuten nördlich von Mankato trat das Schlimmste dann prompt ein: Stau. Genervt drehte ich das Radio leiser und die Heizung auf, damit der Motor sich im Schritttempo nicht überhitzte.

Eine halbe Stunde lang krochen wir alle quälend langsam dahin. Dann kam der Grund für die Behinderung in Sicht: Ein Lastwagen stand quer auf der Fahrbahn. Zwei Polizisten dirigierten den Verkehr daran vorbei. Es sah nicht so aus, als wäre es ein schwerer Unfall. Einfach nur ein Ärgernis.

Als das Hindernis endlich umrundet war und der Verkehr wieder im Fluss, trat ich das Gaspedal bis zum Anschlag durch, ob Regen oder nicht. Ich musste jetzt wirklich in die Gänge kommen, wenn ich Shiloh noch zu Hause antreffen wollte.

Eine gute Stunde später bog ich in die lange Einfahrt zu unserem Haus ein. Es war Viertel vor eins. Uff, dachte ich, gerade noch geschafft.

Ich rumpelte laut genug ins Haus, dass Shiloh mich hören musste, egal in welchem Raum er sich aufhielt. Doch das Einzige, was mir antwortete, war das Ticken der Küchenuhr.

»Hey, Shiloh?«

Schweigen. Von der Küche aus konnte man ins Wohnzimmer sehen, aber da war niemand.

»Mist«, knurrte ich. Eigentlich hatte ich von den Lowes aus noch anrufen wollen und sagen, dass ich rechtzeitig da sein würde, um ihn zum Flughafen zu fahren. Hätte ich es doch nur getan.

Ich brauchte keine zwei Minuten, um mich zu überzeugen, dass er nicht zu Hause war. Aber es war doch noch so früh. Er hätte ruhig noch ein bisschen warten können.

Das Haus sah aus wie immer, nicht gerade blitzsauber, aber auch nicht dreckig. Shiloh hatte sogar aufgeräumt. In der Spüle stand kein Geschirr, und im Schlafzimmer war das Bett gemacht, die indianische Decke glatt gezogen.

Ich stellte meine Tasche ab und ging zur Haustür. Der Haken, an dem er seinen Schlüssel immer aufhängte, war leer. Seine Jacke war ebenfalls weg. Er war tatsächlich übervorsichtig gewesen und ohne mich losgefahren.

Und nirgends ein Zettel mit einer Nachricht.

Im Allgemeinen waren Shiloh und ich uns darin einig, dass wir nichts von Sentimentalität hielten. Aber Shilohs Schroffheit, seine Missachtung jeglicher Konventionen, konnte manchmal schon recht verletzend sein.

»Na denn«, sagte ich laut. »Gute Reise, du Arschloch.«

Kapitel V

Für Freizeit muss man immer mit Mehrarbeit bezahlen. Am Montag fuhr ich früh zum Dienst, weil ich wusste, dass ich Zeit brauchen würde, um die Urlaubstage auszugleichen.

Vang war noch nicht da, als ich ins Büro kam, doch er hatte Berichte über die neuesten Vermisstenfälle auf meinem Schreibtisch hinterlassen.

Keiner davon erschien mir ungewöhnlich. Sie ließen sich unschwer in die üblichen Kategorien einordnen: Ehemüdigkeit, genug von der elterlichen Bevormundung oder Schusseligkeit – einfach nicht daran gedacht, jemandem Bescheid zu sagen, dass man für eine Weile wegfährt.

Gegen neun kam Vang mit einer Tasse Kaffee herein. »Na, wie war der Urlaub?«

»Ganz okay.« Ich hatte ihm nicht gesagt, dass ich Genevieve besuchen wollte. Sie befand sich zurzeit auf dem Abstellgleis, ohne konkretes Datum für ihre Rückkehr. Unser Chef drückte in der Hinsicht ein Auge zu, weil sie eine lang gediente, allseits beliebte Kollegin war. Trotzdem wollte ich ihre Abwesenheit nicht unnötig zum Gesprächsthema machen.

»Und was gibt's hier Neues?«, fragte ich.

»Ach, es war nicht viel los«, meinte Vang. »Jede Menge Papierkram. Hast du schon den Bericht über Mrs. Thorenson gelesen?«

»Ja, flüchtig.« Ich kramte ihn hervor und legte ihn oben auf den Stapel.

Annette Thorenson hatte einen Wochenendausflug mit einer Freundin zu einem kleinen Landgasthof südlich von St. Cloud unternommen. Sie war nicht wieder heimgekehrt. Ihrer Freundin gegenüber hatte sie nichts verlauten lassen, was Anlass zu der Vermutung gegeben hätte, dass sie nicht auf direktem Weg nach

Hause gefahren war. Sie wohnte in Lake Harriet, zusammen mit ihrem Mann, aber ohne Kinder. Mr. Thorenson war außer sich vor Sorge.

»Sie hat unterwegs viermal Geld abgehoben«, sagte Vang. »Zweimal auf der Fahrt ostwärts nach Wisconsin und zweimal in Madison.«

»Und was hast du sonst noch rausgefunden?«

»Seine Freunde sagen, die Ehe sei in Ordnung. Ihre Freundinnen behaupten das Gegenteil. Eine davon, die selbst erst vor kurzem geschieden wurde, hat ausgesagt, Annette habe sie mehrfach gefragt, wie das mit einem Neuanfang nach einer Scheidung sei.«

»Siehst du? Klarer Fall von Ehemüdigkeit«, warf ich ein. Ich hatte ihm von meinen Kategorien erzählt.

»Also hab ich mich erkundigt, ob Annette irgendwen in Madison kennt«, fuhr Vang fort. »Und wie sich rausstellte, ist sie da zur Schule gegangen und hat danach ein Jahr dort gearbeitet.«

»Hat sie dort noch Freunde von früher?«

»Namen hab ich keine rausbekommen, aber ich schätze, sie wird da noch eine alte Flamme haben. Das Problem ist nur, dass sie dort keine Spuren mehr hinterlässt. Ich hab den Kollegen in Madison ihre Autonummer gegeben. Auf die Weise könnten sie die Dame vielleicht irgendwann schnappen und sie aufs Revier bringen, damit sie ihren Mann anruft und ihm endlich sagt, was Sache ist. Aber sie haben den Wagen nirgends gesehen. Und sie hat auch kein Geld mehr abgehoben, seit sie in der Stadt ist.«

»Lass mich mal zahlen, Schätzchen«, grinste ich. Die alte Flamme kam offenbar für die Kosten auf.

»Genau«, nickte Vang. »Aber Mr. Thorenson will das alles nicht glauben. Er meint, jemand müsse sie gezwungen haben, ostwärts zu fahren und an Bankautomaten Geld zu ziehen. Ich hab versucht, ihm klarzumachen, dass es ganz so aussieht, als habe sie sich mal eine Auszeit von ihrem hiesigen Leben genommen, aber das überzeugt ihn nicht. Er ruft dauernd an und wirft mir Nachlässigkeit vor, besteht darauf, meinen Vorgesetzten zu sprechen.«

»Aha. Dann wartet bestimmt schon eine Beschwerdenotiz auf mich, was?«

»Mehrere.«

»Eine reicht mir.«

Ich rief Mr. Thorenson in seinem Büro an und hörte zu, während er mir seine unbefriedigenden Unterredungen mit Vang schilderte. Er war sehr betrübt, als ich ihm sagte, dass Vang alles getan hatte, was möglich war.

»Vielleicht wäre es an der Zeit, einen Privatdetektiv einzuschalten«, schlug ich vor. »Ich könnte Ihnen die Telefonnummern von einigen sehr tüchtigen Ermittlern geben.«

»Ich glaube, da wende ich mich lieber gleich an meinen Anwalt, Miss Pribek«, antwortete Thorenson und legte auf.

Schade, dachte ich. Anwälte kannte ich mehr als genug, da hätte ich ihm ebenfalls behilflich sein können. *Miss Pribek.* Wenn er diese verniedlichende Anrede für eine subtile Methode der psychologischen Kriegsführung hielt, konnte ich gut verstehen, wieso seine Frau ihn verlassen hatte.

Der Höhepunkt des Tages war eine Fahrt durch die Stadt, um das leer gefegte Appartment eines jungen Mannes mit beachtlichen Spielschulden in Augenschein zu nehmen. Wieder einer, der die Stadt aus freiem Antrieb verlassen hatte, dachte ich.

»Hast du die Staubsaugerspuren auf dem Teppich gesehen?« Ich drehte mich zu Vang um. »Ein typisches Zeichen von schlechtem Gewissen. Oft machen die Leute noch sauber, wenn sie nicht vorhaben zurückzukommen.«

»Stimmt«, nickte er. »Meine Frau putzt auch immer extra gründlich, bevor wir in Urlaub fahren, damit unsere Verwandten kein dreckiges Haus vorfinden, falls wir einen Unfall haben. So, wie man vorsichtshalber auch saubere Unterwäsche trägt.«

Wir schwiegen, und ich dachte an den Abend, der vor mir lag.

Wenn Genevieve mit mir im Dienst gewesen wäre, hätte sie mich sicher zum Ausgehen animiert, um den ersten Abend ohne Shiloh nicht allein zu Hause zu verbringen. Sie hätte gewusst, dass ich das Alleinleben nicht mehr gewohnt war, aber sie hätte nicht viel Aufhebens darum gemacht.

Vielleicht war es langsam an der Zeit, meinen neuen Partner ein bisschen besser kennen zu lernen.

»Kommst du nachher noch mit auf einen Kaffee?«, fragte ich, während ich die Rampe der Tiefgarage hinabkurvte.

Vang sah mich überrascht von der Seite an. »Danke«, sagte er, »aber ich muss zum Abendessen daheim sein. Vielleicht ein andermal, okay?«

»Na klar«, sagte ich und kam mir alt und abgeklärt vor.

Ich blieb lange am Schreibtisch hocken, mit der Erledigung von allerlei Kleinkram beschäftigt, der auch gut noch hätte warten können. Als ich nichts mehr zu tun fand, ging ich auf den Sportplatz, wo die Beamten von Hennepin County regelmäßig Basketball trainierten, in der Hoffnung, zu einem Spiel aufgefordert zu werden. Shiloh und ich hatten zu den regelmäßigen Spielern gehört.

Aber auf dem Spielfeld war niemand, den ich kannte, nur eine Gruppe von Polizeianwärterinnen, die aussahen, als kämen sie geradewegs aus dem Frauenteam der Universität: alle groß, blond und fit, perfekt aufeinander eingespielt. Für einen weiteren Spieler war da kein Platz mehr, selbst wenn ich sie gekannt hätte.

Eine Kleinigkeit munterte mich auf, als ich nach Hause kam: Auf der Veranda stand ein Korb mit Tomaten. Kein Zettel dabei, was auch nicht nötig war. Mrs. Muzio war eine leidenschaftliche Gärtnerin und beschenkte uns den ganzen Sommer über mit selbst gezogenem Gemüse. Auf der Schwelle zur Küchentür blickte ich zu ihrem herbstlich absterbenden Garten hinüber: Die Sonnenblumen hingen unter ihrem eigenen Gewicht zu Boden, die Küchenkräuter waren verblüht und struppig. Aber die Tomatenstauden hingen noch voll mit den letzten Früchten der Saison.

Wahrscheinlich hatte Mrs. Muzio noch nicht mitbekommen, dass Shiloh weg war. Sie überhäufte uns förmlich mit Tomaten, weil sie wusste, dass Shiloh sie gerne aß. Wenn er in der Mittagspause heimkam, machte er sich meistens ein Tomatensandwich, das er stehend über der Spüle vertilgte.

Ich schob den Riemen meiner Schultertasche höher, nahm den Korb unter den Arm und schloss die Tür auf.

Shiloh hatte gesagt, er würde anrufen und mir die Nummer durchgeben, unter der er in Quantico zu erreichen war. Doch ich schaute gar nicht auf den Anrufbeantworter, sondern räumte zuerst Mrs. Muzios Tomaten in den Kühlschrank, goss mir eine Cola mit Eis ein und ging mich umziehen. Erst dann ging ich zu dem Apparat, um Shilohs Nachricht abzuhören.

Es gab keine Nachricht. Das kleine rote Licht, das so oft blinkte, wenn wir beide den ganzen Tag weg gewesen waren, leuchtete heute nicht.

Na gut, er ist zu beschäftigt. Er hat eine lange Reise hinter sich und muss sich erst einmal in seiner neuen Umgebung einleben. Die Telefonleitung funktioniert bekanntlich in zwei Richtungen. Ruf du ihn halt an.

Das Problem war nur, dass ich noch immer keine Nummer hatte, die ich anrufen konnte.

Es gab wahrscheinlich eine Möglichkeit, zur Unterkunft der Lehrgangsteilnehmer durchzukommen, aber zu so später Stunde würde es nicht leicht sein. Das FBI zu kontaktieren bedeutete in jedem Fall eine endlose Odyssee durch das Netz der Warteschleifen, auch wenn man aus offiziellem Anlass anrief. Selbst während der Bürozeit. Hier handelte es sich nur um eine private Nachfrage, und das auch noch nach Dienstschluss. In Virginia war es schon acht Uhr.

Ich hatte die Telefonnummer eines FBI-Agenten, desjenigen, der mit Shiloh in der Eliot-Sache zusammen gearbeitet hatte. Vielleicht war es das Beste, erst einmal Agent Thompson anzurufen, ihm den Sachverhalt zu erklären und ihn zu bitten, mich bei seinen Kollegen weiter zu vermitteln.

Ich musste ein paar Minuten in unserem chaotischen Telefonregister herumblättern, bis ich Thompsons Nummer fand. Die Hand schon auf dem Hörer, fiel mir plötzlich noch etwas anderes ein.

Vor zwei Monaten hatten Shiloh und ich im Fernsehen einen Dokumentarfilm über die Ausbildung von FBI-Agenten angeschaut. So konnte ich mir eine konkrete Vorstellung davon machen, wie Shilohs Aufenthalt in Quantico aussehen würde. Von Anfang an stand ein rigoroses Trainingsprogramm auf dem Programm: Physische Konditionstests waren darin ebenso verankert wie die Schulung in Verfahrensweisen, Rechtslehre und Ethik. Ihre Abendstunden verbrachten die angehenden Agenten nicht viel anders als Collegestudenten, büffelten ihren Lernstoff an kleinen Schreibtischen, über denen sie Fotos von ihren Ehefrauen und Kindern angepinnt hatten, besuchten sich gegenseitig auf ein Schwätzchen in ihren Zimmern, um sich nach einem harten Tag zu entspannen.

Nach Jahren als Außenseiter war Shiloh dort wohl endlich in seinem Element, umgeben von Leuten, die genauso fleißig und zielbewusst waren wie er. Seine knapp bemessene Freizeit verbrachte er wahrscheinlich damit, die anderen Kursteilnehmer kennen zu lernen, sich die Fotos über ihren Schreibtischen anzuschauen, persönliche Geschichten über die verschiedenen Berufswege auszutauschen, die sie nach Quantico geführt hatten. Und nun war ich drauf und dran, Shiloh die Peinlichkeit zuzumuten, als Einziger von seiner besorgten Ehefrau angerufen zu werden, weil er sich *seit über vierundzwanzig Stunden* nicht gemeldet hatte.

Ich stellte die Nachrichten an und versuchte, die Sache zu vergessen.

»... WURDEN IM LETZTEN JAHR zwei Soldaten an einer Bushaltestelle getötet. Für den Bombenanschlag hat sich nach wie vor niemand verantwortlich erklärt. ... In Blue Earth wird mit verstärkten Einsatzkräften nach dem siebenundsechzigjährigen Thomas Hall gefahndet, der offenbar nach einem Autounfall verschwunden ist. Sein Lieferwagen wurde am Sonntagmorgen außerhalb der Stadt gefunden, wo er frontal gegen einen Baum gefahren war. Suchtrupps durchkämmen die Gegend in weitem Umkreis, haben Hall bislang jedoch nicht aufspüren können. WMNN Morgennachrichten, abschließend die genaue Zeit: sechs Uhr neunundfünfzig.«

Es war Dienstagmorgen, und der Radiowecker hatte mich aus dem Schlaf gerissen, aber ich hatte noch keine Lust aufzustehen.

Als das Telefon ein paar Minuten später klingelte, war ich schon fast wieder eingedöst. Ich langte nach dem Hörer und musste mich erst einmal räuspern, bevor ich mich meldete.

»Entschuldige, ich hab dich geweckt, nicht?«, sagte die Stimme am anderen Ende.

»Shiloh?« Er klang seltsam fremd.

Vang lachte. »Ich hab dich wirklich geweckt!« Er hörte sich ausgesprochen munter an. Ich setzte mich auf, ein bisschen verlegen. »Draußen in Wayzata gibt's ein Grab, das wir uns anschauen sollten«, fuhr er fort.

»Ach? Um was geht's denn da?«

»Sie wissen es noch nicht. Eine Frau hat heute früh angerufen. Sie wohnt dort in der Umgebung ebenso wie ein aus dem Strafvollzug entlassener Kinderschänder. Letzte Nacht hat sie ihn mit einer Taschenlampe irgendwas graben sehen, und sein Auto war in der Nähe geparkt.«

»Woher wusste sie denn, dass er ein Grab aushob?«

»Na ja, sie meinte, es hätte die richtige Größe für ein Grab gehabt. Aber sie hat es ihn nicht ausheben, sondern zuschütten sehen. Ich nehme an, sie wohnt auf einem Hügel, wo sie eine gute Aussicht hat.«

»Gehört sie zu einer Bürgerschutzvereinigung?«

»Nicht offiziell, aber dieser Kerl da – Bonney heißt er – macht ihnen allen Angst, allein schon deswegen, weil er ein entlassener Sexgangster ist, ein Kinderschänder. Die Frau wachte um vier Uhr morgens auf und war so beunruhigt über das, was sie sah, dass sie beschloss, es uns zu melden. Also machen wir uns jetzt ans Graben.«

Ich war inzwischen hellwach. »Sind wir tatsächlich befugt, auf seinem Privatgelände herumzubuddeln? Besonders stichhaltig kommt mir die Anzeige nicht gerade vor. Ist denn keiner auf die Idee gekommen, erst mal mit dem Mann zu reden?«

»Sie haben einen Beamten rübergeschickt«, sagte Vang. »Er ist nicht zu Hause und auch nicht bei der Arbeit, obwohl er Schicht hätte. Ziemlich verdächtig, oder? Aber jetzt die gute Nachricht: Er hat gar nicht auf seinem eigenen Gelände gegraben, sondern hinter seinem Gartenzaun – auf frei zugänglichem Gemeindegebiet.«

»Aha.«

»Also brauchen wir auch keine richterliche Verfügung«, bestätigte Vang. »Soll ich dich abholen? Ich bin noch zu Hause, aber ich könnte gleich vorbeikommen.«

»Ja, gut.« Ich schlug bereits die Decke zurück, um aufzustehen. »Ich kann in einer Viertelstunde fertig sein.«

Fünfunddreissig Minuten später standen Vang und ich auf einer friedlichen Wiese in der Gegend von Wayzata Bay. Trotz der Nähe zur Stadt sah es hier vollkommen ländlich aus, mit großzügigen Abständen zwischen den Häusern. Ich konnte verstehen, wieso Vang am Telefon von »Umgebung« gesprochen hatte und nicht von Nachbarschaft.

Der Wagen von der Spurensicherung stand am Straßenrand, und zwei Beamte waren immer noch mit Ausgraben beschäftigt. Gräber, die von Amateuren gegraben wurden, sind meist nicht sehr tief, sodass man bei der Exhumierung keinen Bagger einsetzen kann.

Marihuanazüchter bauen ihr Kraut gern auf isoliertem Gemeindeland an. Für sie hat das den Vorteil, dass man sie auf frischer Tat ertappen muss, um sie zu überführen, da die verbotene Saat ja nicht auf Privatgelände ausgebracht wurde. Falls Bonney wirklich jemanden umgebracht hatte, dann hatte er den gleichen Grund, sein Opfer nicht in seinem eigenen Garten zu begraben. Er hatte zwar keine sehr weit entfernte Stelle dafür gewählt, aber vielleicht schien es ihm sicherer, als mit einer Leiche durch die Gegend zu fahren.

Vang und ich hatten inzwischen die neuesten Berichte über vermisste Personen durchgesehen und außerdem noch Bonneys Strafregister.

»Diese Vermissten hier scheinen mir alle nicht ins Bild zu passen«, sagte ich. »Das sind alles Erwachsene oder ältere Jugendliche.«

»Nicht gerade Bonneys Typ, was?«, meinte Vang.

»Absolut nicht. Und du hast ja gesehen, was in seinem Strafregister steht: sexuelle Nötigung, Übergriffe an Kindern, aber umgebracht hat er nie jemanden, nicht einmal annähernd.«

Vang nickte schweigend.

»Manchmal werden Sexualstraftäter immer gewalttätiger, bis hin zum Mord«, sagte ich. »Aber in den letzten achtundvierzig Stunden hat es keinen einzigen Vermisstenfall gegeben, der mit dieser Grabgeschichte hier übereinstimmen könnte.« Ich sah zu, wie einer der Beamten innehielt und vorsichtig etwas feuchte Erde in der Grube zur Seite kratzte. Vang und ich hielten uns vorerst noch auf Abstand, um den Boden rings um die Grabstelle von Fußspuren freizuhalten. »Meistens hat man in diesen Dingen doch schon intuitiv den richtigen Riecher. Man bekommt einen Anruf, dass irgendwo eine Leiche entdeckt wurde, und man weiß sofort: ›Wir haben Jane gefunden.‹ So ein Gefühl hab ich hier nicht.« Ich seufzte. »Weißt du, was ich glaube? Bonney hat gestern sein Abendessen anbrennen lassen, bis es so verkohlt war, dass er es mitsamt dem Topf verbuddelt hat, so nach dem Motto: bloß weg damit. Seine Nachbarin beobachtete ihn dabei und konnte nicht mehr schlafen, weil sie vor lauter Panik statt einer kleinen Grube ein gähnendes Grab zu sehen glaubte, also rief sie die Polizei. Manchmal hab ich echt den Eindruck, diese ganzen Sex-Gangster-Ängste in der Bevölkerung nehmen langsam hysterische Formen an.«

Ich verstummte. Shiloh war erst einen Tag weg, und schon machte ich mich zu seinem Sprachrohr, indem ich seine unpopulären liberalen Ansichten ausposaunte. »Wenn sie etwas Schlimmes da drin finden, können wir uns einen Durchsuchungsbefehl für das Haus besorgen«, sagte ich einlenkend. »Wenn nicht, soll halt der Bewährungshelfer die üblichen Überraschungsbesuche machen, um festzustellen, ob eine Verletzung der Bewährungsauflagen vorliegt. Alles Weitere liegt dann bei ihm.«

»Wenn ich gewusst hätte, dass es so lange dauert, bis die Grube hier ausgebuddelt ist, hätte ich noch auf einen Kaffee angehalten«, meinte Vang.

»Wenn man um halb acht Uhr morgens in die Pampa gejagt wird, um sich endlos die Beine in den Bauch zu stehen, kann Kaffee der Höhepunkt des Ausflugs sein«, stimmte ich zu.

Tatsächlich war es weniger der Kaffee, der mir fehlte, als meine Morgendusche. Dabei geht es mir gar nicht so sehr um Sauberkeit, sondern um eine gewisse Trennlinie: Ohne Dusche haften einem noch Reste von gestern, vom Vorabend und von der Nacht im Bett an, ganz gleich, wie wach man sich fühlt, wie man angezogen ist oder was man tut.

Der Wind vom See her frischte auf. Das Wasser war allerdings nicht zu sehen; es wurde von kahlen, dürren Bäumen verdeckt, die durch ihre Anzahl wettmachten, was ihnen an Breite fehlte.

»Klingt meine Stimme wirklich so wie die von deinem Mann?«, fragte Vang.

»Nein, nicht wirklich, je mehr ich …«

»Hey, sieh mal da«, unterbrach mich Vang.

Die Beamten von der Spurensicherung hatten ihre Schaufeln hingelegt und hoben vorsichtig ein längliches, in eine grüne Mülltüte eingewickeltes Paket aus dem Boden.

»Ein Kochtopf ist es jedenfalls nicht«, gab ich zu.

»Ein Mensch aber auch nicht, dafür ist es zu klein«, meinte Vang. »Es sei denn, ein Kind.«

»Oder kein ganzer Mensch«, sagte ich, und Vang verzog das Gesicht.

Der eine Beamte, Penhall, holte seine Kamera hervor und fotografierte die verpackte Form am Rand der offenen Grube.

Der andere, Officer Malik, lupfte die Hülle ein wenig und schlitzte sie der Länge nach mit seinem Taschenmesser auf, ohne den Knoten am oberen Ende zu berühren.

Das Erste, was ich sah, während die Klinge durch das grüne Plastik schnitt, war goldblondes Haar. Aber das, was dann zum

Vorschein kam, war über und über blond: ein Golden Retriever, das Fell von getrocknetem Blut verklebt.

»Oh, scheiße«, sagte Malik, wobei unklar blieb, ob er als Tierfreund sprach oder als Fachmann, der gerade eine Menge Zeit verschwendet hatte.

»Nee, Moment mal!«, wandte Penhall ein. »Der Kerl hat den Hund eines Nachbarn getötet, so was ist doch strafbar!« Er blickte sich Zustimmung heischend nach Vang und mir um.

»Könnten Sie die Hülle bitte vollständig entfernen?«, sagte ich.

Malik tat es. Ich schaute Vang an und zog eine Augenbraue hoch.

»Also, für mich sieht das ganz einfach nach einem überfahrenen Hund aus«, meinte Vang.

Malik nickte.

»Aber warum sich dann überhaupt die Mühe machen, ihn zu begraben?«, fragte Penhall.

»Weil es wahrscheinlich ein Haustier ist, das einer Familie aus der Nachbarschaft gehört. Und Bonney ist hier ohnehin schon verhasst, weil er als Kinderschänder gilt.« Ich blickte hinauf zu der hübschen alten Villa auf dem Hügel. Die Morgensonne spiegelte sich in den hohen Terrassenfenstern, von denen aus man sicher einen guten Blick auf den See hatte, ebenso wie auf das Grundstück von Mr. Bonney, dem freigelassenen Sex-Gangster. »Er wollte seinen Ruf nicht noch mehr schädigen, nehme ich an.«

Malik richtete sich auf. »Und was werden Sie jetzt unternehmen?«

»Gute Frage«, sagte ich. »Hunde sind Eigentum, also handelt es sich hier um ein Eigentumsdelikt, nicht um einen Vermisstenfall. Am besten, wir schauen auf der Rückfahrt bei der Polizeiwache in Wayzata vorbei und lassen sie die Sache klären.«

Als Vang den Wagen wendete, blickte er finster zu Bonneys Haus hinüber, einem Bungalow mit eingesacktem Verandadach.

»Ich frage mich, was wir da drin wohl finden würden«, knurrte er.

»Eine Zivilklage im Anzug«, sagte ich.

Vang fuhr uns nach Minneapolis zurück, aber nicht direkt zur Arbeit. Ich musste erst mein eigenes Auto holen, und außerdem wollte ich endlich duschen.

Zeit hatte ich genug: Unsere Dienststunden sind flexibel; sie müssen sich den Anforderungen des Jobs anpassen. Vang und ich waren heute schon fast eine Stunde vor Beginn der normalen Arbeitszeit im Einsatz gewesen.

»Ach, übrigens«, sagte Vang. »Da war noch was, das ich vergessen hab, dir zu erzählen. Fieldings Freundin hat Sonntagabend einen dieser Anrufe erhalten, genau wie die Frauen von Mann und Juarez.«

»Ach ja?« Ich wusste, worauf er anspielte. Alle hatten schon davon gehört. Zwei Ehefrauen von Hennepin-County-Beamten hatten in letzter Zeit anonyme Anrufe bekommen.

Die Stimme des Anrufers klang in beiden Fällen ehrlich betroffen. Er hatte sich als Notarzt ausgegeben und der Frau von Deputy Mann mitgeteilt, ihr Mann sei bei einem Unfall mit seinem Streifenwagen schwer verletzt worden.

Sie war natürlich entsetzt gewesen und hatte Genaueres wissen wollen. Der Anrufer hatte darauf nur in vagen Floskeln geantwortet, mit ein paar medizinischen Fachausdrücken gespickt, und plötzlich war die Leitung unterbrochen worden, ehe er noch sagen konnte, aus welchem Krankenhaus er anrief.

Mrs. Mann hatte sofort in der Zentrale angerufen. Es dauerte eine Weile, bis man ihn ausfindig gemacht hatte, aber dann hatte Mann sofort zu Hause angerufen, um seiner Frau zu versichern, dass sein Dienst völlig reibungslos verlaufen sei und er sich nicht vorstellen könne, wer sich erdreistet habe, sie mit so einer Lügengeschichte zu belästigen.

Vier Wochen später passierte der Frau von Deputy Juarez genau das Gleiche, nur dass der Anrufer in diesem Fall behauptete, Juarez sei leider getötet worden.

Das konnte kein Zufall sein. Ein Rundschreiben wurde ausgesandt mit einer detaillierten Wiedergabe des »Telefonterrors« und der Weisung an alle Beamten, ihre Familien zu warnen.

Kaum hatte dieses Schreiben die Runde gemacht, kam auch schon eine Theorie auf: Der Anrufer, hieß es, müsse selbst ein Amt bei der Polizei oder beim Bezirksgericht innehaben; so ließe sich erklären, dass er Zugang zu Privatnummern hatte, die nicht im Telefonbuch standen. Viele Polizisten zogen es vor, ihre Nummer nicht eintragen zu lassen, um sich vor Racheakten zu schützen.

»Steht Fielding im Telefonbuch?«, fragte ich.

»Ich weiß nicht«, sagte Vang, »aber sie sagen, es spielt keine Rolle. Weil es ja auch noch die Sunshine-Website gibt.«

»Ach so, ja.« Ich erinnerte mich.

Die Sunshine-Website, ursprünglich das Projekt einer Bürgerinitiative, war in Anlehnung an die neuesten Gesetzesvorgaben zur Informationsfreiheit entstanden, die unbeschränkten Zugang zu Informationen über öffentliche Verfahren und Amtsträger garantieren sollten. So listete die Website denn unter anderem die privaten Telefonnummern und manchmal auch die Adressen von Polizeibeamten auf, allesamt aus Dienstprotokollen oder Gerichtsakten entnommen, die irgendwann einmal an die Öffentlichkeit gelangt waren. Anscheinend gingen die Betreiber der Website davon aus, dass die Polizisten weniger geneigt wären, unbescholtene Bürger zu drangsalieren, wenn sie wüssten, dass ihre Telefonnummern und Adressen im Internet für jedermann zugänglich waren.

»Sowohl Juarez als auch Mann stehen demnach mit ihren Telefonnummern auf der Website?«, fragte ich. Wir durchquerten gerade die Bahnunterführung nach Northeast zu meinem Wohnviertel.

»Und Fielding auch«, nickte Vang. »Juarez steht außerdem noch im Telefonbuch. Jedenfalls wird es diesem Psychopathen wohl nicht weiter schwer gefallen sein, ihre Privatnummern rauszufinden.«

Ich schüttelte den Kopf. »Wenn ich bedenke, dass ich diese blöde Website anfangs mal komisch fand! Ich hab bei meinem eigenen Eintrag nachgeschaut, und da stand doch tatsächlich: ›Verheiratet mit einem Polizisten.‹ Shiloh und ich haben herzlich darüber gelacht.«

»Tja, in der Zentrale drüben ist ihnen das Lachen gründlich vergangen. Es heißt sogar, man könnte die Website jetzt verbieten, wenn sich beweisen lässt, dass jemand sie für anonyme Anrufe missbraucht.«

»Umso besser«, entgegnete ich, während wir am Bordstein anhielten.

»Also dann, bis nachher«, sagte Vang.

Ich genoss die Dusche, auf die ich so lange hatte warten müssen. Allmählich begann ich, dem Tag mit einem guten Gefühl entgegenzusehen. Wahrscheinlich blieb mir sogar noch genug Zeit, auf dem Weg zur Arbeit einen Bagel zu besorgen. Ich würde Vang auch einen mitbringen, obwohl ich nicht einmal wusste, was er mochte. Bei Genevieve wäre das einfacher gewesen: Sie nahm fast immer einen mit sonnengetrockneten Tomaten, den sie mit einer hauchdünnen Schicht Frischkäse bestrich. Vang, sehr viel jünger, strichdünn und außerdem ein Mann, würde den Tag wohl lieber mit einem richtig fetten Doughnut beginnen.

Mit feuchten Haaren, wieder angezogen, die Tasche über der Schulter, schickte ich mich an, zur Hintertür hinauszugehen. Die Morgensonne schien durch das Küchenfenster, so hell, dass ich beinah das Blinklicht am Anrufbeantworter übersah. Beinah.

»Diese Nachricht ist für Michael Shiloh«, sagte eine mir unbekannte weibliche Stimme. »Hier spricht Kim aus dem Trainingslager in Quantico. Falls Sie Probleme hatten, hierher zu finden, oder anderweitig in Verzug geraten sind, sollten Sie uns das wissen lassen. Ihre Lehrgangsgruppe wurde heute vereidigt. Meine Nummer hier ist …«

Ich spielte die Nachricht gleich noch mal ab, als ob sie dadurch verständlicher würde. Doch auch beim zweiten Mal wurde ich nicht schlauer aus Kims Worten, und ich spürte den ersten Anflug von Sorge in der Brust.

Komm schon, sagte ich mir. *Du weißt doch, dass er dort ist. Die Nachricht hat nichts zu bedeuten, da hat es sicher bloß irgendein bürokratisches Durcheinander gegeben. So was passiert doch dauernd bei staatlichen*

Stellen; alle zehn Jahre machen sie eine Volkszählung, bei der sie mehrere Millionen Bürger unter den Tisch fallen lassen. Ruf die Frau einfach an; sie wird dir schon bestätigen, dass es ein Irrtum war.

Ich griff zum Telefonhörer.

»Guten Morgen«, sagte ich, als Kim sich meldete. »Mein Name ist Sarah Pribek. Sie haben eine Nachricht auf meinem Anrufbeantworter hinterlassen, in der Sie sich nach Michael Shiloh erkundigten, meinem Mann. Ich nehme an, er hat sich verspätet, und da wollte ich nur mal schnell nachfragen, ob er inzwischen angekommen ist.«

»Nein, ist er nicht«, beschied sie knapp.

»Oh«, sagte ich. »Sind Sie ganz sicher? Ich meine ...«

»Aber natürlich, es ist ja mein Job, so was zu wissen. Soll das heißen, er ist nicht mehr in Minneapolis?«

»Er ist nicht hier.« Ich spürte, wie meine Kehle sich zusammenschnürte, als ich unwillkürlich schluckte.

»Manchmal überlegen die Leute es sich anders«, sagte sie. »Meistens schrecken sie vor dem Waffentragen zurück ...«

»Das kann nicht der Grund sein«, sagte ich. »Ich muss gehen.« Abrupt legte ich auf.

Mein erster Gedanke war, dass er einen Autounfall hatte, vielleicht auf dem Weg vom Flughafen nach Quantico. Aber das war unlogisch. Wenn er einen Unfall gehabt hätte, wäre ich benachrichtigt worden. Shiloh hatte seinen Führerschein dabei, in dem seine Adresse stand. Und man benachrichtigte immer die Ehefrau. Doch ich hatte von niemandem etwas gehört außer von Kim.

Als Nächstes rief ich Vang an. »Ich komme erst eine Stunde später rein. Hab noch was Wichtiges zu überprüfen. Tut mir Leid.«

»Ein Vermisstenfall?«

»Eine persönliche Angelegenheit«, sagte ich ausweichend. »Es wird vermutlich nicht allzu lange dauern.«

Shiloh war nicht in Quantico. Was hatte das bloß zu bedeuten?

Wenn er seine Pläne geändert hätte, wenn er beschlossen hätte, den FBI-Lehrgang aus irgendeinem Grunde sausen zu lassen, hätte er es mir mitgeteilt. Und denen dort auch. Aber darum ging es ja gar nicht, sagte ich mir, denn er hätte sich sowieso nicht umentschieden. Shiloh hatte den Lehrgang unbedingt absolvieren wollen. Wenn er nicht dort war, dann war irgendwas schief gelaufen.

War er überhaupt bis nach Virginia gelangt?

Ob er in Minnesota oder in Virginia war, das schien mir das Erste zu sein, was es zu klären galt; sonst würde ich nur unnötig Zeit verschwenden, weil ich nicht an beiden Orten zugleich nachforschen konnte.

Ich griff mir das Telefonbuch und suchte die Nummer der Northwest Airlines heraus.

»Ich bräuchte eine kurze Angabe aus der Passagierliste für Ihren Flug um vierzehn Uhr fünfunddreißig nach Reagan am Sonntag«, sagte ich zu der Frau am Ticketschalter.

»Was?«, sagte sie. »Wir geben keine …«

»… Auskünfte dieser Art weiter, ich weiß. Ich bin Sheriff's Detective vom Bezirk Hennepin County. Ich kenne die Bestimmungen.« Ich klemmte mir den Hörer ans andere Ohr und kramte bereits in meinem Schreibtisch. »Sagen Sie Ihrer Vorgesetzten, dass mein Name Detective Sarah Pribek ist und dass ich in einer halben Stunde bei Ihnen sein werde, um Ihnen die Anfrage schwarz auf weiß vorzulegen, komplett mit amtlicher Unterschrift, Stempel und Briefkopf.«

Kapitel VI

Um die Mittagszeit herrschte kein allzu dichter Verkehr. Die strahlende Morgensonne verzog sich mehr und mehr hinter den Wolken, die geballt von Westen herandrängten. Als ich ostwärts auf den Highway 494 einbog, sah ich vor mir die vertrauten rot-grauen Flugzeuge der Northwest Airlines in den Himmel aufsteigen.

Die Dame vom Buchungsoffice, Marilyn, wie auf ihrem Namensschild zu lesen stand, führte mich in ein kleines Büro unweit des Ticketschalters.

Ich legte ihr die Anfrage auf den Schreibtisch, und sie überflog das Schreiben mit einem schnellen Blick vom Text hinauf zum Briefkopf.

»Kann ich mal Ihre Dienstmarke sehen?«

Ich zog das Lederetui hervor, klappte es auf und hielt es ihr unter die Nase.

»Also gut, dann sagen Sie mir bitte noch mal: Um was genau geht es hier?«, fragte sie und nahm an ihrem Schreibtisch Platz.

»Ich bin auf der Suche nach einem Passagier, der letzten Sonntag auf Ihren Flug um vierzehn Uhr fünfunddreißig nach Reagan gebucht war. Ich bin mir nicht sicher, ob er mitgeflogen ist.«

»Am Sonntag, sagen Sie?« Sie drehte sich auf ihrem Bürostuhl zur Seite und zog die Schublade eines Aktenschranks auf.

»Name?« Sie legte eine Liste vor sich auf den Schreibtisch.

»Michael Shiloh. Shiloh mit h.«

Ich hatte mich ihr als Sarah Pribek vorgestellt und beschloss, ihr lieber zu verschweigen, dass Shiloh mein Ehemann war. Es schien mir besser, in meiner unpersönlichen Funktion als Gesetzeshüter aufzutreten.

»Jawohl, da haben wir ihn«, unterbrach Marilyn meine Überlegungen. »Für den Flug am Sonntag gebucht, wie Sie schon sagten.« Sie schaute auf. »Hat allerdings nicht eingecheckt.«

»Er hat die Maschine nicht genommen?«

»Nein.«

»Und wann ging die nächste?«

»Nach Reagan oder nach Dulles? Der nächste Flug war der um vierzehn Uhr fünfundfünfzig nach Dulles.«

»Können sie bei dem mal nachschauen?«

»Danach gibt's noch zwei Flüge zu beiden Flughäfen; ich kann die Listen ja schnell mal für Sie durchsehen.« Sie langte wieder in die Schublade, ließ die Finger über die Ränder der Aktendeckel wandern, leckte den Daumen an und angelte ein paar davon heraus.

Ich lehnte mich abwartend an die Wand und schaute ihr beim Lesen zu. Jedes Mal, wenn sie eine Liste durchhatte, schüttelte sie den Kopf. Schließlich drehte sie sich auf ihrem Bürostuhl wieder zu mir herum. »Er ist hier nirgends aufgeführt.«

Ich nickte.

»Vielleicht ist er ja nach Baltimore geflogen«, schlug sie vor.

»Nein«, sagte ich. »Das glaube ich nicht. Aber ich danke Ihnen sehr für Ihre Hilfe.«

Ich verabschiedete mich und ging zurück zur Rolltreppe.

Shiloh hätte natürlich auch eine andere Fluglinie nehmen können, aber wozu? Er *hatte* ja schon ein Ticket. Und selbst wenn er seinen Flug verpasst hätte – was ihm gar nicht ähnlich sah – und eine spätere Maschine genommen hätte, wäre er inzwischen in Quantico angekommen. Kim hätte auf jeden Fall schon von ihm gehört. Was auch immer mit seinen Reiseplänen schief gelaufen sein mochte, ich konnte mir nicht vorstellen, warum er sich derart verspätet hatte.

Hatte ich die Möglichkeit, dass er doch noch in Virginia gelandet war, damit schon endgültig ausgeschlossen? Nicht unbedingt. Vielleicht hatte ich es mit einer Situation zu tun, in der gleich zwei Dinge schief gegangen waren: Shiloh hatte seinen Flug verpasst und einen späteren mit einer anderen Linie genommen, und dann war ihm in Virginia irgendetwas passiert. Wenn dem so war und ich mich in der Fahndung nach ihm auf Minnesota beschränkte, käme das einem Desaster gleich. Nach wie vor musste unbedingt abgeklärt werden, wo Shiloh nun eigentlich verschwunden war.

Verschwunden. An das Wort hatte ich nicht denken wollen, und es versetzte mir solch einen Schreck, dass mir auf einmal ganz heiß wurde.

Ich setzte mich für einen Moment auf eine Bank und schaute den vorbeihastenden Reisenden zu.

Auf einem Querbalken sah ich eine Überwachungskamera diskret auf die Passanten herabspähen. Schlimmstenfalls könnte ich immer noch die Videobänder überprüfen. Das wäre dann am Ende vielleicht die einzige Bestätigung, dass Shiloh hier gewesen war.

Verschwunden wurde mehr und mehr zu der zutreffenden Bezeichnung, ob ich es mir nun eingestehen wollte oder nicht.

Vor fast zwei Jahren hatte ein überfürsorglicher Vater aus Edina, einem Vorort von Minneapolis, seine gescheite älteste Tochter zur Universität nach Tulane, Louisiana, geschickt. Er wollte nicht, dass sie mit dem Auto hinfuhr, aber sie hatte bei einer Verlosung einen Parkplatz auf dem Campus gewonnen und ließ es sich nicht ausreden, ihren kleinen Honda mitzunehmen.

Also bestand der besorgte Vater darauf, dass sie sich unterwegs jeden Abend meldete, sobald sie ein Motelzimmer gefunden hätte, und sie versprach es, um ihn zu beruhigen.

Nur hatte die Tochter vergessen, dass ihr Vorort kurz zuvor eine neue Vorwahl bekommen hatte, wie die meisten Außenbezirke der Großstädte, weil die inflationäre Zunahme der Handy- und Internetanschlüsse sämtliche verfügbaren Telefonnummern belegte. Die Tochter hatte sich die neue Nummer nicht gemerkt; sie war jahrelang nicht von zu Hause weg gewesen und nicht daran gewöhnt, von weither anzurufen.

Als sie am ersten Abend brav versuchte, sich daheim zu melden, kam sie nicht durch. Sie versuchte es wieder und wieder und hinterließ schließlich eine Nachricht auf dem Anrufbeantworter im Büro, obwohl es Samstagabend war und sie wusste, dass ihr Vater die Nachricht nicht so bald würde abhören können. Dann ging sie vernünftigerweise erst einmal essen.

Als ihr Vater nichts von ihr hörte, rief er bei uns an. Genevieve und ich waren skeptisch. Sie war ja erst seit zwölf Stunden fort – eine Achtzehnjährige, zum ersten Mal in die Freiheit entlassen. Wir waren uns beide sicher, dass sie ganz einfach vergessen hatte anzurufen.

»Das würde sie nie tun«, insistierte er. »Sie hat's doch versprochen. Und sie hält, was sie verspricht.«

»Ich weiß, Sie werden's nicht glauben«, hatte Genevieve gesagt, »aber da gibt es bestimmt eine logische Erklärung. Wir wissen nur noch nicht, welche.«

»Nein, gibt es nicht«, hatte er gesagt.

Am Sonntagnachmittag rief seine Tochter doch noch an. Kurz vor Louisiana war ihr die Sache mit der neuen Vorwahl eingefallen, sie hatte an einer Tankstelle gehalten, und die Verbindung hatte problemlos geklappt. Worauf Dad uns anrief und sich verlegen entschuldigte.

Da gibt es bestimmt eine logische Erklärung. Nein, gibt es nicht. Das Yin und Yang der meisten Vermisstenfälle. Ersteres hatte ich selbst schon zu ungezählten Leuten gesagt, und sie antworteten stets mit Letzterem. Manchmal erzählte ich ihnen die Vorwahlgeschichte als Beispiel für die harmlosen Umstände, die einen davon abhalten konnten, rechtzeitig nach Hause zu kommen oder sich zu melden. Aber die wenigsten Angehörigen ließen sich dadurch trösten. Sie schüttelten nur den Kopf, meinten, es sei ja eine nette Geschichte, hätte aber nichts mit ihnen zu tun.

Zum ersten Mal konnte ich ihnen nachfühlen, was sie durchmachten. Während ich auf dem 35W nach Norden fuhr, sagte ich mir immer wieder, es müsse doch eine logische Erklärung dafür geben, dass Shiloh sich nicht in Quantico eingefunden oder mich angerufen hatte. Doch im Hinterkopf beharrte eine andere Stimme: *Nein, nichts auf der Welt kann das erklären.*

Gegen Mittag traf Vang mich bei der Arbeit am Faxgerät an, wo ich gerade eine Anfrage an alle Krankenhäuser in der Gegend um Quantico schickte. Er schaute ein bisschen überrascht.

»Wo warst du denn so lange? Ich dachte, du wolltest nur mal eben auf 'ne Stunde weg?«

»Ich war am Flughafen. Und dann bei den Krankenhäusern.«

Was aber noch nicht alles war. Ich hatte auch bei den Taxi-Unternehmen nachgefragt, ob sie am Sonntag einen Fahrer zu unserer Adresse geschickt hatten. Bei Norwest hatte ich Belege über die Kontobewegungen der letzten Tage angefordert und bei Qwest eine Aufstellung sämtlicher unter unserer Nummer registrierte Telefonverbindungen.

Ich blickte zu Vang auf. »Es ist so etwas wie eine persönliche Notlage. Ich suche nach meinem Mann.«

»Ich dachte, der wollte zum FBI? Hat er es sich anders überlegt?«

»Nein ...« Ich sah zu, wie die Antwort auf meine Anfrage langsam aus dem Faxgerät herausgetickert kam. »Aber er ist dort nicht eingetroffen.«

»Ach?« Vang runzelte die Stirn. »Heißt das, er ist nicht in der FBI-Akademie eingetroffen oder gar nicht erst in Virginia?« Er fragte das ganz ruhig und sachlich, doch ich konnte förmlich sehen, wie ein weiteres Dutzend Fragen sich in seinem Kopf überschlug. Kein Wunder, es passiert ja auch nicht alle Tage, dass man von Kollegen zu hören bekommt, ihr Ehepartner sei spurlos verschwunden.

»Ich weiß nicht genau«, sagte ich. »Er ist nicht ins Flugzeug gestiegen, aber seine Sachen sind auch nicht mehr da.« Auf einmal stand mir ganz klar vor Augen, dass Shiloh seit genau vierzehn Uhr fünfunddreißig am Sonntag als vermisst gelten musste, dem Zeitpunkt des Fluges, den er offenbar gebucht, aber nicht angetreten hatte. »Ich werde auf jeden Fall eine offizielle Vermisstenanzeige aufsetzen.«

Vang zögerte. »Nach den Dienstvorschriften bin ich mir nicht so sicher, ob du beteiligt sein solltest.« Da er nun schon um die

Einhaltung der Vorschriften besorgt schien, würden all seine ungestellten Fragen wohl auch ungestellt bleiben.

»Ich weiß«, nickte ich. »Aber nachdem Genevieve bis auf Weiteres ausfällt, bin ich im Moment die Einzige hier, die entsprechende Erfahrung mit schwierigen Vermisstenfällen hat.« Um den düsteren Klang meiner Worte abzumildern, setzte ich noch schnell hinzu: »Noch ist ja gar nicht gesagt, dass es so ein schwieriger Fall ist. Aber eins ist mal sicher: Ich kann nicht zum regulären Dienst zurückkommen, bis ich von Shiloh gehört habe.«

»Verstehe«, sagte Vang. »Kann ich irgendwas tun?«

»Ich werde noch einige Faxe auf meine Anfragen hin bekommen. Du könntest mich anrufen und mir sagen, was da drin steht; das wäre mir schon eine große Hilfe.«

»Und wo wirst du sein?«

»Zu Hause. Eine gründliche Haussuchung wäre das Erste, was ich unternehmen würde, wenn es sich um irgendeinen anderen Fall handelte.«

»... SAGEN ANALYSTEN VON Piper Jaffray. WMNN Nachrichten mit der genauen Zeit, zwölf Uhr achtundzwanzig. Mehr nach der Werbepause.«

Ich stellte das Radio leiser und steuerte den Nova aus der Parkgarage hinaus in den Stadtverkehr.

Es stimmte nicht ganz, was ich zu Vang gesagt hatte. Eine Haussuchung war nicht das, womit ich normalerweise beginnen würde. Als Erstes würde ich mit den Leuten reden, die dem Vermissten am nächsten standen.

Wie zum Beispiel seine Frau. *Richtig.*

Wer, außer mir, stand Shiloh sonst noch nah? Seine Familie lebte in Utah. Er hatte seit Jahren mit keinem von ihnen gesprochen.

Mit seinem früheren Chef vom Rauschgiftdezernat, Lieutenant Radich, hatte er sich immer gut verstanden. Und natürlich mit Genevieve, die er länger kannte als ich, aber ich wusste ja, dass sie sich in letzter Zeit nicht mehr getroffen hatten.

Im Dienst hatte er keinen Partner mehr gehabt, seit er auf die ungelösten Fälle angesetzt worden war. Auch bei seiner Undercovertätigkeit als Drogenfahnder war er meist allein unterwegs gewesen. Wie ich spielte er Basketball mit einer ständig wechselnden Mannschaft aus Polizisten und Leuten vom Gericht, wie es sich gerade so ergab, doch auch da hatte er keine engeren Freundschaften geschlossen. Und Shiloh trank keinen Alkohol, ging also auch nie mit den Kollegen auf ein Bier aus.

Manchmal vergaß ich, mit was für einem Eigenbrötler ich mein Bett teilte.

Als ich den Nova an der Stelle parkte, wo sonst immer Shilohs alter Pontiac gestanden hatte, dachte ich daran, welch unglücklicher Zufall es war, dass Shiloh letzte Woche seinen Wagen verkauft hatte. Bis zu dem Tag, da wir alle mit deutlich sichtbaren Erkennungsnummern tätowiert sein würden – und manchmal schien der Tag mir nicht mehr fern –, dienten die Nummernschilder unserer Autos dazu, uns zu identifizieren. In Vermisstenanzeigen waren stets die Kfz-Kennzeichen der betreffenden Personen angegeben, und überall hielten die Streifenpolizisten nach diesen Nummern Ausschau. Es ist ungleich schwieriger, einen Erwachsenen ausfindig zu machen, der kein Auto besitzt.

Obwohl die Hintertür von der Einfahrt aus näher lag, ging ich diesmal ums Haus herum zum Vordereingang. Ich wollte mich als Erstes noch mal im Flur umschauen, wo Shilohs Schlüsselbund am Haken fehlte.

Schlüssel und Jacke und Stiefel waren weg. Das hatte mich am Sonntag sogleich folgern lassen, dass Shiloh zum Flughafen aufgebrochen sein musste. Und so war es ja auch, oder?

Doch es gab noch ein simples Indiz, das ich bisher nicht überprüft hatte.

Auf Streife hatte ich manchmal Leute wegen irgendwelcher Bagatelldelikte geschnappt und sie dann wieder laufen lassen, wenn ich es für angemessen hielt. Und dabei hatte ich ihnen immer einen Standardspruch mit auf den Weg gegeben: »Wenn ich Sie das nächste Mal auf den Strich gehen, mit der Sprühdose in der Hand rumlungern oder Ähnliches tun sehe, dann sollten Sie besser Ihre Zahnbürste dabeihaben.«

Sie wussten, was ich meinte: dass sie das nächste Mal im Gefängnis übernachten würden. Auch bei der Fahndung nach Vermissten war die Zahnbürste für mich ein untrügliches Zeichen dafür, ob jemand freiwillig oder unfreiwillig verschwunden war. Denn unabhängig von Alter, Geschlecht oder Rasse ging praktisch niemand für länger als vierundzwanzig Stunden außer Haus, ohne seine Zahnbürste mitzunehmen. Selbst wenn sie keine Zeit zum Packen hatten, für die Zahnbürste reichte es immer noch.

Ich dachte an den Morgen zurück und sah meine Zahnbürste allein in dem Spiegelschränkchen über dem Waschbecken hängen. Ein kurzer Gang ins Bad bestätigte diesen Eindruck. Seine Zahnbürste war weg. Ich ging ins Schlafzimmer, riss die Schranktür auf und schaute ins oberste Fach. Sein Koffer war ebenfalls weg.

Alles deutete darauf hin, dass er tatsächlich zum Flughafen gefahren war.

Hatte er mir vielleicht doch einen Zettel hinterlassen, den ich bisher nur übersehen hatte?

Shiloh hatte einmal gesagt, unser Küchentisch sei »ein heilloses Chaos, das auf Erlösung durch einen Karteikasten wartet«. Er war immer zugemüllt mit Papieren aller Art, Rechnungen, Zeitungen, Post, Notizen, die wir uns gegenseitig schrieben. Und dieses Durcheinander musste ich jetzt gründlich durchforsten.

Die Zeitungen waren Regionalblätter, die *Star Tribune* und die *Pioneer Press* von St. Paul's. Darunter lag das letzte Rundschreiben der Polizeigewerkschaft; ein Bettelbrief vom Tierschutzverein, dem Shiloh ab und zu etwas spendete; die Telefonrechnung, die beim flüchtigen Durchsehen nichts Verdächtiges preisgab; ein Katalog von einem Waffenhändler; ein Reklamewisch, wie er Polizisten ständig ins Haus flatterte: »… so zuverlässig, dass es sogar von der israelischen Polizei verwendet wird …«; eine zerknitterte weiße Papiertüte vom Feinkostladen, flach und leer – sie erinnerte mich an einen Abend vor etwa drei Wochen, als ich zu später Stunde mit einem Fertiggericht heimgekommen war; ein Zettel mit einer Telefonnummer, aber das war eine, die ich wiedererkannte: die von der regionalen FBI-Zweigstelle.

Als Letztes förderte ich ein Blatt Papier mit roten Wachsflecken zutage. Das stammte noch von dem Abendessen an unserem Hochzeitstag, vor zwei Monaten. Shiloh hatte eine dicke rote Kerze hervorgekramt und sie angezündet, als ironische Geste der Feierlichkeit, mit dem Papier darunter, um das tropfende Wachs aufzufangen.

Keine Spur von einer Nachricht.

Ich ging zurück in die Diele, um meine Suche von vorn zu beginnen. Auch wenn ich nicht ehrlich glaubte, dass Shiloh hier verwundet oder getötet worden war, musste ich mich noch einmal vergewissern.

An der Haustür deutete nichts auf ein gewaltsames Eindringen hin. Das Schloss schien intakt, und ich hatte auch nichts Ungewöhnliches bemerkt, als ich es aufgesperrt hatte.

Ich ging durch alle Zimmer und suchte alle Fenster nach Einbruchsspuren ab. Nichts zu sehen. Auch hinter den Möbeln nichts als Staubmäuse. Wertsachen fehlten keine, und auch sonst schien alles an seinem Platz, die Regale wie immer beladen mit Shilohs Büchern; falls irgendeins davon fehlte, würde es mir sowieso nicht auffallen. Shilohs Interessen waren sehr vielseitig: Romane, Sachbücher, Shakespeare, Texte über Fahndungsmethoden, eine Bibel, ein paar schmale Lyrikbände, von deren Autoren ich noch nie gehört hatte: Saunders Lewis, Sinclair Goldman.

Und nirgends ein Fleck, der nach getrocknetem Blut aussah.

Das Schlafzimmer war ordentlich, wenn auch nicht mehr ganz so ordentlich, wie Shiloh es hinterlassen hatte – ich hatte am Morgen das Bett nicht gemacht.

Wenn Kinder verschwinden, schaue ich gleich zu Anfang unter ihr Bett. Kinder scheinen das für ein schlaues Versteck zu halten. Oft finden sich dort die Tagebücher von Mädchen. Erwachsene verstecken ihre Sachen meist wesentlich sorgfältiger.

Trotzdem hockte ich mich hin und schlug die Decke zurück, die bis auf den Boden herunterhing.

»Oh nein«, sagte ich.

Er war gar nicht versteckt, nur aus dem Weg geschoben, um nicht darüber zu stolpern. Wenn ich gestern Abend hinabgeschaut hätte, wäre mir der matte Schimmer von schwarzem Leder unter dem Bettrand gleich aufgefallen.

Ich zerrte Shilohs abgewetzten alten Koffer hervor. Er war schwer. Offensichtlich voll gepackt. Ich öffnete ihn. Obenauf lag der Kulturbeutel, mit Rasierzeug und Zahnbürste darin. Effizient wie immer, hatte Shiloh im Voraus gepackt und den Koffer dann so verstaut, dass er in dem engen Schlafzimmer nicht störte.

Auf der gefalteten Kleidung lag ein Taschenbuch, ein Standardwerk über Kriminalistik, und zwischen den Seiten, wie ein Lesezeichen, steckte ein Flugticket der Northwest Airlines für den Flug um vierzehn Uhr fünfunddreißig nach Washington D.C.

Er war nicht mal bis zum Flughafen gekommen. Irgendwie machte mir das sein Verschwinden plötzlich glaubhaft.

Kapitel VII

Ich weiss nicht, wie lange ich dort am Bett hockte, ohne einen klaren Gedanken zu fassen, eine ganze Weile nur damit beschäftigt, den neuen Stand der Dinge zu verinnerlichen. Schließlich rappelte ich mich auf und ging in die Küche zurück, stand einigermaßen ratlos mitten in Shilohs verlassenem Haus, ein Relikt seines Lebens in Minneapolis.

Ein vermisster erwachsener Mann. An welchem Punkt hätten Genevieve und ich zuerst angesetzt?

Beim Geld, zum Beispiel. Wie sah es mit seinen Finanzen aus? Schlimm genug, um sich aus der Stadt zu verdrücken? Und wie stand es mit der Beziehung zu seiner Frau? Hatte er nebenbei noch eine Freundin? Hatte er ein Problem mit Alkohol oder Drogen? Stand er schon in den Polizeiakten? Hatte er Verbindung zu Kriminellen? Hatte er Feinde? Wer würde von seinem Tod profitieren? Ließ sich mit Sicherheit sagen, wo er verschwunden war? Und wenn nicht, wie sah es bei ihm zu Hause aus? Und wo war sein Wagen?

Alles in allem ein fruchtbares Feld an Fragen. Das Dumme war nur, dass ich sie samt und sonders im Handumdrehen beantworten konnte.

Shilohs Finanzen waren zugleich die meinen, und ich wusste, dass sie in bester Ordnung waren.

Der Zustand unserer Ehe? Die Befragung von Ehepartnern hatte mich gelehrt, dass der Hang zur Selbsttäuschung hier besonders ausgeprägt war.

Aber Shiloh und ich verstanden uns gut. Wir waren ja erst zwei Monate verheiratet. Wir hätten uns wirklich anstrengen müssen, um die Dinge in so kurzer Zeit zu vermasseln.

Wir hatten zwei Heineken-Biere im Kühlschrank, für den Fall, dass Gäste kamen. Die zwei grünen Flaschen standen noch unberührt an ihrem Platz. Obwohl er sich von der Religion seiner Kindheit abgewandt hatte, neigte Shiloh in mancher Hinsicht zu fast mönchischer Strenge. Zwar hatte er noch getrunken, als ich ihn kennen lernte, doch seitdem hatte er es völlig aufgegeben, und was Drogen betraf, hatte ich ihn nie etwas Stärkeres einnehmen sehen als Aspirin.

Ein Eintrag im Strafregister hätte seine Chancen, beim FBI anzukommen, null und nichtig gemacht, und er hatte die rigorose Überprüfung durch die Aufnahmekommission des Bureaus anstandslos bestanden. Seine Verbindung zum kriminellen Milieu beschränkte sich auf die üblichen Kontakte zu Informanten im Zuge seiner Ermittlungen als Rauschgiftfahnder.

Feinde? Annelise Eliot, die er nach dreizehn Jahren dingfest gemacht hatte, dürfte genug Grund haben, ihn zu hassen. Aber alles, was ich über den Fall gehört hatte, schien darauf hinzudeuten, dass sich ihre Feindseligkeit eher auf größere, politisch gefärbte Ziele richtete, wie gewisse Staatsanwälte in Kalifornien, die den Prozess zur Förderung ihrer Karriere nutzten und die sie vehement in den Medien anprangerte, während sie zugleich ihre eigene Unschuld beteuerte.

Niemand, soweit ich sehen konnte, würde von Shilohs Tod profitieren.

Das Haus war kein plausibler Tatort für irgendeine Art von Gewaltverbrechen. Ich hatte es bereits durchsucht und nicht den geringsten Verdachtsmoment gefunden.

Ich kaute nachdenklich auf meinem Bleistift.

Vielleicht packte ich das hier ja völlig verkehrt an, wenn ich Shiloh aus der unpersönlichen Sicht der Polizistin betrachtete. Ich kannte ihn besser als jeder andere. So seltsam es auch klingen mochte, es war eine geradezu ideale Situation.

Was hatte er in den anderthalb Tagen getan, als ich fort gewesen war? Seine Reise nach Virginia vorbereitet, seinen Koffer gepackt, vielleicht eine Maschine Wäsche gewaschen. Und wahrscheinlich war er auch einkaufen gegangen, da wir unseren Kühlschrank eher von Tag zu Tag als von Woche zu Woche auffüllten.

Shiloh ging regelmäßig joggen, also war er vermutlich eine seiner schönen langen Runden gelaufen, wie immer, wenn ich nicht an seiner Seite war und nach vier Meilen schon schlapp machte. Was sonst noch? Vielleicht hatte er gelesen oder Basketball geschaut. Wahrscheinlich war er früh zu Bett gegangen, an einem ruhigen, eintönigen Samstagabend ohne seine Frau.

Mit anderen Worten, alles stinknormal. Keine dieser biederen Aktivitäten schien geeignet, ein plötzliches Verschwinden zu erklären. Es sei denn …

Ein Langstreckenlauf war in einer solchen Routine wohl das Einzige, was potenzielle Gefahren barg. Gewöhnlich begegnete einem beim Joggen nichts Ärgeres als hin und wieder mal ein knurrender Hund, aber es gab auch Ausnahmen. Jogger liefen oft durch dunkle und einsame Gegenden, fernab von den Lichtern der Stadt. Manchmal wurden sie vom Rettungsdienst in Parks oder Waldwegen aufgelesen, ohne Brieftasche, mit Gehirnerschütterung oder Stichwunden. Shiloh, einsfünfundachtzig groß, jung und athletisch, kam als Opfer eines Raubüberfalls kaum infrage, aber zumindest war es eine Theorie, die mir halbwegs nachvollziehbar schien.

Ich ging zu Shilohs Koffer zurück, klappte ihn auf, durchwühlte seine Kleider und fand das graugrüne T-Shirt der Kalispell-Rettungsmannschaft, das er beim Sport zu tragen pflegte. An den Rand des Koffers gequetscht, säuberlich in einer Plastiktüte verpackt, steckten seine Laufschuhe. Er besaß nur ein Paar.

Seine Laufschuhe waren da, nur seine robusten Stiefel und seine Jacke waren weg; immerhin schon ein Fortschritt, stellte ich mit einem Anflug von Befriedigung fest. Shiloh war zu Fuß losgezogen. Nicht zum Joggen und auch nicht zum Flughafen. Nur irgendeine Besorgung machen, von der er nicht zurückgekehrt war.

Das Telefon klingelte.

»Ich bin's«, sagte Vang. »Eben sind ein paar Faxe von diversen Krankenhäusern aus Virginia gekommen. Niemand, auf den die Beschreibung deines Manns zutrifft, ist in den letzten zweiundsiebzig Stunden eingeliefert worden.«

»Ich weiß«, sagte ich.

»Bei einem echten Vermisstenfall«, hatte Genevieve mir in meiner ersten Zeit als Detective immer eingeschärft, »sind die ersten vierundzwanzig bis sechsunddreißig Stunden die, auf die es ankommt. Da musst du voll dranbleiben, bloß keine Zeit verlieren.«

Solche Fälle waren meistens verschwundene Kinder. Oder Frauen, deren Lebensumstände schon Bedrohliches aufwiesen: Anzeichen für Gewalteinwirkung; Zeugen im Bekanntenkreis, die von einem herumlungernden Exfreund berichteten; eine kürzlich erwirkte einstweilige Verfügung, die ihm verbot, sich dem Umkreis der betreffenden Person zu nähern.

Nichts dergleichen traf in Shilohs Fall zu. Hier hatte ich die meisten der sechsunddreißig Stunden schon verbummelt, weil ich erst gar nicht begriffen hatte, dass er verschwunden war.

Nun hieß es also, die Zeit aufzuholen und so schnell wie möglich alle nur denkbaren Ansatzpunkte abzuarbeiten.

Zunächst musste ich die Leute in unserer Nachbarschaft befragen. Die meisten waren allerdings tagsüber bei der Arbeit und würden erst am Spätnachmittag wieder zu Hause sein. Und diejenigen, die nicht direkt Tür an Tür mit uns wohnten, würden ein Foto von Shiloh brauchen, um ihrem Gedächtnis auf die Sprünge zu helfen.

Eine Person gab es jedoch, die ihn vom Sehen kannte und die fast immer zu Hause war.

Die Witwe Muzio sah Shiloh wahrscheinlich viel öfter als all unsere anderen Nachbarn. Sie hielt große Stücke auf ihn, weil Shiloh sich rührend um sie kümmerte; denn Nedda Muzio lebte allein und wurde allmählich senil. Mrs. Muzio hatte einen lieben alten Hund, groß und zottig wie ein Wolfshund, vielleicht noch mit etwas Schäferhund eingekreuzt. Dieser Hund, der den unpassenden Namen Snoopy trug, büchste oft aus Mrs. Muzios Garten aus, und jedes Mal, wenn Shiloh sie wieder erfolglos nach Snoopy rufen hörte, ging er den Hund bei den Mülltonnen der Nachbarschaft suchen und brachte ihn wieder nach Hause.

Mrs. Muzio war immer außer sich vor Freude über Snoopys Rückkehr, vor allem, da sie überzeugt war, ihr Hund sei von irgendwelchen »Schurken« gestohlen worden. Dieselben Schurken klauten ihr auch ihren Sozialhilfescheck aus dem Briefkasten, wenn Mrs. Muzio das Datum vergessen hatte und sich nicht darüber klar war, dass bis zum Ersten des Monats noch eine Woche fehlte. Sie brachen in ihr Haus ein und drehten den Wasserhahn auf, stahlen Vorräte aus ihrem Küchenschrank, spähten nachts durch ihre Fenster. Shiloh ging oft zu ihr hinüber und versuchte, ihr gut zuzureden, doch es gelang ihm nie, etwas gegen ihren Verfolgungswahn auszurichten. Ihr Gartentor zu reparieren, was er eines Sonntagnachmittags schließlich tat, war da schon weit hilfreicher.

Als ich bei Shiloh einzog, hatte Mrs. Muzio mich mit misstrauischem Blick gemustert. In ihrer Paranoia hatte sie mich prompt als Feindin abgestempelt. »Was klaust du mein Hund?«, keifte sie, wenn Snoopy streunen ging, oder sie schrie: *»Strega!«*, was Hexe hieß; ich hatte es extra im Wörterbuch nachgeschlagen. Shiloh erzählte mir amüsiert von den Warnungen, die sie ihm über *diese Frau da* zuflüsterte, ängstlich besorgt um sein Wohlergehen.

Aber eines schönen Tages, aus keinem ersichtlichen Grund, vielleicht nur, weil der Wind aus Nordwesten blies, hörte sie damit auf. Mrs. Muzio erwärmte sich plötzlich für mich. Ich war nicht mehr *strega*. Ich war nicht mal mehr nur Shilohs Freundin in ihren Augen; ich war *fidanzata*, seine Verlobte.

Während ich nun auf ihr Haus zuging, fiel mir auf, dass überall zwischen den Wegplatten schon das Gras hervorspross – Stolperschwellen, die eine alte Frau leicht zu Fall bringen konnten. Vielleicht sollte ich Shiloh bitten, das in Ordnung zu bringen, wenn ich ihn wiedersah.

Ich pochte mit der Faust an die Tür, denn Mrs. Muzio war ziemlich schwerhörig.

»Hallo, Mrs. Muzio, darf ich reinkommen?«, fragte ich, als sie im Türrahmen erschien.

Einsfünfundfünfzig klein und gebeugt, schaute sie freundlich und verwundert zu mir hoch.

»Sie wissen doch, wer ich bin?«, fragte ich vorsichtshalber nach.

»Die *fidanzata*«, antwortete sie prompt, und ihr Gesicht verzog sich zu einem knitterigen Lächeln.

»Jetzt nicht mehr. Wir sind verheiratet«, erklärte ich. Sie reagierte nicht.

»Darf ich reinkommen?«, wiederholte ich und streifte mir demonstrativ die Schuhe an der Fußmatte ab.

Ich mochte die Atmosphäre in Mrs. Muzios Haus. Sie kochte viel, improvisierte Gerichte mit dem frischen Gemüse aus ihrem Garten, und so roch es bei ihr nach italienischem Essen und nicht nach dem Altersmuff, der so oft in den Wohnungen von hochbetagten Leuten hing. In der Küche machte sie uns Kaffee. Ich stand auf ihrem rissigen rosa Linoleumboden und sah ihr zu. Sie hatte mich nicht verstanden, als ich ihr sagte, dass Shiloh und ich verheiratet waren. Das machte nichts, aber wenn ich ihr nicht einmal das klar machen konnte, was war dann bei dem Gespräch zu holen? Konnte ich ihr überhaupt etwas begreiflich machen?

Ich fing ihren Blick auf. »Ich bin nicht mehr Shilohs *fidanzata*. Wir sind verheiratet.« Sie blickte mich immer noch verständnislos an. Ich hielt die Hand hoch und zeigte ihr den Ring. »Verheiratet. Sehen Sie?«

Langsam dämmerte ihr, was ich meinte, und sie lächelte. »Sehr gut«, sagte sie wohlwollend, was mit ihrem filmreifen italienischen Akzent wie *sährr gutt* klang. Sie schenkte den Kaffee ein, und wir setzten uns an den Küchentisch.

»Wie geht's Snoopy?«, fragte ich.

»Snoopy?« Sie nickte zur Hintertür hin, wo ich den Hund friedlich schlafen sah, die ergraute Schnauze neben dem leeren Futternapf. »Snoopy ist e…« – sie überlegte kurz – »alt. Wie ich.« Sie kicherte mit verschmitzt funkelnden Äuglein.

Unerwartet sah ich das junge Mädchen in ihr, das sie vor sechs Jahrzehnten in Sizilien gewesen war, glutäugig, lachfreudig und voller Saft und Kraft. Noch nie zuvor hatte ich es in dieser krummen Witwengestalt erblickt, und das beschämte mich.

»Mrs. Muzio, ich muss mit Ihnen reden«, sagte ich. »Es geht um meinen Mann, sie wissen schon, Mike.«

»Mike?«, fragte sie unsicher.

»Jawohl.« Ich nickte bekräftigend. »Haben Sie ihn in letzter Zeit gesehen?«

»Er hat das Gartentor repariert«, sagte sie.

»Das war schon vor Monaten. Aber diese Woche, haben Sie Mike da gesehen? Erinnern Sie sich, wann Sie ihn das letzte Mal gesehen haben?« Ich betonte die Schlüsselwörter mit Nachdruck.

»Ich hab ihn auf der Straße gesehen«, sagte sie.

»An welchem Tag war das?«

Sie blinzelte, als versuchte sie, Shilohs Umriss zu erspähen. »Gestern?«

»Ich glaube nicht, dass es gestern war«, sagte ich. »Können Sie sich an etwas erinnern, das am selben Tag passiert ist, um es zeitlich besser einzugrenzen?«

»Der Gouverneur hat im Radio geredet.«

»Worüber?«

Sie schüttelte den Kopf. »Er hat im Radio geredet. Er klang zornig.«

»War das an dem Tag, als Sie Mike auf der Straße gesehen haben?«

»Ja. Mike geht die Straße lang. Er sieht zornig aus. Macht ein finsteres Gesicht.«

»Okay«, sagte ich. »Haben Sie in letzter Zeit irgendwas Ungewöhnliches bemerkt? Besonders um unser Haus herum?« Ich wusste, dass ich damit vielleicht die Büchse der Pandora öffnete, was jene allgegenwärtigen Schurken anging, aber Mrs. Muzio schüttelte den Kopf. Auch wenn ihr Gedächtnis ein bisschen vernebelt war, hatte sie heute nicht ihren paranoiden Tag.

Aus Höflichkeit blieb ich noch zehn Minuten bei ihr sitzen und versuchte, ihr Erinnerungsvermögen mit etwas Nachbarschaftstratsch anzuregen, doch ich erfuhr nichts weiter von Belang. Ich stand auf und stellte meine leere Kaffeetasse in die Spüle.

»Sie wollen schon gehen?«, fragte sie.

»Wenn Mike wieder da ist, kommen wir Sie besuchen«, versprach ich.

Mrs. Muzio meinte also, sie habe Shiloh zuletzt die Straße entlang gehen und »zornig« dreinschauen sehen. Am gleichen Tag hatte sie angeblich den Gouverneur im Radio sprechen hören, und auch er hatte »zornig« geklungen. In Mrs. Muzios Welt schien jeder zornig zu sein. Ich fragte mich, wie weit ich ihren Beobachtungen vertrauen durfte.

Allerdings hatte Shiloh, wenn er tief in Gedanken war, oft einen verschlossenen, düsteren Gesichtsausdruck, den man als Missgestimmtheit interpretieren konnte. Vielleicht hatte die alte Mrs. Muzio Recht gehabt.

Sie habe Shiloh gehen sehen, hatte sie gesagt, nicht rennen und auch nicht in irgendeinem Auto fahren. Das passte zu meiner Theorie, dass er zu Fuß etwas besorgen gegangen und, aus welchem Grund auch immer, von diesem Gang nicht mehr zurückgekehrt war.

Mein schwierigstes Gespräch hatte ich damit hinter mir. Es war immer sinnvoll, sich vom Schweren zum Einfachen vorzuarbeiten. Als Nächster war Darryl Hawkins an der Reihe. Ich sah auf dem Handy nach der Uhrzeit. Kurz vor drei, also noch zu früh. Er und seine Frau würden erst gegen fünf von der Arbeit heimkommen. Inzwischen musste ich irgendwas unternehmen, um die Zeit zu überbrücken.

Mir fehlte immer noch ein gutes Foto von meinem Mann. Ich besaß nur eins, von dem Shiloh wahrscheinlich gar nicht wusste, dass ich es aufgehoben hatte.

Annelise Eliot hatte sich sicher nie träumen lassen, dass sie nach über einem Jahrzehnt eines unbehelligten Daseins unter falschem Namen doch noch überführt und festgenommen werden würde. Als Shiloh sie schließlich mit dem Haftbefehl aufsuchte, drehte sie durch.

In einem Impuls, der wohl ihr dreizehn Jahre zurückliegendes Verbrechen widerspiegelte, schnappte sie sich einen Brieföffner vom Schreibtisch und stach zu. Shiloh hatte zwar rechtzeitig den Arm hochgerissen, aber eine ziemlich tiefe Schnittwunde an der Handfläche davongetragen.

Die Medien waren nicht von der Festnahme unterrichtet worden, doch am nächsten Tag, bei der Anklageerhebung in St. Paul, wimmelte es von Reportern.

Die *Star Tribune* und die *Pioneer Press* hatten praktisch dasselbe Foto abgedruckt: Shiloh, von uniformierten Beamten eingerahmt, während er Annelise Eliot zu ihrem ersten Gerichtstermin brachte und sie mit höflichem, aber festem Griff am Arm festhielt. Der Verband um die Hand, an der sie ihn verletzt hatte, war deutlich sichtbar.

Dieses Bild schien mir so typisch für Shiloh, dass ich es aus der Zeitung ausgeschnitten und in meiner Brieftasche verwahrt hatte. Doch es würde nichts bringen, es Fremden zu zeigen, denn er hatte das Gesicht vor den Kameras abgewandt, und man sah ihn nur im Profil.

Als ich nach Hause kam, ging ich gleich ans Telefon und wählte eine Nummer, die ich mittlerweile auswendig kannte.

Sobald Deborah Genevieve an den Apparat geholt hatte, sagte ich: »Hi, ich bin's. Ich möchte dich um einen etwas ungewöhnlichen Gefallen bitten.«

Schweigen am anderen Ende.

»Bist du noch da?«, fragte ich.

»Ich bin da«, sagte sie.

»Bei eurer Weihnachtsfeier hat Kamareia doch eine Menge Fotos geknipst.« Ihr Name ging mir nur schwer über die Lippen, und ich merkte, dass ich es bei meinem Besuch die ganze Zeit vermieden hatte, ihn auszusprechen. »Also, ähm, ich müsste mal kurz bei dir zu Hause vorbeischauen, um eins von den Fotos zu holen, auf dem Shiloh drauf ist.«

Wieder herrschte Schweigen, doch diesmal brach Genevieve es von sich aus. »Okay.«

»Ich müsste aber auch wissen, wo ich die Fotos finden kann«, setzte ich hinzu.

»Tja …«, sagte Genevieve langsam. »Ich glaube, sie bewahrte ihre Fotos in einem Schuhkarton im Schrank auf.«

»Gut. Aber dein Haus ist abgeschlossen, nicht?«

»Mmm, ja«, sagte Genevieve. »Aber die Evans von gegenüber haben einen Schlüssel.« Sie hielt einen Moment inne, schien zu überlegen. »Ich werde sie anrufen und ihnen Bescheid sagen, dass du kommst.«

»Danke, Gen. Ach, übrigens, hast du in letzter Zeit mit Shiloh gesprochen?«

»Nein«, sagte sie. »Schon ewig nicht mehr.«

Immer und immer wieder hatten wir beide im Dienst die Angehörigen von Vermissten um Fotos der gesuchten Personen gebeten. Das war vielleicht der wichtigste Ansatzpunkt jeder Fahndung.

Und doch sah Genevieve den Zusammenhang nicht. Offenbar kam es ihr gar nicht weiter sonderbar vor, dass ich in ihr unbewohntes, abgeschlossenes Haus wollte, auf der Suche nach einem Foto von meinem Mann.

»Also, dann bis bald«, sagte ich, vermutlich nicht ganz wahrheitsgemäß, und legte auf.

Kapitel VIII

An dem Tag, als Genevieves einziges Kind starb, hatten wir beide einen besonders produktiven Arbeitstag verbracht und waren bester Laune.

Ich hatte sie am Morgen zum Dienst mitgenommen, weil ihr Wagen in der Werkstatt war, und brachte sie nun auch wieder heim. Da ich ja eh zu ihr fahren musste, hatte Genevieve gemeint, könnte ich auch zum Abendessen bleiben. Und Shiloh, beschlossen wir, sollte am besten gleich mitkommen. Shiloh war damals noch in die Analyse des Beweismaterials vergraben, von dem niemand geglaubt hatte, dass es die heiße Spur zu Annelise Eliot war. Er war nur schwer von seinen Akten loszueisen, aber Genevieve hatte nicht locker gelassen. Sie machte sich Sorgen um ihn, sie fand, er arbeitete zu viel.

Es war im Februar, einer dieser wolkenverhangenen Tage, an denen es weniger kalt war, als wenn die Wintersonne am Himmel strahlte. Am Morgen war frischer Schnee gefallen und hatte die rußschwarzen Schneewälle überzuckert, die seit Wochen die Straßen säumten.

Nur der letzte Fall, mit dem Gen und ich es an jenem Tag zu tun bekamen, hatte sich als Zeitverschwendung erwiesen. Ein Kind war als vermisst gemeldet worden, und wir waren nach Edina hinausgefahren zu einem kleinen Apartmenthaus, wo ein Vater mit seinem sechsjährigen Sohn wohnte, der am Nachmittag nicht mit dem Schulbus heimgekommen war.

Der junge Mann – »nennen Sie mich Tom« – war einer der seltenen allein erziehenden Väter, der das Sorgerecht für seinen Sohn erhalten hatte. »Einfach war das nicht«, sagte er, während er uns ins Wohnzimmer führte, das voller Kartons stand.

»Sind Sie gerade erst eingezogen?«, fragte ich, obwohl die Stapel nicht nach Umzugskartons aussahen.

»Nein, nein«, winkte er ab. »Da sind Entsafter drin, die verkaufe ich, zusammen mit Kräuterextrakten für eine gesunde Ernährung, hier von zu Hause aus. Außerdem bin ich gerade als Fitnesstrainer anerkannt worden und versuche, mir eine Stammkundschaft aufzubauen. Puh, ich kann Ihnen sagen, die letzten Zeiten waren ganz schön hektisch.«

Bislang passte alles ins Bild. Tom war von kompakter, offensichtlich durchtrainierter Statur, und der Blick seiner braunen Augen war intensiv, aber unpersönlich, wie der eines routinierten Verkäufers.

Manchmal hat man bei einem Vermisstenfall gleich das Gefühl, ganz unabhängig von den äußeren Umständen, dass nichts weiter Schlimmes passiert ist. Und dieser Eindruck verstärkte sich noch, als Genevieve und ich mit unserer Befragung begannen.

Natürlich richtet der Verdacht sich in solchen Fällen immer als Erstes auf die Exehefrau; Kindesentführung durch einen Elternteil geschieht weit häufiger, als man denkt. Tom allerdings wies die Idee weit von sich. »Nein, nein«, sagte er kopfschüttelnd. »Ich hab Denise schon im Büro angerufen. Sie hat sich ziemlich aufgeregt, aber ich hab gemeint, sie soll erst mal abwarten, die Polizei sei bereits unterwegs.« Er runzelte die Stirn. »Sie ist ganz und gar nicht der Typ, ihren Jungen zu verschleppen, das können Sie mir glauben. Die kümmert sich sowieso kaum noch um Jordy, seit sie ihren neuen Freund hat. Und außerdem hat sie auch noch einen Antiquitätenfimmel. Fast immer, wenn ich Jordy samstags bei ihr abhole, hat er den ganzen Tag damit verbracht, hinter ihr her durch die Läden zu trotten und sich Tiffany-Lampenschirme und Delfter Kacheln anzugucken. Ich bitte Sie, ist das vielleicht ein Zeitvertreib für einen Sechsjährigen?«

Ich wusste nicht, was ich darauf antworten sollte, also fragte ich: »Und was ist mit den übrigen Verwandten?«

»Wieso ... ach, Sie meinen, ob *die* Jordy entführen würden?« Tom schaute verdutzt drein. »Kann ich mir nicht vorstellen. Meine Leute leben alle in Wisconsin, und die von Denise ...« Er brach ab. »Oh nein.«

Genevieve und ich wechselten einen Blick. *Heureka.*

»Was denn?«, hakte Genevieve nach.

»Oh nein«, wiederholte er und wurde rot. Nicht vor Verlegenheit, wie mir schien, sondern vor Zorn. »Warten Sie mal«, sagte er, sprang auf und ging ans Telefon.

Tom wählte und sprach mit irgendwem am anderen Ende. Es stellte sich sofort heraus, dass Jordy in Sicherheit war. »Also, dann komm ich ihn gleich abholen«, sagte Tom.

»Was meinst du?«, flüsterte ich Genevieve zu. »Die Schwägerin?«

Sie schüttelte den Kopf. »Die Schwiegermutter, wetten?«

Wir bekamen den Großteil der Geschichte in bissigen Wortfetzen mit.

»Wieso hast du mir nichts gesagt? Gott, ich hab mir solche Sorgen ... Nein, hab ich nicht. Ich hab gesagt, er braucht nicht zum Friseur. Nein, ich war *nicht* einverstanden – im Gegenteil ... Du verdrehst mir ja das Wort im Mund! Nein, seine Haare sind nicht ... So tragen die Kids sie doch alle ... Du hörst mir ja gar nicht zu!«

Nach einer kleinen Weile verdrehte sogar die unerschütterliche Genevieve genervt die Augen, und ich stand auf, um Tom zu zeigen, dass wir gehen wollten, nachdem der Fall sich nun offenbar von selbst gelöst hatte.

»Moment, ich muss Schluss machen«, sagte Tom. »Ich komm ihn dann gleich holen. Nein, *ich* komme. Du bleibst, wo du bist.«

Er legte auf und kam kopfschüttelnd zu uns zurück. »Denises Mutter«, sagte er. »Ich glaub's einfach nicht. Die spinnt vielleicht! Sie kann sich nicht damit abfinden, dass ich das Sorgerecht erhalten habe.«

Er berichtete uns noch kurz die Details: Letzthin hätten seine Schwiegermutter und er sich über Jordys lange Haare gestritten, woraus sie anscheinend geschlossen habe, sie hätte die Erlaubnis, Jordy von der Schule abzuholen und zum Friseur zu schleppen. »Ich hatte klipp und klar nein gesagt«, erklärte Tom, »aber natürlich behauptet sie, ich hätte zugestimmt.«

Interessant fand ich die Art, wie Tom sich während seiner Ausführungen verhielt. Zuerst hatte er nur mich angesehen, vielleicht, weil ich die Jüngere war und mehr nach regelmäßiger sportlicher Betätigung aussah und damit mehr auf seiner Linie lag, oder vielleicht auch nur, weil ich keinen Ehering trug. Doch als ich keinerlei ermutigende Reaktion zeigte, begann er ganz richtig, Genevieve als die Wohlwollendere von uns beiden zu sehen, die wenigstens ab und zu mal nickte. So verlagerte er nach und nach den Augenkontakt zu ihr hin, und es war Genevieve, der er die Hintergrundstory erzählte: endlose Einmischungen seitens der Schwiegermutter, unerwünschte Ratschläge, versteckte Anfeindungen, Herumnörgeln an seinem Erziehungsstil.

Nachdem er mich ohnehin zu ignorieren schien, schaute ich aus dem Fenster auf den Parkplatz, wo ein Trio von warm eingemummelten Jungs Zielwürfe an einem dieser frei stehenden Basketballringe übte, die man in Sportgeschäften kaufen kann. Sie würden eine böse Überraschung erleben, sagte ich mir, wenn sie zum ersten Mal auf ein Spielfeld mit einem Ring in Normhöhe kamen.

»Gen, wir müssen langsam los«, sagte ich.

Aber Genevieve war wieder mal zu gutmütig. »Hören Sie«, sagte sie zu Tom. »Ich weiß, Sie werden keine Anzeige erstatten wollen, aber es wäre vielleicht ganz gut, wenn meine Partnerin und ich Ihre Schwiegermutter darüber aufklären würden, dass es ein ernsthaftes Vergehen ist, ein Kind ohne explizite Erlaubnis des Erziehungsberechtigten mitzunehmen.«

Hinter Toms Rücken schnitt ich eine abwehrende Grimasse. Genevieve ignorierte mich, aber zum Glück wurde ihr Angebot abgelehnt.

»Nein, nein«, sagte Tom und schüttelte den Kopf. »Das würde auch nicht helfen. Die Frau ist stur wie ein Maulesel, sie würde bloß darauf beharren, ich hätte es ja erlaubt. Trotzdem, danke für das freundliche Angebot.«

Ich seufzte erleichtert auf, aber Tom war noch nicht mit uns fertig. Im Hinausgehen versuchte er noch, Genevieve einen Entsafter anzudrehen. Genevieve lehnte ab, worauf er ihr seine Visitenkarte in die Hand drückte, »nur für den Fall, dass Sie sich's noch mal überlegen«.

Kaum saßen wir im Wagen, legte ich los: »Sag mal, was hast du dir eigentlich dabei gedacht, dem Typ da freiwillig vorzuschlagen, wir sollten uns auch noch das andere Ende dieses faden Familienzwistes anhören?«

Genevieve ließ ungerührt den Motor an. »Wieso, wär doch ganz interessant gewesen. Bist du denn gar nicht neugierig, ob die Schwiegermutter wirklich so ein Besen ist, wie er sie darstellt? Vielleicht ist sie ja auch ganz reizend und vernünftig und vollkommen im Recht?« Sie beschleunigte, um in den Verkehr auf dem 35W einzubiegen.

»Du meinst, wie all die *reizenden, vernünftigen* Leute, mit denen wir sonst immer im Dienst zu tun haben? Aber selbst dann wäre es immer noch Zeitverschwendung gewesen.«

»Ich würde das eher prophylaktische Polizeiarbeit nennen«, entgegnete Genevieve in belehrendem Ton. »Oder möchtest du hier demnächst wieder aufkreuzen, wenn die Omama noch mal beschließt, sich Klein Jordy auszuborgen, ohne zu fragen?«

Dazu fiel mir nichts mehr ein, und wir legten den Rest des Weges schweigend zurück.

Doch als wir wieder an unseren Schreibtischen saßen, blinzelte Genevieve mich an. »Hey, worüber hast du da vorhin so gegrinst?«

»Wieso, ich hab mir doch gar nichts anmerken lassen, als er endlich drauf kam, wo sein Söhnchen steckte.«

Genevieve rollte einen klecksenden Tintenkuli auf einem Löschblatt hin und her, schob dann, mit dem Ergebnis unzufrieden, die Kappe wieder drauf und warf ihn in den Papierkorb. »Nein, ich meine vorher, in der Küche, da hab ich gesehen, wie du dir mühsam das Lachen verbissen hast. Ich musste diesen Tom extra ablenken, damit er nichts merkte.«

Ich überlegte. »Ach so, *das*. Hast du den Aufkleber nicht gesehen?«

»Welchen Aufkleber?«

»Den auf dem Kühlschrank, für diese Kräuterdiät, auf dem stand: ›Ich habe sechzig Pfund verloren. Fragen Sie mich, wie!‹« Bei der Erinnerung fing ich schon wieder an zu kichern. »Diese fröhliche kleine Botschaft sprang mich geradezu an, und ich konnte nicht anders, ich musste sofort an das Kind denken.«

Genevieve schaute verständnislos drein.

»Ein Sechsjähriger wiegt doch ungefähr so viel. *Ich habe sechzig Pfund verloren.*«

Jetzt begriff sie und schüttelte tadelnd den Kopf. »Also echt, manchmal bist du kalt wie eine Hundeschnauze. Du konntest doch noch gar nicht wissen, ob sein Sohn nicht von einem Pädophilen verschleppt und ...«

»Unsinn. Dir war doch vom ersten Moment an genauso klar wie mir, dass dem Jungen nichts passiert war. Als wir da reinkamen, hatte ich ein, zwei Minuten sogar den Verdacht, er wäre zwischen all den Kartonstapeln verschütt gegangen.«

Genevieve lächelte milde. »Du bist nur sauer, weil er dich nicht so nett fand, dass er *dir* einen von seinen Entsaftern andrehen wollte.«

»Oh ja, da hatte er einen verdammt guten Riecher«, gab ich zurück. »Und weißt du, warum? Die Leute spüren, dass sie mit so einem Scheiß bei mir nicht landen. Was soll das bloß der ganze Quatsch mit diesen Verkäufen von zu Hause aus? Eine Pest ist das!«

»Oje«, seufzte sie. »Jetzt bitte keine Predigt.«

»Ist doch wahr!«, ereiferte ich mich. »Ständig fallen diese Dummbeutel auf Zeitungsanzeigen rein, die ihnen versprechen, mit dem Verscherbeln von irgendwelchem Plunder reich zu werden. Aber wen ziehen sie sich dann bestenfalls als Kunden an Land? Die Leute aus ihrem privaten Umfeld. Nachbarn, Verwandte. Ich meine, macht man auf die Weise etwa seriöse Geschäfte? Was passiert, wenn einem die Freunde ausgehen?«

Genevieve sah mich viel sagend an. »Bei manchen von uns würde das schneller gehen als bei anderen.«

Ich brauchte eine Sekunde, bis der Groschen fiel. »Also weißt du, Gen, manchmal bist du so biestig zu mir, dass es sich schon fast wieder gut anfühlt.«

Sie zeigte keinerlei Bedauern. »Ich finde es gar nicht so verkehrt, wenn ein allein erziehender Vater zu Hause arbeitet, auf die Weise hat er mehr Zeit für seinen Sohn«, meinte sie tolerant. »Außerdem ist das der amerikanische Traum. Jeder möchte gern sein eigener Boss sein.«

»Ich nicht«, sagte ich. »Ich bin zufrieden mit meinem Schicksal: für dich zu arbeiten.«

»Geh, *bitte*, ich leiste doch die ganze Schwerarbeit in unserem Gespann. Wie zum Beispiel für dich einzuspringen, wenn du mitten in einer dienstlichen Befragung plötzlich von Lachkrämpfen geschüttelt wirst.« Sie wandte sich ab und fuhr fort zu tippen.

Doch ich konnte nicht aufhören, sie zu provozieren. »Genevieve?«, sagte ich.

»Ja?« Sie zögerte einen Moment, drehte sich dann aber doch zu mir um. »Was?«

»Ich habe sechzig Pfund verloren.«

Genevieve drehte sich wieder zum Schreibtisch zurück, aber zu spät; ihre Schultern zuckten. Ich hatte sie zum Lachen gebracht.

Viele Leute würden das gar nicht komisch finden, aber Polizisten neigen nun mal zu schwarzem Humor. Was die Arbeitsmoral jedoch ebenso wenig schmälert wie die Wut über die wirklich schlimmen Dinge.

»Warte du nur«, sagte Genevieve und drohte mir lächelnd mit dem Finger. »Warte du nur, bis du selbst ein Kind hast. Dann wirst du es verstehen. Dann wirst du dich auf Knien bei diesem braven Mann in Edina entschuldigen.«

Eine Weile arbeiteten wir schweigend vor uns hin. Als ich sie ihre Schublade aufziehen hörte, wusste ich, dass es für heute genug war; sie nahm ihre Handtasche heraus. »Bist du dann so weit?«, fragte sie. Wir machten nicht immer gleichzeitig Feierabend, aber heute sollte ich sie ja heimfahren.

»Okay.« Ich schob meinen Stuhl zurück und streckte mich.

Sie schloss die Schublade. »Wenn du mich schon nach Hause fährst, bleibst du dann auch zum Essen?«

»Klingt gut.« Ich sah zu ihr hoch, während sie sich ihren roten Schal umband. »Ich muss in letzter Zeit so oft alleine essen. Shiloh macht fast jeden Tag Überstunden.« Ich stand ebenfalls auf.

»Schrecklich, ich kenn das. Mit Vincent war's genauso, als er fürs Examen gepaukt hat. Ich hab ihn nie zu sehen gekriegt. Manchmal hatte ich Angst, Kam würde anfangen, zu jedem großen Schwarzen auf der Straße Daddy zu sagen.« Genevieve zog ihre Jacke über den roten Schal. »Am besten, wir nehmen Shiloh gleich mit.«

»Er wird aber nicht mitkommen wollen«, sagte ich, als wir zum Fahrstuhl gingen. »Er arbeitet an dieser Eliot-Sache.«

»Lass mich nur machen«, lächelte Genevieve.

»Na, da bin ich aber gespannt.« Ich griff nach ihrem Arm. »Nein, wir gehen nicht in sein Büro.«

Sie sah mich fragend an.

»Ich wette, um diese Zeit hockt er wieder oben in der Bibliothek.«

Und da saß er auch, ganz allein, in die Arbeit vertieft. Er blickte irritiert zu uns auf, als wir an ihn herantraten.

»Hey«, sagte ich und legte eine Hand auf den Tisch.

»Hey«, entgegnete Shiloh und berührte kurz meine Finger, eine diskrete, unauffällige Geste. »Ich werd so in ungefähr anderthalb Stunden zu Hause sein«, sagte er ruhig. »Hey, Gen, wie geht's?«

»Gut«, sagte sie. »Sarah und ich nehmen dich jetzt zum Abendessen nach St. Paul mit.«

»Geht nicht«, beschied er knapp.

»Ich hab schon fünf Dollar an deine Freundin verloren, die mit mir gewettet hat, dass du noch hier oben sitzt«, behauptete Genevieve, was natürlich glatt gelogen war. »Also sei jetzt kein Spielverderber.«

Shiloh sah zu ihr auf, zückte seine Brieftasche und legte einen Fünf-Dollar-Schein auf den Tisch. »Jetzt seid ihr quitt«, sagte er und beugte sich wieder über seine Arbeit, als erwarte er, dass sie jetzt endlich abziehen würde.

»Kamareia hat etwas für dich«, beharrte sie.

»Was denn?«

»Ein Foto von euch bei der Weihnachtsfeier.«

»Verstehe, das kannst du natürlich nicht einfach zum Dienst mitbringen, so schwer, wie ein Abzug ist.«

Genevieve schwieg.

»Hör zu, das hier ist wirklich wichtig«, sagte Shiloh. »Und du weißt doch, ich kann das nicht alles in der regulären Dienstzeit erledigen.«

Genevieve hockte sich auf die Fersen, damit sie ihm ins Gesicht schauen konnte. »Du arbeitest zu viel«, sagte sie sanft. »Du musst lernen, deine Kräfte zu schonen, Shiloh.«

Als er nicht reagierte, setzte sie hinzu: »Du fehlst uns.«

Shiloh fuhr sich mit der Hand durch die Haare. »Wer kocht denn heute, du oder Kamareia?«

»Kamareia. Du siehst, es ist dein Glückstag.« Sie wusste, dass sie gewonnen hatte.

Es war gegen halb sieben, als wir in ihre Einfahrt einbogen. Unten war alles dunkel, nur aus dem oberen Stockwerk fiel etwas Licht ins Treppenhaus, und man hörte gedämpftes Radiogedudel.

Genevieve schaltete die Flurlampe an, die in eine leere, saubere Küche schien. Kamareia war nirgends zu sehen. »Komisch«, wunderte sich Genevieve, »sie hatte doch gesagt, sie wollte um sechs mit dem Kochen anfangen.« Sie schaute zur Treppe hoch. »Es *klingt* so, als wär sie da.«

Ihre Verwunderung war durchaus begreiflich; Kamareia war zuverlässig, und sie kochte sehr gern. »Aber das macht doch nichts«, meinte ich beruhigend. »So ausgehungert sind wir ja nicht, wir werden's schon überleben.«

»Ich schau mal nach, was los ist«, sagte Genevieve.

Ich lehnte mich wartend ans Treppengeländer, während sie hinaufging. Sie klopfte an die Zimmertür ihrer Tochter, fand sie dort aber nicht vor. Dann schaute sie in den anderen Zimmern nach, rief Kamareia mit einem fragenden, aber nicht wirklich besorgten Tonfall.

»Sarah, sieh mal.« Shiloh winkte mich zur Terrassentür. Sie war geschlossen, aber dahinter sah ich Fußstapfen im frischen Schnee.

Genevieve teilte sich den Garten mit den Leuten von gegenüber, den Myers. Da es keine Hecke gab, konnte ich direkt bis zu ihrem Haus sehen, und obwohl die Einfahrt nach der anderen Seite lag, sah ich in den Büschen am Rand den flackernden Widerschein vertrauter roter Lichter.

Kamareia, dachte ich und wusste auf der Stelle, dass irgendetwas Fürchterliches passiert war. Keine Sekunde kam ich auf die Idee, dass einem von den Myers etwas zugestoßen sein könnte und Kam nur hinübergegangen wäre, um ihre Hilfe anzubieten und den Notdienst zu rufen.

Die Myers waren nicht zu Hause. Wie bei Genevieve lag das ganze Erdgeschoss im Dunkeln, und Licht und Stimmenlärm kamen aus dem oberen Stockwerk. Ich rannte, zwei Stufen auf einmal nehmend, die Treppe hinauf. Oben am Treppenabsatz lag ein armlanges, blutbespritztes Rohrstück. Blutspuren auf dem Boden, blutige Fußabdrücke.

Im Gegensatz zum Rest des Hauses war das Schlafzimmer hell erleuchtet. Grelle Lampen beschienen die zwei Sanitäter, das Telefon mit verschlungenem Kabel am Boden und Kamareia, nackt von der Taille abwärts, die Innenseite der Schenkel rot beschmiert. Rings umher war viel Blut. Zu viel. Ich dachte an das Bleirohr draußen und wusste, dass sie damit geschlagen worden war.

Ich machte so schnell kehrt, dass ich fast auf dem Dielenboden ausrutschte, und sah Genevieve die Treppe heraufkommen, Shiloh dicht hinter ihr. Ich fing seinen Blick auf und schüttelte schnell den Kopf. Er begriff sofort, was ich meinte, und hielt Genevieve fest, um sie am Weitergehen zu hindern.

Ich kehrte ins Schlafzimmer zurück und kniete mich neben Kamareia. Ihre Augen, als ich mich endlich überwand, ihr ins Gesicht zu schauen, waren offen, aber ich weiß nicht, ob sie mich überhaupt wahrnahm.

»Bitte Abstand halten.« Der Befehlston der Sanitäterin klang so barsch, wie ihr Südstaatenakzent es nur zuließ.

»Ich bin eine Freundin der Familie. Ihre Mutter ist hier«, sagte ich. »Wenn möglich, bedecken Sie das Mädchen doch ein bisschen.«

Draußen hörte ich Genevieve Shiloh anschreien, er solle sie loslassen. Sie hatte das Rohr und die Blutspuren gesehen.

»Vielleicht kümmern Sie sich besser um die Mutter«, meinte der zweite Sanitäter.

Shiloh hatte tatsächlich Mühe, sie im Zaum zu halten. »Kamareia ist verletzt worden, ich weiß nicht, wie schwer«, sagte ich in scharfem Ton von oben an der Treppe. »Sie kann dich hören. Wenn du ihr helfen willst, dann halt jetzt den Mund und gib Ruhe.«

Gen versuchte, an mir vorbei durch die Tür zu spähen. Wenigstens hörte sie auf zu schreien, obwohl Shiloh sie immer noch an der Schulter festhielt.

»Gut«, sagte ich zu Genevieve. »Du musst dich für sie zusammennehmen, wie du es für jeden anderen im Dienst tun würdest.«

»Was ist mit ihr passiert?« Genevieves Stimme klang seltsam hoch und fremd.

In dem Moment brachten sie Kamareia hinaus. Sie hatten ihr eine Decke übergelegt, doch ihr Gesicht verriet schon genug – Mund und Nase unter der Sauerstoffmaske waren ein Delta aus getrocknetem Blut; sie war offensichtlich mehrfach ins Gesicht geschlagen worden. Ihr Blut zeichnete sich in grell leuchtenden Streifen auf den Kitteln und Latexhandschuhen der Sanitäter ab.

Genevieve riss sich von Shiloh los und berührte das Gesicht ihrer Tochter, dann legte sie sich selbst die Hand aufs Gesicht, als sei sie kurz davor, in Ohnmacht zu fallen. Shiloh zog sie von der Trage zurück und ließ sie sanft zu Boden gleiten.

»Kannst du dableiben und dich um sie kümmern?«, fragte ich ihn.

Shiloh war besser in Erste-Hilfe-Maßnahmen bewandert als ich, noch aus einer Zeit in Montana, wo die Polizisten sich oft zu Rettungsdiensten verpflichtet sahen. Er nickte wortlos, die Augen auf Kamareia geheftet, die von uns weggetragen wurde.

Ich beeilte mich, die Sanitäter draußen einzuholen. »Ich komme mit«, erklärte ich abrupt. Der junge Mann war schon hinten bei Kamareia eingestiegen; die Frau wollte gerade die Türen schließen.

Sie sah mich unwirsch an. Unter den toupierten blonden Haaren und den gezupften Brauen war ihr Blick so ruhig und unerschütterlich wie der eines Arztes. Sie hatte die Sache hier voll im Griff, und niemand lässt sich gern von Unbefugten dreinreden.

»Ich meine, ich würde gerne mitfahren«, verbesserte ich mich. »Ihre Mutter schafft das jetzt nicht, aber Kam braucht jemanden, der bei ihr ist.« Ich trat einen Schritt näher. »Und wenn Sie die Spurensicherung noch nicht an den Tatort gerufen haben, dann sollten Sie es unterwegs tun.«

Da verstand sie, dass ich von der Polizei war. »Mach ich«, sagte sie. »Steigen Sie ein.«

Die Evans, die Genevieves Zweitschlüssel hatten, waren noch in der Arbeit, aber ich hatte Glück: Ihre studierende Tochter war zufällig gerade daheim, als ich in der stillen, von schmalbrüstigen Einfamilienhäusern gesäumten Straße vorfuhr. »Ich denke mal, es wird etwa eine Viertelstunde dauern«, sagte ich zu der Evans-Tochter.

Ich hatte mich darauf eingestellt, noch etwas herumsuchen zu müssen, falls der Schuhkarton nicht am angegebenen Platz stand oder die Fotos sich nicht darin befanden.

Einen Moment lang stand ich unter Genevieves Vordach, in die Erinnerung an jenen Februartag versunken, dann steckte ich den Schlüssel ins Schloss und sperrte die Tür auf.

Drinnen herrschte die tiefe, leblose Stille, die einen empfängt, wenn man nach langer Abwesenheit heimkommt. Gen hatte das Haus geputzt, ehe sie weggefahren war. Ich sah Staubsaugerstreifen auf dem Teppich und ein paar frische Fußspuren, wahrscheinlich von der Evans-Tochter. Die Topfpflanzen auf dem Fensterbrett waren nicht verdorrt, also musste irgendwer sie regelmäßig gießen.

Das Wohnzimmer wirkte größer und leerer, als ich es in Erinnerung hatte. Das letzte Mal, dass ich mich dort längere Zeit aufgehalten hatte, stand ein buschiger, mit bunten Lichterketten geschmückter Christbaum in der Ecke, und eine Menge angeheiterter Polizisten rings umher, und Kamareia hatte Fotos gemacht.

Oben knipste ich das Deckenlicht in dem Zimmer an, das Kamareia gehört hatte. Ich hatte es noch nie betreten, aber es sah zweifellos noch genauso aus wie zu ihren Lebzeiten.

Der Raum war ganz in Pastelltönen eingerichtet: eine pfirsichfarbene Daunendecke auf dem breiten Bett, ein hell lasierter Holzschreibtisch. Alles in allem ein typisches Schulmädchenzimmer, bis auf das Poster von Tupac Shakur, der düster von der Wand herabschaute.

Kamareia hatte die Poesie geliebt, und im Gegensatz zu Shiloh hatte sie die Bücher im Regal systematisch geordnet vom ältesten, den *Canterbury Tales*, bis zum neuesten, einem Lyrikband von Rita Dove. Eins der Bücher, eine Werksammlung von Maya Angelous, kam mir bekannt vor. Ich entsann mich mit schmerzlicher Klarheit, den bunten Einband schon einmal in Shilohs Händen gesehen zu haben.

Ich ging in die Hocke und zog das Buch aus dem unteren Regalfach hervor. In Shilohs Großbuchstabenschrift stand auf dem Deckblatt:

FÜR KAMAREIA, DIE VERSESCHMIEDIN.

Ihr Rucksack stand neben dem Schreibtisch, als warte er dort fertig gepackt auf den nächsten Schultag. Das war zwar nicht, wozu ich hergekommen war, aber ich warf trotzdem einen Blick hinein: ein Spiralheft, ein Mathematikbuch, *Gespräche mit Amiri Baraka*.

Wahrscheinlich waren es genau die Sachen, die sie an ihrem Todestag aus der Schule mit heimgetragen hatte; der unberührte

Inhalt des Rucksacks bezeugte, wie abrupt Genevieve die Tür zu diesem Zimmer geschlossen hatte.

Sie hatte ihre Tochter gut gekannt. Der Schuhkarton war oben im Schrank, genau wie sie gesagt hatte, und darin lagen die Umschläge vom Fotolabor, alle mit Datum. Mühelos fand ich den richtigen, auf dem »12/27« stand.

Er enthielt einen ganzen Packen Schnappschüsse, manche von Freunden und Kollegen, manche von Unbekannten, und auch ein recht gelungenes Portrait von mir und Shiloh, der mir den Arm um die Schultern gelegt hatte und so entspannt aussah wie selten.

Ich nahm das Foto von uns beiden und noch eins von ihm mit Genevieve vor dem lustigen puschligen Christbaum. Es war gut ausgeleuchtet, und man konnte Shiloh darauf fast in voller Größe sehen. Dann legte ich die Fotos in den Karton zurück, den ich wieder in dem Fach verstaute, wo Kamareia ihn aufbewahrt hatte. Oder, wie Genevieve sagte, *aufbewahrt*. Präsens.

Herrgott, dachte ich.

Ich rannte die Treppen hinab, so schnell ich nur konnte. Keine Sekunde länger hielt es mich in dem Haus.

Darryl Hawkins, seine Frau Virginia und ihre elfjährige Tochter Tamara waren vor noch nicht allzu langer Zeit in unsere Nachbarschaft gezogen. Darryl, Postbote von Beruf, war Ende dreißig, sah aber zehn Jahre jünger aus. Anfangs war er mal über die Straße in unsere Einfahrt gekommen, um den Nova zu bewundern. Er besaß einen Mercury Cougar, an dem er in seiner Freizeit herumwerkelte; wir unterhielten uns zwanzig Minuten lang über Autos.

Shiloh hatte noch etwas an unseren neuen Nachbarn bemerkt: ihren Hund. Er sah wie ein Mischling aus Labrador und Rottweiler aus und lebte am Ende einer Kette.

Durch den Maschendrahtzaun konnte man ungehindert in den Garten der Hawkins sehen, und ob Tag oder Nacht, immer lag der Hund an seiner knapp vier Meter langen Kette. Er bekam Futter und Wasser und wurde bei schlechtem Wetter ins Haus gelassen. Nur ausgeführt wurde er anscheinend nie.

Das arme Tier tat mir Leid, aber nicht so sehr, wie es Shiloh Leid tat.

»Wenigstens prügelt er den Köter nicht«, sagte ich. »Und er prügelt auch seine Frau nicht, wie der Kerl, der vorher da wohnte.«

»Das ist keine Art, ein Tier zu halten«, ärgerte sich Shiloh.

»Es gibt eben Sachen, die kann man nicht ändern.«

Eine Weile hatte Shiloh sich weise rausgehalten, doch dann sah ich ihn eines Nachmittags an einem Apfel kauend auf dem Fensterbrett sitzen und zur anderer Straßenseite hinüberschauen. Ich folgte seinem Blick und sah Darryl Hawkins seinen blauen Cougar polieren.

»Dir geht der Hund nicht aus dem Kopf, stimmt's?«, sagte ich.

»Jedes Wochenende beschäftigt er sich stundenlang mit dem verdammten Auto, als ob es ein Lebewesen wäre.«

»Lass gut sein«, riet ich ihm.

Stattdessen pfefferte Shiloh den Apfelknust in die Büsche, schwang die Beine übers Fensterbrett und sprang in unseren Vorgarten hinab.

Etwa eine Viertelstunde blieb er drüben. Keiner von beiden erhob die Stimme; aber Darryl Hawkins nahm ziemlich schnell eine drohende Haltung an und trat dicht auf Shiloh zu, und Shiloh wich keinen Millimeter zurück. Auch bei ihm sah ich Ärger in der Art, wie er die Schultern straffte. Als er wiederkam, schaute er finster drein.

Ich fragte ihn nicht, was sie da geredet hatten, aber mit den gutnachbarlichen Beziehungen war es seitdem vorbei. Virginia Hawkins grüßte mich nicht mehr und mied verlegen meinen Blick, wenn wir uns beim Einkaufen trafen.

Als ich aus St. Paul zurückkam, stand der blaue Cougar in ihrer Einfahrt.

Auf mein Klingeln hin kam Darryl an die Tür, noch in seiner Postbotenuniform.

»Wie geht's?«, fragte ich.

»Gut«, antwortete er, ohne zu lächeln.

»Ich könnte mal kurz Ihre Hilfe brauchen«, sagte ich.

Er bat mich nicht herein, öffnete aber wenigstens die Fliegengittertür, sodass wir uns ohne störende Abschirmung gegenüberstanden.

»Sie kennen doch meinen Mann, Shiloh?«

»Hah«, lachte Darryl kurz auf, es klang eher wie ein Blaffen und keineswegs heiter.

»Haben Sie ihn in den letzten paar Tagen gesehen?«

»Gesehen? Wie meinen Sie das?«

»Ich meine, ich bin auf der Suche nach ihm«, erklärte ich. »Ich habe seit vier Tagen nichts mehr von ihm gehört, wie auch sonst keiner, soweit ich weiß.«

Darryl hob die Augenbrauen. »Ach was, ist er abgehauen? Ist ja 'n Ding. Also, wenn *Sie* ihn verlassen hätten, das hätte ich ja noch verstanden.«

»Ich bin nicht hergekommen, um mir auf Shilohs Kosten schmeicheln zu lassen«, sagte ich ruhig. »Und er hat mich nicht verlassen, er ist *vermisst.* Ich versuche lediglich herauszufinden, wann Sie ihn das letzte Mal gesehen haben oder ob Ihnen irgendwelche ungewöhnlichen Begebenheiten um unser Haus herum aufgefallen sind.«

»Nee, nichts Besonderes.« Darryl lehnte sich an den Türrahmen. »Ihren Mann, den seh ich hier doch andauernd vorbeilaufen, da denk ich mir gar nichts groß dabei, also weiß ich auch nicht, wann das letzte Mal war.« Er zuckte die Achseln. »Aber wo Sie's schon sagen, ich glaub, ich hab ihn die ganze letzte Woche nicht mehr laufen sehen.«

»Okay. Können Sie Ihre Frau und Tamara fragen, ob sie was gesehen haben, und falls ja, kommen Sie dann rüber und lassen es mich wissen?«

»Geht in Ordnung.« Er schickte sich an, die Tür wieder zu schließen. »Hab gar nicht gewusst, dass Sie beide verheiratet sind.«

»Wir haben vor zwei Monaten geheiratet«, sagte ich.

»Mmh«, nickte er. »Hören Sie, wenn mir doch noch was einfällt, geb ich Ihnen Bescheid. Echt.«

»Danke, das wäre sehr freundlich von Ihnen«, sagte ich.

Die restlichen Befragungen in der Nachbarschaft waren ebenso unergiebig. Niemand konnte sich an etwas Bestimmtes erinnern bis auf die Tatsache, dass man ihn regelmäßig joggen gesehen hatte, die letzten Tage aber nicht mehr.

Ich zeigte das Foto von ihm überall herum: bei Nachbarn, Ladeninhabern, Kindern auf Fahrrädern, Leuten, die von der Arbeit heimkamen. Keiner konnte sich erinnern, ihn am Samstag oder Sonntag gesehen zu haben.

Ibrahim hob grüßend die Hand, als ich durch die Schwingtür in den Tankstellenshop trat. Ich wartete, bis er den Kunden vor mir bedient hatte, ehe ich ihm mein Anliegen vortrug.

Ibrahim nickte bedächtig. »Mike war vor ein paar Tagen hier. Kann schon etwas länger her sein.« Ibrahims Englisch war fehlerfrei, nur sein Akzent verriet, dass er ursprünglich aus Alexandria stammte.

»War es noch vor dem letzten Sonntag?«, fragte ich.

Er fuhr sich unsicher durch die schütteren Haare.

»Überlegen Sie mal, ob Ihnen noch etwas einfällt, das am selben Tag passiert ist«, schlug ich vor.

»Ah ja!« Seine Augen leuchteten auf. »An dem Tag ist das Benzin spät geliefert worden. Also war es Samstag.«

»War Shiloh vor oder nach der Lieferung hier?«

»Eindeutig davor, so gegen Mittag. Jetzt weiß ich es wieder, er hat zwei Sandwiches gekauft, einen Apfel und eine Flasche Mineralwasser.«

»Hat er irgendwas gesagt, das Ihnen aufgefallen ist?«

Ibrahim schüttelte den Kopf. »Er hat gefragt, wie's mir geht, und ich hab ihn das Gleiche gefragt, weiter nichts.«

»Und was hat er Ihnen auf Ihre Frage geantwortet?«

Ibrahim runzelte die Stirn. »Tut mir Leid, kann mich nicht erinnern.«

»Das heißt, er hat ›danke, gut‹ gesagt«, erwiderte ich säuerlich.

Ibrahim lächelte. »Sie sind eine kluge Frau, Sarah.«

»Neuerdings nicht mehr«, sagte ich.

Als ich heimkam, blinkte der Anrufbeantworter.

»Sarah, Ainsley Carter möchte, dass du sie anrufst, wenn du Zeit hast«, tönte Vangs Stimme vom Band. *»Sie hat mir eine Nummer von außerhalb gegeben, sieht ganz so aus, als wäre sie wieder zurück in Bemidji …«*

Ich nahm einen Stift und notierte mir schnell die Nummer, die er aufsagte.

Ainsley hob beim vierten Klingeln ab. »Oh, hallo, danke, dass Sie anrufen, Detective Pribek!«

»Wie geht es Ellie?«

»Viel besser, scheint mir«, sagte sie, und ich hörte ihrer Stimme an, dass es keine Schönfärberei war. Sie klang ehrlich erleichtert. »Die Ärzte auf der Krisenstation haben gestern erlaubt, dass sie mit uns nach Hause kommt, denn Joe und ich haben versprochen, dass sie bei uns wohnen kann. Und das psychiatrische Gutachten geht davon aus, dass sie unter familiärer Aufsicht wieder ins Lot kommt. Wir sind schon dabei, uns nach einem Therapeuten für sie umzusehen.«

»Gut«, sagte ich. »Und was brauchen Sie jetzt von mir?«

»Nichts«, antwortete Ainsley prompt. »Ich wollte Ihnen nur noch mal danken. Was Sie an dem Tag da getan haben … ich war zu durcheinander, um es richtig zu begreifen, aber was Sie getan haben, war schlicht und einfach heldenhaft.«

Mein Sprung in den Fluss, das Gerede darüber im Revier, meine Verlegenheit … all das kam mir ewig lang her vor.

»Ach, ich bin bloß froh, dass es Ellie schon besser geht«, sagte ich.

»Ja, ich glaube wirklich, sie fängt sich wieder. Ähm, Detective Pribek?«

»Ich bin noch da.«

»Als ich bei Ihrer Dienststelle angerufen habe, meinte ihr Kollege, Sie wären zurzeit beurlaubt, aber dann wollte er mir nicht den Grund nennen.«

»Stimmt, ich hab mich beurlauben lassen.«

»Aber doch nicht wegen der Sache mit Ellie, oder?«

»Natürlich nicht, wie kommen Sie denn darauf?«

»Was Sie da getan haben, war so außergewöhnlich, ich dachte, Sie hätten damit vielleicht ihre Dienstvorschriften übertreten und wären deshalb suspendiert worden.« Ainsley lachte verlegen. »Zumindest war das meine Befürchtung.«

»Nein, nein, nichts dergleichen«, sagte ich. »Der Urlaub hat rein persönliche Gründe.«

»Oh, umso besser. Na, jedenfalls bin ich froh, mit Ihnen gesprochen zu haben. Ich hatte einfach das Gefühl, Sie sollten wissen, wie es mit Ellie ausgegangen ist, nachdem Sie so viel für sie getan haben. Um die Sache abzuschließen, sozusagen.«

»Danke, sehr nett von Ihnen«, gab ich zurück. »Es stimmt: In dem Job hat man es oft mit Leuten zu tun, die nichts weiter verbrochen haben, als dass sie mit ihren Problemen nicht zurechtkommen. Man überweist sie zur Beobachtung auf eine Krisenstation oder vermittelt sie an Beratungsstellen weiter, und dann erhält man meistens gar keine Rückmeldung mehr. Oft erreicht man das nicht, wissen Sie, einen Abschluss«, sage ich ihr.

Nachdem wir aufgelegt hatten, versuchte ich, mich über die guten Neuigkeiten von Ellie zu freuen, doch ich fühlte nichts, nur Leere. Ich schaltete das Fernsehen ein, in dem ich auf einen Nachrichtenbeitrag stieß, der mich vage an eine Meldung im Morgenradio erinnerte.

Am Sonntagmorgen war die Verkehrspolizei zu einer Unfallstelle gerufen worden, um einen Ford-Pickup zu überprüfen, der bei Blue Earth frontal gegen einen Baum gekracht war. Der Eigentümer des Wagens, ein Mann in den Siebzigern, war unauffindbar, und es wurde vermutet, dass er sich, verwirrt oder desorientiert, von dem Autowrack entfernt und in der Landschaft verlaufen hatte. Die Story verdiente eigentlich nicht die Beachtung, die der Sender ihr zumaß, aber das Bildmaterial war reizvoll: ein Polizeihubschrauber, der über den herbstlich kahlen Bäumen kreiste, ein Spürhund, der eifrig an der Leine zerrte. Anschließend zeigten sie noch, wie der Wagen abgeschleppt worden war, mit schauerlich eingedrückter Kühlerhaube, ansonsten aber fast intakt; so weit sie bei dem Unfall unbeschädigt geblieben war, machte die schwarz glänzende Lackierung einen gepflegten Eindruck.

Anschließend kamen die Auslandsnachrichten, und zugleich klingelte das Telefon in der Küche.

»Sind Sie Sarah Shiloh?«, fragte eine mir unbekannte männliche Stimme, unter Verwendung eines Nachnamens, den ich noch immer kaum als den meinen ansah.

»Am Apparat.«

»Hier spricht Frank Rossella, von der Gerichtsmedizin. Tut mir Leid, ich hab Sie während der Dienststunden nicht erreichen können.«

»Worum geht es denn?«

»Wir haben hier einen unidentifizierten Toten, auf den Sie vielleicht mal einen Blick werfen sollten.«

Auf dem Weg zu meinem Wagen fiel mir wieder ein, was ich zu Ainsley Carter gesagt hatte: *Oft erreicht man keinen Abschluss.*

Als ich mich ans Steuer setzte, um ins Leichenschauhaus zu fahren, wütete eine Stimme in meinem Kopf: *Jetzt hast du den Abschluss, den du wolltest, Sarah, hier hast du deinen Abschluss, hier hast du deinen Abschluss …*

Ich übertönte sie mit dem Aufheulen des Motors.

Kapitel IX

Selbst wenn man nicht bei der Mordkommission ist, bekommt man im Polizeidienst öfter Gelegenheit zu einem Besuch im Leichenschauhaus, als einem lieb ist. Manchmal ging ich alleine hin, mit einem Foto in der Hand, oder ich begleitete Angehörige von Vermissten, um ihnen bei der Identifikationsprozedur behilflich zu sein.

Doch ich war jetzt schon länger nicht mehr dort gewesen, und den Assistenzarzt Frank Rossella, der relativ neu in der Gerichtsmedizin war, hatte ich noch nicht kennen gelernt. Seinem Akzent nach schien er aus Boston oder New York zu stammen.

Er war wohl Mitte dreißig und eher unscheinbar, keine einssiebzig groß, und seine braunen Haare trug er in einem bauschig geföhnten Pagenschnitt. Mit seinen kurzen Beinen legte er ein erstaunliches Tempo vor, sodass ich mich anstrengen musste, mit ihm Schritt zu halten, als wir durch den Flur gingen, vorbei an den Metalltüren, die auf Zeit die Toten beherbergten.

An der Tür zum Autopsiesaal hielt ich schließlich inne. Die Tische waren leer, aber neben einem von ihnen stand eine Rollbahre mit einer Leiche darauf. Der Körper war von den Füßen bis zum Kinn aufgedeckt, der Kopf verhüllt. Meistens verhielt es sich umgekehrt, wenn es einen Toten zu identifizieren galt da war der Körper dezent verdeckt und nur das Gesicht den Blicken ausgesetzt.

Rossella sah, wo ich hinschaute. »Dem Mann hier ist mitten ins Gesicht geschossen worden, da ist praktisch nichts mehr zu erkennen«, sagte er. »Sonst hätte ich Ihnen einfach ein Foto vom Gesicht vorlegen können, Sie wissen ja, dass wir uns darauf beschränken, wann immer wir können. Aber das geht in diesem Fall nicht, und das Zahnschema kann man ebenfalls vergessen.«

»Fingerabdrücke?«, fragte ich. Es fiel mir schwer, einen vollständigen Satz hervorzubringen.

»Ebenfalls unbrauchbar. Wir haben ihn im Unterholz am Fluss gefunden, ziemlich weit außerhalb der Stadt. Er hatte da schon eine ganze Weile gelegen, wie lange, wissen wir nicht, mindestens aber zwei Tage; genauer lässt sich der Todeszeitpunkt hier nicht bestimmen.«

Rossella sah mich abwartend an. Ich gab mir einen Ruck und trat an die Rollbahre. Ein seltsam vertrauter Geruch umgab den Körper dort vor mir, und mir schien, es war der Geruch des Mississippi.

Ich kann den Fluss in deinen Haaren riechen, hörte ich Shiloh sagen.

»Mrs. Shiloh?«

Ich hatte nicht gemerkt, dass ich die Augen geschlossen hatte, bis Rossella mich ansprach. »Entschuldigen Sie«, sagte ich.

Du bist hier im Dienst, mahnte eine Stimme in meinem Kopf, nicht die von Shiloh, sondern meine eigene. *Tu deine Arbeit. Sieh ihn an.*

Obwohl ich bei dieser Prozedur schon oft den Hinterbliebenen von Mordopfern zur Seite gestanden hatte, wusste ich auf einmal nicht mehr, was von mir erwartet wurde. Ich hatte ein Gefühl, als wäre ich völlig unvorbereitet zu einer wichtigen Prüfung angetreten.

»Tut mir Leid«, murmelte ich. »So ohne Gesichtszüge ... ich meine, da lässt sich doch gar nichts mit Sicherheit sagen.«

Der Tote hatte ungefähr Shilohs Größe, aber das Gewicht war schon schwieriger zu bestimmen. Er war offensichtlich Kaukasier und wirkte nicht so, als sei er zu Lebzeiten besonders korpulent gewesen.

»Wie groß ist er?«, fragte ich.

»Hundertachtzig Zentimeter lang.«

»Lang?«, sagte ich angewidert, ehe ich mich bremsen konnte.

»Groß.«

»Shiloh war einsfünfundachtzig.«

»Die Maße, die man an einem Toten nimmt, fallen manchmal etwas ungenau aus«, sagte er. »Die Gliedmaßen sind ja meist nicht gestreckt, wenn die Totenstarre einsetzt, und das erschwert die

Erfassung der Messdaten.« Er hielt inne. »Ich habe ihm ein paar Finger brechen müssen, um die Abdrücke zu nehmen.«

»Was?« Unwillkürlich blickte ich sofort auf die Hände, hielt Ausschau nach gewaltsam abgebogenen Fingern. Ich hatte schon Leute mit den Gelenken knacken hören, und das war laut genug. Wie viel lauter, fragte ich mich, war wohl das Geräusch von brechenden Knochen?

Ich sah auf und begegnete Rossellas ungerührtem Blick.

»Tja, das lässt sich manchmal nicht vermeiden«, sagte er ruhig. »Ich dachte, Sie hätten schon davon gehört.«

»Nein«, sagte ich, um Fassung bemüht. Ich schaute wieder auf die Hände.

»Er trägt keinen Ring.«

»Den könnte man ihm abgenommen haben, wenn es ein Raubüberfall war«, meinte Rossella. Ich beugte mich über die rechte Hand.

»Fällt Ihnen da was auf?«, fragte Rossella.

Der Arm war natürlich steif und widerstand meinen Versuchen, ihn herumzudrehen. Schließlich ging ich in die Hocke und hob die Hand ein wenig an, um besser sehen zu können. Ein kurzer Blick auf die Handfläche genügte; ich atmete erleichtert auf.

»Er ist es nicht«, sagte ich.

»Haben Sie etwas gesehen?«

»Shiloh hatte eine Narbe an der Handfläche, hier.« Ich zeigte auf die Stelle. »Der hier hat keine.«

»Aha«, sagte Rossella.

Er zog das Laken über den Körper hinab.

»Danke, dass Sie vorbeigekommen sind, Mrs. Shiloh. Ich kann Ihnen gar nicht sagen, wie Leid es mir tut, Ihnen dies zugemutet zu haben.« Dann lächelte er.

Auf dem Weg zum Fahrstuhl zitterten mir die Knie.

Als ich heimkam, parkte ein fremdes Auto vor dem Haus, eine dunkle Limousine neueren Modells, deren Marke ich nicht erkannte. Vor der Haustür stand ein Mann, nur als Silhouette im

Flutlicht der Außenlampe sichtbar, die sich per Bewegungssensor angeschaltet hatte.

Abrupt hielt ich mitten in der Einfahrt und sprang aus dem Wagen.

Er drehte sich um, sodass ich nun auch sein Gesicht sehen konnte. Es war Lieutenant Radich, Shilohs ehemaliger Vorgesetzter beim Rauschgiftdezernat.

»Lieutenant Radich? Was ist los?«, rief ich, schlug die Wagentür zu und lief eilig über den Rasen, anstatt den üblichen Umweg zum Eingang zu nehmen.

Die Frage hatte offenbar aggressiver geklungen als beabsichtigt, denn er schüttelte den Kopf und hob wie entschuldigend die weiße Tüte in seiner Hand.

»Nur ein kleiner Besuch«, sagte er. »Ich hab mir eben nach der Arbeit was zu Essen geholt und dachte, ich schau mal vorbei, vielleicht haben Sie Hunger.«

Wann hatte ich zuletzt etwas zwischen die Zähne bekommen? Morgens hatte ich mir Kaffee gemacht und dann im Dienst wieder Kaffee getrunken, aber an eine Mahlzeit konnte ich mich nicht erinnern.

»Hab ich«, sagte ich. »Kommen Sie rein.«

Ich kannte Radich vage vom Basketball. Er machte nicht so oft beim Training mit wie Shiloh und ich, aber wenn, dann legte er sich unheimlich ins Zeug. Mit fünfzig sah er notorisch übermüdet aus, und seine schwarzen Haare waren von grauen Strähnen durchzogen.

»Ich hab Ihre Nachricht erhalten«, sagte er, als ich das Licht im Wohnzimmer und in der Küche anknipste. »Ich hab auch auf den Anrufbeantworter in Ihrem Büro gesprochen, aber ich hätte wohl besser versuchen sollen, Sie hier zu erreichen. Mike hab ich nicht gesehen, hab schon seit Wochen nichts mehr von ihm gehört.«

»Das dachte ich mir schon«, sagte ich.

»Tja, tut mir Leid.«

»Möchten Sie ein Bier?«, fragte ich.

»Gern.«

Ich nahm eins der beiden Heineken aus dem Kühlschrank, öffnete es und ging zum Schrank, um ein Glas herauszuholen.

»Nicht nötig«, sagte er. Er nahm mir die kalte Flasche aus der Hand, und nach zwei tiefen Schlucken entspannte sich seine erschöpfte Miene. Ich war plötzlich froh, in unserem Abstinenzlerhaushalt Gästebier vorrätig zu haben. »Es war wohl ein langer Tag, was?«, sagte ich.

»Nicht so lang wie Ihrer, nehme ich an.« Er stellte die Flasche auf dem Küchentisch ab und begann, seine Tüte auszupacken. »So, jetzt setzen Sie sich mal und essen was.«

Er hatte zwei Sandwiches und Kartoffelsalat mitgebracht. Ich holte Teller und Besteck und goss mir ein Glas Milch ein. Ich fürchtete, wenn ich jetzt eine Cola trank, so müde, wie ich war, würden meine Hände zu zittern anfangen.

Wir aßen schweigend. Als ich mir das Sandwich nahm, das er für mich besorgt hatte, war das Brot noch warm, und der Käse an den Rändern geschmolzen. Radich hatte mir eine warme Mahlzeit gebracht. Mir bebten die Hände, auch ohne Cola, und ich verstand zum ersten Mal, warum fromme Leute vor dem Essen ein Dankgebet sprachen.

Radich war sicher nicht so ausgehungert wie ich, doch er machte sich ebenso wortlos ans Vertilgen seines Sandwichs. Ich hatte meins schon fast aufgegessen, als er schließlich das Schweigen brach.

»Was haben Sie bisher rausgefunden?«, fragte er ruhig und sah mich über sein Bier hinweg an.

»Praktisch gar nichts«, antwortete ich. »Ich weiß nicht, wo er ist, ich weiß nicht, warum er weg ist, und ich weiß von niemandem, der irgendwas Erhellendes dazu sagen könnte. Wenn Shiloh nicht mein Mann wäre und ich in dieser Sache ermitteln würde, dann würde ich mich unentwegt mit Fragen bombardieren. Denn ich bin es ja, die mit ihm gelebt hat, ich bin es, die ihn am besten kannte, und … und …«

Ich hielt verwirrt inne. Gerade hatte ich mich sagen hören, *die ihn am besten kannte*, und auf einmal wusste ich nicht mehr weiter.

Radich legte mir die Hand auf die Schulter.

»Geht schon wieder.« Ich trank einen Schluck Milch. »Und sonst scheint überhaupt niemand etwas zu wissen.« Ich war erleichtert, dass mir doch noch eingefallen war, was ich hatte sagen wollen.

»Feinde?«, fragte Radich.

Ich zuckte die Schultern. »Na ja, als Polizist muss man immer mit Racheakten rechnen, nicht? Aber wir sind beide vorsichtig, wir stehen nicht im Telefonbuch, und seinen Informanten hat er immer nur seine Handynummer gegeben.«

Radich nickte nachdenklich. »Was haben Sie denn bisher unternommen?«

»Weniger, als ich in einem Tag zu schaffen dachte. Ich hab versucht, eine Spur zu finden, hab mich bei sämtlichen Nachbarn umgehört, und« – ich musste mich überwinden, es auszusprechen – »ich bin vorhin im Leichenschauhaus gewesen.«

Auf der anderen Seite der Küchenwand ertönte ein rollendes Donnergeräusch. Radich blickte auf.

»Was zum Teufel war denn das?«

»Ein Zug«, sagte ich. »Sie stellen da drüben gerade einen Güterzug zusammen. Wenn sie die Waggons anhängen, hört man es durch den ganzen Zug wummern, wie die Wirbel eines Rückgrats entlang.«

»Und daran kann man sich gewöhnen?«

»Ach, es passiert ja nicht so oft«, sagte ich. »Aber die Züge fahren mehrmals am Tag direkt hinter unserem Garten vorbei. Ich hab mich längst dran gewöhnt, und Shiloh meint, es gefalle ihm sogar.«

»Sind Sie im Leichenschauhaus gewesen, um sich einen unbekannten Toten anzusehen?«, kam er wieder auf das Thema zurück.

»Ja. Er war's aber nicht.«

Radich trank sein Bier aus. »Und wieso wurden Sie da hinbestellt? Konnten die keine Fingerabdrücke nehmen?«

»Scheinbar nicht. Dieser Assistenzarzt dort hat gemeint, sie wären unbrauchbar.«

»Aus welchem Grund?«

»Ähm … ich weiß nicht.« So vage die Erklärung gewesen war, hatte sie doch halbwegs einleuchtend geklungen, und ich hatte nicht genauer nachgefragt, weil ich wohl aus Angst, dies könnte das Ende sein, nicht mehr imstande gewesen war, logisch zu denken. »Es hatte irgendwas damit zu tun, dass der Tote schon zu lange draußen gelegen hatte.«

Radich schüttelte zweifelnd den Kopf. »Ich weiß, die Gerichtsmedizin ist nicht gerade Ihr Spezialgebiet, und meins auch nicht, aber so weit ich unterrichtet bin, ist es fast immer möglich, Fingerabdrücke zu nehmen, es sei denn, die Haut war extremer Hitze und Trockenheit ausgesetzt.«

»Das war hier nicht der Fall«, sagte ich langsam, und erinnerte mich, wie ich an der rechten Hand des Toten nach der Narbe suchte, die Annelise Eliot hinterlassen hatte.

»Ganz schön hart für Sie, dass Sie da für nichts und wieder nichts hin mussten.« Radich schickte sich an, die leeren Pappschachteln wieder in die Tüte zu packen.

»Ich mach das schon«, winkte ich ab. »Und vielen Dank für das Abendessen.«

Radich stand auf. »Meine Dienstnummer haben Sie ja«, sagte er. »Aber ich geb Ihnen für alle Fälle noch meine Privatnummer.« Er sah sich auf dem Tisch um, fand den hellgelben Zettel mit dem Speisenangebot vom Schnellimbiss und schrieb zwei Nummern auf den Rand. »Telefon und Handy«, sagte er. »Wenn Sie etwas brauchen, irgendwelche Hilfe … oder mal wieder was zu essen« – er verzog ein wenig die Mundwinkel, als sei er besorgt, selbst ein kleiner Scherz könnte in der Situation unangemessen sein –, »rufen Sie mich ruhig an.«

»Danke«, sagte ich. »Vielen Dank …« Ich wusste nicht, was ich sonst sagen sollte.

»Halten Sie die Ohren steif.«

»Werd's versuchen«, sagte ich.

»Wir fühlen alle mit Ihnen mit.«

Seine schwarzen Augen blickten mich warm an. Radich war schon zu lange Polizist, um zu behaupten, es würde schon alles wieder gut werden.

Kapitel X

Ich schaute am nächsten Morgen im Revier vorbei. Vang war schon da.

»Gibt's was Neues, Pribek?«, fragte er.

Ich schüttelte den Kopf. »Rein gar nichts. Es macht mich wahnsinnig. Keiner weiß irgendwas. Keiner hat ihn gesehen.«

Ich hatte Faxe von Qwest und der Bank bekommen, die ich schnell durchsah. Die einzige Nummer auf unserer Telefonrechnung, die ich nicht kannte, rief ich gleich an. Wie sich herausstellte, war es die des Staatsanwalts in San Diego, Coverdell, der erklärte, Shiloh habe ihm ein paar Fragen zum Fall Eliot beantwortet.

»Wann haben Sie zuletzt mit ihm gesprochen?«, fragte ich Coverdell.

»Vor über einer Woche. Ich erinnere mich nicht, an welchem Tag«, sagte er.

Vang klemmte sich den Telefonhörer ans Ohr, wählte, notierte etwas auf einem Zettel; offenbar hörte er seine Nachrichten ab.

Als er schließlich aufgelegt hatte, sagte er: »Prewitt will dich sprechen.«

»Ach ja?« Ich blickte gespannt auf. Prewitt war unser Chef. »Hat er gesagt, warum?«

»Ich schätze, es geht um deinen Mann. Was er gesagt hat, war: ›Wenn Sie sie sehen, richten Sie ihr aus, sie soll zu mir kommen.‹ Es klang nicht sehr dringend.« Er hielt kurz inne. »Übrigens, Bonney ist wieder aufgetaucht.«

Ich schaute wohl etwas perplex, denn er fügte hinzu: »Weißt du noch, dieser Sex-Gangster in Wayzata, der gestern verschwunden war? Er hatte bloß mit einem Kollegen die Schicht getauscht, also war sein Wegbleiben von der Arbeit vollkommen harmlos.«

»Soso«, sagte ich gleichgültig.

»Er hat auch zugegeben, den Hund überfahren und beerdigt zu haben – ist sogar in Tränen ausgebrochen, als er uns davon erzählte ... Ähm, du willst lieber in Ruhe gelassen werden, stimmt's?«

»Entschuldige.« Ich brütete immer noch über den Faxen. »Ich bin im Moment etwas abgelenkt.«

Vang nickte. »Na gut, dann werd ich jetzt mal zu dem Meeting der Soko Kindesentführung gehen.«

»Okay.« Wenn ich nicht beurlaubt gewesen wäre, hätte ich ebenfalls daran teilgenommen, wie Genevieve es auch getan hätte.

Aber Vangs Tonfall war anzuhören, dass er noch etwas loswerden wollte, und ich schaute wieder von meinen Papieren auf. »Was ist?«

»Tja, also, Prewitt hat sich mit der Gerichtsmedizin in Verbindung gesetzt«, sagte er. »Es könnte sein, dass du einen Anruf bekommst, wenn sie einen unbekannten Toten im Leichenschauhaus haben.«

»Schon passiert.«

»Sieh mal an«, meinte Vang. »Das ging aber schnell. Ich hätte dich gestern schon warnen sollen.«

»Macht nichts«, sagte ich.

Aber es war zu spät. Ich hatte den Zwischenfall mit Rossella beiseite geschoben, doch jetzt war er plötzlich wieder präsent. Ich dachte daran, wie er mich *Mrs. Shiloh* genannt hatte, nicht *Detective Pribek*, und wie er gelächelt hatte, als er mir für mein Kommen dankte.

Die Sergeants, denen ich in meiner bisherigen Dienstlaufbahn Rechenschaft abgelegt hatte, mussten immer erst einen Stuhl von Papierkram freiräumen, bevor man sich setzen konnte.

Lieutenant Prewitt hatte ein Büro für sich, wenn auch nur ein kleines, und sein Gästestuhl war leer. Er bestellte seine Leute oft zum Rapport; früher hatte Genevieve ihm berichtet, jetzt tat ich es an ihrer Stelle. Aber seit ich ihre Pflichten übernommen hatte, war es noch nicht zu einer Unterredung mit Prewitt gekommen.

»Sie wollten mich sprechen?«, fragte ich an der Tür.

Prewitt blickte von seiner Arbeit auf. Er war ein jung gebliebener Mittfünfziger, nur sein immer noch dichtes Haar war jetzt graumeliert, nicht mehr so feuerrot wie auf den Fotos aus den Zeiten, da er noch Uniform trug.

»Bitte«, sagte er, »kommen Sie rein, und setzen Sie sich.«

Ich tat, wie mir geheißen.

»Ich habe Ihren Bericht gelesen«, sagte er. »Schildern Sie mir noch mal kurz, was los ist.«

Ich fuhr mir nervös durch die Haare, eine Geste, der ich bereits entwachsen zu sein glaubte, und fasste die Situation zusammen.

»Shiloh sollte am Sonntag nach Quantico aufbrechen. Sein Flug ging um halb drei Uhr nachmittags, ohne ihn, und seitdem ist er weg. Sein gepackter Koffer ist noch im Haus. Er hat nicht angerufen, keinerlei Nachricht hinterlassen. Ich hab bei allen üblichen Stellen nachgefragt – Krankenhäuser, Straßenwacht –, aber es gibt nichts, was auf einen Unfall hindeuten würde.«

Prewitt nickte. »Haben Sie auch mit seinen Freunden gesprochen?«

»Da gibt's nicht viele. Was Genevieve betrifft – ich meine Sergeant Brown –, bin ich mir sicher, dass sie länger schon keinen Kontakt mehr zu ihm hatte, und Lieutenant Radich, mit dem Shiloh sich gut verstand, hat auch nichts von ihm gehört.«

»Sind das die Einzigen, die sie gefragt haben?«

»Nein«, sagte ich. »Ich hab auch mit dem FBI-Agenten gesprochen, mit dem er am Fall Eliot zusammengearbeitet hat, und natürlich mit den Nachbarn.« Nicht gerade viele Leute, wenn ich es recht bedachte. Ich nagte an meiner Unterlippe. »Shiloh war nicht …«

»Er war kein besonders geselliger Mensch, nicht wahr, Detective Pribek?«

»Nein, Sir.«

»Familie?«

»Shiloh hatte praktisch keinen Kontakt mehr zu seiner Verwandtschaft.«

Prewitt zog die Augenbrauen hoch und nickte vor sich hin. Ich hatte nichts Unwahres gesagt, und doch ärgerte ich mich über mich selbst, als hätte ich die dunkelsten Seiten aus Shilohs Leben vor Prewitt ausgebreitet, der ja nicht einmal sein Vorgesetzter war.

»Wie sah es in Ihrer Beziehung aus?«

»Gut.«

»Hat Shiloh getrunken?«

Egal, wie hoch gestellt, Polizisten nehmen kein Blatt vor den Mund.

»Nein, er trinkt nicht«, sagte ich.

Prewitt seufzte wie ein Arzt, der nichts bei seinem Patienten feststellen konnte und noch ein halbes Dutzend mehr im Wartezimmer sitzen hatte. »Tja, also, was machen wir jetzt mit Ihnen.« Es klang nicht wie eine Frage.

»Ich werde weiter nach ihm suchen.«

»Das ist ein Interessenkonflikt. Sie können nicht gleichzeitig im Dienst und im Urlaub sein.«

»Stimmt«, sagte ich. »Aber es ist ja nicht so, als würde ich hier in einer Sache ermitteln, in der ein Mitglied meiner Familie unter Verdacht steht.« Ich besann mich einen Moment. Ich war es nicht gewohnt, so unverblümt mit einem Vorgesetzten zu sprechen. »Shiloh ist verschwunden, da kann ich mich doch nicht einfach zurücklehnen und die Suche anderen Leuten überlassen.«

Prewitt nickte und klopfte nachdenklich mit dem Stift auf den Schreibtisch. Er blickte zu mir auf. »Glauben Sie mir, Detective Pribek, ich kann mich durchaus in ihre Lage hineinversetzen …« Er hielt inne.

Ich fragte mich, über welche unausgesprochenen Worte er gestolpert war.

»Aber wenn Sie inoffiziell ermitteln wollen, muss es auch wirklich dabei bleiben.« Er klopfte mit dem Stift gegen einen Aktenordner. »Ich bin nicht naiv. Ich weiß, Ihre Dienstmarke kann Ihnen bei Ihren Nachforschungen behilflich sein. Ich kann nicht von Ihnen erwarten, von Ihrem Amtsstatus keinen Gebrauch zu machen. Darum müssen Sie sich, Urlaub hin oder her, immer noch als Repräsentantin des Sheriff's Department betrachten und sich allzeit entsprechend verhalten.«

»Ich verstehe«, sagte ich.

»Und noch etwas. Besondere Unterstützung können Sie von uns nicht erwarten.«

Ich wusste nicht, was ich sagen sollte, doch zum Glück fuhr Prewitt schon fort.

»Shiloh wohnte – wohnt – in Minneapolis, damit ist sein Verschwinden ein Fall für die Staatspolizei, wie Sie wissen, und geht uns als Zuständige für den Bezirk Hennepin County offiziell nichts an. Außerdem fehlen uns in unserer Abteilung bereits zwei Mitarbeiter. Sie und Brown.«

»Ich weiß.«

»Wir würden Ihnen gerne mehr Hilfe anbieten, aber so, wie es aussieht, wird das kaum möglich sein.«

»Ich weiß«, wiederholte ich.

»Natürlich hat die Vermisstenanzeige für Shiloh schon die Runde gemacht. Alle wissen, dass es sich um einen von uns handelt. Ich bin sicher, die Kollegen werden alles nur Menschenmögliche tun.« Er zögerte kurz. »Sagen Sie, stimmt es, dass er keinen Wagen hatte?«

»Er hatte sein Auto gerade verkauft.«

»Ach so.«

Damit war die Unterredung eigentlich beendet, und ich wusste, ich hätte aufstehen sollen, doch ich hatte noch etwas auf dem Herzen.

Prewitt sah es mir wohl an. »Was ist, Detective Pribek?«

»Nun ja, also, da wäre noch etwas ...« Ich versuchte, mich vorsichtig auszudrücken. »Wenn es in unserer Abteilung passiert wäre, sozusagen hausintern, würde ich es ansprechen, aber da es außerhalb war, weiß ich nicht so recht …«

Prewitt runzelte die Stirn. »Das sagt mir nicht gerade viel.« Es klang ein wenig ironisch, aber auch neugierig. Ich hatte mich schon zu weit vorgewagt, um jetzt noch einen Rückzieher zu machen.

»Ich war gestern Abend im Leichenschauhaus«, fuhr ich fort. »Ein Assistenzarzt hatte mich hinbestellt, um einen Toten zu identifizieren, den er für Shiloh hielt. Er war es aber nicht.«

»Tut mir Leid«, sagte Prewitt. »So was kommt vor.«

»Mag sein. Aber Shiloh hatte eine Narbe an der rechten Hand. Das stand auch klar und deutlich in der Vermisstenanzeige, war offenbar aber nicht überprüft worden. Ich frage mich, ob das nicht Grund für eine förmliche Beschwerde bei der Gerichtsmedizin wäre.« Ich sah Prewitt an, dass er nicht meiner Meinung war.

»Für mich sieht das eher nach simpler Nachlässigkeit aus. Bedauerlich, dass Sie das ausbaden mussten, aber Fehler passieren überall mal.«

Ich saß wortlos da und verpasste schon wieder das Stichwort, um mich zum Gehen anzuschicken. Ich wollte ihm noch etwas sagen, das mir erst vor kurzem klar geworden war: Obwohl Rossella behauptet hatte, es täte ihm Leid, war es mir vorgekommen, als freute er sich klammheimlich, mich umsonst ins Leichenschauhaus bestellt zu haben. Doch das konnte ich Prewitt nicht sagen. Gefühle waren nicht beweisbar.

»Gibt es noch etwas?«, fragte er.

Ich drehte den kupfernen Ehering an meinem Finger. »Er hat gesagt, er hätte dem Toten ein paar Finger brechen müssen, um Abdrücke zu nehmen.«

Endlich schien Prewitts Interesse geweckt; seine Brauen schossen in die Höhe. »Das hat er Ihnen gesagt? Wirklich ziemlich unüblich.«

»*Äußerst* unüblich, möchte ich meinen. Wie er wusste, sprach er von meinem Mann. So etwas Rohes habe ich einen Gerichtsmediziner noch nie vor einem Angehörigen sagen hören.«

»Vielleicht dachte er, er könnte so offen mit Ihnen reden, weil Sie gewissermaßen vom Fach sind. Leute, die von Berufs wegen mit Polizeibeamten zu tun haben, überschätzen gern deren Dickfelligkeit; möglicherweise haben sie das Bedürfnis, Polizisten durch krasse Wortwahl zu beeindrucken«, sagte Prewitt langsam. »Ich kann mir nicht vorstellen, dass er es böse gemeint hat. Angehörige von Toten neigen dazu, harmlose Bemerkungen als ungehörig zu empfinden.« Er hielt inne. »Jedenfalls glaube ich nicht, dass Sie das weiter verfolgen sollten … obwohl Sie das natürlich halten können, wie Sie wollen.«

»Nein«, sagte ich. »Sicher haben Sie Recht.«

Bravo, Sarah, dachte ich, wütend auf mich selbst. *Dein Mann ist verschwunden, und wie versuchst du dich zu trösten? Indem du einem kleinen Assistenzarzt die Karriere vermasselst.* Zum Glück hatte ich Rossella wenigstens nicht beim Namen genannt.

Ich stand auf, um mich zu verabschieden. Doch jetzt war es Prewitt, der noch etwas anzumerken hatte.

»Detective Pribek«, sagte er, als ich bereits an der Tür war. »Ich kann Ihnen Ihren Schmerz wirklich nachfühlen.« Das war es, was er vorhin schon hatte sagen wollen.

»Danke, Sir«, sagte ich.

ALLEIN IM TREPPENHAUS, ging ich die Unterredung im Geiste noch einmal durch.

Prewitt war besorgt darum gewesen, wie ich mich bei der Suche nach Shiloh verhalten würde; wobei sein Problem aber hauptsächlich der durch meine Abwesenheit entstandene Personalmangel war. Und er hatte sich bemüht, ein wenig Mitgefühl zu äußern. *Ich kann Ihnen Ihren Schmerz wirklich nachfühlen.* Vang hatte nicht mal das fertig gebracht, als er von Shilohs Verschwinden hörte.

Ich war Prewitt für seine freundlichen Worte dankbar. Doch er hatte auch die relevanten Fragen gestellt. Ob Shiloh trank und wie wir miteinander auskamen. Ich wusste, was er damit andeuten wollte.

Erwachsene Männer verschwinden nicht einfach so, hatte Genevieve immer gesagt.

Ich wusste aus Erfahrung, dass das stimmte. Sie verschwinden mit Absicht, tauchen unter, um vor Schulden, schief gelaufenen Beziehungen oder sonstigen Verstrickungen zu flüchten.

Das war die traurige Wahrheit hinter Vangs verlegenem Schweigen und Prewitts Fragen. Sie glaubten alle beide, Shiloh hätte mich verlassen.

Kapitel XI

Den Nachmittag verbrachte ich mit Routinearbeiten zu Hause auf dem Sofa, meine Papiere auf dem niedrigen, zerkratzten alten Couchtisch vor mir ausgebreitet.

Shilohs Kreditkartenrechnung zeigte nur einen Posten, der von einer Fluggesellschaft abgebucht worden war: 325 Dollar an Northwest Airlines. Da keine Zahlungen an die Bahngesellschaft Amtrak oder an die Greyhound-Busgesellschaft aufgeführt waren, hatte ich persönlich bei den Fahrkartenschaltern nachgefragt, aber niemand hatte Shiloh auf dem Foto wiedererkannt.

Ergebnislose Ermittlungen ziehen immer weitere Kreise. Auch wenn Polizisten das nur ungern zugeben, ähnelt der äußere Kreis einer Ermittlung der obersten Schicht der Erdatmosphäre: dünn und unergiebig. Da gibt es nicht mehr viel zu entdecken. Trotzdem wäre es ein Fehler, diese Region außer Acht zu lassen.

Für mich hieß das so viel wie noch einmal unsere Nachbarschaft zu durchkämmen, wachsam alle Wege abzuschreiten, die Shiloh vielleicht gegangen war. Schon als ich meine Jacke vom Haken nahm und das Haus verließ, kam die Unternehmung mir sinnlos vor.

Ursprünglich hatte ich geplant, Shiloh im Anschluss an die viermonatige FBI-Schulung an seinen ersten Einsatzort zu folgen. Es war praktisch ausgeschlossen, dass er nach Minneapolis zurückgeschickt werden würde. Die neuen Agenten verbrachten ihre vier ersten Dienstjahre normalerweise auf irgendeinem Außenposten, wie Shiloh mir fast ein wenig kleinlaut erklärt hatte.

»Na, und wenn schon«, hatte ich halb im Scherz gesagt. »Wie könnte ich als schlichte Polizistin deinen hohen Aufgaben im Wege stehen? Wo du doch nun landesweit gesuchte Verbrecher jagen wirst und nach Terroristen fahnden ...«

»Indem ich mich im Internet als dreizehnjähriges Mädchen ausgebe«, hatte Shiloh augenzwinkernd eingeworfen. »Nein, im Ernst, für den Anfang wird man leider meistens an wenig beliebte Orte versetzt. Wir werden wahrscheinlich in einer trostlosen Kleinstadt leben, wo du dich mit banalen Drogendelikten und Jugendbanden herumschlagen musst, falls die Polizei da überhaupt neue Leute einstellt.«

»Ich werde schon irgendwas finden«, hatte ich gesagt.

»Das Leben dort wird aber ganz anders aussehen als hier«, hatte er insistiert. »Das kannst du dir gar nicht vorstellen, so lange, wie du schon in Minneapolis lebst.«

»Dann wird es Zeit, dass ich mal woanders hinkomme«, hatte ich geantwortet.

Shiloh hatte mir den Ort, an dem wir wohnen würden, wenn er seinen neuen Posten zugeteilt bekam, in düsteren Farben ausgemalt. Aber war es am Ende diese Nachbarschaft hier, seine heimische Umgebung, die ihm zum Verhängnis geworden war? Er hatte zum Zeitpunkt seines Verschwindens kein Auto zur Verfügung gehabt; Mrs. Muzio hatte ihn an dem Wochenende, als ich weggefahren war, zu Fuß weggehen sehen. Was immer ihm zugestoßen war, konnte eigentlich nur in der Nähe passiert sein.

Auf meiner ziellosen Suche hatte ich die University Avenue überquert, eine der Hauptstraßen unseres Viertels. Jetzt blieb ich stehen und blickte einen breiten Fußweg hinab, der hinter einer Reinigung und einem Getränkemarkt entlangführte. Ein Mädchen überholte mich auf einem roten Bonanzarad, trat stehend in die Pedale, wohl um noch mehr Tempo herauszuholen, während sie die Abkürzung nach Hause nahm.

Wie alle Straßen des Viertels schien auch dieser Fußweg bei Tageslicht ungefährlich und gut überschaubar. Ich konnte ihn mir kaum als Schauplatz eines Gewaltverbrechens vorstellen, selbst bei Nacht. Es war eine belebte Gegend, in der es weder an Straßenlampen noch an Passanten fehlte. Wirklich dunkel und einsam wurde es hier nie. Allerdings war es ein weit verbreiteter Irrtum, dass Verbrechen nur an dunklen, abgeschiedenen Orten begangen wurden. Raubüberfälle, ja sogar Mord und Totschlag fanden ebenso oft in aller Öffentlichkeit statt, auch wenn Leute in der Nähe waren.

Ein Raubüberfall, bei dem irgendwas schief gelaufen war, schien mir immer noch das Wahrscheinlichste.

Hatte Shiloh eine größere Geldsumme bei sich, als er verschwunden war? Es schien unwahrscheinlich und spielte vermutlich gar keine Rolle. Geld war ja immer nur dann ein Risiko, wenn einem anzusehen war, dass man welches mit sich herumtrug. Shiloh war unauffällig angezogen und vorsichtig genug, es niemanden merken zu lassen, wenn er mal ein paar Banknoten in der Tasche hatte. Aber jeder konnte Opfer eines Überfalls werden, ob reich oder nicht.

Was würde Shiloh in so einer Situation tun? Keine Ahnung. Einerseits konnte ich mir gut vorstellen, wie er einem nervösen Teenager, der ihn mit einer Waffe bedrohte, sein Geld in aller Ruhe aushändigte. Andererseits sah es ihm auch ähnlich, sich zu wehren, wie er sich monatelang gewehrt hatte, seine Theorie aufzugeben, dass Aileen Lennox in Wirklichkeit Annelise Eliot war; so halsstarrig, wie er den fruchtlosen Streit mit Darryl Hawkins begonnen hatte.

Egal, wie er reagierte, er hätte dabei umgebracht werden können, und sein Ausweis wäre zusammen mit seinem Geld in den blutigen Händen eines Unbekannten verschwunden.

Aber wo war dann seine Leiche geblieben? Alles konnte ich mir vorstellen, nur nicht, wie der Raubmörder die Leiche fortgeschafft hatte. Das Klügste wäre in dem Fall doch gewesen, schleunigst abzuhauen.

»›Spurlos verschwunden‹ ist ein Klischee«, hatte Genevieve mir erklärt, als ich noch neu in dem Job war. »›Niemand verschwindet spurlos‹ ist mein Anti-Klischee. Das ist die Faustregel bei allen Vermisstenfällen.«

Die einzige Ausnahme von dieser Regel schien der Fall zu sein, in den ich persönlich verwickelt war. Das war an sich schon verdächtig. Vielleicht packte ich es ja auch falsch an. Was würde ein anderer Polizist dazu sagen? Was würde Genevieve sagen?

In meinem Zeitfenster von sechsunddreißig Stunden waren noch sieben übrig, aber nun kam es schon nicht mehr darauf an. Es gab etwas, das ich tun wollte, und zwar sofort.

Um fünf Uhr am Mittwochnachmittag fuhr ich wieder beim Farmhaus der Lowes vor.

Ich hätte Genevieve natürlich auch anrufen können. Die moderne Technologie hat vieles verändert. Heutzutage kann man nicht mehr den Fernseher anschalten, ohne dass eine Telefongesellschaft einem aufzuschwatzen versucht, von einem Berggipfel in Tibet aus Aktienhandel und Werbekampagnen zu betreiben. Polizisten gehören zu den wenigen Leuten, die Wert darauf legen, von Angesicht zu Angesicht mit jemandem zu reden; so hatte ich mich denn auf den Weg gemacht in der Gewissheit, dass ich dieses Gespräch mit meiner Partnerin nicht am Telefon führen konnte.

Ich brauchte Genevieve. Sie hatte mich viel gelehrt. Ich musste mich darauf verlassen, dass sie mir half, wenn ich nicht mehr weiter wusste. Während ich mit einundsiebzig Meilen pro Stunde – einem halbwegs sicheren Tempo, falls die Straßenwacht kontrollierte – über den Highway 169 geprescht war, hatte ich mir überlegt, wie ich ihr die Sachlage darstellen würde.

Im Stillen hoffte ich, dass es ihr genauso helfen würde wie mir. Sie musste endlich wieder etwas anderes tun, als sich in einem alten Farmhaus zu vergraben und um ihre Tochter zu trauern. Sie verstand sich auf diesen Job; sicher wäre uns allen damit geholfen, wenn sie sich an meiner Suche beteiligte.

Als Genevieve an die Tür kam, wirkte sie kein bisschen überrascht, gerade so, als wohnte ich bloß um die Ecke.

»Komm rein«, sagte sie, und ich folgte ihr ins Haus. Doch kaum standen wir drinnen, schien sie nicht mehr zu wissen, was wir jetzt machen sollten.

»Wo sind Deborah und Doug?«, fragte ich.

»Doug kommt bald nach Hause«, sagte sie. »Er bleibt manchmal noch länger in der Schule, um Prüfungsarbeiten zu korrigieren.

Deb ist nach Le Sueur gefahren. Sie trainiert das Basketballteam der Mädchen, und sie haben heute ein Auswärtsspiel.«

Dann schwieg sie wieder, stand einfach nur da und wartete, dass ich die Initiative ergriff.

»Ich muss mit dir reden«, sagte ich.

»Okay.«

Ich warf einen Seitenblick ins Wohnzimmer. Ich dachte, Genevieve hätte mich dort hineinbitten müssen, wenn sie sich als Gastgeberin fühlte. Aber das tat sie anscheinend nicht.

»Machst du uns einen Kaffee?«, fragte ich verlegen, da ich mich gezwungen sah, ihre Rolle zu übernehmen.

Wir gingen in die Küche, und als ich mich etwas hilflos nach der Kaffeedose und Filtertüten umsah, langte sie endlich zu dem Bord über dem Kühlschrank hoch, um die Sachen herabzuholen, die ich brauchte. Die Ärmel ihres T-Shirts rutschten zurück und offenbarten straffe Muskeln. Der Effekt des ganzen Fitnesstrainings war noch nicht vollständig verloren.

Ich holte die Sahne aus dem Kühlschrank. Im Türfach lagen Eier, glatt und braun, und ich erinnerte mich, draußen einen Hühnerstall gesehen zu haben.

»Die Eier sind vom Hof, nicht?«, fragte ich.

»Ja.«

»Mmh, die sind bestimmt wunderbar frisch, und …« *Herrgott noch mal, Sarah, das ist kein Kaffeeklatsch hier.* Ich drehte mich zu Genevieve um. »Shiloh ist verschwunden«, sagte ich.

Sie sah mich an, ein nüchterner brauner Blick. Aber sie erwiderte nichts.

»Hast du gehört, was ich gesagt habe?«, fragte ich.

»Ja.« Ihre Stimme ließ keine Regung erkennen. »Ich versteh nicht.«

Wir kamen gar nicht mehr dazu, ins Wohnzimmer zu gehen. Ich erzählte ihr die ganze Geschichte in der Küche, erst, während der Kaffee durchlief, und weiter, während wir ihn tranken. Sie setzte sich an den Tisch. Ich blieb stehen, noch zu aufgedreht von der Fahrt.

So wenig ich im Grunde darüber wusste, wie und warum Shiloh verschwunden war, brauchte ich doch ziemlich lange, um es zu erzählen. Ich wollte ihr klar machen, dass ich bei meinen Nachforschungen alle nur denkbaren Ansätze verfolgt hatte, nur um jedes Mal in einer Sackgasse zu landen. Sie sollte begreifen, wie ernst die Lage war.

»Wirst du mir helfen?«, fragte ich schließlich.

Genevieve schaute zum Fenster hinaus auf die fahlen Stoppelfelder im letzten Licht der Abendsonne.

»Ich weiß, wo Shiloh ist«, sagte sie matt.

Es war zu schön, um wahr zu sein, aber trotzdem klopfte mein Herz plötzlich schneller.

»Er ist im Fluss«, sagte Genevieve. »Er ist tot.«

Es klang wie ein Urteilsspruch, so ruhig und bestimmt war ihr Tonfall. Ihre Stimme war für mich die Stimme der Wahrheit. *Reiß dich zusammen, Sarah*, sagte ich mir. *Sie kann das nicht wissen. Sie kann das nicht wissen.*

Genevieve sah mich nicht an, darum merkte sie nicht, wie feindselig ich sie anstarrte. »Könntest du vielleicht ein bisschen hilfreicher sein?«, brachte ich gepresst hervor.

Sie drehte sich zu mir um, und jetzt lag schon etwas mehr Glanz, eine Spur von Leben in ihren dunklen Augen. »Bin ich ja«, sagte sie. »Ich hab dir sehr genau zugehört. Es ist das Einzige, das Sinn ergibt.«

Sie sagte das ganz sachlich, als sei Shiloh jemand, den sie nie getroffen hatte. »Du hast mir doch selber erzählt, dass er manchmal so depressive Phasen hatte.«

»Aber doch nicht jetzt. Er wollte gerade in Quantico neu anfangen …«

»Vielleicht hatte er Angst davor, es beim FBI nicht zu schaffen. Angst vor der Vorstellung, dort zu versagen. Shiloh war hart mit sich selbst.«

»So sehr nun auch wieder nicht.« Mir war zu warm in der großzügig geheizten Küche; ich zog die Jacke aus und hängte sie über die Stuhllehne.

»Oder vielleicht fürchtete er, es klappt nicht mehr mit eurer Ehe.«

»Aber wir sind doch erst zwei Monate verheiratet.«

»Und schon wart ihr drauf und dran auseinander zu ziehen. Du bist sogar kurz vor seiner Reise noch ohne ihn hierher gefahren.«

»Herrgott, ich hab ihn ja gefragt, ob er mitkommt. Er wollte nicht.«

»Mag sein«, sagte sie. »Aber dann hat er allein zu Hause gesessen und sich vielleicht gefragt, wie lange er dich noch halten kann, ob er seine viel zu hohen Ansprüche an sich selbst überhaupt jemals erfüllen wird. Shiloh wusste sehr wohl, wie leicht Zukunftspläne schief laufen können. Und irgendwann ist er auf die Brücke hinausgegangen – sie ist ja nicht weit von eurem Haus, oder? – und ist gesprungen.«

In dem Moment verstand ich etwas. Genevieve war aus der Stadt hierher gezogen, weil der Mississippi und seine vielen Brücken eine allzu große Versuchung für sie darstellten. Angesichts der Frage, was Shiloh zugestoßen sein könnte, war ihr nur der Weg in den Sinn gekommen, den sie selbst so oft schon hatte einschlagen wollen.

»Er hatte keine Selbstmordgedanken«, sagte ich. »Er war nicht mal deprimiert.«

»Sie war glücklich in ihrer Ehe«, nickte Genevieve.

»Wer?«, wunderte ich mich. »Von wem sprichst du?« Das Gespräch schien eine Wendung ins Absurde zu nehmen.

»Sie war glücklich in ihrer Ehe«, wiederholte Genevieve. »Er war nicht schwul. Sie war nicht deprimiert. Wenn er mich betrogen hätte, hätte ich das gemerkt. Nein, sie war keine von denen, die einfach die ganze Nacht wegbleiben, ohne anzurufen.« Es klang wie eine unbeteiligt abgespulte Litanei. »Du hast diese Sprüche schon tausendmal gehört. Und ich ebenso. Ehefrauen, Ehemänner, Eltern … das sind doch oft die Letzten, die wissen, was gespielt wird.«

Was sie sagte, war richtig.

»Eine Depression hat manchmal auch rein biologische Gründe, dazu braucht es nicht unbedingt einen äußeren Anlass«, fuhr sie fort. »Und Depressive werden mit der Zeit immer geschickter darin, ihren Zustand vor den Leuten um sie herum zu verbergen. Es war nicht deine Schuld.«

Ich schüttelte den Kopf. »Er hat sich nicht umgebracht.«

Eins der Dinge, die Genevieve zu einer Meisterin der Verhörtechnik machten, war ihre Stimme. Sie war dunkel und weich, ganz egal, was für schreckliche Fragen sie zu stellen hatte. Und sie hatte nie gelassener geklungen als jetzt. Tief in ihre eigene Verzweiflung vergraben, war ihr nicht bewusst, welchen Schmerz sie mir zufügte.

»Wenn es kein Selbstmord war, dann war es vielleicht eine andere Frau. Du hast gesagt, er hätte praktisch nichts mitgenommen, als er das Haus verließ. Also kann er nicht weit weggegangen sein. Vielleicht in eine Bar.«

»Hör auf, Gen«, sagte ich, und meine Stimme klang unnatürlich hoch. Aber Genevieve schien mich nicht zu hören.

»Shiloh war ein gesunder junger Mann, dessen Frau übers Wochenende weggefahren war. Er ist auf die Suche nach einer fremden Muschi gegangen und auf die falsche Dame gestoßen. Sie hat ihn erstochen oder erschossen und sich dann bei der Beseitigung der Leiche helfen lassen.«

»Na schön.« Ich zwang meine Stimme in ihre normale Lage zurück. »Denk dir meinetwegen, was du willst, aber komm wenigstens mit mir in die Stadt zurück und versuch, deine Theorien zu beweisen. Tust du das für mich?«

Als sie nicht gleich antwortete, dachte ich schon, ich hätte sie herumgekriegt.

Dann sagte sie: »Als ich noch bei der Polizei war …«

»Du bist immer noch bei der Polizei«, warf ich ein.

Sie ignorierte mich. »Tja, damals hielt ich mich für abgebrüht, weil der Job das halt so mit sich bringt«, sagte sie nachdenklich. »Aber die Welt ist noch viel grausamer, als ich je gedacht hätte.« Sie hielt inne. »Ich glaube, ich will lieber gar nicht wissen, was Shiloh zugestoßen ist.«

Schweigen breitete sich in der dämmrigen Küche aus. Ich wusste nicht mehr, was ich sagen sollte.

»Also dann …« Ich stand auf. »Danke für den Kaffee.« Ich griff nach meiner Jacke.

Genevieve sah verdutzt auf. »Du bleibst doch noch, oder?« Der Stuhl schrappte über den Boden, als sie sich erhob.

»Das geht nicht«, sagte ich. »Hab zu viel zu tun.«

»Du willst jetzt noch nach Minneapolis zurückfahren?«

»Es ist nicht zu spät. Du kannst immer noch mitkommen. Das hatte ich eigentlich gehofft.«

Sie folgte mir auf die Veranda hinaus. Unten an der Treppe drehte ich mich um. Ich blickte zu ihr auf, was selten vorkam, da ich sie sonst immer überragte.

»Hilf mir, Gen. Hilf mir, ihn zu finden. Allein weiß ich nicht mehr weiter.«

Sie schüttelte den Kopf. »Tut mir Leid.«

Ohne zu überlegen, sprach ich aus, was mir gerade in den Sinn kam: »Wenn du mir jetzt nicht hilfst, will ich auch nicht mehr mit dir zusammenarbeiten, wenn du wieder zum Dienst kommst. Wenn es hier um Kamareia ginge, würde ich niemals aufhören, dir bei der Suche nach ihr zu helfen.«

Ich erwartete eine zornige Entgegnung, erwartete, sie würde mir vorwerfen, mich einer miesen Taktik zu bedienen, indem ich an ihre Tochter erinnerte. Aber stattdessen sagte sie nur noch einmal: »Tut mir Leid.«

Und das Schlimmste war, ich konnte echtes Bedauern in ihrer Stimme hören.

Der Schlamm im Hof saugte sich an meinen Stiefelabsätzen fest, als wollte er mich dabehalten. Die Hinterräder meines Nova schleuderten ein paar Pfund davon gegen den Apfelbaum, bevor der Wagen festen Grund fand und auf die Straße hinausschoss.

Kapitel XII

Ich wusste, was als Nächstes kam: Utah. Wenn man nicht weiß, wo jemand geblieben ist, muss man eben schauen, wo er vorher war. Das ist ein Gemeinplatz in Vermisstenfällen, obwohl die Polizei sich nur selten den Luxus erlauben kann, dem nachzugehen. Doch ich arbeitete im Moment ja nur in eigener Sache, also fuhr ich nach Utah.

Shiloh war in Ogden aufgewachsen, nördlich von Salt Lake City, als mittleres von sechs Kindern. Er hatte sein Elternhaus früh verlassen. Seine Eltern waren inzwischen gestorben, und er hatte keinen Kontakt mehr zu seinen Geschwistern bis auf die alljährliche Weihnachtskarte an seine jüngste Schwester, Naomi. Doch zu seinen älteren Brüdern und zu Naomis Zwillingsschwester, Bethany, war jede Verbindung abgebrochen; natürlich hatte ich wissen wollen, warum.

»Religion«, hatte er schlicht gesagt. »Für sie bin ich wie ein chronisch Kranker, der sich nicht behandeln lassen will. Mit so einer Mentalität komm ich nicht zurecht.«

»Ich kenne einige Leute, die aus streng religiösen Familien stammen – Katholiken wie Mormonen – und sich von der Religion abgekehrt haben, aber deren Verwandtschaft akzeptiert das.«

»Manche Familien sind halt toleranter«, meinte Shiloh.

Er war mit siebzehn von zu Hause weggegangen, und natürlich hatte ich ihn auch dazu befragt.

»Es schien mir damals einfach nur logisch«, erklärte er. »Ich wusste, dass ich ein anderes Leben führen wollte als das, was mich zu Hause erwartete, und das hätte ich nie geschafft, wenn ich dageblieben wäre.«

Jahre später hatte er einen Brief von seiner Schwester Naomi bekommen und ihr geantwortet, und sie hatten sich weiter geschrieben, bis der Briefwechsel, wie er wegwerfend sagte, »nach ein paar Monaten im Sande verlief«.

»Wieso denn?«, hatte ich nachgehakt.

»Sie fing an, mich als Projekt zu betrachten«, hatte Shiloh gesagt. »Sie wollte mich bloß dazu bringen, wieder nach Hause zu kommen. Erst eine Versöhnung mit der Familie, dann mit Gott.«

Anscheinend hatte Shiloh darauf so frostig reagiert, dass ihre Beziehung sich seitdem auf den Austausch von Weihnachtsgrüßen beschränkte.

Sobald ich wieder in Minneapolis war, nahm ich mir die Schachtel mit den Adresszetteln vor und wurde schnell fündig. Naomi und Robert Wilson, Salt Lake City.

Es war kaum anzunehmen, dass Shiloh in letzter Zeit mit irgendwem aus seiner Familie in Kontakt getreten war, aber nachprüfen musste ich es trotzdem. Das Terrain, das ich bisher erforscht hatte, war schon steinig genug gewesen. Nun würde es auch nicht fruchtbarer werden. Doch wenn es in Utah keine neuen Hinweise auf Shilohs Verbleiben gab, würden sich vielleicht alte finden, die mir helfen konnten, ihn besser zu verstehen.

Bei einem frugalen Abendessen aus Weizenbrot suchte ich alle Nummern aus dem Verzeichnis von Salt Lake City heraus, die unter »Robert Wilson« oder »R. Wilson« aufgelistet waren, und hängte mich ans Telefon.

»Hallo?«

Eine junge Frau antwortete bei der zweiten Nummer, die ich ausprobierte. Von der Stimme her schien es schon einmal zu passen.

»Spreche ich mit Naomi Wilson?«

»Am Apparat«, sagte sie förmlich.

»Naomi, hier ist Sarah Shiloh.« Ich hielt abwartend inne.

»Wer?«, sagte sie. »Haben Sie gesagt, Ihr Name sei Sarah Shiloh?«

»Jawohl. Dein Bruder Michael ist mein Ehemann.«

»Michael? Sie sind Michaels Frau? Oh!« Sie lachte. »Dann fangen wir noch mal von vorne an. Ja, du bist richtig verbunden, ich bin Naomi Wilson.« Sie lachte wieder. »Ich war erst ein bisschen verwirrt, weil … ach, ist nicht so wichtig. Hör mal, kann ich mit Mike sprechen? Ich hab ewig nichts von ihm gehört.«

Bei ihren Worten krampfte sich mir das Herz zusammen.

»Ich wünschte, ich könnte ihm den Hörer weiterreichen«, sagte ich. »Aber ich weiß nicht, wo er ist, ich bin auf der Suche nach ihm. Seit ein paar Tagen hat ihn niemand mehr gesehen, auch ich nicht.«

Schweigen am anderen Ende. Schließlich sagte Naomi Wilson: »Was soll das heißen?«

»Dein Bruder ist verschwunden. Darum rufe ich an.«

»Du meine Güte«, sagte sie. Eine leicht abwegige Wortwahl, wie ich fand, bis mir dann einfiel, dass sie natürlich nicht *mein Gott* sagen konnte, denn das hieße ja, den Namen des Herrn zu missbrauchen. Doch ihre Stimme klang bedrückt, als sie fragte: »Wo bist du, in Minneapolis? Wohnt er noch dort?«

»Ja, da wohnen wir. Aber er hätte kürzlich nach Virginia reisen sollen, nur ist er da nie angekommen.«

»Er ist verschwunden? Und du meinst, er ist vielleicht hier? Nein, hier ist er auch nicht… Nicht, dass ich wüsste, jedenfalls. Wieso glaubst du, er könnte zu uns in den Westen gefahren sein?«

»Ich weiß nicht. Aber ich würde gern zu dir rauskommen, um dich persönlich zu sprechen, und vielleicht auch den Rest der Familie.«

»Gut«, sagte sie. »Wann kommst du?«

»Morgen. Wenn ich den ersten Flug morgens nehme, könnte ich, die Zeitverschiebung eingerechnet, schon am Vormittag bei euch sein. Welche Zeit würde dir denn passen?«

»Ich arbeite in einer Kinderkrippe«, sagte Naomi. »Bis mittags sind wir da zu zweit, danach bin ich bis halb vier alleine. Wenn du also irgendwann am Vormittag herkommen kannst, könnte ich mich kurz frei machen, um dich zu treffen. Ich hab auch ein paar Fragen an dich – über Mike, wie ihr beide euch kennen gelernt habt und so. Es ist lange her, dass ich zuletzt mit ihm gesprochen habe.« Sie gab mir die Adresse einer Kindertagesstätte in einem Außenbezirk von Salt Lake City. »Du wirst mich leicht erkennen«, setzte sie hinzu. »Ich seh aus wie im zehnten Monat schwanger.«

Ich rief Northwest Airlines an und buchte meinen Flug, dann machte ich mich ans Packen. Shilohs Koffer stand immer noch aufgeklappt neben dem Bett, wie ich ihn zurückgelassen hatte, nachdem mir klar geworden war, was der Fund zu bedeuten hatte. Einem spontanen Impuls folgend, kramte ich Shilohs steinaltes Kalispell-T-Shirt hervor, das er früher bei den Rettungseinsätzen in Montana getragen hatte, und warf es zu den übrigen Sachen in meiner Tasche.

Ein Güterzug rumpelte auf der anderen Seite der Wand vorbei gen Norden. Ich hockte mit untergeschlagenen Beinen auf dem Boden, so müde, dass ich mich kaum noch zum Ausziehen und Zähneputzen aufraffen konnte.

Stattdessen griff ich nach dem Buch in Shilohs Koffer und zog das Flugticket heraus. Es war ein gebrochenes Versprechen, ein nicht eingelöster Vertrag, und die letzte Wegmarke auf Shilohs geordneter Lebensbahn, bevor er aus unbekannten Gründen in die verkehrte Richtung abgezweigt war.

Ich drehte das Ticket um, warf einen müßigen Blick auf die Geschäftsbedingungen, die in blassgrüner Schrift auf der Rückseite abgedruckt waren.

Mir stockte der Atem. Quer über den Text war mit dünnem Bleistift eine Nummer notiert, sieben Ziffern, ein leichter Abstand zwischen der dritten und der vierten.

Shiloh war gewissenhaft und zuverlässig, aber wirkliche Ordnung hielt er nur in den Papieren, die mit seinen Ermittlungen zu tun hatten. Alles andere verblieb in übersichtlichem Durcheinander. Die Rechnungen stapelten sich auf dem Küchentisch, nebenbei hingekritzelte Adressen wanderten in eine Schachtel mit Umschlägen und Briefmarken. Telefonnummern schrieb er auf die Ränder des Telefonbuchs oder einfach an die Wand über dem Telefon. Nummern, die er demnächst brauchen würde, notierte er auf allem, was ihm gerade in die Finger kam. Wie zum Beispiel die Rückseite eines Flugtickets.

Ich klopfte ungeduldig mit den Fingern auf das Buch. Gut, er hatte also auf sein Ticket geschrieben. Bekam man die Tickets an der Sperre abgenommen? Oder würde Shiloh es bei der Landung in Washington D.C. bei sich tragen, wo er es noch brauchte? Oder war es vielleicht eine hiesige Nummer, die er sich zur sofortigen Verwendung notiert hat?

Ich ging ans Telefon und tippte probeweise die sieben Ziffern ein.

»Hallo?«

Es war eine Frauenstimme, sie klang schon etwas älter, und im Hintergrund schnatterte der Fernseher so laut, dass ich die Stimmen der Akteure einer Seifenoper erkennen konnte.

»Hallo, Ma'am?«, sagte ich.

»Hallo?«, wiederholte sie.

»Könnten Sie vielleicht den Fernseher leiser stellen? Ich warte so lange.«

»Ja, kleinen Moment.«

Der Fernsehlärm ebbte ab, aber trotzdem bemühte ich mich, laut und deutlich zu sprechen, als sie wieder an den Apparat kam.

»Wollen Sie irgendwas verkaufen? Dafür ist es schon ziemlich spät.«

»Nein, ich versuche, einen gewissen Michael Shiloh zu finden. Sagt der Name Ihnen etwas?«

»Wer?«

»Michael Shiloh.«

»Ich kenne keinen, der so heißt.«

»Gibt's dort bei Ihnen noch jemand, den sie fragen könnten?«

»Nun ...« Sie klang perplex. »Hier ist keiner außer mir, und mir ist niemand dieses Namens bekannt.«

Ich glaubte ihr. Die brüchige Raucherstimme, der laut aufgedrehte Fernseher, so typisch für alterstaube Leute ... sie klang wie eine Witwe im Ruhestand.

»Danke«, sagte ich. »Entschuldigen Sie die Störung.«

Die Ortsnetzvorwahlen von Minneapolis kannte ich auswendig. Als ich sie ausprobierte, klingelte es bei der einen Nummer endlos, unter der anderen gab es keinen Anschluss mehr. Ich drückte auf die Gabel und überlegte, den Hörer an der Schulter. Also dann doch wohl D.C. Vielleicht war es jemand in der Nähe von Quantico.

Mit der Vorwahl 202 und den neuen Ortsnetzkennzahlen für den Nahbereich von D.C. tätigte ich zwei weitere fruchtlose Anrufe und landete dann wieder bei einer Ansage, die »kein Anschluss unter dieser Nummer« verkündete.

In Salt Lake City verband mich die Nummer mit dem Kundendienst einer Firma für Schi- und Bergsportartikel, der auf automatische Ansage geschaltet war. »Ihr Anruf ist uns wichtig ...«

Na gut, dachte ich, es konnte ja nicht schaden, auch die Vorwahlen der anderen Bezirke von Minnesota auszuprobieren.

Im Norden, hoch droben in der Iron Range, gab es keinen Anschluss. Aber in Süd-Minnesota klingelte es.

»Sportsman.«

»Hey«, sagte ich. »Wer spricht da?«

»Bruce hier. Wer ist dran?«

Er klang wie Anfang zwanzig, und sein Tonfall hatte etwas routiniert Flirtendes, wie der eines Barkeepers. Im Hintergrund war Stimmengewirr zu hören.

»Ist das eine Kneipe dort?«, fragte ich. »Doch wohl kaum ein Sportgeschäft, oder?«

»Kneipe ist richtig«, lachte der Barkeeper. »Soll ich Ihnen den Weg zu unserem netten Ausflugslokal erklären?«

Schwätzer, dachte ich. Bloß irgendeine schäbige Pinte am Ende der Welt.

»Nein, danke«, sagte ich. »Ich hätte nur gern gewusst, ob jemand bei ihnen vielleicht einen Mann namens Michael Shiloh kennt.«

»Hmmm«, sagte Bruce. »Ich kenn viele der Typen, die hierher kommen, und natürlich alle, die hier arbeiten – aber einen Shiloh? Nicht, dass ich wüsste.«

»Okay«, sagte ich, hinterließ ihm aber trotzdem meinen Namen und die Nummer der Dienststelle. »Nur für den Fall, dass Sie später noch irgendwas in Erfahrung bringen«, erklärte ich.

»Vorwahl 612«, wiederholte er meine Telefonnummer. »Das ist doch in Minneapolis. Na, dann werden Sie hier wohl kaum vorbeikommen.« Im Hintergrund brandete Lärm auf, wie das Begeisterungsgeschrei von Sportfans, die ein Match im Fernsehen verfolgen. »Schade, Sie klingen nach 'ner flotten Biene.«

Ich war mir sicher, dass dies das Letzte war, wonach ich klang.

»Danke für das Kompliment«, sagte ich. »Bitte sorgen Sie dafür, dass ich angerufen werde, wenn irgendwem zu dem Namen was einfällt, okay?«

»Wird gemacht«, sagte Bruce.

Nachdem ich mir die Zähne geputzt, das Gesicht gewaschen und sonst noch alles getan hatte, was ich normalerweise vor dem Schlafengehen tat, saß ich auf dem Bett und traute mich nicht, mich schlafen zu legen.

Ich fürchtete mich vor dem, was mir im Dunkeln noch alles einfallen würde. Mitten in der Nacht erscheint einem alles, was einen belastet, noch viel düsterer und auswegloser.

Als das Verfahren gegen Royce Stewart, Kamareias Mörder, eingestellt wurde, überfiel mich die volle Wucht der Verzweiflung erst einige Tage nach dem Freispruch, während ich schlaflos im Bett lag. Ich hatte mich hinausschleichen müssen, um Shiloh nicht mit meinem haltlosen Schluchzen zu stören.

Irgendetwas weckte ihn dann aber doch, und er kam zu mir ins dunkle Wohnzimmer, hielt mein nasses Gesicht an seine Brust gedrückt und strich mir übers Haar, und im Dunkeln erzählte er mir von einem Traum, der ihm keine Ruhe ließ.

Ich träume von Kamareias Blut auf meinen Händen, sagte er.

Die Worte überraschten mich. *Es ist doch nicht deine Schuld*, sagte ich.

Nein, sagte er, *ich meine das wörtlich. An dem Abend, als wir sie gefunden haben, hatte ich ihr Blut auf meinen Händen. Nachdem du mit ihr zur Klinik gefahren warst, versuchte ich, Gen zu beruhigen, und legte ihr die Hand auf die Wange. Dabei bekam ich das Blut vom Gesicht ihrer Tochter ab. Ich wollte nicht, dass sie es sah, ich wollte sie in die Küche bringen, um es abzuwaschen. Aber unten an der Treppe hing ein*

Spiegel. Ich wusste, sie würde es sehen, und das tat sie auch. Ich träume immer wieder davon, wie ich hinabschaue und Kamareias Blut auf meiner Haut sehe, ich träume davon, wie ich es abwasche. In Horrorgeschichten heißt es, Blut gibt Wasser eine rosa Färbung, aber das ist nicht wahr. Es bleibt rot, ein immer schwächeres Rot, bis das Wasser schließlich wieder klar ist.

Der abwesende Klang seiner Stimme war mir unheimlich. Um irgendetwas Beruhigendes zu sagen, wiederholte ich: *Es war nicht deine Schuld.* Mehr wollte mir nicht einfallen.

Nein, sagte er. *Es ist seine Schuld.*

Ich wusste, wen er meinte. Shilohs Arme schlossen sich fester um mich. *Er hätte sterben müssen*, sagte er, *allein schon dafür, was er Genevieve angetan hat.*

Manchmal dachte ich an Shilohs Traum vom Blut, wenn Leute, die ihn nicht so gut kannten, ihn distanziert und abgehoben fanden.

Als ich schließlich unter die Decke schlüpfte und die Nachttischlampe ausknipste, versuchte ich, an etwas Positives zu denken. Morgen würde ich in Utah sein und endlich Shilohs Familie treffen.

Laut Shiloh war Naomi diejenige seiner Geschwister gewesen, die am meisten für ihn übrig hatte. Am Telefon hatte sie Interesse daran bekundet, zu erfahren, wie wir uns kennen gelernt hatten.

Wenn Naomi Wilson immer noch so streng religiös war, wie Shiloh seine ganze Familie beschrieben hatte, dann wäre es vielleicht nicht ratsam, ihr alle Details unserer Geschichte zu erzählen.

Kapitel XIII

Vor ein paar Jahren rief mich die letzte Freundin meines Vaters – ihren Namen hatte ich gleich wieder vergessen – mit der Nachricht an, dass er gestorben war. Sie – Sandy? Mandy? – hatte es buchstäblich in letzter Minute geschafft, mich rechtzeitig für die Beerdigung ausfindig zu machen. Ich hatte gerade noch Zeit, meinen Vorgesetzten anzurufen, um mir freizunehmen und mir ein schwarzes Kleid und ein Paar passende Pumps zu kaufen, bevor ich einen Flug nach Westen zu einem günstigen Regionaltarif erwischte.

Nachdem er den größten Teil seines Lebens in New Mexico verbracht hatte, war mein Vater, der kalten Winter und der einsamen Bergwelt überdrüssig, nach Nevada gezogen, wo sein Geld sogar noch länger reichte als im Südwesten. In der Wüstensonne von Nevada konnte er sich von seinen Ersparnissen nicht nur eine Eigentumswohnung, sondern auch noch den Luxus einer neuen Freundin leisten. Die Freundin – Shelly? Kelly? – war gut zehn Jahre jünger als er, was mich nicht weiter überraschte; mein Vater war immer ein sehr gut aussehender Mann gewesen und dies auch geblieben, bis er einem Herzinfarkt erlag.

Sandy oder Shelly hatte ein Begräbnis in Nevada arrangiert, da es keinen Grund gab, den Leichnam nach New Mexico überführen zu lassen. Meine Mutter war nicht dort; sie lag bei ihren Angehörigen in Minnesota begraben. Mein Bruder, der im Armeedienst gefallen war, hatte eine Ehrenbestattung auf einem Militärfriedhof erhalten.

Also wurde mein Vater auf einem modernen Friedhof außerhalb der Stadt beigesetzt, einem »Memorial Garden«, wo Blumen, die zu bunt sind, um echt zu sein, eine gleichförmige Grünfläche schmücken, und die Grabplatten, ebenfalls alle gleich, so flach im

Gras liegen, dass man sie kaum bemerkt, bis man fast darüber stolpert. Während der Kaplan eine kurze Ansprache unter dem Baldachin hielt, der den Sarg und die Trauergäste beschattete, ließ ich müßig meine Gedanken schweifen, bis mein Schuhabsatz in dem überwässerten Rasen versank und mich ruckartig in die Realität zurückrief.

Einen Pappteller mit Essen, fünfundvierzig Minuten Smalltalk mit den Freunden und Nachbarn meines Vaters und eine lange Mietwagenfahrt später war ich schon wieder auf dem Rückweg nach Minneapolis.

Auf dem Rückflug war die Maschine voll besetzt. Meine Mitpassagiere schienen größtenteils Pensionäre zu sein, die auf einen kleinen Casino-Urlaub aus dem winterlichen Minnesota in den warmen Westen gereist waren. Sobald wir in der Luft waren, ließ der Pilot sich mit einer Durchsage vernehmen, es sei aufgrund von Präriestürmen mit einigen Turbulenzen zu rechnen. Eine Viertelstunde später hörte man ihn die beiden Stewardessen anweisen, ihre Plätze einzunehmen.

Der Flieger holperte wie ein Schlitten, der zu schnell über Eisbuckel gezogen wird. Das ganze Gehäuse der Maschine ächzte, knirschte und bebte derart, dass es die Kinnbacken der blauhaarigen alten Frau, die neben mir schlief, zum Erzittern brachte.

Ich habe keine Angst vorm Fliegen, aber in jener Nacht hatte ich doch ein seltsames Gefühl, wie seitdem nie wieder: Ich fühlte mich völlig ankerlos, wie ein Stück Treibholz. Sicher, ich war von Menschen umgeben, aber es waren lauter Fremde. Ich kam mir verloren vor, als könnte in dieser schwarzen Schicht zwischen Wolken und Sternen nicht einmal Gott wissen, wo ich war. Ich spähte aus dem Fenster, hoffte auf die Lichter einer Stadt unter uns, irgendwas, dass mir einen Anhaltspunkt hätte bieten können. Aber da war nichts.

Ich hatte mir keinen richtigen Drink bestellt, als noch Gelegenheit dazu war, und jetzt lechzte ich förmlich nach einem Glas. Für mich war es immer ein physisches Verlangen, das an zwei Stellen spürbar war: unter der Zunge und tief in der Brust. Ich zerkaute die letzten Eiswürfel aus meiner Cola und sehnte mich nach mehr, als sie weg waren.

Hätte meine Mutter länger gelebt, dann wären wir uns sicher nah gewesen. Sie starb, als ich fünf war. Mein Bruder Buddy war ein Rüpel und Grobian gewesen, überzeugt, dass ihm alles zustand, was er haben wollte. Körperkraft war das Einzige, wovor er Respekt hatte; fünf Jahre jünger als er, hatte ich mich nie gegen ihn zur Wehr setzen können. Mein Vater, als Fernfahrer fast immer auf Achse, hatte im Wohnzimmer geschlafen, wenn er mal zu Hause war, nur damit Buddy und ich jeder ein eigenes Zimmer hatten. Er erfuhr es nie, aber die Mühe hätte er sich wirklich sparen können.

Es war eine große Erleichterung für mich gewesen, als Buddy mit achtzehn zum Militär gegangen war. Mein Vater sah das anders. Er war viel unterwegs, und er fand, ein dreizehnjähriges Mädchen könne nicht auf sich gestellt bleiben ohne zumindest die Aufsicht eines älteren Bruders. Also hatte er mich in den Greyhound nach Minnesota gesetzt und zu Wanda, der Tante meiner Mutter, expediert.

In Minnesota entdeckte ich dann den Basketballsport oder vielmehr, die Trainerin entdeckte mich, da ich mit vierzehn die meisten meiner Mitschülerinnen um Haupteslänge überragte. Von da an verbrachte ich praktisch meine ganze Zeit in der Sporthalle, sowohl beim regelmäßigen Training der Schulmannschaft als auch hinterher noch beim Üben von Freiwürfen, mit dem absurden Ehrgeiz, einen Treffer über drei Viertel des Spielfelds hinweg zu schaffen. Selbst abends im Bett vor dem Einschlafen verfolgte der Lärm der Sporthalle mich wie ein Ohrwurm: das ständige Aufprallen des Balls auf dem Parkettboden, das dumpfe Wummern der Korbrückwand, das Quietschen der Gummisohlen.

Jeder braucht einen Ort, an dem er sich heimisch fühlt, und meiner war die Sporthalle. In meinem letzten Schuljahr gewann unser Team die Jugendmeisterschaft. Es gibt ein Foto davon im Schuljahrbuch, einen Schnappschuss, kurz nach dem Abpfiff geknipst, als meine Teamkollegin Garnet Pike mich im allgemeinen Freudentaumel buchstäblich hochstemmte, übers ganze

Gesicht strahlend. Garnet war noch ein bisschen größer als ich, und wir waren beide in Topform. Trotzdem purzelten wir in der Sekunde nach dem Foto zusammen auf die Bretter, und ich schlug so hart auf, dass die Trainerin schon fürchtete, ich hätte mir das Steißbein gebrochen. Doch ich hatte mir nicht mal weh getan. An jenem Abend rann mir Götterblut durch die Adern; wir waren alle unverwundbar.

Danach wurde ich in die Collegemannschaft berufen, aber es war nicht mehr dasselbe. Das Studium lag mir nicht, und obwohl ich mich hin und wieder auf dem Spielfeld bewähren konnte, reichte es nicht aus, um mir das Gefühl zu geben, wirklich gebraucht zu werden. Ich sagte nichts – es hätte nur nach Selbstmitleid geklungen –, doch was mich quälte, war das Gefühl, dass ich unter falschem Vorwand am College war, mein Stipendium eigentlich nicht verdiente, zumindest nicht meinen Noten nach.

Auf einem Gruppenfoto unserer Mannschaft aus diesem Jahr schaue ich unglücklich drein, und selbst das lächerliche Glanzspray in meinem Haar scheint nur den inneren Abstand zwischen mir und meinen Teamkameradinnen zu unterstreichen, die allesamt praktische Kurzhaarschnitte, Pferdeschwänze oder Afrozöpfe tragen. Im nächsten Jahr ließ ich die Frist zur Rückmeldung verstreichen, ohne mich in irgendwelche Kurse einzuschreiben, dann schrieb ich einen Abschiedsbrief an die Trainerin, packte meine Sachen und trat eine Reihe von Gelegenheitsjobs an, mein letzter, ruheloser Umweg, bevor ich schließlich zum Polizeidienst gelangte.

Buddy war bei einem Hubschrauberabsturz über Tennessee umgekommen, der dreizehn Soldaten das Leben kostete. Mein Vater hatte mir nicht glauben wollen, als ich gesagt hatte, ich würde mich für die Beerdigung nicht von der Polizeischule beurlauben lassen. In seiner Welt war Buddy ein Held gewesen; in seiner Welt hatte ich meinen Bruder genauso verehrt wie er. Bis zum Tag der Beisetzung hatte er nicht aufgehört, mich zu erwarten.

Am Abend nach Buddys Beerdigung hatte ich zu Hause eine acht Minuten lange Nachricht auf meinem Anrufbeantworter vorgefunden. Entrüstung war das Hauptmotiv in den Vorhaltungen meines Vaters, auch etwas Enttäuschung und Wehmut, aber vor allem immer wieder aufflackernder Zorn.

Er habe mich alleine großgezogen, nachdem meine Mutter gestorben war, sagte er. Er habe sich vor mir nie betrunken gezeigt. Und später habe er mich doch immer großzügig mit Schecks unterstützt, obgleich ich nie geschrieben hätte und nur selten angerufen. Am Ende kam dann noch eine Lobeshymne auf Buddy, den gefallenen Helden, bis das abgelaufene Band ihm das Wort abschnitt.

Schade, dass das Gespräch so einseitig war, denn es war das letzte, das zwischen uns stattfand. Ich hatte zwar ein paar Mal daran gedacht, ihn anzurufen, aber ich wusste, er würde ohnehin nicht hören wollen, was ich ihm über Buddy, den edlen Krieger, zu sagen hatte. So hatte ich schließlich nie auf seinen Anruf geantwortet, und unsere Beziehung ging in einer langen Dämmerung unter. Hätte seine Freundin meine Adresse nicht auf einer alten Weihnachtskarte gefunden, hätte ich nie von seinem Tod erfahren, wäre nie in einer voll besetzten Chartermaschine auf dem Rückflug von seiner Beerdigung durchgeschüttelt worden.

Als ich in Minneapolis landete, war ich erleichtert, wieder festen Boden unter den Füßen zu haben, und ziemlich groggy vom plötzlichen Absinken des Adrenalinspiegels. Mein Verlangen nach dem lang vermissten Drink wurde auf einmal unbezähmbar. Da ich sowieso mit dem Taxi heimfahren musste, gab es keinen Grund, nicht schnell noch in der Flughafenbar vorbeizuschauen.

Ich war fast der einzige Gast dort. Die Barkeeperin schnitt Zitronen in Schnitze und schaute abwesend vor sich hin. Ein hoch gewachsener, hagerer Mann mit Dreitagebart und beinah schulterlangen, rotbraunen Haaren saß am Tresen.

Statt mich ebenfalls an die Bar zu setzen, hatte ich einen Ecktisch gewählt, um dem Mann seine Ruhe zu lassen. Trotzdem sah er immer wieder in meine Richtung. Der Fernseher zeigte nur eine leere grüne Mattscheibe, und sonst war niemand in der Bar; es schien geradezu unvermeidlich, dass unsere Blicke sich ständig trafen. Vielleicht spürte jeder die Traurigkeit im anderen.

Der Mann beugte sich vor und sagte etwas zu der Barfrau. Sie mixte einen weiteren Whisky mit Wasser wie den meinen und noch einen Wodka für ihn. Er zahlte und trug beides zu meinem Tisch herüber.

Er sah ganz gut aus; vielleicht etwas zu hager. Sein Gesicht hatte etwas Eurasisches oder vielleicht eher Sibirisches, der schräg geschnittenen Augen wegen, die an einen Luchs erinnerten.

»Ich möchte nicht stören, aber dieses Kleid sieht mir ganz nach einer Beerdigung aus«, sagte er.

Wir stellten uns vor, ohne unsere Zunamen zu nennen. Ich war Sarah, eben von einem Familienbegräbnis zurückgekehrt. Er war Mike, gerade einer »sehr kurzen, sehr verkehrten« Beziehung entronnen. Weiter verbreiteten wir uns nicht über diese Umstände. Wir sprachen nicht davon, was wir beruflich machten. Nach zwanzig Minuten fragte er schon, wie ich heimkommen würde.

Er fuhr mich zu meiner Wohnung, einer billigen Mansarde in Seven Corners. Drinnen ließ ich mein strenges schwarzes Trauerkleid und die Strümpfe gleich bei seinen abgewetzten Klamotten und Arbeitsstiefeln am Boden liegen.

Dies waren meine jugendlich unbekümmerten Zeiten, und ich hatte durchaus Erfahrung mit gelegentlichen One-Night-Stands. Stets hörte ich noch im Halbschlaf, wie die Männer aufstanden und sich hinausschlichen, doch ich öffnete nie die Augen und empfand immer eine klammheimliche, triste Genugtuung darüber, dass sie am Morgen nicht mehr da sein würden.

Jener hier schien wie ein Geist aus meinem Bett entschwunden zu sein; ich hatte überhaupt nichts gehört. Sonst hätte ich die übliche Erleichterung empfunden, bis auf eine ganz spezielle Erinnerung.

Am Flughafen waren wir beide schweigend zum Parkplatz gegangen, und er hatte mich zu seinem Wagen geführt, einem alten grünen Catalina.

»Toller Schlitten«, bemerkte ich. »Der hat Charakter.«

Er sagte nichts, und ich drehte mich zu ihm um. Er war stehen geblieben und lehnte an einem Betonpfeiler, die Augen geschlossen, das Gesicht in den Wind erhoben, der über das Rollfeld pfiff, eine eisige Januarbrise mit dem Duft von Flugzeugbenzin.

»Ist dir nicht gut?«, fragte ich.

»Nein, nein«, sagte er, »ich tanke nur ein bisschen Frischluft zum Ausnüchtern, damit wir nicht unsere Führerscheine auf dem H94 loswerden.«

Ich war zu ihm hinübergegangen und schaute zu, wie ein Flieger in Richtung Nordwesten eine unsichtbare Luftrampe in den Nachthimmel hinaufglitt. Und dann sagte ich etwas, an das ich vorher nicht einmal gedacht hatte.

»Ich habe meine ganze Familie überlebt«, sagte ich.

»Gott, ich wünschte, ich könnte das auch sagen«, meinte er, und ich war beschwipst genug, darüber zu kichern, überrascht, ein bisschen verwirrt. Er öffnete die Augen, warf mir einen kurzen Blick zu und zog mich in die Arme, hielt mich ganz fest, und sein Bart kratzte mir über die Wange.

Das war nun völlig gegen die Etikette eines One-Night-Stands, viel zu intim für die Gepflogenheiten solcher sachlich kühlen Kurzabenteuer. Aber es störte mich nicht, überraschte mich nicht mal. Es löste mir die Enge in der Brust, gegen die selbst ein paar Gläser Seagrams nichts hatten ausrichten können.

Genevieve und ich gingen einige Tage später wie üblich zum Fitnesstraining, als wir auf dem Weg am Basketballplatz entlang plötzlich von einem Zuruf aufgehalten wurden.

»Hey, Brown!«

Genevieve blieb stehen und drehte sich um, und ich folgte ihrem Beispiel.

Der vorlaute Rufer stand an der Freiwurflinie, flankiert von drei anderen Männern, allesamt jünger als er. »Stell uns doch mal deine Freundin vor!«, rief er.

»Das sind alles Typen von der Rauschgiftfahndung«, sagte Genevieve, »bis auf den Riesen da, das ist Kilander, ein Bezirksstaatsanwalt.«

Sie erhob die Stimme. »Meinst du meine *sehr große* Freundin?«, rief sie zurück. Und leiser, zu mir: »Willst du sie kennen lernen?

Sie suchen wahrscheinlich noch Mitspieler für ein gemischtes Team.«

Offensichtlich war sie gut bekannt mit Radich, dem Wortführer der Gruppe, der sich im Näherkommen als ein mediterraner Typ in Genevieves Alter entpuppte, mit kantigen Gesichtszügen und müden dunklen Augen. Kilander war ein Zweimetermann mit blonden Haaren und blauen Augen, der so offen und treuherzig dreinschaute wie ein zum Nachrichtensprecher mutierter Farmersjunge. Die anderen beiden waren ein schlanker, mittelgroßer Schwarzer in meinem Alter, Hadley, und ein skandinavischer Typ mit militärisch kurzem Bürstenschnitt und blassgrauen, ausdruckslosen Augen, Nelson.

»Das ist Sarah Pribek. Sie ist beim Streifendienst«, sagte Genevieve. »Vor allem aber war sie ein Champion bei den Basketball-Jugendmeisterschaften.«

Die Männer grinsten beifällig.

»Also«, fuhr Genevieve fort, »betrachtet mich doch einfach als ihre Agentin, falls ihr tatsächlich vorhaben solltet, sie für eine wie auch immer gemischte Mannschaft zu rekrutieren.«

»Wieso denn rekrutieren?«, entgegnete Radich unschuldig. »Wir brauchen bloß jemanden, der gerade mal für Nelson einspringt. Und du kannst natürlich auch mitspielen, Detective Brown.«

»Jaja, natürlich – dass ich nicht lache«, sagte Gen.

»Warte mal«, mischte ich mich ein. »Einer von denen geht, und wir zwei sollen für ihn einspringen?«

»Ich zähle wahrscheinlich nur als halbe Portion«, erklärte Genevieve.

»Nein«, sagte Radich. »Wir hatten sowieso nur zwei gegen drei gespielt. Wo zum Teufel bleibt denn Shiloh?«

»Bin schon da«, ließ eine neue Stimme sich vernehmen.

Von Genevieves Geplänkel mit Radich abgelenkt, hatte ich ihn nicht aus dem Dunkel herankommen sehen. Als ich mich zu ihm umdrehte, musste ich unwillkürlich schlucken.

In den Luchsaugen war kein Funken von Überraschung zu sehen, doch ich wusste, dass er mich wiedererkannt hatte. Heute war er glatt rasiert. Ich wollte die Augen von seinem Gesicht abwenden und brachte es nicht fertig.

Radich übernahm wieder das Vorstellen. »Mike Shiloh, Drogenfahndung, dies hier ist Genevieve Brown, vom Vermisstendezernat ...«

»Ich kenne Genevieve.«

»... und Sarah Pribek, Streifendienst.«

»Hey«, sagte er.

»Sie spielen mal ein bisschen bei uns mit. Kilander hatte vorhin die erste Wahl, also bist du jetzt an der Reihe. Wen nimmst du in unsere Mannschaft, Brown oder Pribek?«

Genevieve sah mich an und verdrehte die Augen, als füge sie sich bereits in ihr Schicksal.

Shiloh streifte uns mit gleichgültigem Blick, blieb an Genevieve hängen und wies mit einem Kopfnicken zu seinem Teampartner Hadley hinüber. »Komm her, Brown.«

»Mike!« Hadley klang entsetzt. Radich schaute leicht verwundert zu Genevieve hin, die hilflos die Schultern hob.

In der allgemeinen Verwirrung konnte ich nur hoffen, dass keiner mir ansah, wie gekränkt ich mich fühlte. Kilander, der Staatsanwalt, war der Einzige, der ganz gelassen blieb; er zwinkerte mir schmunzelnd zu, als teilten wir ein aufregendes Geheimnis.

So waren die Würfel denn gefallen. Genevieve flitzte agil zwischen uns hin und her, mit dem weit weniger behenden Radich als Abwehr. Hadley stellte sich recht geschickt dabei an, Kilander zu decken, indem er dessen Größenvorteil und überlegene Spieltechnik durch enorme Schnelligkeit ausglich. Aber eigentlich drehte das Spiel sich nur um Shiloh und mich.

Er spielte sehr gut, musste ich zugeben, jagte mir bei schwachen Pässen immer wieder den Ball ab, ließ mir keinen Raum, um meine Drei-Punkte-Würfe im Korb zu versenken. Immerhin gelang es mir, auch seine Trefferquote niedrig zu halten. Unsere beiden Teams blieben fast das ganze Match über gleich auf. Shiloh bedrängte mich, sah sich aber vor, kein Foul zu landen. Schließlich riss mir die Geduld, und ich rammte ihn mit einem rabiaten Bodyslam.

Shiloh unterstrich seinen Triumph, indem er sich jeden Kommentars über meine Unbeherrschtheit enthielt, als er dastand und den Ball von Hadley entgegennahm. Genevieve jedoch zischte mir schadenfroh ins Ohr: »Freiwurf! Damit hast du deinem Team den Sieg vermasselt.« Sie neckte mich nur, aber ich ärgerte mich über mich selbst.

»Vielleicht zielt er daneben.«

»Der zielt nie daneben«, wisperte sie zurück.

Shiloh dribbelte eine Weile, in der abwägenden, Zeit schindenden Art, die Basketballspieler so an sich haben, warf dann schließlich – und der Ball prallte vom Ring ab.

Ich lachte vor Erleichterung laut auf. Shiloh ignorierte mich. Am Ende kam es sowieso nicht darauf an, denn sein Team gewann mit knappem Vorsprung.

Als Genevieve sich von Radich verabschiedete, wandte Shiloh sich im Fortgehen nach mir um. Sein ausgeblichenes grünes Kalispell-T-Shirt klebte ihm schweißnass an den Rippen, erinnerte mich an die Flanken eines dampfenden Rennpferds.

»Kilander war Forward in Princeton«, sagte er.

»Ach ja?«

»Ja. Vielleicht solltest du mehr Passen trainieren.«

Ausser Hörweite der Männer, auf dem Weg zum Umkleideraum, äußerte Genevieve sich weniger diplomatisch. »Was zum Teufel war denn da los?«

»Wieso?«

»Ich hab noch nie zwei Leute so in Konkurrenz gesehen. Kennst du Shiloh von irgendwo her?«

»Wieso soll das denn meine Schuld sein?«, wich ich aus.

»Du hast ihn gefoult«, sagte sie.

»Geschieht ihm ganz recht, weil er mich nicht in sein Team gewählt hat. Was zum Teufel sollte *das* überhaupt?«

Genevieve wurde nachdenklich. »Keine Ahnung, ich kenne ihn ja auch nicht so gut. Ich glaube, er ist bei den Kollegen nicht besonders beliebt.«

»Warum nicht?«

Genevieve zuckte die Schultern. »Er macht öfter so Sachen wie eben mit dir. Wahrscheinlich hat er gar nicht gemerkt, dass er dich verprellt hat.« Sie stellte den Fuß auf eine Bank und beugte sich vor, um ihren Stiefel zuzuschnüren. »Er ist sehr kompetent in seinem Job, sagt Radich, aber nicht sehr gut im Umgang mit Leuten. Radich ist sein direkter Vorgesetzter, weißt du.«

Ich nickte schweigend.

»Er und Kilander sind sich nicht grün. Da ist vor Jahren wohl mal was ziemlich Ungutes zwischen ihnen vorgefallen.« Doch just, als es spannend zu werden versprach, wechselte sie das Thema. »Hast du heute Abend Dienst?«

»Nein, ich hab den Rest des Tages frei. Wieso?«

»Dann kannst du ja mit zum Essen kommen. Meine Tochter wollte was kochen. Sie ist jetzt schon eine bessere Köchin als ich.«

Ich nahm mir vor, Genevieve später noch mal auf den geheimnisvollen Vorfall zwischen Shiloh und Kilander anzusprechen, aber in den folgenden Tagen ergab sich keine Gelegenheit dazu. Das Nächste, was ich von ihm hörte, war, dass ich für eine Nacht vom Streifendienst abkommandiert war, um mit Detective Mike Shiloh zusammen irgendeine Observation zu übernehmen.

In Zivil erscheinen. Mehr hatte ich nicht an Instruktionen erhalten, als ich Shiloh am Wagenpark traf. Er war nicht viel besser gekleidet als bei unserem ersten Treffen und bedeutete mir nur mit einer knappen Geste, ihn zu einem Wagen ohne Kennzeichen zu begleiteten, einem dunkelgrünen Vega.

»Wohin fahren wir?«, fragte ich ihn unterwegs.

»Nach Anoka rauf«, sagte Shiloh. »Ins Methadonländchen.«

Ich hatte mich schon damit abgefunden, dass wir den Weg wohl schweigend zurücklegen würden, als er fortfuhr: »Es wird übrigens nicht weiter aufregend. In einer Kleinstadt fällt man als Fremder sehr schnell auf, wenn man länger an derselben Stelle parkt. Mit einem weiblichen Partner kann man leichter als harmloses Pärchen durchgehen.«

»Und da hast du gleich an mich gedacht.«

»Nein«, sagte Shiloh gleichmütig. »Das war Radich.«

Ich fragte mich, ob er es mir vielleicht krumm nahm, dass ich ihn schwach und trostbedürftig gesehen hatte; aus dem gleichen Grund hätte ich dann aber auch auf ihn sauer sein können. Vielleicht würden wir es nun auf alle Zeit vorsichtig vermeiden, auf unsere gemeinsam verbrachte Nacht zurückzukommen. Wie auch immer, ich wollte verdammt sein, wenn ich als Erste davon anfing.

»Na gut, dann muss ich mich eben bei Radich bedanken.«

»Würd ich nicht«, meinte er. »Das hier ist reine Routine, nichts Besonders, wie gesagt.«

»Was hast du mit deinem Arm gemacht?«

»Was?« Shiloh folgte meinem Blick auf das runde Pflaster in seiner Armbeuge. »Ach so. Das ist vom Blutspenden. Ich hab Blutgruppe 0, die auf alle passt, da werd ich halt ein paar Mal im Jahr zum Spenden aufgerufen.« Er riss das Pflaster ab, unter dem keine Spur mehr von dem Einstich zu sehen war.

Damit war das Gespräch beendet, bis wir an unserem Ziel anlangten und gegenüber einer tristen Arbeiterkneipe hielten.

Shiloh stellte den Motor ab.

»Warum hier?«, fragte ich.

»Das ist das Stammlokal der beiden Typen, von denen wir annehmen, dass sie ein Drogenlabor betreiben, in dem Haus da ein Stück weit die Straße runter. Das Lokal hier ist so was wie ihre Geschäftsstelle. Was ganz praktisch für uns ist, weil es schwierig wäre, ein Farmhaus unbemerkt zu observieren. Wir hätten keinen Vorwand, in der Nähe zu parken.«

»Und was ist der Zweck der Observierung?«

»Zu beweisen, dass es sich nicht nur um zwei Arbeitslose handelt, die zu viel Zeit in der Kneipe verbringen. Ich hoffe, dass die beiden da noch Gesellschaft bekommen, wenn wir lange genug warten, am besten von jemandem, der uns schon bekannt ist. Die meisten dieser Jungs haben ein langes Vorstrafenregister. Kaum sind sie aus dem Knast raus, machen sie sich wieder ans Kochen.« Shiloh wandte sich halb zu mir um, in einer Körperhaltung, die

Interesse bekundete, auch wenn seiner Miene nichts davon anzumerken war. Ich begriff, dass er sich jetzt auf die Pärchenrolle einstellte, die uns zur Tarnung diente. »Ich muss unsere beiden Kandidaten dabei beobachten, wie sie mit solchen Leuten Kontakt haben. Das reicht zwar noch nicht für einen Haftbefehl, aber es dient der Beweisaufnahme.« Er legte mir sachte die Hand auf die Schulter, und ich zwang mich, keinerlei Reaktion zu zeigen.

»Genevieve hat mir erzählt, dass du aus Utah bist«, sagte ich, nur um nicht stumm dazusitzen.

»Stimmt.«

»Dann bist du also Mormone?«

»Nein, absolut nicht.« Er schaute fast amüsiert drein.

»Was ist daran so komisch?«, wollte ich wissen.

»Mein Vater war Pfarrer in einer freichristlichen Gemeinde. Mormonen waren für ihn nicht mal richtige Christen.«

»War er Fundamentalist?«

Shiloh zuckte gleichmütig die Schultern. »Die Leute wollen immer alles mit einem Etikett versehen. Aber für meinen Vater gab es nur zwei Arten von Leuten auf der Welt: Schafe und Ziegen.«

»Mehr Auswahl hat man nicht?« Keins von beidem kam mir sehr schmeichelhaft vor. Ich wusste nichts von der Evangeliumsvision des Jüngsten Gerichts.

»Bedaure«, versetzte er trocken, und hätte ich ihn besser gekannt, hätte ich gelacht.

»Und was hat dich aus dem fernen Utah nach Minneapolis verschlagen?«, wechselte ich vorsichtshalber das Thema.

»Der Zufall«, sagte er.

Dann erzählte er ein bisschen von seiner Lehrzeit in Montana, von den Nomadenjahren bei der Rauschgiftbrigade, wo er als Zivilfahnder nicht nur jede Menge Dealer bei fingierten Kaufaktionen auf frischer Tat geschnappt, sondern auch kompliziertere Undercovereinsätze geleitet hatte. Während er sprach, zuckten seine Augen immer wieder zur Straße hin. Ich versuchte nicht, ihm beim Observieren behilflich zu sein; ich hätte ja gar nicht gewusst, nach wem ich Ausschau halten sollte. Ab und zu streichelte er mir in einer zärtlichen, besitzergreifenden Geste über die Halsbeuge. Alles nur Teil seiner Rolle, versteht sich.

Bald hatte er genug davon, über sich selbst zu reden. »Und du? Wo bist du her?«, fragte er mich.

»Aus dem Norden«, sagte ich. »Iron Range.«

Es war meine übliche Standardantwort für Leute, deren Bekanntschaft ich gerade erst gemacht hatte. Ich weiß nicht, warum, aber New Mexico erwähnte ich eher ungern und meist nur denen gegenüber, die ich wahrscheinlich näher kennen lernen würde. Mike Shiloh schien mir nicht in diese Kategorie zu fallen.

Doch schon seine nächste Frage veranlasste mich, meine eigenen Regeln zu brechen. »Du bist also in Minnesota geboren?«

»Nein, bin ich nicht«, gab ich zu. »Bis ich dreizehn war, hab ich in New Mexico gelebt.«

»Und dann?«

»Dann bin ich hierher gekommen.« Es war nicht meine Absicht, die Unterhaltung abzuwürgen; irgendwie musste wir ja schließlich die Wartezeit herumbringen. Aber ich fand, mit der Kindheit war es wie mit dem Wetter: So viel man auch darüber reden mag, man kann doch nichts daran ändern.

»Warum?«, bohrte Shiloh nach. Sicher nicht aus Neugier; Fragen zu stellen ist für Polizisten etwas Instinktives. Sie machen es sogar bei Leuten, die weder Straftäter noch Verdächtige sind, so wie Border Collies kleine Kinder vor sich herzutreiben versuchen, wenn es an Schafen fehlt.

»Ich hatte eine Großtante hier. Mein Vater hat mich zu ihr geschickt. Er war Lastwagenfahrer, darum war er selten zu Hause. Andauernd unterwegs.« Ich zögerte. »Meine Mutter ist gestorben, als ich fünf war. An Krebs.«

»Oh, tut mir Leid«, sagte er.

»Ist ja schon lange her. Jedenfalls machte mein Vater sich Sorgen um mich und brachte mich darum bei meiner Tante unter – meiner Großtante, meine ich. Er dachte wohl auch, ich bräuchte in meinen Teenagerjahren einen mütterlichen Einfluss. Nicht, dass ich irgendwie aufmüpfig oder schwer erziehbar gewesen wäre.«

Verdammt. Wieso war mir das jetzt rausgerutscht? Vielleicht hatte ich gefürchtet, dies könnte die logische Folgerung aus meiner Geschichte sein.

Aber Mike Shiloh merkte mir meine Verlegenheit nicht an, zumindest ging er nicht darauf ein. »Fährst du manchmal noch nach New Mexico zurück?«, fragte er.

»Nein. Ich hab da keine Verwandten mehr. Und die Jahre dort scheinen mir ewig lange her zu sein, als ob ...« – ich zögerte, suchte nach den richtigen Worten – »... als ob all das in New Mexico jemand anderem passiert wäre. Fast wie in einem früheren Leben. Irgendwie seltsam, aber ...«

Was rede ich da? Ich hielt inne. »Entschuldige, ich schweife ab. Ich wollte nur sagen, in den Jahren hat sich eh nicht viel getan. Das Leben ging praktisch erst hier richtig los.« Ich spürte, wie ich errötete.

Doch wieder zog Mike Shiloh es vor, meine Verwirrung zu übersehen. »Mir ist es ähnlich gegangen«, lächelte er. »In Utah war auch nicht viel los.«

Er sagte das leichthin, sah mich aber ernst dabei an. Nein, nicht so sehr ernst, eher abschätzend, und zugleich auch wohlwollend, ein Blick, der mir das Gefühl gab, er ...

»Komm her, komm her!«, schreckte Shiloh mich aus meinen Gedanken auf. Er winkte mich hastig vor. »Ich möchte, dass du über die Schulter zurückschaust, ohne dass man dich sehen kann, okay?«

Seiner Anweisung folgend, schlüpfte ich auf seinen Schoß; für den nächsten Moment waren wir ein schmusendes Pärchen im Auto gegenüber der Kneipe. Er verschränkte die Hände in meinem Rücken und vergrub den Kopf an meiner Schulter.

»Gut so«, sagte er gedämpft.

Die Sorge, nur ja nichts falsch zu machen, lenkte mich völlig von der Intimität der Situation ab. Ich versuchte, mich so an ihn zu schmiegen, dass es natürlich wirkte, ohne ihm im Weg zu sein.

»Bleib ganz ruhig und locker«, murmelte er an meinem Hals, »aber dreh jetzt mal unauffällig den Kopf und schau dir den

Typen in der dunklen Jacke an, der da gerade in die Kneipe reingeht.«

Ich wandte mich ein Stück um, das Kinn in die Schulter gedrückt. »Ja, ich seh ihn.« Der Mann verschwand durch die fensterlose Doppeltür des Lokals.

»Den kenne ich aus Madison«, sagte Shiloh. »Und mit ›kennen‹ meine ich, ich hab ihn mal eingebuchtet. Also kann ich ihm jetzt nicht hinterher gehen.«

»Aber ich schon?«

»Ganz recht«, nickte Shiloh. »Du gehst rein und setzt dich irgendwo hin, wo du einen guten Überblick hast, damit du mir nachher genau beschreiben kannst, mit welchen Leuten er sich getroffen hat. Aber erst warten wir noch ein paar Minuten, bis er da drin vor Anker gegangen ist.«

»Okay.« Ich freute mich darauf, in Aktion zu treten.

»Inzwischen kannst du aber von meinem Schoß steigen.«

Ich zog mich hastig zurück. Wäre es nicht so dunkel gewesen, hätte ich Angst gehabt, er würde mich erröten sehen.

Die Kneipe war innen fast ebenso dunkel wie die Straße draußen. Der Mann, dem ich gefolgt war, saß dicht genug am Tresen, dass ich ihn von dort aus beobachten konnte, doch die beiden anderen an seinem Tisch saßen mit dem Rücken zu mir.

Nach einem Schluck ließ ich mein Bier auf der Theke stehen und ging zum Zigarettenautomaten. Kramte in meiner Handtasche, schaute frustriert.

Ich trat an den Tisch, wo die drei Männer saßen.

»Entschuldigung, könnten Sie mir vielleicht einen Dollar wechseln?«

»Tut mir Leid, Baby«, sagte Madison lässig.

»Nee, wart mal, ich hab Kleingeld.« Einer seiner Kumpels schob die Hand in die Jackentasche. Es war ein Riesenkerl, schwer zu schätzen, wie groß, aber seine Beine schienen sich endlos lang unter dem Tisch auszustrecken.

»Danke«, sagte ich, legte einen verknitterten Schein auf den Tisch und klaubte die Münzen aus seiner Hand.

Ich zog eine Schachtel Old Golds, ging in Richtung Damentoilette und schlüpfte zur Hintertür hinaus, die vom Tresen aus nicht zu sehen war.

Ich lehnte mich an die Fahrertür des Vega, und Shiloh kurbelte das Seitenfenster herunter.

»Zwei blonde Typen«, sagte ich. »Der eine ist sehr, sehr groß, langhaarig, glatt rasiert, blaue Augen. Der andere ist eher mittelgroß und sieht seinem Freund ähnlich, aber seine Haare sind noch etwas heller und kurz geschnitten. Er hat eine Tätowierung auf dem linken Unterarm.«

»Ein Stacheldrahtmuster?«

»Genau«, bestätigte ich erfreut. »Alle beide sind glatt rasiert, und der Große trug …«

»Schon gut«, winkte Shiloh ab. »Ich brauche nicht zu wissen, was sie anhatten.«

»Was machen wir jetzt?«

Shiloh deutete mit einer knappen Kopfbewegung zum Beifahrersitz. »Wir fahren zurück nach Minneapolis.«

»Wirklich?« Ich war enttäuscht. Für eine Nachtschicht schien mir das Ergebnis doch etwas mager.

»Jawohl«, sagte er. »Du hast dich prima bewährt.«

Etwa eine Woche später waren Genevieve und ich wieder zusammen beim Fitnesstraining.

Im Umkleideraum fragte sie mich, wie mir mein erster Observationseinsatz gefallen hatte.

»Wie hast du denn davon gehört?«, wunderte ich mich.

»Ich hab Radich wieder getroffen. Du weißt ja, wie das ist: Erst sieht man jemanden monatelang nicht, und dann gleich zweimal in einer Woche.«

»Es war okay«, sagte ich. »Bisschen fad.« Ich hatte es zwar keineswegs langweilig gefunden, aber da es Shilohs Ansicht war, wollte ich auch so blasiert klingen.

»Ach, und ich dachte schon, du willst jetzt zum Rauschgiftdezernat wechseln, wo du eh schon den Fuß in der Tür hast.«

»Eine einzige Observation würde ich ja nicht gerade ›den Fuß in der Tür‹ nennen.«

»Und was ist mit der Razzia?«

»Welche Razzia?«

Genevieve sah mich prüfend an. »Sag bloß, du weißt noch nichts davon? Sie wollen eine Razzia in dem Labor machen. Radich meinte, er wollte deinen Sergeant fragen, ob er dich dafür noch mal freistellt.«

»Lundquist hat mir nichts davon gesagt.«

»Ich hätte wohl besser den Mund halten sollen …«

»Falls Lundquist nein sagt? Keine Sorge, das kann ich verschmerzen.«

»Radich hat ihn wahrscheinlich noch gar nicht gefragt. Lundquist wird nicht nein sagen. Sie haben eh genug Leute. Sie wollen dir damit nur einen Gefallen tun, damit du was lernen kannst. Weil du ihnen so nett ausgeholfen hast.«

»Tolle Hilfe. Ich hab bloß auf Shilohs Schoß gesessen und so getan, als wär ich seine Freundin.«

»Hat es dir nichts ausgemacht, dass sie dich darum gebeten haben? Nelson hätte es jedenfalls nicht machen können.«

»Ich fand's okay.«

»Shiloh auch?«

»Er hat sich nicht beklagt. Was wolltest du mir übrigens neulich über ihn und Kilander erzählen?«

»Kilander?«

»Ja, es ging da um irgendeinen früheren Knatsch zwischen ihnen.«

»Ach so. Das war eigentlich nichts Ernstes«, sagte sie. »Ich erinnere mich nicht mehr an alle Einzelheiten, aber als Shiloh gerade neu aus Madison hergekommen war, hat er bei einer Razzia in einer Disco mitgemacht, und die Aktion war juristisch wohl nicht ganz abgesichert. Schließlich wurde Kilander mit der Untersuchung des Falls betraut. Ich nehme an, er erwartete von Shiloh, im Zeugenstand mit der Staatsanwaltschaft zu … kooperieren oder so was – keine Ahnung, worum es dabei genau ging.

Shiloh passte dieser ganze Fall nicht, er fand ihn fadenscheinig und hatte nicht vor, seine Berichterstattung in irgendeiner Weise schönzufärben.« Genevieve sperrte ihr Zahlenschloss am Spind auf. »Kilander hätte in ihm einen wenig hilfreichen Zeugen gehabt, also beschloss er, Shiloh gar nicht erst aufzurufen. Und verlor den Prozess.«

»Was hielten Shilohs Kollegen vom Minnesota Police Department davon?« Die Meinung der Polizei war mir allemal wichtiger als die eines Staatsanwalts.

»Na ja, die Geschichte machte natürlich die Runde – so hab ich ja auch davon erfahren. Und irgendwer hat Mitgliedschaftsunterlagen der American Civil Liberties Union an Shilohs Dienstadresse schicken lassen, um ihm eins auszuwischen, als wäre es das Peinlichste überhaupt, als Polizist einer Bürgerrechtsvereinigung beizutreten. Ich bezweifle allerdings, dass es Kilander gewesen ist. Heimtücke ist nicht sein Stil.« Genevieve band sich ihre Stiefel zu. »Warum interessiert dich das eigentlich so?«

»Ist doch immer gut, über den hausinternen Klatsch informiert zu sein«, erwiderte ich leichthin.

Im Revier erwartete mich eine Nachricht von Lundquist. *Melden Sie sich bei Lieutenant Radich.*

Es ist schwierig, ein frei stehendes Farmhaus zu observieren, aber noch wesentlich schwieriger, sich dort ungesehen anzuschleichen. Deswegen, hatte Radich erklärt, würden wir gar nicht erst versuchen, subtil vorzugehen. Stattdessen würden wir im Morgengrauen das Haus stürmen und die Leute ganz einfach im Schlaf überrumpeln.

Es war fünf Uhr fünfundzwanzig in der Früh, als ich in demselben grünen Vega wieder nach Anoka hinausfuhr. Diesmal saß Nelson am Steuer.

Wir legten den Weg größtenteils schweigend zurück. Mit Nelson fühlte ich mich ungezwungener als mit Shiloh. Er war die Art von Polizist, an die ich gewöhnt war, mit einem kurz geschorenen Stoppelkopf und unverblümter Sprechweise. Er behandelte mich wie jeden anderen Kollegen. Er hatte mich nicht nackt gesehen, kaum dass wir uns eine Stunde kannten.

Ich hatte bis ein Uhr morgens Streifendienst gehabt und seitdem vor lauter Anspannung kein Auge zugetan. Lundquist und Radich waren zwar nicht ganz einverstanden damit, dass ich rund um die Uhr aufblieb, aber sie hatten mir wohl angesehen, wie gern ich an der Razzia teilnehmen wollte, und so hatten sie mich schließlich mitfahren lassen. Im Moment fühlte ich mich kein bisschen müde, eher schon so, als hätte ich ein paar Dutzend Hummeln mit zu viel schwarzem Kaffee hinuntergespült.

Während ich neben dem Wagen meine Waffe überprüfte, kam Shiloh zu mir herüber.

»Ich schätze, ich hab es wieder mal Radich zu verdanken, dass ich hier mitmachen darf«, sagte ich.

»Nein, das war meine Idee«, entgegnete er sanft. »Hör zu, ich wollte dir noch sagen …«

»Er hat mir schon alles erklärt«, unterbrach ich. »Ich soll mich die ganze Zeit hinter Nelson halten und ihm Deckung geben; du und Hadley geht vorne rein, und er und ich beim Hintereingang.«

»Das meine ich ja gar nicht«, sagte Shiloh. »Ich wollte dir nur einen Tipp geben, den ich von einem Psychologen habe. Falls du Angst kriegst – nicht, dass so etwas Leuten wie uns je passiert –«, er zwinkerte mir scherzhaft zu, »dann drück die Hände an einen Türrahmen, von der Autotür, oder was auch immer, und stell dir vor, du lässt deine Angst dort.«

Ich steckte die Pistole ein.

»Das kann man jederzeit unauffällig tun, auch mit Leuten drum herum«, sagte er.

»Danke«, antwortete ich knapp.

Er ließ sich von meiner unverbindlichen Höflichkeit nicht täuschen. »Ich wollte damit nicht sagen, dass du Angst hast.«

»Ich weiß.«

Er blickte zum Haus hin. »Verhalt dich einfach genau wie besprochen. Die Aktion heute wird uns sicher keine Probleme bereiten.«

Radich hatte vorher schon das Gleiche gesagt; und jetzt Shiloh. Wenn man die Götter so herausforderte, konnte es ja nur noch schief gehen.

Zwei von ihnen schliefen im Wohnzimmer auf einer Couch. Shiloh und Radich rannten direkt die Treppe hinauf, als von oben gedämpfte Fluchtgeräusche zu hören waren. Nelson drückte den langen Kerl aus der Bar gegen die Wand – nun, da er stand, konnte ich seine Größe auf beeindruckende zwei Meter abschätzen – und legte ihm Handschellen an. Die andere Person, die auf der Couch geschlafen hatte, eine dünne Blonde von Anfang zwanzig, stürzte aufs Fenster zu.

Noch bevor Nelson mit einem Kopfrucken in ihre Richtung deutete, nahm ich die Verfolgung auf. Die Frau war enorm schnell; sie hatte das Schiebefenster hochgestemmt und war schon halb draußen, als ich sie erreichte. Sie klammerte sich so fest ans Fensterbrett, dass die Kante ihr in die Handfläche schnitt. Sie schrie auf.

»Guck mal, was du da gemacht hast, du Miststück!«, kreischte sie und streckte die blutende Hand aus.

»Legen Sie bitte die Hände auf den Rücken«, wies ich sie an.

»Pfoten weg, du gottverdammte Fotze!«

»Lass doch, Trace«, sagte Nelsons Verdächtiger müde. Er wenigstens sah ein, wann Gegenwehr zwecklos war. Doch Trace – oder Tracy – war vollkommen außer sich, hörte nicht auf, mich anzuschreien, während ich versuchte, ihr ihre Rechte vorzulesen. Es machte mich nervös. Wenn sie nichts von ihren Rechten vernahm, fragte ich mich besorgt, konnte ihr das dann vor Gericht womöglich als Schlupfloch dienen?

Aus dem Augenwinkel sah ich Hadley und Shiloh mit einem dritten Verdächtigen die Treppe herunterkommen. Ich hatte es zwar geschafft, Tracy Handschellen anzulegen, aber ich wünschte, sie würde den Mund halten. Es wurde mir langsam peinlich, die Einzige zu sein, die ihre Verdächtige nicht unter Kontrolle bringen konnte.

In dem Moment geschah etwas Seltsames. Die Treppe hatte ein altmodisches Holzgeländer mit gedrechselten Pfosten, und als wäre einer davon plötzlich lebendig geworden, fiel etwas Längliches, Bronzefarbenes von der Treppe und landete knapp vor Nelsons Füßen. Nelson zuckte heftig zusammen, die blassgrauen Augen so weit aufgerissen, dass man rings herum das Weiße sah.

Ich brauchte gar nicht hinabzusehen, um zu wissen, was es war. Das warnende Rasseln einer Klapperschlange war mir von meiner Kindheit im Westen her vertraut.

Alle standen wie erstarrt, während die Schlange sich blitzschnell zum Zubeißen einrollte.

Ich trat einen Schritt vor, packte die Schlange hinter ihrem dreieckigen Kopf und brach ihr das Genick.

Ihr Rasseln, das nach dem Tod noch anhielt, erfüllte das Haus. Hadley und Nelson schauten, als hätte ich gerade die Kernspaltung erfunden. Tracy hatte schlagartig zu zetern aufgehört und stand mit offenem Mund da, wie zur Salzsäule erstarrt. Nur Shiloh schien nicht überrascht, obwohl er mich mit einem unergründlichen Funkeln in den Augen ansah.

»Am besten, wir schaffen erst mal alle nach draußen«, schlug er vor.

Doch irgendwer musste noch mal zurückgehen, um zu prüfen, ob keine Gefahr mehr im Haus lauerte. Nelson und Hadley zeigten keinerlei Bereitschaft dazu. Ihre Blicke richteten sich auf mich.

»Du bist doch hier unsere Drachentöterin«, meinte Hadley, nur halb im Scherz.

»Na gut«, sagte ich. »Ich mach's.«

»Ich komm mit«, sagte Shiloh.

Es gab keine losgelassenen Schlangen mehr. Im oberen Stockwerk fanden wir das Terrarium.

Am einen Ende schien eine Wärmelampe auf einen flachen Stein. Am anderen Ende stand eine kühle Rückzugsbox. Zwei erwachsene Schlangen schliefen dort ineinander verschlungen auf dem Sand.

»Gott bewahre mich vor Drogendealern und ihren albernen Marotten«, sagte Shiloh müde.

»Sollen wir das Tierheim anrufen?« Ich hockte auf den Fersen und schaute in einen kleinen Kühlschrank, der nicht nur tote Mäuse enthielt, sondern auch einige Fläschchen mit Serum gegen Schlangengift.

»Unsinn«, sagte Shiloh, »die trauen sich an so was doch nicht ran. Wir lassen besser gleich jemanden vom Zoo kommen, aber das heißt, dass einer von uns hier warten muss.«

»Das kann ich ja machen.«

»Nein, Nelson und ich müssen hier noch Beweismaterial sichern. Fahr du ruhig zurück, liefere die Festgenommenen ab und schreib deinen Bericht. Hadley wird bestimmt froh sein, dich zu begleiten. Ich glaub, er hat sich in dich verliebt.«

Es war nur ein Scherz, doch ich sah, wie ihm plötzlich bewusst wurde, was er gerade gesagt hatte. Er hatte aus Versehen angesprochen, was wir beide so krampfhaft zu vergessen versuchten. Wir hatten uns die ganze Zeit schon auf dünnem Eis bewegt, und er war mit einer harmlosen Bemerkung eingebrochen. Wir spürten beide den Kälteschock, den es unserer neu gefundenen kollegialen Beziehung versetzte.

In einem hatte Shiloh allerdings Recht gehabt. Hadley rief mich an. Wir gingen sechs Wochen lang miteinander aus, ohne die anderen etwas davon merken zu lassen.

Eines Nachts, als ich allein auf Streife war, sah ich beim Überqueren der Hennepin-Brücke einen Pappkarton auf dem Bürgersteig stehen. Das kam mir seltsam vor, und ich wollte nachsehen, was darin war.

Ich näherte mich dem Karton mit Vorsicht, die sich dann allerdings als unnötig herausstellte. Drinnen schliefen zwei neugeborene Kätzchen auf einer Lage Zeitungspapier.

Jemand hatte wohl in letzter Minute noch Mitleid gehabt und es nicht fertig gebracht, sie übers Geländer zu werfen. Jetzt würden sie in ihrem Karton aufs Revier kommen und dort warten, bis das Tierheim am Morgen aufmachte.

Ich hatte es nicht eilig, wieder in meinen Wagen zu steigen; ans Geländer gelehnt, blickte ich auf den Mississippi hinab. Auf der

Brücke herrschte zu dieser späten Stunde kein Verkehr, und auch unten auf der Uferstraße fuhr kein einziges Auto. Es war, als stünde man in einer leeren Filmkulisse. Im Zentrum glitzerten die erleuchteten Fenster der Hochhäuser, und in der Ferne hörte ich das Rauschen des 35W wie das Geräusch des Blutstroms durch ein Stethoskop. Sonst gab es ringsum keinerlei Lebenszeichen, was ziemlich sonderbar war, sogar um halb drei Uhr morgens. Aber es war nicht unheimlich; es war mystisch.

Plötzlich fiel mir eine Bewegung auf, eine einsame Gestalt unten auf der Uferstraße.

Es war ein Jogger, mit langen, gleichmäßigen Schritten vor sich hin trabend wie ein Marathonläufer, mitten auf der leeren, schwarz glänzenden Fahrbahn.

Selbst von weitem konnte ich ihm ansehen, dass er schon eine ganze Weile in diesem Tempo lief und es noch lange durchhalten würde, von dem euphorischen Gefühl beflügelt, auf einer Straße zu laufen, die sonst fast nie frei war. Er war die Art von Jogger, die ich auch gern gewesen wäre – wie beneidenswert, so locker und gelöst laufen zu können, ohne einen Gedanken an Entfernungen zu verschwenden, geschweige denn daran, wann man endlich aufhören durfte.

Als er näher kam, merkte ich, dass ich ihn kannte. Es war Shiloh.

Er lief direkt unter mir vorbei, und kaum war er aus meinem Blickfeld verschwunden, hörte ich plötzlich wieder Autolärm auf der Brücke, und der kurze Moment träumerischer Verwunschenheit war vorüber.

Ein paar Tage später traf ich Hadley zum Mittagessen. Wir sprachen über unsere Beziehung und einigten uns darauf, dass es auf die Dauer wohl doch nicht das Richtige wäre.

Mike Shiloh rief ich nicht an und versuchte auch nicht, ihm wie zufällig über den Weg zu laufen. Die Drogenfahndung schien fortan ohne mich auszukommen, obwohl Radich noch mal vorbeischaute, um mir für meine Hilfe zu danken. Im Revier hatte der

Zwischenfall mit der Klapperschlange mich kurzfristig berühmt gemacht, aber zum Glück hatte sich das bald wieder gelegt. Ich war jetzt wieder eine bescheidene Streifenpolizistin und machte brav meinen Schichtdienst, der alles andere als aufregend war, ob bei Tag oder bei Nacht.

Ein vorzeitiger Wärmeeinbruch ließ sich träge auf der Stadt nieder. Genevieve nahm sich in Kamareias Osterferien eine Woche frei, und ohne Partnerin für das Fitnesstraining zog ich es vor, nachmittags am Fluss zu joggen. Ich redete mir ein, dass ich nicht das Basketballspielen vermeiden wollte, wo die Jungs vom Drogendezernat hin und wieder mitmachten; nein, ich wollte mich nur ein bisschen im Langstreckenlauf üben, um das schöne Wetter auszunutzen.

Die letzte viertel Meile legte ich stets im Schritttempo zurück, um zu verschnaufen. Eben dies tat ich denn auch eines Nachmittags um kurz nach fünf und genoss dabei den Duft frischer Pizza aus einem nahe gelegenen Lokal, als ich in meine Straße einbog und ein Paar lange Beine auf den Stufen meines Hauseingangs erspähte. Der Rest meines Besuchers war im Schatten des Vordachs nicht zu sehen, doch die abgeschabten Stiefel kamen mir irgendwie bekannt vor ebenso wie der grüne Catalina, der am Straßenrand parkte.

Ich war froh, im Voraus gemerkt zu haben, wer da auf mich wartete; so schaute ich nicht allzu überrascht, als ich mich zum ersten Mal nach zwei Monaten plötzlich wieder Mike Shiloh gegenüber sah.

Etwa so lange war es schon her, dass wir miteinander zu tun gehabt hatten, und ihn so unverhofft zu sehen, versetzte mir einen kleinen Schock, so wenig stimmte seine Erscheinung mit dem Bild überein, das ich von ihm in Erinnerung hatte. Jetzt nahm ich jedes Detail an ihm ganz neu wahr: die leicht eurasischen Gesichtszüge, die langen, lockigen Haare, die offenbar inzwischen nicht geschnitten worden waren, den direkten, unbefangenen Blick. Dort auf der obersten Stufe war er selbst im Sitzen fast auf gleicher Höhe mit mir.

»Ich hab mir gedacht, da du Frühdienst hast, müsstest du jetzt eigentlich zu Hause sein«, sagte er zur Begrüßung. »Hast du schon gegessen?«

»Konntest du nicht vorher anrufen?«, fragte ich.

»Tut mir Leid. Ist Hadley gerade hier?«

Er verzog keine Miene, doch ich merkte ihm seine leise Belustigung darüber an, dass er erraten hatte, was Hadley und ich so mühsam geheim zu halten versucht hatten.

»Ich unterhalte keinen persönlichen Kontakt mehr zu Detective Hadley«, sagte ich kühl.

»Freut mich zu hören«, gab Shiloh zurück. »Letzten Freitagabend habe ich Detective Hadley in Begleitung einer jungen Frau gesehen, die mir ziemlich an persönlichem Kontakt interessiert schien.«

»Umso besser für ihn.«

»Du hast meine Frage noch nicht beantwortet. Hast du Hunger? Ich hatte an ein koreanisches Lokal in St. Paul gedacht, bin Gegenvorschlägen aber nicht abgeneigt. Das bleibt ganz dir überlassen.«

Ich begriff, dass ich mir schon eine Weile darüber klar zu werden versucht hatte, wer dieser Mann war und ob ich ihn mochte, und noch immer konnte ich zu keinem Schluss kommen.

»Bevor ich irgendwo mit dir hingehe«, sagte ich steif, »möchte ich dich was fragen.«

»Nur zu.«

»Warum ausgerechnet in einer Flughafenbar trinken?«

Jetzt hatte ich ihn aber doch überrascht; er rieb sich bedächtig den Nacken und sah zu mir auf. »Flughäfen haben ihre eigene Polizei. Ich wollte nicht riskieren, auf Kollegen zu treffen.«

Seiner Stimme hörte ich an, dass er die Wahrheit sprach – die schlichte Wahrheit, ohne den leisesten Unterton von Zynismus, der mir erlaubt hätte, diesen Mann wegzuschicken und endgültig nicht mehr an ihn zu denken.

»Komm kurz mit rein«, sagte ich. »Ich muss mich noch umziehen.«

Kapitel XIV

Naomi Wilson, vormals Naomi Shiloh, hatte nicht übertrieben, was ihren Leibesumfang betraf. Sie trug ein weites gelbes Kleid und eine korallenrote Strickjacke, die sie offen ließ, damit ihr Kugelbauch Platz hatte. Sie stand draußen am Spielplatz der Tagesstätte und schaute den Kindern zu.

Als ich auf sie zuging, sah ich, wie sie mich prüfend musterte: meine Größe, meine schwarze Lederjacke, die mir als das Passendste für das Herbstwetter hier im Westen erschienen war.

»Du musst Sarah sein«, sagte sie. »Nenn mich Naomi.«

Ihr Haar war dunkler als Shilohs, und in ihrem offenen, lieblichen Gesicht sah ich wenig Ähnlichkeit mit ihm. Aber das Auftreten ist natürlich auch immer Teil der äußeren Erscheinung. Je älter wir werden, desto mehr spiegeln sich unser Leben und unsere Gedanken im Gesicht wider. Und schon auf den ersten Blick war klar, dass zwischen Naomi und Shiloh Welten lagen.

»Es macht dir doch nichts aus, wenn wir uns hier draußen unterhalten?« Naomi deutete auf einen Picknicktisch nahebei. Offensichtlich war es ihr in ihrer dicken Jacke sehr angenehm, an der frischen Luft bei den Kindern zu sein. »Ich kann aber auch Marie herausrufen, wenn du lieber reingehen möchtest.«

»Nein, nein, draußen ist's mir ganz recht«, sagte ich.

»Kann ich dir was zu trinken holen? Tee oder Wasser? Apfelsaft? Grahamkräcker?« Sie lächelte über ihren Scherz.

»Ein Kaffee wäre schön.«

»Wir haben leider keinen«, sagte sie entschuldigend.

Zu spät erinnerte ich mich, dass Shiloh mir erzählte hatte, hier in Utah, wo drei Viertel der Bevölkerung Mormonen sind, sei sogar Coca-Cola koffeinfrei.

»Ach so«, sagte ich. »Na, macht nichts.«

Am Tisch dauerte es einen Moment, bis sie sich bequem hingesetzt hatte.

»Bist du im neunten Monat?«, fragte ich.

»Im siebten.«

»Zwillinge?«

Sie nickte. »Das liegt bei uns in der Familie.«

»Wo lebt eigentlich deine Zwillingsschwester?«

»Sie ist noch in der Ausbildung«, sagte Naomi. »Sie hat das College nicht so zielstrebig in vier Jahren absolviert wie ich.«

Ich wollte nun ohne weitere Umschweife auf Shiloh zu sprechen kommen, doch Naomi blickte mich verwundert an, als wäre ich gerade erst vor ihren Augen aufgetaucht. »Soso, Mike ist also verheiratet«, sagte sie. »Ich weiß nicht, warum, aber irgendwie überrascht mich das.«

»Ach ja?«

»Er war immer so ein Einzelgänger.«

»In gewisser Weise ist er das auch noch. Kurz bevor er verschwand, hätte er eigentlich an der FBI-Academie in Virginia anfangen sollen. Er wäre dann für vier Monate von zu Hause fort gewesen, aber das konnte ich verstehen.«

»Er wollte zum FBI gehen?«

»Jawohl.«

»Wow«, sagte sie. »Ist ja irre.« Naomi lachte auf. »Mike als FBI-Agent!«

»Wieso wundert dich das? Du wusstest doch, dass er bei der Polizei war.«

»Ja, schon«, sagte sie. »Ich weiß, aber …«

»War er als Kind denn sehr aufsässig?«

»Ach, ich weiß nicht …« Sie schaute schräg nach oben, wie man es zu tun pflegt, wenn man sich etwas in Erinnerung zu rufen versucht. »Vielleicht war das damals auch bloß so ein Eindruck, den ich als kleines Mädchen vermittelt bekam.«

»Du meinst, von deinen Eltern?«

»Ja, und von Adam und Bill. Aber wenn ich's mir jetzt überlege, kann ich mich an nichts Genaues mehr erinnern. Wahrscheinlich nahm ich nur an, dass einer, der so früh von daheim ausbricht, ein ziemlich wilder Kerl sein muss.«

»Ein Outlaw.«

»Ja«, sagte sie. »Wie habt ihr beide euch denn kennen gelernt?«

Naomi schien weit mehr an Shilohs Leben in Minnesota interessiert als an seinem Verschwinden. Was wohl auch ganz natürlich war, denn für sie und ihre Familie war Shiloh ja längst verschollen.

»Bei der Arbeit«, sagte ich. »Ich bin Polizistin.«

»Hätte ich mir denken können«, sagte sie. »Du siehst ganz danach aus, ich meine, du bist so …«

»Groß, ich weiß«, lächelte ich. »Wann hast du das letzte Mal mit Mike gesprochen?« Es wurde langsam Zeit, auf den Grund meines Hierseins zurückzukommen. Falls es überhaupt einen Zweck haben sollte, dass ich nach Utah gereist war.

»Aber ich spreche doch nie mit ihm«, sagte Naomi leicht verwundert. »Ich bekomme jedes Jahr eine Weihnachtskarte, weiter nichts.«

»Immerhin warst du diejenige aus der Familie, die ihn aufgespürt hat«, sagte ich. »Verglichen mit den anderen, scheint ihr beide mir noch die engste Beziehung zu haben.«

»Eng würde ich das ja nicht gerade nennen. Er ging von zu Hause weg, als ich erst acht Jahre alt war.«

»Warum hast du dann angefangen, nach ihm zu suchen?«

Sie überlegte. »Nun ja, aus Familiensinn, würde ich sagen. Die Familie ist wichtig für mich, für uns alle, aber ich war immer diejenige, die bei Familienfesten Fotos gemacht und Fotoalben angelegt hat. Vielleicht habe ich deshalb im letzten Schuljahr angefangen, mir Gedanken um Mike zu machen, und mich gefragt, ob es nicht möglich wäre, ihn wieder zu finden.«

»Hast du es mit einem dieser Suchdienste im Internet probiert?«

Naomi schüttelte den Kopf. »Das war zu teuer für mich. Aber ich hatte eine Menge Freundinnen, und immer, wenn sie in andere Städte fuhren, hab ich sie gebeten, dort in den Telefonbüchern nachzuschauen. Shiloh ist ja doch ein eher ungewöhnlicher Name. Und schließlich rief mich meine Freundin Diana aus Minneapolis an und sagte, sie hätte einen Michael Shiloh im Telefonbuch entdeckt, nur eine Nummer, keine Adresse.

Ich traute mich nicht, bei der Nummer anzurufen, also rief ich stattdessen die Auskunft an. Ich sagte: ›Ich weiß, Sie dürfen keine Adressen angeben, aber ist dies der Michael Shiloh in der Fifth Street?‹ Ich hatte mir den Straßennamen auf gut Glück ausgedacht. Und die Frau von der Auskunft sagte: ›Nein, ich sehe hier nur eine Adresse in der 28th Avenue.‹ Also, da war ich aber echt aufgeregt. Ich bat Diana, ihre Kusine dort mal im Wählerverzeichnis nachsehen zu lassen, und da stand seine volle Adresse.«

»Ich wünschte, jeder bei uns in der Dienststelle wär so auf Zack«, sagte ich, und meinte es nicht bloß als Kompliment; ihre Hartnäckigkeit war wirklich beeindruckend.

Naomi lächelte erfreut. »Inzwischen ging ich schon aufs College. Ich schrieb ihm einen Brief, obwohl ich versuchte, mir nicht zu viele Hoffnungen zu machen. Und drei Wochen später bekam ich tatsächlich Antwort.

Es war kein langer Brief, aber ich hab ihn bestimmt viermal gelesen. Ich konnte es einfach nicht glauben, dass ich ihn gefunden hatte. Bis zu dem Moment war er für mich gar keine reale Person gewesen. Er hatte so eine komisch staksige Handschrift, alles in Großbuchstaben.«

»Ich weiß«, sagte ich. »Was schrieb er denn?«

»Er beantwortete vor allem erst mal meine Fragen und schrieb noch ein bisschen was von den ›verlorenen Jahren‹, wie er es nannte, der Zeit, die er mit verschiedenen Jobs in Montana und Illinois und Indiana verbracht hatte, ach ja, und auch noch in Wisconsin, glaube ich.

Er schrieb, er sei vor der letzten Klasse von der Highschool abgegangen und in den Polizeidienst eingetreten, und es gefiele ihm in Minneapolis, er sei aber nicht sicher, ob er sich dort fest niederlassen wolle. Und dann schrieb er noch: ›Ich bin nicht und war nie verheiratet.‹ Ich fand, das klang seltsam förmlich, als müsste er sich vor einem Senatsausschuss verantworten.« Naomi hielt nachdenklich inne. »Außerdem schrieb er, ich sollte es mit Ehe und Mutterschaft nicht allzu eilig haben, sondern lieber erst noch ein bisschen was von der Welt sehen oder wenigstens von Amerika. Meinen Horizont erweitern. Und am Ende ermahnte er mich, immer fleißig zu lernen.« Ihre Augen verengten sich plötzlich, als sie etwas über meine Schulter hinweg erspähte. »Entschuldige, bin gleich wieder da.«

Ich drehte mich um, schwang ein Bein rittlings über die Bank und beobachtete, wie Naomi irgendeinen Streit an der Schaukel schlichtete. Es dauerte einen Moment, bis sie die Sache geregelt und die aufgebrachten Gemüter beruhigt hatte, dann kam sie wieder zu mir zurück.

»Wo war ich stehen geblieben?«

»Bei seinem ersten Brief.«

»Ah ja. Es erschien mir wie ein viel versprechender Anfang, also schrieb ich ihm zurück, und er mir auch. Das ging so noch ein paar Mal hin und her, wobei ich ihm immer gleich antwortete, auf seine Briefe aber meist warten musste.

Schließlich fragte ich ihn, ob er sich nicht vorstellen könnte, eines Tages wieder nach Utah zurückzukommen, und warum er denn nur so lange weg geblieben wäre. Alle würden sich doch so freuen, wenn er wiederkäme, wenigstens mal auf Besuch. Den Brief hat er nie beantwortet. Und nach sechs Wochen beschloss ich, ihn anzurufen.« Sie lächelte, wenn auch ein wenig bitter. »Also, ich rief an, und er hob ab, und ich sagte: ›Hallo, hier ist Naomi.‹

Er sagte bloß: ›Ja, Naomi?‹, und ich dachte, er wüsste nicht, wer ich war. Ich sagte: ›Deine Schwester Naomi‹, und er sagte: ›Ich weiß.‹

Ich kam mir allmählich blöd vor. Er war am Telefon so ganz anders als in seinen Briefen. Ich stotterte irgendetwas wie, ich hätte nur angerufen, um mal mit ihm zu reden, und er sagte: ›Über was?‹«

Ich genierte mich für sie, so gut konnte ich mir Shilohs kühlen, unpersönlichen Tonfall vorstellen.

»Ich weiß nicht mehr, was ich darauf gesagt habe, aber es war mir furchtbar peinlich. Irgendwie schaffte ich es noch, den Anruf zu beenden, ohne auf der Stelle aufzulegen, aber sehr gut gelang es mir nicht. Ich hab es nie wieder versucht.« Naomi lachte ein wenig verlegen.

»Ich hatte dann keinen Kontakt mehr zu ihm, bis Dad gestorben ist. Das Schlimmste daran war, dass Mom ein Jahr vorher gestorben war, und ich ihn nicht angerufen hatte. Es klingt schrecklich, das zu sagen, aber ich hatte einfach nicht daran gedacht, ich war so gelähmt vor Trauer, dass ich gar nicht auf die Idee kam, Mike zu benachrichtigen. Im nächsten Jahr, als Dad starb, hatte ich das alles ja schon mal durchgemacht, da wurde ich ein bisschen besser damit fertig. Und ich hatte Rob. Wir waren damals verlobt, und er hat mir sehr beigestanden.

Mike war inzwischen umgezogen, und seine neue Nummer stand nicht im Telefonbuch, aber ich hinterließ eine Nachricht für ihn in seiner Dienststelle, und er rief mich an.« Einen Moment schwieg sie versonnen. »Es war ganz anders als das erste Mal, als ich versucht hatte, ihn zu erreichen. Er war richtig nett.« Sie lächelte. »Er fragte, wie es mir ginge, fragte sogar nach Bethany und so, und als ich ihm sagte, wann die Beerdigung sein würde, nahm ich wohl selbstverständlich an, dass er hinkommen würde. Jetzt im Rückblick kann ich mich allerdings nicht erinnern, dass er je was davon gesagt hätte. Tja, und dann kam der Tag der Beerdigung, und er war nicht da. Er hatte bloß ein Gesteck geschickt. Ich muss gestehen, ich war ziemlich gekränkt. Nicht meinetwegen, sondern wegen unserer Familie.«

Ich erinnerte mich an die Blumen. Die Floristin hatte bei uns angerufen und noch eine Frage zu der Bestellung gehabt, sonst hätte ich gar nicht erfahren, dass sein Vater gestorben war. Ich hatte ihn gefragt, wieso er nicht zur Beerdigung fuhr, und angeboten, ihn zu begleiten. Shiloh hatte nur abgewinkt.

Am Tag der Beerdigung hatte er sich bis zum Umfallen betrunken, und danach war er Wochen lang so miserabler Laune gewesen, dass ich es vorzog, zusätzliche Schichten zu übernehmen und meine Freizeit mit Genevieve und Kamareia zu verbringen.

»Naomi«, sagte ich. »Der Tod eures Vaters hat ihn viel mehr mitgenommen, als dir vielleicht bewusst war.«

Naomi sah überrascht zu mir auf. Während sie mir von früher erzählte, hatte sie vergessen, dass ich diejenige war, die mit Shiloh lebte und seinen Alltag mit ihm teilte.

»Tja, also«, sagte sie, »als Rob und ich dann zwei Monate später heirateten, hat er uns ein Hochzeitsgeschenk geschickt. Ich wusste gar nicht mehr, dass ich am Telefon überhaupt was von der Hochzeit erwähnt hatte.« Ein Windstoß zerzauste Naomis dunkle Haare, und sie strich sie sich aus der Stirn. »Es war ein wunderschönes Fotoalbum, in Leder gebunden. Als ob er gewusst hätte, wie gern ich Familienalben anlege, obwohl ich es ihm nie erzählt hab. Es war wirklich das ideale Geschenk. Danach fingen wir wieder an, uns Weihnachtskarten zu schicken, aber seine sind immer nur unterschrieben, ansonsten ganz unpersönlich.« Sie senkte etwas die Stimme. »Ich glaube, ich verstehe ihn überhaupt nicht.«

»Er ist manchmal wirklich nicht leicht zu verstehen«, nickte ich. »Ehrlich gesagt, er kann ein ziemliches« – *sag jetzt nicht Arschloch* – »Mistvieh sein.«

»Aber du hast ihn doch geheiratet!«, kicherte Naomi, ein bisschen schockiert von meiner Offenheit. Doch sie wurde schnell wieder ernst.

»Ist er tatsächlich verschwunden?«, fragte sie, als ob ich das nicht schon deutlich genug gesagt hätte.

Vom Spielplatz klang gellendes Geschrei herüber, und diesmal drehten wir uns beide um. Ein kleiner blonder Junge hockte auf dem Kies und hielt heulend seinen blutenden Arm hoch. Aufgeschürfte Ellbogen und Knie: die üblichen Wehwehchen der Kindheit.

Diesmal folgte ich Naomi. Sie zog ein paar Kleenextücher aus ihrer Jackentasche und tupfte dem Jungen damit den Arm ab.

Rings umher hatten die anderen Kinder einen Halbkreis gebildet, eine Miniaturausgabe der Gaffer, die immer zur Stelle waren, wenn sich irgendwo ein Unfall ereignet hatte.

»Das hier wird wohl noch eine Weile dauern. Ich muss ihn ins Badezimmer bringen und die Wunde säubern.« Zu dem Kleinen gebeugt sagte sie in künstlich munterem Tonfall: »Na, wer wird denn da so weinen, Bobby? Ist doch schon wieder gut.«

»Verstehe«, sagte ich über Bobbys langsam abklingendes Geplärr hinweg.

»Komm doch heute zu uns zum Abendessen, dann können wir uns weiter unterhalten.«

Das war genau, was ich ihr sowieso hatte vorschlagen wollen. »Gut«, sagte ich. »Und wenn du Fotos von Shiloh hast oder vielleicht auch alte Schuljahrbücher von ihm, würde ich sie mir gerne ansehen.«

»Sicher. Ich hab eine Menge Familienfotos.« Sie half Bobby vom Boden auf.

»Bevor ich gehe«, sagte ich, »könntest du mir vielleicht die Telefonnummern von deinen Brüdern und von Bethany geben? Ich wollte sie auf jeden Fall befragen. Ich muss wissen, wann sie ihn zuletzt gesehen oder gesprochen haben.«

Naomi, damit beschäftigt, den Jungen zu beruhigen, warf mir einen leicht entnervten Blick zu. »Die Antwort auf deine Fragen kann ich dir sofort geben. Sie haben seit Jahren nichts mehr mit Mike zu tun gehabt. Ich bin die Einzige in der Familie, die überhaupt Interesse daran hatte, ihn aufzuspüren.«

»Ja, das ist mir schon klar geworden«, gab ich zurück. »Aber trotzdem muss ich mich selbst davon überzeugen. Da bin ich einfach gründlich.«

»Komm mit rein«, sagte Naomi und nahm den Jungen bei der Hand. »Ich kenne all ihre Nummern auswendig. Ich schreib sie dir auf.«

Ein Taxi holte mich etwa eine halbe Stunde später am Kinderhort ab. Um eine Empfehlung gebeten, brachte die Fahrerin mich zu einer kleinen Familienpension im Zentrum von Salt Lake City. »Ich brauche nicht in der Nähe vom Temple Square abzusteigen«, sagte ich. »Ich bin nicht als Touristin hier.«

»Na ja, immerhin ist der Tempel doch einen Blick wert«, meinte sie.

»Vielleicht das nächste Mal.«

Ich wusste, was mich am Nachmittag erwartete. Wenn man Leute dringend erreichen will, trifft man unfehlbar nur auf den Anrufbeantworter.

Ich richtete mich darauf ein, indem ich mir ein Sandwich und eine Cola aus einem Automaten holte und Eiswürfel aus den Behältern in der Halle. Von meinem Zimmer aus rief ich Shilohs Geschwister in der Arbeit an, erreichte niemanden und hinterließ Nachrichten auf Band. Dann machte ich erst einmal Mittagspause und döste ein, während ich auf Rückrufe wartete.

Ich hatte wohl tief geschlafen, denn als das Telefon klingelte und eine Männerstimme sich meldete, sagte ich: »Shiloh?«, wie es mir schon mit Vang passiert war.

»Adam Shiloh hier, ja.« Er klang ein wenig verwundert über die Vertraulichkeit meiner Anrede. »Spricht dort Sarah Pribek?«

»Entschuldigen Sie.« Ich setzte mich am Bettrand auf. »Sie klingen genau so wie … wie ihr Bruder.«

»Mike? Keine Ahnung. Ich hab ihn seit Jahren nicht mehr gesprochen.« Ich hörte das Geräusch einer Sprechanlage im Hintergrund; er hatte mich aus dem Büro angerufen. »So bedauerlich das sein mag, aber so ist es nun mal«, setzte er hinzu.

Wir sprachen noch kurz über Shiloh, doch es war mir gleich klar, dass Adam, der seit sechs Jahren schon in Washington wohnte, rein gar nichts vom Erwachsenenleben seines Bruders wusste. Über die Geräuschkulisse des Büros hinweg hörte ich eine Frauenstimme, aber nur undeutlich, bis auf die letzten Worte: *Kommen Sie?*

»Ich muss jetzt zu einer Konferenz«, sagte Adam Shiloh. »Wenn ich noch irgendwas für Sie tun kann, lassen Sie es mich wissen.«

»Danke«, sagte ich.

Eine Stunde später rief Bethany vom Studentenwohnheim aus bei mir an. Wir gingen die gleichen Fragen wie mit Adam durch, nur noch schneller. Nein, sie habe Shiloh nicht mehr gesprochen, seit er von zu Hause fortgegangen war. Sie kenne auch keinen seiner alten Freunde. Sie wolle mich gern einmal treffen, eines Tages, wenn »all dies vorbei« sei.

Ich legte den Hörer auf, griff nach meinem Notizblock und stellte fest, dass ich nichts aufzuschreiben hatte. Mit Adam und Bethany zu reden hatte nur gebracht, dass sie mir nichts zu sagen hatten. Shilohs Geschwister hatten eins gemeinsam: Sie schienen die Nachricht von seinem Verschwinden alle sehr gelassen aufzunehmen. Aber natürlich kannten sie ihn ja kaum noch, nach all den Jahren, die sie ihn nicht gesehen hatten. Ich konnte sie deswegen nicht verurteilen. Wahrscheinlich wirkte ich selber auch ein bisschen zu ruhig. Von außen.

NAOMI UND IHR MANN ROBERT wohnten in einem Bungalow am Stadtrand. Ich traf dort zur verabredeten Stunde ein, und Naomi begrüßte mich in demselben Kleid, das sie am Morgen getragen hatte.

»Ich hab nachgeschaut, ob ich noch Sachen von Shiloh finde, aber eigentlich hab ich nur meine Fotoalben«, sagte sie. »Wir können sie uns nach dem Essen ansehen, wenn du so lange warten kannst.«

»Ich dachte doch, ich hab da jemand an der Tür gehört.« Ein junger Mann kam in die Diele. Er war groß und schlank, mit blonden Haaren und grünen Augen; ein ungewöhnlich gut aussehender Mann, fand ich. »Ist das deine Schwägerin?«

»Ja, das ist Sarah«, sagte Naomi. »Sarah, das ist mein Mann, Robert.«

»Nenn mich Rob«, sagte er. Er hielt eine Pfannengabel in der Hand: Rob besorgte heute Abend das Kochen.

Beim Essen stellte er mir eine Reihe Fragen über meine Arbeit bei der Polizei. Schließlich erkundigte Naomi sich genauer nach Shilohs Fall. Ich erzählte ihnen, wie Shiloh verschwunden war, oder vielmehr, wie ich sein Verschwinden bemerkt hatte, ohne irgendeinen der üblichen Hinweise darauf zu finden, was ihm zugestoßen war. Ich versuchte, die Situation nicht so düster darzustellen, wie sie aller Wahrscheinlichkeit nach war, ob zu ihrer oder zu meiner Beruhigung, wusste ich selbst nicht.

»Lass das Geschirr einfach stehen«, sagte Naomi nach dem Essen zu ihrem Mann. »Ich zeige Sarah jetzt erst mal ein paar Fotos; um den Abwasch kümmere ich mich nachher.«

Ich folgte ihr durch den Flur ins Gästezimmer, das neu als Kinderzimmer eingerichtet war. Ein Schaukelstuhl stand schon in einer Ecke; der andere Sessel sah aus, als sei er eigens für meinen Besuch aus dem Wohnzimmer herübergebracht worden.

»Früher war das unsere Abstellkammer«, erklärte Naomi. »Der Schrank ist noch voll gestopft mit altem Plunder.« Aber die Fotoalben hatte sie schon vorgeholt. Sie nahm den Stapel vom Sessel und legte ihn auf der Couch zwischen uns ab.

»Das erste hier ist für dich wohl am interessantesten«, sagte sie. »Da sind die meisten Kinderbilder von uns drin.«

Ich setzte mich in den Schaukelstuhl und schlug das Album auf.

Es erzählte eine altehrwürdige Geschichte, für die keine Worte nötig waren. Am Anfang sah man Bilder der noch unverheirateten Shilohs an einem See, inmitten einer Gruppe junger Leute auf einem Gemeindeausflug.

Dann die Hochzeitsgesellschaft vor der Kirche. Eine Braut mit ihrer stolzen Mutter und Schwester. Ein geniert dreinblickender Bräutigam mit seinen Freunden; man konnte förmlich ihr Gefrotzel hören. Dann das erste gemeinsame Heim. Babys. Kinder. Shiloh als kleiner Junge, das rötliche Haar zu einem unpersönlichen Bürstenschnitt getrimmt. Shiloh mit seinen älteren Brüdern, draußen beim Spielen. Das Erscheinen der Zwillinge, Naomi und Bethany. Ich sah Shiloh von einem mageren Bürschchen zu einem schlaksigen Teenager heranwachsen, sah die kindliche Offenheit seiner Miene sich zu dem nachdenklichen, wachsamen Ausdruck wandeln, der so charakteristisch für den Mann war, den ich kannte. Wäre ich allein gewesen, hätte ich diese Fotos die ganze Nacht lang betrachten mögen, aber sie sagten mir nichts Hilfreiches, und ich blätterte die Seiten schneller und schneller um.

Dann schlug ich eine Seite zurück: »Wer ist denn das?«

Naomi beugte sich vor, um das Foto näher anzuschauen, auf das ich zeigte. Es war ein Gruppenbild vor unnatürlich blauem Hintergrund, eine klassische Studioaufnahme. Der halbwüchsige Shiloh stand dort neben einem Mädchen, das fast so groß war wie er. Wenn Shilohs Haar die Farbe alten Kupfers hatte, dann war ihres wie neues, leuchtendes Kupfer, und es fiel ihr lang und offen über die Schultern. Sie trug ein schlichtes weißes Kleid und lächelte nicht.

»Sinclair. Sie ist zwei Jahre älter als Mike, vier Jahre jünger als Adam.«

Sechs Kinder, dachte ich. Die beiden älteren Brüder, Naomi und ihre Zwillingsschwester Bethany. Mit Shiloh machte das fünf. Ich hatte nie gemerkt, dass noch jemand fehlte. »Wo ist sie denn auf all den anderen Bildern?«

»Na ja, auf einigen ist sie schon drauf, aber die meiste Zeit hat sie nicht zu Hause gelebt. Sie war von Geburt an taub, darum war sie auf einem besonderen Internat.« Sie blätterte ein paar Seiten zurück. »Hier, da ist sie, im Hintergrund, siehst du?«

Naomi deutete auf ein Foto von einem Weihnachtsessen, eine quirlige Küchenszene. Ich hatte das kleine Mädchen mit den roten Locken für eine Kusine gehalten, die zu Besuch war.

»Ich wusste gar nicht, dass Shiloh eine gehörlose Schwester hat«, sagte ich.

»Wirklich? Das ist aber seltsam, denn die beiden standen sich sehr nah.«

»Ich bin sicher, dass er sie nie erwähnt hat.«

»Nun ja, sie war nicht sehr lange bei uns. Sie kam mit siebzehn aus dem Internat nach Hause und ist mit achtzehn wieder fort. Ziemlich plötzlich.«

»Erzähl mal, wie das kam.«

Naomi lehnte sich zurück. »Also, Bethany und ich kannten sie eigentlich kaum, jedenfalls weniger gut als Mike.« Sie legte die Hand auf ihren Schwangerenbauch. »Anfangs ist Sinclair wohl immer in den Ferien heimgekommen, aber das war vor meiner Zeit. Später, als sie daran gewöhnt war, unter Gehörlosen zu leben, und

Freunde in der Schule hatte, blieb sie auch den Sommer über weg, kam nur noch in den Weihnachtsferien nach Hause. Bethany und ich waren damals fünf, sechs Jahre alt und mussten erst wieder neu mit ihr bekannt gemacht werden. Mom sagte: ›Das ist eure Schwester, erinnert ihr euch?‹, und wir so ganz lässig: ›Okay, hi!‹

Als Bethany und ich sieben waren, war Sinclair siebzehn. Bevor sie aufs College ging oder heiratete, wollte Mom sie gern noch eine Weile zu Hause behalten.

Wir waren eine sehr eng verbundene Familie; ich glaube, das habe ich heute schon mal gesagt, nicht?«, fragte Naomi. »Es war ziemlich hart für Mom, ihre Tochter kaum je zu sehen, also beschlossen sie und Dad, sie für das letzte Jahr auf eine öffentliche Schule zu schicken. Sie meinten, mit der Hilfe eines Dolmetschers vom Bezirk würde sie es schon schaffen.

Doch es lief wohl alles nicht so glatt wie gehofft. Keiner von uns beherrschte die Gebärdensprache, außer Mike. Er war der Dolmetscher in der Familie. Aber Sinclair war nicht besonders glücklich darüber, wieder daheim zu sein, sie war … na ja, ich kenne die Details nicht so genau. Jedenfalls war sie nach kaum einem Jahr schon wieder fort.«

»Ist sie weggelaufen?«

»So ungefähr. Sie war achtzehn, aber es war mitten im Schuljahr, glaube ich. Sie hat keine Zeit verschwendet.«

Naomi blickte immer noch auf das Foto. »Als Mike ein Jahr später wegging, gaben sie ihr die Schuld daran.«

»Wieso, wenn es doch ein Jahr später war?«

»Nun, in gewisser Weise war es schon ihretwegen. Mike hatte Ärger bekommen, weil er sie heimlich wieder ins Haus ließ. Sie brauchte einen Platz zum Übernachten, und er schmuggelte sie hinter dem Rücken der Eltern hinein.«

»Und deine Eltern haben ihn rausgeworfen? Nur deshalb?« Ich konnte mir gar nicht vorstellen, dass Shilohs Eltern so streng waren.

»Ich glaube nicht, dass sie ihn aus dem Haus gejagt haben«, sagte sie unsicher. Für sie war das alles so lange her, als wäre es in einer anderen Generation passiert. Es hatte nichts mit ihr zu tun. »Ich glaube, er ist von selbst gegangen.«

»Aber warum?«

»Es hatte da mitten in der Nacht einen Riesenkrach gegeben. Bethany schlüpfte aus unserem Zimmer, um zu sehen, was los war. Sie kam zurück und erzählte mir aufgeregt, sie habe Sinclair die Treppe runterkommen sehen, mit einem Turnbeutel über der Schulter. Wahrscheinlich hatten sie Mike dabei erwischt, wie er sie hineinschmuggelte.« Naomis Stimme wurde fester, als sei es ihr gelungen, sich selbst zu überzeugen. »Mein Vater war außer sich vor Zorn. Sinclair verließ sofort das Haus, und Mike ging zwei Tage später.«

»Tatsächlich«, sagte ich.

Naomi blätterte ein paar Seiten weiter. »Hier, das ist das letzte Bild von Mike, fünf Tage vor seinem Fortgehen aufgenommen.«

Es war ein etwas unterbelichteter Polaroidschnappschuss. Shiloh, die langen Beine von sich gestreckt, auf einer Couch, die Hand wie abwehrend gegen das Blitzlicht erhoben, als blickte er in die Scheinwerfer eines herankommenden Wagens. Im Hintergrund blinkten ein paar kleine Lichter wie Glühwürmchen im Haus.

»Vielleicht war es ja nicht gerade sehr schwesterlich von mir«, sagte Naomi, »aber ich habe nie versucht, Kontakt zu Sinclair zu bekommen, so wie zu Mike. Sie war mir immer völlig fremd. Ich konnte nicht mit ihr reden, und sie konnte nicht mit mir reden.«

»Darf ich dieses Foto haben?«, bat ich.

»Das hier?« Naomi schaute überrascht. »Na gut.«

Ich pellte die schützende Folie ab und nahm das Bild heraus. »Wer aus der Familie könnte denn mehr über Sinclair wissen?«, fragte ich.

»Mike«, sagte Naomi. »Wir sechs waren ja praktisch drei Geschwisterpaare: Adam und Bill, Mike und Sinclair, Bethany und ich. Mike und Sinclair haben längst nicht so viel Zeit miteinander verbracht wie wir anderen, aber sie standen sich nah, als sie daheim wohnte. Nicht nur, weil sie sich vom Alter her am nächsten waren, sondern auch weil Mike die Gebärdensprache fließend beherrschte.«

»Wer sonst noch?«, fragte ich. »Ich brauche jemanden, mit dem ich sprechen kann.«

»Tja, Bill, würde ich sagen. Er war auch da in der Nacht, als unser Vater Mike dabei erwischte, wie er Sinclair hereinschmuggelte.« Plötzlich schien sie sich an etwas zu erinnern. »Oh, aber Bill nennt sie nicht Sinclair – das ist der Mädchenname unserer Großmutter; Sinclair hat ihn erst angenommen, als sie fortging. Bill nennt sie Sara«, erklärte Naomi. »Darum war ich auch so verdattert, als du mich gestern angerufen hast. Du hast dich mit Sarah Shiloh gemeldet, und ich dachte: ›Das kann doch nicht wahr sein!‹«

»Ich verstehe, wie dich das durcheinander gebracht haben muss«, sagte ich.

Abschließend erkundigte ich mich noch nach den Schulen, die Shiloh in Ogden besucht hatte, und fragte Naomi, ob sie sich an die Namen von irgendwelchen engen Freunden aus Shilohs Schulzeit erinnern könnte. Kam ihr irgendetwas aus seinen Briefen und Karten jetzt noch wichtig oder aufschlussreich vor? »Nein, tut mir Leid«, sagte sie. »Kann ich sonst noch was tun?«

»Darf ich deinen Bruder Bill gleich von hier aus anrufen? Ich hab ihn heute Nachmittag nicht erreicht, und ich möchte nicht zu spät anrufen, das wäre unhöflich.«

Naomi nickte. »Ja, sicher, in unserem Schlafzimmer steht ein Telefon, da ist es ruhiger.« Sie legte das Fotoalbum zu den anderen auf der Couch zurück.

Ich stand auf und reckte mich, wartete, dass Naomi ebenfalls aufstand.

»Weißt du, ich mach mir Sorgen wegen Mike«, sagte sie. »Auch wenn's vielleicht nicht so aussieht. Aber er und Sinclair waren immer die schwarzen Schafe der Familie. Es fällt schwer, sich einen Rebellen als jemand verletzlichen vorzustellen.«

Sie blickte zu mir hoch, doch sie stand nicht auf, sondern legte mir die Hand auf den Arm.

»Willst du mit mir beten?«, fragte sie. »Für Michael?«

Kapitel XV

Am nächsten Morgen, Freitag, mietete ich mir einen dunkelblauen Nissan und fuhr auf dem Interstate 15 hinaus nach Ogden. Es war nicht nur der Heimatort der Familie Shiloh, sondern auch der Ort, an dem Bill Shiloh sich niedergelassen und eine eigene Familie gegründet hatte. Die Verkehrsdichte nahm merklich ab, kaum dass Salt Lake City eine Viertelstunde hinter mir lag.

In meiner Schultertasche lag inmitten von allerlei Krimskrams, den ich immer brauchte, auch das Foto, das ich von Naomi Wilson bekommen hatte. Ich hatte es säuberlich in einem Plastikbeutel verwahrt, damit es nicht zerkratzt wurde, falls Naomi es eines Tages zurückverlangte.

Es gehörte zur Polizeiroutine, sich Fotos von Vermissten geben zu lassen. Deshalb hatte Naomi es mir wahrscheinlich auch so bereitwillig ausgehändigt, selbst wenn sie sich fragen mochte, wozu ich denn ein Foto brauchte, das schon über zehn Jahre alt war. Für die Suche nach Shiloh war der Schnappschuss allerdings nutzlos, doch ich hatte ihn trotzdem haben wollen.

Er war nicht mal sonderlich geglückt als Charakterstudie: einfach ein junger Mann, vom Blitzlicht überrascht, sodass er nicht in die Linse schaute, sondern daran vorbei, um zu sehen, wer ihn da fotografierte.

Aber trotz seines jugendlichen Alters ähnelte er auf dem Bild ganz erstaunlich dem Shiloh, den ich kannte. Die Hand erhoben, um seine Augen abzuschirmen, sah Shiloh seltsam verletzlich aus, wie jemand, der geblendet ist von einem gleißenden Geheimnis, jemand, der kurz davor ist, zu verschwinden. Was dann ja auch geschehen war.

Eigentlich war Shiloh zweimal verschwunden. Doch beim ersten Mal, als er seine Familie so abrupt verließ, wussten sie wenigstens, dass er sie absichtlich verlassen hatte. Sie wussten, warum.

Mir dagegen war der Grund keineswegs so klar. Nach Shilohs Angaben hatte er sich wegen religiöser Differenzen mit seiner Familie überworfen; er hatte mir jedoch verschwiegen, dass jene Differenzen zu einem Familienzwist eskaliert waren, bei dem eine seiner Schwestern die Rolle des schwarzen Schafes gespielt hatte und aus dem Haus gejagt worden war.

Bill Shiloh wollte mich an seinem Arbeitsplatz treffen. Shiloh hatte gesagt, seine Brüder »machen in Bürozubehör, glaube ich«, aber Bills Wegbeschreibung führte zu einer Sägemühle.

»Entschuldigung, ich weiß, der Lärm da draußen ist eine Zumutung, wenn Sie schon extra hergekommen sind«, sagte er, als wir in sein Büro traten. »Aber hier drinnen ist es einigermaßen ruhig. Geht auch gar nicht anders, ich hänge nämlich meistens am Telefon.« Er schloss die Tür hinter uns.

Tatsächlich war die Mühle gerade in vollem Gang, aber der Lärm wurde von der Tür fast völlig abgehalten. Der Raum war schmal und fensterlos, bis auf die Schallschutzscheibe, die auf das Mahlwerk hinausging. Hinter dem Schreibtisch standen mehrere graue Metallaktenschränke, und an der Wand darüber hingen drei fröhlich bunte Kinderzeichnungen. Von jedem Kind eine, dachte ich, als ich das Foto von einer fünfköpfigen Familie auf dem Schreibtisch sah.

»Sie sind also Michaels Frau«, sagte Bill, fast mit den gleichen Worten wie Naomi. »Ist er nun doch noch häuslich geworden?«

»Jawohl«, sagte ich, als hätte Shiloh vorher ein wild bewegtes Leben geführt.

»Wie lange seid ihr schon verheiratet?«, wollte er wissen.

»Zwei Monate.«

Bill Shiloh hob die Augenbrauen. »Das ist ja noch nicht sehr lange.« Es klang etwas abfällig. »Und Sie sind bei der Polizei von Minneapolis?«

»Beim Hennepin County Sheriff's Department.«

»Und jetzt sind Sie in Ihrer Eigenschaft als Ermittlerin hier?«

»Mein Mann ist verschwunden. Seit fünf Tagen«, erwiderte ich in leicht gereiztem Ton. »Deshalb bin ich hier.«

»Ich wollte Sie nicht kränken«, sagte er sanft.

Seit ich nach Utah gekommen war, war ich gewissermaßen zu Shilohs Vertreterin vor seiner Familie geworden, und jetzt ärgerte ich mich schon an seiner Stelle, interpretierte Werturteile in harmlose Bemerkungen hinein. Ich schluckte.

»Ist schon in Ordnung«, sagte ich.

»Womit kann ich Ihnen helfen?«, fragte Bill. Er wirkte eigentlich ganz sympathisch, ein wenig müde, so, wie auch ich mich fühlte. »Ich meine, wieso glauben Sie, Sie könnten Mike hier in Utah finden?«

»Das glaube ich nicht«, sagte ich. »Ich bin hergekommen, um mehr über sein früheres Leben zu erfahren, aus der Zeit, bevor ich ihn kennen lernte. Vielleicht bringt es was, vielleicht auch nicht.« Ich merkte plötzlich, dass ich die naheliegendste Frage noch nicht gestellt hatte: »Sie haben nichts von Mike gehört, oder?«

»Nein«, sagte er.

»Wann haben Sie zum letzten Mal mit ihm gesprochen?«

Wie seine Schwester reagierte Bill überrascht. »Ich habe ihn nicht mehr gesprochen, seit er von zu Hause fort ist.«

Ich nickte. Warum nicht gleich an diesem Punkt einhaken, nachdem er mir schon das Stichwort geliefert hatte. »Naomi hat mir erzählt, Sie seien Zeuge einer Auseinandersetzung gewesen, die dazu führte, dass er von zu Hause fortgegangen ist. Stimmt das?«

»Ja, aber hat das was mit seinem jetzigen Verschwinden zu tun?«

»Ich weiß nicht«, sagte ich. »Es ist der einzige Teil seines Lebens, von dem ich kaum etwas weiß. Er sagte mir, er sei von zu Hause weggegangen, weil er sich der Religion entfremdet hatte, in der Sie alle erzogen worden waren.«

Bill hob die Augenbrauen. »Das hat er gesagt?« Er schüttelte den Kopf. »Das habe ich aber ganz anders in Erinnerung.«

»Woran hat es denn dann gelegen?«

»Drogen«, sagte er.

»Ist das Ihr Ernst?« Doch, ja, ich sah es ihm an. »Hat er gewohnheitsmäßig Drogen genommen?«

»Gewohnheitsmäßig? Nicht, dass ich wüsste. Aber mein Vater hat ihn dabei erwischt. In unserem Haus.«

»Davon hat Naomi nichts erwähnt«, sagte ich.

»Naomi weiß wahrscheinlich gar nichts davon. Sie und Bethany waren ja noch Kinder, und unsere Eltern haben sie immer aus allen Konflikten rausgehalten. Aber ich war mitten drin. Wollen Sie die ganze Geschichte hören?«

Ich nickte.

»Es passierte ausgerechnet an Heiligabend.«

Also doch keine Glühwürmchen auf dem Foto, sondern Weihnachtskerzen.

»Am nächsten Tag sollte sich die ganze Familie bei uns versammeln. Ich war aus dem College heimgekommen, und Adam wurde gegen Abend erwartet, nachdem er und Pam und das Baby den Weihnachtstag bei der Familie seiner Frau in Provo verbracht hatten. Also hatte ich eine Nacht lang das Zimmer für mich, Mike hatte Saras altes Zimmer, und die Mädchen waren in dem, wo sie immer schliefen. Die nächste Nacht sollte ich das Zimmer mit Mike teilen, denn Adam und seine Frau sollten in Saras Zimmer untergebracht werden.

Ich hatte damals eine Freundin, Christy. Ich hatte ihr versprochen, sie um Mitternacht anzurufen. Christy war über Weihnachten bei ihren Eltern in Sacramento, also musste ich sie um ein Uhr morgens anrufen. Ich stand auf und schlich ganz leise ans Telefon, weil alle schon zu Bett gegangen waren. Als ich wieder hinaufging, sah ich ein Mädchen aus dem Bad kommen und in Mikes Zimmer verschwinden – einfach so.«

»Sie haben nicht gesehen, dass es Ihre Schwester war?«

»Nein. Es war dunkel, und sie hatte sich die Haare abgeschnitten und zu einem kurzen Pferdeschwanz gebunden. Ich konnte aber sehen, dass sie eins von Mikes T-Shirts trug. Ich stand da und dachte: *Ich glaub's nicht.* Ich wusste ja immer schon, dass Mike eine ganze Menge Chuzpe besaß, aber am Heiligabend ein Mädchen ins Haus zu schmuggeln, das war echt dreist.

Inzwischen hatte mein Vater gehört, dass da noch jemand zu später Stunde herumlief. Er schaute aus dem Schlafzimmer und fragte mich, was los sei.« Bill hielt einen Moment inne. »Ich hab seitdem viel über diese Nacht nachgedacht. Wenn ich da schon gewusst hätte, was ich jetzt weiß, hätte ich wahrscheinlich gesagt: ›Nichts ist los, geh ruhig wieder schlafen.‹

Aber ich dachte ja, Mike hätte eine Freundin auf dem Zimmer. Ich meine, ein *Mädchen* in seinem *Zimmer*, und das an Heiligabend, mit uns allen rings herum. Und ich konnte bloß meine Freundin anrufen, so nach dem Motto: ›Ich vermisse dich, Liebling, bis bald.‹ Tja, und das ärgerte mich so, dass ich unbedacht herausplatzte: ›Mike hat ein Mädchen auf dem Zimmer.‹ Dad sah mich an, als ob er mir nicht glaubte, zog aber doch den Bademantel über und kam heraus. Er ging zur Tür und warf mir einen Blick zu, als könnte ich mich auf was gefasst machen, wenn das gelogen wäre, und dann klopfte er kurz, öffnete die Tür und machte Licht.

Tja, und dann brach ein fürchterliches Donnerwetter los. Er brüllte: ›Was zum Teufel geht hier vor?‹ Es war das einzige Mal, dass ich ihn je habe fluchen hören. Ich versuchte, noch schnell durch den Türspalt zu lugen, aber er ging hinein und schlug die Tür zu.

Ich konnte ihn drinnen immer noch brüllen hören. Mom kam heraus in den Flur, und Bethany auch. Ich weiß nicht, wie Naomi es fertig gebracht hat, bei dem Lärm weiterzuschlafen. Jedenfalls kam dann ein Mädchen aus Mikes Zimmer gehuscht, und im Licht konnte ich sehen, das es Sara war.

Sie trug immer noch Mikes T-Shirt und Jogginghosen und ihre Schuhe in der Hand und eine Tasche über der Schulter. Sie rannte die Treppe hinunter und aus dem Haus, ohne auch nur die Schuhe anzuziehen. Ich schaute ins Zimmer und sah Mike mit dem Kopf in den Händen auf der Bettkante sitzen, dann befahl Dad mir und Bethany, ins Bett zu gehen. Es war klar, dass er keine Widerworte dulden würde.

Ich konnte nicht verstehen, dass er so wütend auf Mike war, nur weil er Sara bei uns daheim übernachten ließ. Aber offenbar war da irgendwas wirklich Schlimmes passiert. Mike verließ das Haus noch in der Weihnachtsnacht. Am nächsten Tag rief Dad uns alle zusammen, auch Adam, und eröffnete uns, er habe Michael und Sara dabei ertappt, wie sie Drogen nahmen.«

»Was für Drogen denn?«

»Das hat Dad nicht gesagt. Aber es muss wohl schlimmer als nur ein bisschen Marihuana gewesen sein – nicht, dass Marihuana nicht schon schlimm genug gewesen wäre.« Er stand auf. »Ich werd mir mal einen Kaffee machen. Möchten Sie auch einen?«

»Oh ja, gern.«

Als Bill mit den beiden Tassen zurückkam, sagte ich: »Naomi hat mir erzählt, Sara wäre freiwillig gegangen, aber so, wie Sie es darstellen, klingt es eher, als wäre sie verbannt worden.«

Bill überlegte. »Sie ist schon freiwillig gegangen. Aber wahrscheinlich haben unsere Eltern zu ihr gesagt: ›Wenn du gehst, dann komm nicht wieder, bis du bereit bist, nach unseren Regeln zu leben. Komm nicht bloß, weil du Geld oder eine warme Mahlzeit brauchst oder Wäsche waschen willst.‹« Er sah mich prüfend an. »Strenge Zucht, verstehen Sie? Hart, aber gerecht.«

»Hmmm«, sagte ich unverbindlich. Ich war nicht hier, um Erziehungsmethoden zu kritisieren. »Wussten Sie denn vor jenem Weihnachten schon, dass Ihre Schwester Drogen nahm?«

»Nein, aber meine Eltern vielleicht«, sagte Bill und rührte Milchpulver in seinen Kaffee.

»Haben Sie je wieder von ihr gehört, seit sie von zu Hause fort ist?«

»Nein, keiner von uns. Doch ich weiß, dass sie Gedichte veröffentlicht hat, aber unter einem anderen Namen. Ihr Vorname, Sinclair, war der Mädchenname unserer Großmutter, und der Nachname ihres Mannes ist … komisch, der fällt mir jetzt gerade nicht ein.«

»Goldman«, sagte ich. Vor meinem inneren Auge waren plötzlich die bunten Buchrücken auf unserem Regal daheim in

Minneapolis aufgetaucht, und ich erinnerte mich ganz deutlich, den Namen *Sinclair Goldman* auf einem der schmalen Lyrikbände gelesen zu haben, die Shiloh gehörten.

»Genau«, nickte er. »Goldman. Seinen Vornamen hab ich auch mal gewusst, irgendwas mit D. Er war Jude.« Er schüttelte bedächtig den Kopf. »Es ist merkwürdig, aber wenn ich nicht zufällig über Freunde von ihren Gedichten gehört hätte, dann hätte ich in einem Laden an ihrem Buch vorbeigehen können, ohne zu wissen, dass meine Schwester es geschrieben hat.«

»Kam Ihre Schwester Ihnen denn, abgesehen von dieser Drogensache, auch sonst noch irgendwie rebellisch vor?«

»Rebellisch?«, wiederholte Bill. »Nein, eigentlich nicht. Aber sie war … halsstarrig. Wenn sie Freunde treffen wollte, dann tat sie es eben, auch wenn sie sich heimlich aus dem Haus schleichen musste. Ich glaube, das ängstigte meine Eltern noch mehr, als es sie ärgerte. Sie war gehörlos, und das machte sie verletzlich, obwohl sie es nie zugeben wollte. Und dann war da noch die Sache dem Gebärden-oder-Sprechen.«

»Was heißt das?«

»Sara war ja nicht stumm, und sie hatte an der Schule ihre Sprechfähigkeit zu trainieren begonnen, aber dann hatte sie auf einmal damit aufgehört. Das war sehr frustrierend für meine Eltern, denn es hätte die Dinge natürlich leichter gemacht, wenn sie hätte sprechen können. Aber sie beschloss, dass sie keine Lust hatte zu sprechen, also ließ sie es einfach bleiben. Es hatte nichts mit uns zu tun, sie hatte sich halt so entschieden und fertig.«

Ich nickte. »War Ihr Vater denn sehr streng mit Ihnen allen?« Der Kaffee war lau und wässrig, so miserablen hatte ich nicht mal in den abgelegensten Polizeiwachen vorgesetzt bekommen. Ich schob ihn zur Seite.

Bill schüttelte den Kopf. »Nein, würde ich nicht sagen. Wenn wir etwas ausgefressen hatten, hielt er uns *endlose* Strafpredigten, gespickt mit Bibelzitaten.« Er lächelte gerührt. »Aber wenn es darum ging, handfeste Strafen auszuteilen, besonders, als wir noch klein waren, überließ er das immer meiner Mutter. Wieso fragen Sie?«

Ich versuchte, mich möglichst vorsichtig auszudrücken: »Na ja, es scheint mir doch ein bisschen extrem, dass eine so landläufige Jugendsünde wie Drogenmissbrauch zu einem völligen Bruch mit der Familie geführt haben soll.«

Bill schaute ein wenig unbehaglich drein. »Ich glaube, es lag weniger an Drogen, als vielmehr ...« Er verstummte.

Ich hob die Augenbrauen.

»Man muss meinen Vater kennen, um es zu verstehen«, erklärte er.

»Was denn?«

Er zögerte. »Ach, wissen Sie, ich bin nicht gerade der wortgewandteste Mensch auf der Welt ...«

»Ich auch nicht«, lächelte ich. »Keine Sorge, Bill, Sie müssen hier ja keine Rede vor der UNO-Vollversammlung halten.«

»Okay.« Bill klopfte grüblerisch mit einem Stift auf die Schreibtischkante. »Mein Vater war das, was man einen Seelenfischer nennen könnte. Bevor er Gemeindepfarrer wurde, zog er als Wanderprediger durchs Land. Das waren die besten Jahre seines Lebens.«

Ein Lämpchen blinkte an Bill Shilohs Telefon, und er schaute kurz hin, aber es klingelte nicht. Er hatte die Leitung auf den Anrufbeantworter umgestellt.

»Als er dann heiratete, ging meine Mutter mit ihm auf Wanderschaft. Aber als wir Kinder kamen, mussten sie wohl oder übel eine feste Bleibe für die Familie finden. Ich glaube, der Wechsel ist meinem Vater nicht leicht gefallen. Eine Gemeinde fordert mehr von ihrem Pastor als bloße Seelenrettung.«

»Eheschließungen und Beerdigungen«, warf ich ein.

»Und ständige geistliche Betreuung und Finanzplanung und Ausschusssitzungen. Mein Vater fügte sich in seine Rolle, doch er machte sie sich zu einer möglichst großen Herausforderung. Oder Gott hatte es ihm so bestimmt. Mein Vater fühlte sich berufen, in den Norden von Utah zu ziehen, mitten unter die Mormonen. Er wollte immer noch Leute bekehren, nicht nur ›für den Chor predigen‹, wie er sich ausdrückte. Er kämpfte gerne gegen Widerstand an.«

Das klang mir nur allzu vertraut.

»Er fuhr regelmäßig nach Salt Lake City und predigte an Straßenecken. Er verteilte seine Traktate in der Nähe des Tempels. Er kaufte einen alten Schulbus für die Kirche. Als er ihn fertig hergerichtet hatte, prangte ein Kreuz vorne am Kühlergrill, auf den Seiten stand ›New Life Church‹, und ›Ich bin die Auferstehung und das Leben‹ quer über der Heckklappe.« Bill lachte. »Man konnte uns wirklich von weitem kommen sehen!

Die Sache war nur die, mein Vater hatte den Bus gekauft, als unser Familienkombi gerade eine neue Kupplung für achthundert Dollar gebraucht hätte.« Bill lächelte. »Mom nahm es ganz gelassen. Sie wusste, was die Verkündigung des Evangeliums ihm bedeutete. Es war nicht bloß ein Job. Es war sein Leben. Einmal hatte er mitten in der Nacht einen Anruf von einem Freund in spirituellen Nöten bekommen. Dieser Typ, Whitey, hatte ihn monatelang abprallen lassen, all seine Einladungen, in die Kirche zu kommen, ausgeschlagen. Dann wollte er mitten in der Nacht auf einmal über Jesus reden. Mein Dad zog sich an, nahm seine Bibel und die Autoschlüssel und fuhr ans andere Ende der Stadt, wie ein Notarzt. Er kam heim und sagte, Whitey habe Jesus um halb fünf Uhr morgens gefunden.« Er schüttelte schmunzelnd den Kopf.

»Keines von uns Kindern ist in seine Fußstapfen getreten. Wir sind natürlich alle Christen, meine Frau und ich gehen jeden Sonntag mit den Kindern in die Presbyterianerkirche, beten mit ihnen … Aber ich habe mich nie zu irgendeiner geistlichen Aufgabe berufen gefühlt. Adam ebenso wenig. Vielleicht war das auch eine Enttäuschung für meinen Vater, aber ich glaube, er wusste schon frühzeitig, dass es so kommen würde. Ich denke, er hatte das Gefühl, wenn einer von uns ihm in sein Amt folgen würde, dann wäre es Mike.«

»Im Ernst?«

»Ja«, sagte Bill. »Mike las stundenlang in der Bibel. Er kannte das Wort Gottes in- und auswendig.« Er hielt inne, blickte mich fragend an: »Haben Sie je vom Schlangenkult gehört?«

»Ich glaub schon«, sagte ich, über den plötzlichen Themenwechsel verwundert.

»Er geht auf das Markusevangelium zurück, wo Jesus sagt, seine Jünger könnten sogar Schlangen anfassen und unversehrt bleiben. Als Mike vierzehn war, traten zwei Familien aus Florida der Kirche bei. Daneben hielten sie aber auch Gebetsversammlungen ab, wo sie Giftschlangen von Hand zu Hand gehen ließen. Wir kriegten das nicht gleich mit, aber Mike war dabei.«

»Shiloh hat so etwas getan?«

»Jawohl.« Bill schaute amüsiert. »Hat er Ihnen nie davon erzählt?«

Ich schüttelte den Kopf.

»Na, jedenfalls, als meine Mutter das herausfand, hat sie fast einen Herzinfarkt gekriegt. Sie und Dad konnten ihn nur mit Müh und Not davon abbringen. Ich glaube, er hat es bloß aufgegeben, damit unsere Mutter sich keine Sorgen mehr machte.« Bill hob die Schultern. »Was ich damit sagen will, ist Folgendes: Mein Vater erkannte in Mike eine Seite von sich selbst wieder, die seine anderen Kinder nicht geerbt zu haben schienen, und darum hat es ihm auch so wehgetan, als er Mike verlor.« Er schwieg einen Moment. »Jahrelang hat mein Vater ihn mit keinem Wort erwähnt.«

»Und was war mit Sinclair?«

»Sara? Tja, ich glaube, sie war einfach anders. Sie war lange auf einem Internat für Gehörlose, und als sie wieder nach Hause kam, wurde uns bald klar, dass sie nicht gläubig war. Von Anfang an schlug sie über die Stränge – schminkte sich, traf sich heimlich mit Jungs, kam spät abends mit einer Alkoholfahne heim. Es war nicht leicht für meine Eltern, aber es gab ihnen Zeit, sich an den Gedanken zu gewöhnen, sie eines Tages zu verlieren. Es war wie – kennen Sie die Parabel vom Sämann?«

Ich schüttelte den Kopf.

»Da geht es um verschiedene Arten von Saatkörnern. Manche keimen nie, andere treiben gleich aus, scheinen viel versprechend und verdorren dann doch, und wieder andere sprießen nur langsam, werden aber schließlich zu kräftigen und fruchtbaren Pflanzen. Es ist eine Metapher.«

»Für die Annahme des Evangeliums?«

»Ja, eine Metapher dafür, wie verschiedene Menschen sich zu Christus hinwenden oder auch nicht. Sara war wie die Saat, die auf felsigen Boden fällt und nie aufgeht, aber Michael war das viel versprechende Saatkorn, das sein Versprechen am Ende doch nicht erfüllt. Mike war da, und dann war er plötzlich weg. Es wäre weniger schmerzlich gewesen, wenn er nie in Christus gelebt hätte. Das war wohl auch der Grund, weshalb mein Vater danach nie mehr von ihm gesprochen hat.«

»Wonach?«, fragte ich. Seine Worte klangen so düster, so endgültig.

»Nachdem Mike fortgegangen war«, sagte Bill schlicht. »Es mag Ihnen vielleicht hartherzig vorkommen, dass meine Eltern nicht wissen wollten, wo Mike und Sara lebten und wie es ihnen ging. Aber mein Vater kümmerte sich nicht um physisches Wohlbefinden, nur um das Heil der Seele. Wenn er überhaupt von Michael und Sara redete, sagte er stets, sie könnten nirgendwo hingehen, wo Gott sie nicht sähe, und das sei das Wichtigste. Ebenso, sagte er, würde es nichts nützen, wenn sie im Nachbarhaus lebten, aber sich von Gott abgewandt hätten. Wenn sie für Gott verloren waren, dann waren sie auch für meinen Vater verloren.« Bill sah mich prüfend an, als wollte er sich überzeugen, dass seine Worte mich erreichten. »Mein Vater sagte immer, Gott verzeiht alles, aber erst, wenn man ihn darum bittet.«

Schweigen trat ein, gar nicht mal unbehaglich, doch ich brach es nach einer Minute, indem ich das Thema wechselte. »Und Sie?«

»Ich?«, fragte er überrascht.

»Haben Sie Ihren Bruder gemocht?«

»Mike? Ja, ich glaube schon. Als Kind wollte er sich immer an Adam und mich hängen. Wir sprangen oft auf Güterzüge auf, wenn wir irgendwohin wollten und keine Lust hatten zu laufen, und Mike hielt immer mit, wir mussten keine Rücksicht auf ihn nehmen. Wir gingen in einem See in den Hügeln schwimmen, und Mike sprang immer von dem hohen Steilufer aus hinein, er kannte einfach keine Angst. Selbst ich hab das nur einmal gemacht, aber er machte es andauernd.

Und er wusste eine Menge Sachen, schon als Kind. Es war einem nie langweilig mit ihm. Als er älter wurde, hat es mich allerdings mehr und mehr gefuchst, wie clever der Bursche war. Nicht, dass er damit angab, aber man merkte einfach, dass er Bescheid wusste, auch wenn er nichts sagte. Er wusste, dass er anders war.

Wahrscheinlich war ich darum auch so sauer, als ich dachte, er hätte an Heiligabend ein Mädchen auf dem Zimmer. Als ob er meinte, er käme damit durch, nur weil er eben Mike war.« Bill schüttelte den Kopf. »Ich wünschte, ich hätte damals den Mund gehalten. Aber wie hätte ich denn wissen können, dass er wegen dieser dummen Sache gleich auf und davon gehen würde.«

Nach einem Moment des Schweigens wurde mir klar, dass Bill Shiloh zum Ende gelangt war. Es gab keine Moral zu der Geschichte, nichts hinzuzufügen, bis auf seine Äußerung vagen Bedauerns.

Ich hatte noch eine letzte Frage an ihn, doch ich konnte mir schon denken, was er darauf antworten würde. »Ich glaube nicht, dass Mike in Schwierigkeiten ist«, sagte ich. »Aber wenn dem so wäre, wissen Sie vielleicht, zu wem er dann gehen würde?«

»Sara«, sagte Bill prompt. »Er würde sicher zu ihr gehen.«

Kapitel XVI

Nach zwei ergebnislosen Gesprächen hatte ich jetzt endlich eine konkrete Aufgabe: Sinclair Goldman finden.

Mein erster Weg in dieser Mission führte mich in die öffentliche Bibliothek. Keins von Shilohs Geschwistern schien Sinclairs Telefonnummer oder Adresse zu haben, das war das Problem. Ihre Taubheit war dabei eher nebensächlich, denn sie hatte sicher ein Telefon mit Display, das den Bedürfnissen von Gehörlosen angepasst war.

Normalerweise machte eine Telefonnummer alles ganz einfach. Vang könnte jeden Namen, den ich ihm angab, im internationalen Telefonverzeichnis nachschauen, wenn ich denn nur wüsste, welchen Namen: Sinclairs Nachname konnte Goldman sein, vielleicht aber auch Shiloh, falls sie sich inzwischen von ihrem Mann getrennt hatte. Und ihr Vorname konnte immer noch als Sara eingetragen sein, falls sie ihn nicht offiziell hatte ändern lassen.

An einem breiten Tisch im Lesesaal listete ich die verschiedenen Möglichkeiten auf meinem Notizblock auf. Sinclair Goldman. Sara Goldman. Sinclair Shiloh. Sara Shiloh. Vier mögliche Namen. Nein, sechs, fiel mir ein. Naomi hatte mir gesagt, dass Sara ihren Namen ohne h schrieb. Doch die Erfahrung aus den polizeilichen Ermittlungen hatte mich längst gelehrt, auf fehlerhafte Schreibweisen gefasst zu sein, besonders bei gängigen Namen. Michele und Michelle. Jon und John. Also tat ich wohl besser daran, auch Sarah Goldman und Sarah Shiloh in die Namensliste aufzunehmen, die Vang für mich überprüfen sollte. Die Suche würde sicherlich hunderte von Telefonnummern ergeben, wenn nicht gar tausende.

Einige dieser Frauen würde ich direkt beim ersten Versuch erreichen. Vor allem aber würde ich unzählige Nachrichten auf Anrufbeantwortern hinterlassen und dann in irgendeinem Hotelzimmer am Telefon hocken und auf Rückrufe warten.

Außerdem war es ja auch denkbar, dass Sinclairs Nummer unter dem Namen ihres Mannes eingetragen war, ein Name, den ich nicht einmal kannte. »Irgendwas mit D«, wie Bill Shiloh gesagt hatte.

Nein, es musste noch einen besseren Weg geben als den über die offiziellen Datenbanken.

Wenn Leute nicht untergetaucht sind, gibt es gewöhnlich zwei Ansatzpunkte, um sie ausfindig zu machen. Der erste ist ihr Beruf.

Sinclair war Dichterin. Sie schien nicht sehr bekannt zu sein, wenn es überhaupt so etwas wie bekannte Dichter gab, abgesehen von dem einen oder anderen seltenen Exemplar, das bei Festakten aus dem eigenen Werk vorzutragen gebeten wurde. Dennoch war Sinclair Goldman in gewisser Weise ihr Markenname in der Öffentlichkeit, und den würde sie wohl kaum ändern, selbst wenn sie sich von ihrem Mann getrennt hatte.

Durch eine Tür zu meiner Linken konnte ich in einen Raum voller Computer sehen. Ich nahm meinen Notizblock und ging hinüber.

Alle Plätze an den Monitoren waren besetzt. An der Wand hing ein Clipboard mit dem Vermerk: *Bitte hier eintragen für Internetzeit. Halbe Stunde, wenn andere warten.*

Fast alle Nutzer schienen noch Schüler zu sein. Hatten sie frei bekommen, um eigene Recherchen in der Bibliothek zu betreiben? Oder schwänzten sie den Unterricht, um im Internet zu surfen? Ich hatte als Kind selbst manchmal die Schule geschwänzt, aber nie, um in die Bibliothek zu gehen.

Der Jüngste war vielleicht fünfzehn. Er schaute sich Bilder von Sportwagen an.

»Entschuldigung.« Ich zückte meine Dienstmarke. »Ich benötige das Gerät in einer polizeilichen Angelegenheit.«

Er machte große Augen und stand auf, langte nach dem Rucksack, der neben dem Stuhl stand.

»Lassen Sie Ihre Sachen ruhig da«, sagte ich. »Es wird wahrscheinlich nicht lange dauern.«

Ich schlüpfte auf den warmen Sitz und tippte die Adresse einer Suchmaschine, die Shiloh bevorzugte, im Fenster des Browsers ein. Als das Portal sich aufbaute, tippte ich »Sinclair Goldman« in das Suchfeld.

Ich erzielte zwei Treffer. Der eine war die Homepage des Verlags Last Light Press; das war schon mal viel versprechend. Der andere war noch interessanter. Es war die Homepage des Bale College.

Während ich mich durchklickte, erfuhr ich, dass Sinclair Goldman im laufenden Semester Fakultätsmitglied war, als Lektorin im Fach Kreatives Schreiben: Praxis der Poesie. Mein Herz schlug schneller, wie immer, wenn ich auf einer heißen Spur war.

Mit ein paar weiteren Mausklicks konnte ich feststellen, dass ihr Kurs heute stattfand, aber zu spät, um sie dort noch anzutreffen, es sei denn, Bale läge irgendwo in Nord-Utah. Tat es aber nicht. Die Wegweiserkarte zeigte einen Stern etwas südlich von Santa Fe, New Mexico.

»Noch einen Augenblick«, sagte ich zu dem wartenden Jungen, während ich die Kontaktseite anklickte und die Nummer auf meinem Block notierte.

Ich rief von einem Wandtelefon in der Nähe der Toiletten aus an und ließ mich zum Fachbereich Literatur durchstellen.

»Hier spricht Detective Sarah Pribek«, sagte ich zu dem jungen Mann, der sich am anderen Ende meldete. »Ich würde mich gern mit Sinclair Goldman in Verbindung setzen. Ich weiß, dass sie taub ist«, fügte ich schnell hinzu, als er schon Luft holte, um es mir zu erklären. »Aber ich muss sie heute noch in einer polizeilichen Angelegenheit sprechen.«

»Sie ist zurzeit hier im Haus. Sie hat ein Lyrikseminar von zwei bis vier.« Seiner jungen, farblosen Stimme nach mochte er um die zwanzig sein. Aus irgendeinem Grund stellte ich ihn mir stoppelköpfig und hellblond gefärbt vor.

»Ich rufe aus Utah an«, sagte ich. »Ich komme nach Santa Fe, aber so schnell geht das nicht.«

»Wir sind nicht in Santa Fe, wir sind …«

»Ich weiß schon. Was ich brauche, ist eine Adresse, wo ich sie erreichen kann.«

Wie zu erwarten war, antwortete er: »Wir geben keine Privatadressen weiter.«

Er hatte ja ganz Recht, mir die Information zu verweigern, schließlich konnte sich jeder am Telefon als Polizist ausgeben.

»Dann wenigstens eine Telefonnummer«, sagte ich.

Er klang ungläubig. »Ich denke nicht, dass sie ein Telefon hat. Ms. Goldman ist hörbehindert.«

»Das weiß ich, aber …«

»Ich kann Ihnen nur sagen, dass sie immer am Dienstag Sprechstunde hat, von …«

Verflixt und zugenäht. »Hören Sie, ich bin Sheriff's Detective aus Minnesota. Prüfen Sie das ruhig nach. Ich komme nicht nach New Mexico, um mit ihr über eine Seminararbeit zu sprechen, und ich kann unmöglich bis Dienstag warten. Würden Sie jetzt bitte eine Telefonnummer heraussuchen?«

Kurzes Schweigen am Ende der Leitung. »Moment mal.«

Nach einer Minute meldete er sich wieder. »Ich habe eine Nummer«, sagte er und las sie vor. »Es steht aber noch ein anderer Name in Klammern dabei. Ligieia Moore. Sagt Ihnen der vielleicht was?«

»Danke«, gab ich zurück. »Ich bin Ihnen sehr verbunden für Ihre Hilfe.«

Ich drückte die Gabel herunter und wartete kurz, bevor ich erneut wählte.

Sinclair war gerade in ihrem Seminar, würde ich also bei ihr zu Hause überhaupt jemanden antreffen? Vielleicht D. Goldman, den Gatten? Oder Ligieia Moore, wer auch immer sie sein mochte. Ihre Assistentin? Oder gar ihre Verlegerin?

Beim vierten Klingeln hob tatsächlich jemand ab. »Hallo?« Eine helle, weibliche Stimme.

»Mein Name ist Detective Sarah Pribek. Ich versuche, Sinclair Goldman zu erreichen. Mit wem spreche ich?«

»Hier ist Ligieia. Sinclair ist nicht da. Sie sind von der Polizei, sagen Sie?«

»Ich bin Sheriff's Detective von Hennepin County, Minnesota«, sagte ich. »Ich muss dringend Ms. Goldman im Rahmen einer Ermittlung sprechen. Ich habe im Bale College angerufen, und dort haben sie mir Ihre Nummer gegeben. Das ist doch die richtige, oder?«

»Doch, ja. Kennen Sie sich mit der Gebärdensprache aus?«

»Nein«, sagte ich. »Leider nicht. Das heißt also, wenn ich mit ihr sprechen will, brauche ich einen Dolmetscher.«

»Ja. Ich dolmetsche öfters für sie, im Seminar und bei Dichterlesungen. Wenn sie ein Treffen ausmachen wollen, dann am besten gleich mit mir. Ich sag es ihr dann, wenn sie heimkommt.«

»Könnte Sinclairs Mann nicht für uns dolmetschen?«

»Sinclair ist nicht verheiratet«, sagte Ligieia.

»Also geschieden?«

Ligieia antwortete nicht gleich, schien zu überlegen, was ich wohl alles von Sinclair wissen mochte. »Ja«, sagte sie schließlich. »Aber wenn ich Sinclair nachher von Ihrem Anruf berichte, müsste ich doch wenigstens wissen, um was es da eigentlich geht, oder?«

Ich wünschte mir sehnlichst, ich könnte mich in der Gebärdensprache verständigen. Es war jetzt schon unangenehm, eine Vermittlerin einweihen zu müssen, die ich gar nicht kannte, und es würde sicher noch irritierender werden, wenn ich Sinclair erst gegenüberstand. »Wie ich schon sagte, ich bin Detective vom Hennepin County Sheriff's Department. Aber mein Ehename ist Shiloh.«

»Oh«, sagte Ligieia überrascht. Offenbar erkannte sie den Namen wieder.

»Ich bin Sinclairs Schwägerin. Ihr Bruder Michael, mein Mann, ist verschwunden. Es ist also zugleich eine Polizei- und eine Familienangelegenheit.«

»Oh, wow«, sagte Ligieia, was ihre Stimme noch jünger klingen ließ. »Okay, sind Sie hier in der Stadt? Oder in Santa Fe?«

»Ich komme mit dem nächsten Flug. Ich möchte heute Abend noch mit Sinclair sprechen.«

»Nun ja, ich müsste ihr aber erst Bescheid sagen. Kann ich Sie zurückrufen?«

»Ich habe im Moment keine Nummer, unter der ich zu erreichen bin. Es wäre wirklich besser, wenn wir gleich etwas ausmachten, und Sie mir bitte sagen, wie ich zu Ihnen komme«, drängte ich.

»Nein, das kann ich wirklich nicht machen«, sagte Ligieia. »Ich bin ihre Mitbewohnerin, und ich dolmetsche oft für sie, aber das ist alles. Sie ist vollkommen unabhängig. Ich bin keine Art von Behindertenbetreuerin.«

»Verstehe«, sagte ich.

»Vielleicht ist sie einverstanden, Sie zu Hause zu treffen, vielleicht wäre es ihr aber auch lieber auf dem Campus oder irgendwo in der Stadt.«

»Na gut, dann rufe ich Sie aus Santa Fe noch mal an«, kapitulierte ich.

»Okay.«

»Hören Sie«, fragte ich neugierig, »wenn Sie für Sinclair im Seminar dolmetschen … hat sie denn nicht gerade einen Kurs?«

»Stimmt, aber am Bale College kann man Gebärdensprache lernen, und heute lässt Sinclair einen Studenten für sie dolmetschen. So habe ich mehr Zeit zum Lernen.«

»Studieren Sie Gebärdensprache?«

»Nein, Kreatives Schreiben. Ich schreibe Gedichte. Aber ich hatte einen gehörlosen Freund an der Highschool, und so hab ich die Gebärdensprache gelernt.«

Eine Gruppe lärmender Schulkinder kam auf dem Weg in die Bibliothek am Telefon vorbei. Ich steckte mir einen Finger ins Ohr und wandte mich von ihnen ab.

»Ich hoffe, ich hab vorhin nicht den Eindruck erweckt, Sinclair sei irgendwie unnahbar«, fuhr Ligieia fort. »Sie ist nämlich ein ganz wunderbarer Mensch. Ich bin sicher, sie wird sich freuen, Sie kennen zu lernen.«

Ich musste mich enorm beeilen, wenn ich noch am selben Abend mit Sinclair Goldman sprechen wollte, und so gab ich kräftig Gas, als ich in meinem Leihwagen stadtauswärts fuhr. Doch schon an der nächsten Ampel sah ich mich gezwungen, heftig zu bremsen, obwohl die Ampel auf grün stand, weshalb ich auf der Kreuzung fast in eine lange schwarze Limousine gerauscht wäre. Während ich auf dem Zebrastreifen schlitternd zum Halten kam, sah ich, dass die Limousine zu einer Reihe von Wagen gehörte, die in langsamer Prozession dahinkrochen. Ich schaute nach links, zum Anfang der Kolonne hin, und sah, dass sie von einem Leichenwagen angeführt wurde, der gerade durch ein breites Steinportal rollte, hinter dem eine schmale Straße sich durch ein gepflegtes, smaragdgrünes Rasengelände wand.

Ich hoffte, es war kein junger Mensch, der da feierlich zur letzten Ruhe geleitet wurde.

Die Leichenhalle, in der die Trauerfeier bei Kamareias Beerdigung stattfand, war eines plötzlichen Kälteeinbruchs wegen fürchterlich überheizt. Während der Raum sich nach und nach mit Genevieves Familie und Freunden füllte, schwitzte ich in meinem schwarzen Kleid, das ich zuletzt im Winter bei der Beerdigung meines Vaters getragen hatte, und wünschte, ich könnte mich heimlich davonstehlen.

Shiloh stand auf der anderen Seite des Raums in seinem dunklen Anzug, den er sonst nur zu Gerichtsterminen trug. Ich hatte mir den Tag frei genommen, um Genevieve, die das Haus voller angereister Verwandter hatte, nach Kräften zur Seite zu stehen. Shiloh hatte seine Schicht mit einem Kollegen getauscht, um der Trauerfeier beiwohnen zu können.

Bei einem Gesicht, das so zugerichtet war wie Kamareias, hatten alle Schminkkünste des Bestattungsunternehmers kaum etwas bewirken können, also hatte man den edel schimmernden Sarg, der vorne aufgestellt war, bereits geschlossen. Ich starrte ihn lange, zu lange an und richtete den Blick dann auf die allmählich eintreffenden Trauergäste.

Einer von ihnen stach mir sofort ins Auge.

Über die Jahre hatte Genevieve mir hin und wieder von ihrer kurzen Ehe erzählt. Sie war eine Weiße aus einer katholischen Arbeiterfamilie im städtischen Norden; er war ein Schwarzer aus dem ländlichen Georgia, wo seine Eltern der First African Baptist Church angehörten. Als ihre Ehe an diesen Unterschieden zerbrach, war er erst nach Harlem gezogen, dann schließlich als Firmenanwalt nach Europa, während sie als Polizistin in der Stadt blieb, die schon für mehrere Generationen die Heimat ihrer Familie gewesen war.

Ich hatte nie ein Foto von Vincent gesehen, aber Genevieve hatte ihn mir einmal beschrieben, sodass es, als ich ihn jetzt sah, wirklich keinen Grund gab zu denken: Wer zum Teufel ist denn das? Doch genau das tat ich, und mir wurde auch gleich klar, warum.

Ich hatte die Angewohnheit, in allen Leuten, die ich traf, immer gleich die Sportler zu sehen, die sie zu Schulzeiten gewesen sein mochten: Verteidiger, Dauerläufer, Schwimmer, Stürmer. Das war bei diesem Mann nicht möglich. Vincent Brown war einsneunzig groß, und er besaß eine physische Präsenz, die in keine Kategorie passte. Er war die pure Energie im gedeckten Maßanzug, mit etwas von einem Azteken in den hohen Wangenknochen. Sein dunkler Blick erinnerte mich überhaupt nicht an Kamareias hellbraune, weit auseinander stehende Augen. Es fiel mir schwer, ihn mir als den Vater dieses sanften, fröhlichen Mädchens vorzustellen oder als Genevieves Mann.

Vincents Blick fand, wen er suchte: Genevieve, inmitten ihrer Familie. Er ging zu ihr hinüber, und ihre Brüder und Schwestern machten ihm Platz. Genevieve hob die Augen zu ihm, und Vincent küsste sie. Nicht auf die Wange oder die Stirn, sondern auf den Scheitel, und er schloss dabei die Augen, eine Geste von unermesslicher Zärtlichkeit.

Plötzlich sah ich, was ich vorher nicht hatte erkennen können: Seelenverwandtschaft, trotz allem, was dagegen zu sprechen schien.

Vincent sprach mit Genevieve, und sie mit ihm. Er drehte sich um und sah mich an, und ich merkte, dass sie gerade von mir sprachen. Beim Hinstarren ertappt, schaute ich schnell weg, doch Vincent kam schon auf mich zu.

»Sarah«, sagte er.

»Vincent?«, entgegnete ich ein wenig unsicher. Er schüttelte mir nicht die Hand, sondern hielt sie nur einen Moment lang fest in der seinen.

»Du warst bei Kamareia, nicht wahr?«, sagte er. »Auf dem Weg ins Krankenhaus?«

»Ja.«

»Ich danke dir«, sagte er.

Am Flughafen von Salt Lake City fand ich einen Flug nach Albuquerque, den ich als Stand-by buchen konnte. Ich zückte meine Kreditkarte und kaufte ein Ticket.

Während Shilohs Bank-, Telefon- und Kreditkartenabrechnungen keinerlei Auffälligkeiten gezeigt hatten, hinterließ ich eine Spur, die jedes Kind unschwer hätte verfolgen können: Ferngespräche auf Telefonkarte, Mietwagen und Flugticket über American Express.

Aber mein Name wurde nicht aufgerufen, und ich stand da und konnte nur zusehen, wie der Durchgang zur Maschine hinter den letzten Passagieren geschlossen wurde. Hinter dem Schalter erlosch die rote Leuchtschrift, die »Fl. 519 – Albuquerque – 3:25« verkündete.

Der Flug um sechzehn Uhr vierzig war zum Glück nicht voll besetzt. Die Flugzeit hätte eine Stunde und zwanzig Minuten dauern sollen, doch als wir Albuquerque anflogen, meldete der Pilot sich mit einer Durchsage.

»Leider wird die Landung sich wegen schlechten Wetters verzögern. Wir werden nicht umgeleitet, aber noch eine Weile in der Warteschleife bleiben, und bitten Sie, diese kleine Unannehmlichkeit zu entschuldigen.« Die Stimme des Piloten nahm einen jovialen Tonfall an. »Und was das Wetter betrifft, kalkulieren Sie lieber gleich ein bisschen mehr Zeit für Ihre weiteren Wege heute Abend ein. Wir möchten schließlich, dass Sie heil ankommen, damit Sie auch wieder mit uns zurückfliegen können.«

Ich lehnte den Kopf zurück, um aus dem kleinen Fenster zu schauen, und horchte auf das ungeduldige Pochen meines Herzens.

Je später ich ankam, desto wahrscheinlicher wurde es, dass Sinclair und Ligieia unser Treffen auf morgen früh verschoben, an irgendeinen anonymen Ort in der Stadt.

Ich wollte Sinclair aber nicht in einem Café treffen. Wenn ich schon per Dolmetscher mit Shilohs Schwester sprechen musste, dann wenigstens nicht unter lauter anderen Leuten, wo man sich kaum in Ruhe würde unterhalten können.

Bei Naomi zu Hause waren die Bedingungen ideal gewesen, dort hatten wir Zeit und Muße gehabt, ein ganz entspanntes Gespräch zu führen. Mit Sinclair würde das wohl ohnehin nicht möglich sein, aber ich wollte sie auf jeden Fall zu Hause aufsuchen, und nicht nur, weil wir dort ungestört sein würden.

Wir alle haben einen ganz besonderen Ort, an den wir uns zurückziehen würden, wenn unser Leben aus dem Ruder liefe. Und nach dem, was ich von seinem Bruder erfahren hatte, schien dieser Zufluchtsort für Shiloh das Haus seiner Schwester Sinclair zu sein.

Shilohs Leben war zwar nicht aus dem Ruder gelaufen, ganz im Gegenteil. Seine Karriere befand sich gerade im Aufschwung, seine Ehe war jung und in bester Ordnung. Trotzdem musste ich mich davon überzeugen, dass er sich in einer Zwangslage, deren Ursache mir unbekannt war, nicht in diesen fernen Winkel des Landes geflüchtet hatte. Es wäre ein seltsamer Zufall, wenn Shiloh ausgerechnet in Santa Fe untergetaucht wäre. Soweit ich wusste, war er noch nie hier gewesen, während mich eine meiner frühesten Erinnerungen mit Santa Fe verband.

Ich war vielleicht vier, als meine Mutter mich auf einen Ausflug in die Stadt mitnahm, um irgendetwas einzukaufen, was im Hinterland nicht zu bekommen war. Ich erinnere mich nur noch, dass es Spätherbst oder Winter war, ein kühler, regnerischer Abend, der die erleuchteten Fenster warm und einladend erscheinen ließ. Ich erinnere mich an die sahnige Kürbissuppe, die wir in einem Restaurant aßen, und an meine kindliche Befriedigung darüber, allein mit meiner Mutter am Tisch zu sitzen, sie einmal ganz für mich zu haben …

Die Stimme des Piloten unterbrach meine Träumerei. Wir hatten endlich Erlaubnis, in Albuquerque zu landen. Eine Stewardess bewegte sich mit wiegenden Schritten durch den Mittelgang, um zu kontrollieren, ob noch irgendwo Tische runtergeklappt oder Handys in Gebrauch waren.

Die Maschine sank in eine Wolkenbank, so glatt wie die Oberfläche des Ozeans. Im letzten Glimmen der Dämmerung wirkten die Wolken fast schwarz; in der Stadt darunter brach wohl schon die Nacht an. Wassertropfen rannen schräg über das Fenster. In dem dichten, schwärzlichen Dunst hingen wir alle einen Moment lang im Nirgendwo, zwischen den Welten.

Es war lächerlich, zu glauben, ich könnte Shiloh im Haus seiner Schwester in New Mexico überraschen. Aber ich wusste, warum ich nicht von der Illusion lassen mochte. Sie hatte etwas seltsam Verführerisches.

Eine Witwe, deren Mann bei einem Autounfall ums Leben gekommen war, hatte mir einmal erzählt, sie habe sich mit der Fantasie getröstet, dass er gar nicht tot sei, sondern einfach nur woanders hin gezogen. Damals war mir das nicht sehr tröstlich vorgekommen, aber jetzt verstand ich es. Die Liebe dieser Frau war bedingungslos: Sie wollte nur, dass es ihrem Mann gut ging, ob mit ihr oder ohne sie.

Unter den realistischen Möglichkeiten, mir Shilohs Verschwinden zu erklären, war dies die einzig annehmbare.

Weiße Lichter leuchteten uns vom Rollfeld entgegen.

Kapitel XVII

In einer spärlichen Menschenmenge überquerte ich den Asphaltplatz, der zum Flughafengebäude führte. Der Gedanke an all die Dinge, die ich heute Abend noch zu tun hatte, ermüdete mich jetzt schon. Vor mir sah ich eine Reihe Münzfernsprecher, aber ich wusste schon, dass ich Ligieia nicht anrufen würde.

Die Stadtpläne, die man beim Mietwagenverleih mitgeliefert bekam, würden für meinen Bedarf sicher nicht ausreichen. An einem Zeitungsstand fand ich, was ich brauchte, eine Karte, die den ganzen Staat New Mexico einschloss.

Am Mietwagenschalter fügte ich der deutlichen Spur, die ich hinterließ, noch einen weiteren Fußabdruck hinzu, indem ich einen Honda mietete. Ich faltete die Karte auseinander und zeigte auf die Kleinstadt, wo sich Bale College befand. »Wie lange werde ich brauchen, um dahin zu kommen?«

Die Frau am Schalter beugte sich über die Karte. »Eine Stunde«, sagte sie. »Vielleicht auch etwas länger, weil es dunkel wird und Sie sich in der Gegend nicht auskennen.«

»Hat der Wagen, den Sie mir geben, einen vollen Tank?«

»Alle unsere Wagen sind selbstverständlich aufgetankt. Wenn Sie ihn nicht voll getankt wieder abliefern, kostet es Sie eine Extragebühr.«

»Gibt es auch einen Becherhalter drin?«

»Einen was?«

»Ich werde einen Kaffee auf der Fahrt brauchen.«

»Kann ich Ihnen nachfühlen«, nickte sie, wohl ebenfalls eine Koffeinsüchtige.

Aber am Ende mochte ich mir doch nicht mehr die Zeit für den Umweg zum Starbucks nehmen und fuhr ohne Zwischenstopp direkt aus der Stadt heraus.

Der beständige Nieselregen überzog die Windschutzscheibe mit feinen Tropfen. Ich schaltete den Scheibenwischer ein und hoffte, der Regen würde nicht stärker werden, denn ich hatte fest vor, die Strecke mit Bleifuß auf dem Gaspedal zurückzulegen. Ich würde ohnehin schon zu unhöflich später Stunde eintreffen; jede Minute zählte.

Auf dem Interstate behielt ich ein stetiges Tempo von zweiundachtzig Meilen pro Stunde bei, das ich erst drosselte, als die Straße zum Bale College hinauf in die Hügel abzweigte, aber ich fuhr immer noch schneller als erlaubt.

Bald schon verwandelten wohl bekannte Blitzlichter die Regentropfen auf der Heckscheibe in ein rot-blau flackerndes Kaleidoskop.

Ich blinkte sofort, um meine Bereitschaft zur Kooperation zu signalisieren, und hielt am Straßenrand.

Der Verkehrspolizist, der ans Wagenfenster trat, konnte kaum älter als zwanzig sein. »Deputy Johnson« stand auf seinem Namensschild. »Wissen Sie, wie schnell Sie gefahren sind?«, fragte Johnson.

»Tja, ich dachte, ungefähr fünfundvierzig, aber Sie werden mir sicher gleich sagen, dass es mehr war«, entgegnete ich, bemüht, das Ganze mit Humor zu nehmen.

»Es war ziemlich viel mehr«, sagte er, ohne zu lächeln. »Ich habe siebenundfünfzig gemessen.«

»Nun, dann haben Sie mich wohl erwischt. Ich hab den Wagen hier eben erst gemietet; in fremden Autos vertut man sich manchmal mit der Geschwindigkeit.«

»Nicht, wenn man den Tacho im Auge behält«, erwiderte er lehrerhaft. »Bei diesem Nieselwetter ist es besonders wichtig, nicht zu schnell zu fahren, wissen Sie. Manche Leute glauben, so ein bisschen Regen sei nicht weiter schlimm, aber es gibt doch immer Ölspuren auf dem Asphalt, die …«

Ich zahl ja schon, ich zahl auch doppelt, hör endlich auf zu labern und verpass mir den Strafzettel, dachte ich. Aber er war noch jung; er nahm seinen Job ernst.

Deputy Johnson beendete seinen Sermon eine Minute später und nahm meine Papiere zur Überprüfung mit. Ich kramte inzwischen meine Dienstmarke aus der Tasche.

Er kam wieder und stellte den Strafzettel aus.

»Danke für Ihre Einsichtigkeit«, sagte er.

»Warten Sie, ich möchte Sie noch etwas fragen.« Ich hielt meine Marke hoch. »Ich bin vom Hennepin County Sheriff's Department. Das ist Minneapolis und Umgebung.«

Er hob überrascht die Augenbrauen.

»Es geht mir nicht darum, dass Sie wegen des Strafzettels ein Auge zudrücken. Ich bin zu schnell gefahren; ich zahle die Gebühr«, versicherte ich ihm. »Ich bin in einer Ermittlung unterwegs und wollte sowieso gerade zu Ihrem Revier, als Sie mich angehalten haben. Ich habe hier eine Telefonnummer ohne Adresse, und ich wollte jemanden bitten, die Adresse für mich nachzuschauen.« Ich lächelte ihn an, um ihm zu zeigen, dass er mir damit einen Gefallen täte. »Wenn Sie die Nummer per Funk an Ihr Revier weitergeben könnten, vielleicht haben die dann die Adresse schon parat, wenn ich dorthin komme.«

Deputy Johnson zog die Stirn kraus. »Von welchem Bezirk sind Sie noch mal gleich?«

»Ich bin Detective von Hennepin County. Ich kann Ihnen gern die Nummer der Dienststelle dort geben, falls jemand das nachprüfen will.«

»Und es geht hier wirklich um eine Ermittlung?«

»In einer Vermisstensache, ja.«

Es begann Johnson wohl zu dämmern, dass dies hier eine ganz nette Abwechslung von der Radarfallenroutine war. »Was ist das für eine Nummer, zu der Sie die Adresse wissen wollen?«

Ich gab ihm Ligieias Telefonnummer, und er ging zu seinem Funkgerät zurück.

»Die Kollegen kümmern sich drum«, sagte er, als er zurückkehrte, und beschrieb mir den Weg zum Polizeirevier. »Kommen Sie ruhig vorbei und fragen Sie nach mir, wenn ich Ihnen irgendwie behilflich sein kann, während Sie in der Stadt sind, Detective

Pribek«, sagte er. Es klang, als würde sein Job ihn nicht sonderlich ausfüllen.

Doch erst, als ich auf dem Revier eintraf, kam jemand, wenn auch etwas indirekt, auf die Frage zu sprechen, die eigentlich auf der Hand lag.

»Die von Hennepin County müssen aber ein ganz schön fettes Spesenkonto haben, dass sie es sich leisten können, ihre Detectives quer durchs Land zu schicken, um vermisste Personen aufzuspüren«, bemerkte der Deputy vom Dienst mit leicht ironischer Miene.

»Haben sie nicht«, sagte ich. »Das hier ist eine Ausnahme.«

Er gab mir die Adresse, auf einen Notizzettel geschrieben, dessen Klebefläche umgefaltet war.

»Ist wohl ein spezieller Fall, wie?«

»Sozusagen.« Mir war nicht nach langen Erklärungen. »Hey, ist das da Kaffee?«

Zehn Minuten später hielt ich vor einem rustikalen Cottage mit Schindeldach, nicht weit vom Bale College gelegen. Die Außenlampe an der Einfahrt sah aus wie die Nachbildung einer viktorianischen Gaslaterne. Ihre Hundert-Watt-Leuchte warf einen hellen Lichtschein über den Vorgarten. Die Garage war zu, und nirgends stand ein sauberes, unauffälliges Auto, das wie der Mietwagen eines Besuchers ausgesehen hätte.

Auf mein Klopfen hin hörte ich Schritte näher kommen, aber die Tür wurde nicht gleich geöffnet. Zuerst bewegte sich der Vorhang an einem Seitenfenster, was auf weise weibliche Vorsicht schließen ließ. Dann tat die Tür sich einen Spaltbreit auf.

Eine junge Frau stand in der Tür, etwas über einssechzig groß, mit dicken dunklen Zöpfen. Ein knappes Oberteil über karierten Pyjamahosen ließ ihren flachen braunen Bauch sehen, ein, zwei Schattierungen heller als Kakaopulver. Sie war barfuß.

»Kann ich Ihnen helfen?«, fragte sie.

»Wir haben heute miteinander telefoniert. Ich bin Sarah Pribek. Ich wollte Sie eigentlich noch anrufen«, beeilte ich mich, meine

Erklärung loszuwerden, bevor sie mich unterbrechen konnte, »aber mein Flug wurde verschoben, und ich bin erst ziemlich spät in Albuquerque gelandet.« Das bedeutete zwar nichts, klang aber irgendwie nach einer Entschuldigung. »Und bei einer Vermisstensache spielt Zeit wirklich eine ausschlaggebende Rolle, deswegen bin ich lieber gleich hergekommen.«

Ligieias tiefbraune Augen musterten mich prüfend, und noch hatte sie nicht nein gesagt. Also versuchte ich weiter, meine Sache geltend zu machen. »Ich habe einen Notizblock dabei«, sagte ich und klopfte auf meine Schultertasche. »So brauchen Sie nicht zu dolmetschen, falls es Ihnen jetzt gerade nicht so passt.«

Sie trat einen Schritt zurück. »Na, kommen Sie erst mal rein«, sagte sie etwas unwillig. »Ich frage Sinclair, ob es in Ordnung ist.«

Als sie die Tür hinter uns schloss, kam ein kleines Mädchen in die Diele gelaufen. Ihr rötliches Haar war feucht, und sie war in ein rotes Badetuch gewickelt, das sie mit den Armen festhielt. Sie stellte sich neben Ligieia und blickte zu mir auf, dann hob sie die Hände und fing an, in Zeichensprache zu reden. Das Badetuch glitt auf ihre Füße hinab.

»Hope!«, japste Ligieia erschrocken auf und ging in die Knie, um das Badetuch aufzuheben und den kleinen Nackedei wieder darin einzuwickeln. Sie schaute hoch, und als sie mich schmunzeln sah, fing sie auch an zu lachen und rollte die Augen. Etwas Besseres, um das Eis zu brechen, hätte ich mir gar nicht wünschen können.

»Sinclairs Tochter?«, fragte ich.

»Ja, das ist Hope«, sagte Ligieia. »Die Zeichensprache verrät wohl, zu wem sie gehört, nicht?«

Hinter Ligieia tauchte eine hoch gewachsene Frau mit langen roten Haaren auf. Sie maß mich mit einem vertraut abschätzenden Blick aus leicht eurasisch anmutenden Augen.

Sinclair. Ligieia hatte ihre Anwesenheit noch nicht bemerkt. Ich straffte die Schultern und nickte ihr zu, und sie erwiderte meinen Gruß auf die gleiche Weise.

Dieser stumme Austausch hatte etwas seltsam Förmliches, und nicht nur, weil ich nicht direkt mit ihr sprechen konnte. Ich hatte das Gefühl, eine vermisste Person wiedergefunden zu haben. Vor zwei Tagen hatte ich nicht einmal gewusst, dass sie existierte, zumindest nicht namentlich, und nun war mir, als hätte ich schon lange versucht, sie aufzuspüren.

»Halt schön dein Handtuch fest, Liebes«, sagte Ligieia zu Hope, dann richtete sie sich auf und wandte sich an Sinclair, zugleich mit Worten und mit Gebärden.

»Das ist Sarah Pribek.« Meinen Namen mit den Fingern zu buchstabieren dauerte etwas länger, als ihn auszusprechen. »Sie sagt, dass Zeit in einer Vermisstensache sehr wichtig ist, darum ist sie so schnell hergekommen. Sie möchte heute Abend noch mit dir sprechen.«

Hope beobachtete schweigend, was sie in Zeichensprache erklärte. Sinclair hob die Hände und antwortete mit flinken Fingerbewegungen.

Ligieia sah mich an. »Haben Sie ein Zimmer in der Stadt?«

Verdammt, dachte ich, auf Ablehnung gefasst. »Noch nicht«, sagte ich.

»Sie sagt, sie richtet Ihnen das Gästezimmer her«, übersetzte Ligieia.

Sinclair nahm ihre Tochter auf den Arm und trug sie den Flur entlang zurück, woher sie gekommen war, während ich wie angewurzelt dastand, sprachlos über diesen unerwarteten Beweis von Gastfreundschaft. Immerhin war ich ihr ja vollkommen unbekannt.

Ligieia unterbrach meine Gedanken. »Kommen Sie doch mit in die Küche. Ich wollte uns sowieso gerade Tee machen.«

»Übrigens, ich hab das wirklich so gemeint, dass Sie nicht unbedingt dolmetschen müssen«, bekräftigte ich noch mal, während ich ihr folgte. »Sie sehen aus, als hätten Sie schon zu Bett gehen wollen.«

»Nein, nein«, winkte Ligieia ab. »Ich hab noch ein bisschen was für die Uni getan. Ich muss den dritten Akt von *Der Kaufmann von Venedig* bis morgen durchhaben.« Sie nahm den Teekessel vom Herd und schüttelte ihn, um zu prüfen, wie viel Wasser noch drin war. »Irgendwie kommt es mir wie Zeitverschwendung vor, sich damit zu befassen. Das Stück wird doch kaum noch aufgeführt, und zu Recht, finde ich, weil es so grässlich antisemitisch ist. Wer liest denn heutzutage so was noch freiwillig.« Sie zündete ein Streichholz an und hielt es an den Gasbrenner; es war ein sehr alter Herd.

»Kennen Sie Sinclair schon lange?«, fragte ich.

»Drei Jahre«, sagte Ligieia. »Seit sie am Bale ist. Ich wurde ihr von Anfang an als Dolmetscherin zugeteilt und hab dann auch bald angefangen, ihre Lesungen abzuhalten.«

»Lesungen?«

»Ich rezitiere ihr Werk bei Dichterlesungen und Poetry Slams«, erklärte Ligieia. »Das ist wirklich eine anspruchsvolle Aufgabe, weil ich ja nicht nur die Worte aufsage, sondern auch versuche, den emotionalen Gehalt rüberzubringen. Ich musste Sinclair richtig gut kennen lernen, um ihr Werk so zu lesen, wie sie es selber lesen würde, wenn sie sprechen könnte.«

Ich drehte mich um, als ich leichte Schritte hinter mir hörte, und sah Hope, in einem weißen Nachthemd, die roten Haare ordentlich gekämmt, mit kindlichem Ernst zu mir aufblicken.

»Mommy sagt, du kannst sprechen«, sagte sie, wobei sie sich zugleich der Gebärdensprache bediente, für alle Fälle. Ihre Stimme klang völlig natürlich, klar zu verstehen. Bis zu dem Moment hatte ich sie für taub gehalten.

»Deine Mutter hat Recht«, sagte ich.

»Heißt du Sarah?«, fragte sie.

»Hope«, unterbrach Ligieia, »weiß deine Mutter, dass du hier bist?«

Das Mädchen schaute zu Boden. Sie wollte nicht lügen.

»Weißt du, was ich glaube?« Ligieia beugte sich zu Hope hinab. »Ich glaube, sie hat dich schon ins Bett gebracht und dachte, du würdest brav liegen bleiben.« Sie richtete sich auf und zeigte zur Tür.

Hope drehte sich wortlos um und lief aus der Küche.

Ligieia schüttelte nachsichtig den Kopf. »Sie muss immer überall dabei sein.« Sie hielt die Hand über die Tülle des Teekessels, um zu fühlen, ob schon Dampf herauskam. »Diese Kleine ist das aufgewecktеste Kind, das ich je gesehen habe. Sie klingt wie eine Zehnjährige, wenn sie redet, und beherrscht die Gebärdensprache perfekt. Wenn sie älter ist, wird sie sicher das Gleiche machen wie ich und die Gedichte ihrer Mutter bei Lesungen vortragen. Aus der wird noch mal was.«

»Wann hat sich Sinclair denn von Hopes Vater scheiden lassen?«

Ligieia antwortete nicht. Ihre Augen richteten sich auf einem Punkt hinter mir. Ich wandte mich um und erblickte Sinclair.

Shiloh war genauso, bewegte sich lautlos wie ein Geist. Oft hörte ich ihn nicht, bis er direkt hinter mir stand.

»Ich wollte gerade den Tee aufgießen«, sagte Ligieia.

Wir setzten uns in das niedrige Wohnzimmer, das voller Grünpflanzen und leuchtender Farbakzente war. Ich lehnte mich in die weichen Polster des Schaukelstuhls zurück, steckte die Nase in meinen Teebecher und wartete erst einmal ab. Ich war unter dem Vorwand hier eingedrungen, dass ich keine Zeit zu verlieren hätte, doch in Wirklichkeit hatte ich gar keine dringenden Fragen an sie. Eigentlich hatte ich mich bloß versichern wollen, dass Shiloh nicht hier war.

Schließlich brach Sinclair das Schweigen.

»Ich bin froh, dass du gekommen bist«, sagte sie mit Ligieias Hilfe. *»Ich bin neugierig, etwas von Michael zu erfahren. Ich habe ihn seit Jahren nicht mehr gesehen. Aber ich weiß, dass du mir wahrscheinlich erst ein paar Fragen stellen möchtest.«*

Ich setzte meinen Becher ab. »Das war meine erste Frage: Wann hast du das letzte Mal von ihm gehört?«

Ligieia wartete, während Sinclair überlegte.

»Vor fünf oder sechs Jahren«, entgegnete sie. *»Ich entsinne mich nicht mehr genau. Ich war in Minneapolis, zu einer Dichterlesung im Loft, und zu einer Gastvorlesung am Augsburg College und noch einer in Northfield, am Carleton. Den Besuch am Carleton College habe ich deutlich in Erinnerung, weil dort ein paar Tage zuvor drei Studenten bei einem Autounfall ums Leben gekommen waren. Das war sehr traurig. Solche Dinge treffen ein kleines College besonders schwer.«*

»Oh«, sagte ich. »Daran kann ich mich auch noch erinnern.«

»Willst du, dass ich das exakte Datum nachschaue?«

»Nicht nötig«, sagte ich. »Das ist schon so lange her, dass es sicher nichts mit dem vorliegenden Fall zu tun hat. Mich interessiert eher, inwieweit du Kontakt zu Shiloh hattest. Hast du ihn persönlich getroffen, als du in Minneapolis warst?«

»Ja. Wir sind uns zufällig auf der Straße begegnet.«

»Ihr hattet also nicht verabredet, euch zu treffen?«

»Ich wusste nicht mal, dass er dort wohnte.«

»Hast du seither von ihm gehört, vielleicht per Brief oder E-Mail?«

Sinclair schüttelte den Kopf.

»Als du gehört hast, dass er verschwunden ist, ist dir da irgendwas eingefallen, was ihm möglicherweise passiert sein könnte?«

Wieder schüttelte Sinclair den Kopf. Die knappe Geste war keineswegs unhöflich gemeint, wie ich merkte, sondern nur eine Form, direkt mit mir zu kommunizieren.

»Warum, glaubst du, ist er von zu Hause weggelaufen, als er siebzehn war?«

Bei dieser Frage hob sie den Blick von Ligieias Händen weg zu meinen Augen und strich sich nervös mit dem Daumen über die Fingerspitzen. Ich fragte mich, ob diese Bewegung vielleicht ein Zögern andeutete, so ähnlich, wie wenn sich eine sprechende Person über die Lippen leckte.

»Ich habe erst Jahre später davon erfahren«, erwiderte Sinclair. *»Aber Mike hatte mit unserem Vater die gleichen Probleme wie ich.«*

»Deine Geschwister stellen das aber ganz anders dar«, sagte ich.

Diesmal trat eine etwas längere Pause ein, während Ligieia darauf wartete, dass Sinclairs Hände zur Ruhe kamen. Dann übersetzte sie: *»Sie sahen nur, was sie sehen wollten. Meine Familie war es gewohnt, mich als Außenseiterin zu sehen, aber sie wollten, dass Mike so war wie sie.«*

»Als du von zu Hause weggegangen bist, wo bist du dann hin?«

»Nach Salt Lake City, zu Freunden, die Mormonen waren, aber nicht mehr in der Mormonen-Kirche. Als sie über Weihnachten weggefahren

sind, habe ich mich einsam gefühlt und bin wieder nach Hause zurück. Michael schleuste mich heimlich ins Haus, durch ein Fenster, vor dem ein hoher Kletterbaum stand. Auf dem Weg hatte ich mich früher auch immer davongestohlen.«

Sie wartete, bis Ligieia fertig übersetzt hatte. *»Wir wurden erwischt, und mein Vater war ziemlich wütend. Es tat mir Leid, dass ich Mike solchen Ärger eingebrockt hatte. Aber er wäre früher oder später sowieso aus der Familie ausgebrochen.«*

»Hat Mike dich damals in Salt Lake City besucht?«

»Nein. Wie gesagt, ich habe überhaupt erst Jahre später von seinem Fortgehen gehört.«

Meine Fragen, Sinclairs Blick, Ligiaias Stimme ... Es kam mir vor, als bezöge ich Informationen über eine vorsintflutliche Konferenzschaltung, die alles andere als zuverlässig war.

»Warum, glaubst du, hat er dich denn nicht aufgesucht?« Ich wollte sie noch etwas anderes fragen, hielt es aber für ratsam, mich auf indirektem Wege an das Thema anzupirschen.

Sinclairs Blick, der so sehr dem von Shiloh glich, ruhte forschend auf mir. Sie machte ein paar schnelle Zeichen. *»Mike ist immer sehr unabhängig gewesen«*, übersetzte Ligieia. *»Darf ich fragen, wieso dich das interessiert? Es ist doch alles schon so lange her.«*

Ich griff nach dem Teebecher, stellte ihn aber gleich wieder ab. Der Erdbeertee hatte eine hübsche rosa Farbe, schmeckte jedoch säuerlich und fade.

»Die persönliche Geschichte«, sagte ich. »Ich suche nach einem Verhaltensmuster.« Ich zwang mich, einen Schluck von dem Tee zu trinken. »Aber wenn du seit Jahren nichts mehr von ihm gehört oder gesehen hast, gibt es nicht mehr viel zu fragen.«

Überraschenderweise war es Ligieia, die nach einer Weile das Schweigen brach.

»Möchte noch jemand außer mir etwas Stärkeres zu trinken?« Sie schaute zu Sinclair hin, die unbestimmt mit der Hand wedelte, weder zustimmend noch ablehnend. Mir schien allmählich, als sei dies die Art, wie Sinclair alles hinnahm, gelassen, gleichmütig.

Ligieia verließ den Raum. Jetzt können wir endlich *richtig* reden, dachte ich und blickte Sinclair an. Aber natürlich konnten wir das nicht. Gerne hätte ich mit ihr ohne die Anwesenheit einer Dritten gesprochen. Ligieia war ja ganz nett, aber sie hatte Shiloh nie gekannt; unsere Unterhaltung ging sie nichts an.

»Ich kann nicht einschlafen«, vernahm ich plötzlich eine quengelnde Kinderstimme an meiner Seite.

Ich drehte mich um. Hope stand barfuß in ihrem Nachthemd da. Sinclair schüttelte in mütterlichem Tadel den Kopf.

Ligieia kam wieder, eine Flasche Bombay Gin in der Hand, und blieb stehen, als sie Hope sah. »Was ist denn hier los?« Sie schaute Sinclair an. »Bleib ruhig sitzen. Ich bring sie ins Bett zurück.« Sie streckte die Hand zu Hope aus.

Doch Sinclair schüttelte den Kopf und bewegte schnell die Finger. Ligieia lachte.

»Jeder hasst es, von einer Party ausgeschlossen zu sein, sagt sie«, erklärte sie mir. Sie blickte zu Hope hin. »Also gut, Baby, Mom sagt, du darfst noch ein bisschen bleiben.« Sie drehte sich um und goss Sinclair und sich einen Schuss Gin in die Tassen.

»Für mich nicht«, sagte ich zu spät, als sie sich bereits über meinen Becher beugte und eine großzügige Menge Gin in den Tee schwappen ließ.

»Oh, tut mir Leid«, sagte sie. »Kann ich Ihnen vielleicht noch mehr Tee …«

»Nein, nein«, sagte ich hastig. »Ist schon in Ordnung so.«

Ligieia stellte die Flasche ab und nahm wieder auf dem Sofa Platz.

»Komm her, Miss Hope, möchtest du zwischen mir und deiner Mom sitzen?« Ligieia klopfte auf den Platz zwischen ihr und Sinclair.

Aber Hope kletterte neben mich auf den Schaukelstuhl, wobei der Stuhl auf den Kufen vorkippte. Viel Platz war da nicht mehr, und Hope lehnte sich schwer an mich, den Kopf an meiner Brust.

Ligieia zog verblüfft die Augenbrauen hoch, und sogar Sinclair blickte leicht überrascht. Sie machte ein paar Zeichen.

»*Du machst dir schnell Freunde*«, dolmetschte Ligieia.

»So schnell normalerweise nicht.«

Hope blickte zu mir auf. »Heißt du Sarah?«, fragte sie noch mal. Sie hatte behauptet, sie könne nicht einschlafen, doch vor Müdigkeit fielen ihr schon fast die Augen zu. Und mir auch, merkte ich.

»Ja«, nickte ich.

Hope hielt die Hand hoch und bewegte die Finger.

»Sie buchstabiert deinen Namen«, sagte Ligieia. »Sie zeigt dir, was sie kann.«

»Ich bin schwer beeindruckt, Kindchen«, sagte ich zu Hope. »Pass auf, wir kippen mal kurz nach vorn.« Ich lehnte mich vor und langte nach meinem Tee mit Gin.

Ich ließ die Flüssigkeit ein bisschen im Becher kreisen, eine verzögernde Geste, wie das Dribbeln mit dem Basketball an der Freiwurflinie.

Ich hatte vorgehabt, den Gin nicht anzurühren; seit mir aufgegangen war, dass Shiloh verschwunden war, hatte ich mich vor der Versuchung des Alkohols in Acht genommen. Ein Drink, sagte ich mir, konnte schnell zu weiteren führen; die Wärme der Promille, die mir die Angst in der Brust und die Spannung in den Schultern löste, mich der Realität enthob, mich einlullte, meine Suche verlangsamte. Und das alles, da mein Mann jetzt mehr denn je meinen klaren Kopf benötigte.

Dann trank ich trotzdem. Ich war so verdammt müde. Der Gin machte den faden Tee schon viel erträglicher.

»Ich schätze, jetzt bist du an der Reihe, mir Fragen zu stellen«, sagte ich.

Sinclair hob die Hände und machte ein paar Zeichen. Sie kam direkt zur Sache.

»*Ist Mike in Schwierigkeiten?*«

Ich schüttelte nachdrücklich den Kopf. So weit konnte ich gerade noch in ihrer eigenen Sprache mit ihr kommunizieren.

»Nein«, sagte ich. »Nicht, dass ich wüsste. Irgendwas ist mit ihm passiert. Ich versuche herauszufinden, was.«

Sinclair bewegte wieder die Finger. *»Wie habt ihr euch kennen gelernt?«*

»Bei der Arbeit. Wir sind beide Polizisten.« Während ich mich in vage Halbwahrheiten flüchtete, spürte ich einen Anflug von Bedauern. Fast wünschte ich, ich könnte Sinclair die Geschichte genauso erzählen, wie sie sich tatsächlich zugetragen hatte. »Es war bei einer Drogenrazzia«, sagte ich. Selbst wenn ich mit Sinclair allein gewesen wäre, wäre die Geschichte zu lang gewesen, und außerdem hatte ich sie noch nie irgendjemandem erzählt.

»Wie ist Michael denn jetzt so?«

Ich trank noch einen Schluck, um mir Zeit zum Nachdenken zu geben.

»Schwer zu sagen. Sehr aufrichtig, jedenfalls. Ehrlich bis zur Schmerzgrenze.«

Ein warmes Gefühl breitete sich in meiner Magengrube aus. Zu den Zeiten, da ich noch richtig trank, hätte es weit mehr Gin gebraucht, bevor ich den Effekt gespürt hätte. Ich nippte wieder an meinem Becher und begann, Hope und mich leise hin und her zu schaukeln.

»Wie lange seid ihr schon verheiratet?«

Während sie dolmetschte, stand Ligieia auf, um mir Gin nachzuschenken. Ich ließ sie gewähren.

»Bloß zwei Monate«, sagte ich. »Nicht lange.«

»Wie lange kanntest du ihn vorher?«

»Ungefähr fünf Jahre«, sagte ich. »Wir waren aber nicht die ganze Zeit zusammen. Wir waren zwischendurch eine Weile getrennt.«

Vielleicht lag es ja am Gin, aber mittlerweile empfand ich es nicht mehr als störend, mich nur indirekt mit Sinclair unterhalten zu können. Besonders, wenn ich die Augen auf Hope gesenkt hielt, die eingeschlafen war, wurden Ligieias Worte nahtlos zu Sinclairs.

»Warum?«

»Shiloh und ich hatten einen Punkt erreicht, an dem es nicht mehr weiterging.« Ich sprach langsam, bedächtig. »Es hatte auch was mit dem Job zu tun. Es ärgerte mich, dass er einen höheren

Rang hatte. Als ich jung war, wurde ich immer schnell ärgerlich. Ich war oft wütend auf ihn und konnte nicht mal erklären, warum.« *Gott, ich bin schon beschwipst, ich sollte den Mund halten.* Tat ich aber nicht. »Außerdem war er manchmal so weit weg, und als ich jung war, konnte ich Enttäuschung schlecht aushalten, und ich fürchtete, etwas in ihm würde sich mir immer entziehen.«

Es war, als wäre ich unversehens mit bloßen Füßen auf einen Splitter von Trauer getreten. Ich vergrub den Kopf in den Händen, so gut es ging, ohne Hope zu wecken.

Sinclair trat zu mir und tat etwas seltsam Anrührendes: Sie legte mir die Hand auf die Stirn, als hätte ich Fieber, und strich mir dann sanft übers Haar.

»Ich vermisse ihn«, sagte ich leise, und Sinclair nickte.

Diesmal bewegte sie nicht nur die Hände, sondern auch die Lippen, als sie zu mir sprach, und ich schwöre, ich verstand sie, noch bevor Ligieia übersetzte.

»Erzähl mir etwas von Mike. Irgendwas.«

Also schenkte ich mir Gin nach und erzählte ihr, wie Shiloh Annelise Eliot gefasst hatte.

Kapitel XVIII

Ziemlich zu Anfang seiner Zeit als Bearbeiter ungelöster Fälle war Shiloh einmal nach Eden Prairie hinausgefahren, einem Vorort von Minneapolis, wo verschiedene Kirchen gemeinsam ein Hospiz betrieben. Dort wollte er einen Aidspatienten im Endstadium zu einer alten Strafsache befragen, bevor dessen Erinnerungsvermögen zusammen mit seinem nur noch schwach flackernden Lebenslicht verlöschte.

Shiloh saß an seinem Bett, hörte zu, machte sich Notizen. Und als der Kranke dann eingeschlafen war, bot Reverend Aileen Lennox, die das Hospiz leitete, Shiloh einen Besichtigungsgang durch das Gebäude an.

Die hoch gewachsene, schlicht gekleidete Frau beschrieb ihm mit leisem Stolz, wie die Klinik erst ein Jahr zuvor zu einer Betreuungsstation für die Sterbenden umgemodelt worden war. Sie verwies auf die tröstliche, persönliche Atmosphäre des Ortes; sie sprach von den Gesellschaften und Einzelpersonen, die Geld und Zeit dafür gespendet hatten. Und während ihrer Ausführungen spürte Shiloh, wie sich ihm schaudernd die Nackenhaare sträubten.

Sie war mittlerweile zwölf Jahre älter als zum Zeitpunkt ihres Verschwindens. Ihre hohen Wangenknochen hatten etwas weichere Konturen bekommen; um ihre eiskalten blauen Augen zeichneten sich feine Krähenfüße ab, und ihr damals blond gesträhntes Haar war jetzt in einem stumpfen Sandton gefärbt. Aber Shiloh hatte sie an ihren Augen, an dem Schnitt ihrer Züge, an ihrer Haltung erkannt. Aileen Lennox war Annelise Eliot.

»Ich habe den Akzent von Montana in ihrer Stimme gehört«, erzählte Shiloh mir an jenem Abend, »aber als ich sie danach fragte, sagte sie, sie hätte nie dort gelebt.«

»Unsinn«, meinte ich. »Man kann doch keinen Akzent von Montana heraushören.«

»Ich schon«, sagte Shiloh.

Annelise Eliot war dort aufgewachsen, als reiche Erbin eines Holzbarons, der etliche Sägewerke, Papiermühlen und ausgedehnte Ländereien besaß. Der europäische Anklang ihres Namens ließ auf eine Aristokratin schließen, die Nerven vielleicht ein wenig schwach, mit einem zarten Geflecht blaublütiger Adern unter narzissenweißer Haut. Tatsächlich aber war Anni, wie sie genannt wurde, bevor sie als Annelise zu schauriger Berühmtheit gelangte, eine eher grobknochige, kräftige Person. Und waren ihre blonden Haare auch von teuren Coiffeursträhnen aufgehellt, so waren ihre Fingernägel doch oft schmutzig vom eigenhändigen Striegeln ihrer Pferde.

Von Kind auf hatte Anni feurige Appaloosas besessen, die sie auf Rodeos ritt. Mit sechzehn bekam sie dann einen feuerroten Ford Mustang, und wenn ihr schnittiges 1966er Coupé über die Landstraßen preschte, waren die Radarfallen seltsamerweise immer gerade ausgefallen. Ebenso war es mit den Exzessen, die Anni und ihre Freunde sich im Eliot'schen Sommerhaus in Flathead Lake leisteten – wüste Trinkgelage, Strippoker und ähnliche Auswüchse jugendlichen Leichtsinns. Auch da blieb es immer nur bei Erzählungen, neidvoll von Erwachsenen kolportiert, die längst zu alt und vernünftig für diese Art von Benehmen waren. Sie war ein Wildfang, dem das Leben nichts als Glück beschert zu haben schien.

Doch das Pech holte Annelise ein, als sie neunzehn war. Seit drei Jahren hatte sie einen Freund, Owen Greene, und begann allmählich, Heiratspläne zu schmieden – die Beziehung hatte sogar seinen Entschluss, zum Jurastudium nach Kalifornien zu gehen, überlebt. Owen Greene war ein Sunnyboy mit guten Noten, beliebt bei seinen Professoren und Kommilitonen in San Diego. Doch eines Tages beschuldigte ihn Marnie Hahn, die in die letzte Klasse einer dortigen Highschool ging, sie nach einer Party im mondänen Badeort La Jolla vergewaltigt zu haben.

Marnie Hahn, die keine besonders gute Schülerin war und in einer Pizzeria nahe dem Campus jobbte, war freiwillig auf die Party gegangen. Sie war noch nicht volljährig und außerdem betrunken gewesen, sodass eine Anzeige gegen einen reichen Collegestudenten in ihrem Fall nicht gerade angeraten schien; trotzdem hatte sie sich nicht davon abbringen lassen.

Was Owen Greene seiner Annelise kurz darauf am Telefon erzählte, ist nicht aktenkundig, jedenfalls aber flog Annelise sogleich nach Kalifornien, um ihn im Licht der Öffentlichkeit zu unterstützen. Während ihres Besuchs dort wurde Marnie Hahn tot aufgefunden, erschlagen mit einem schweren Gegenstand, der nie sichergestellt oder auch nur zweifelsfrei identifiziert wurde.

Greene hatte ein wasserdichtes Alibi, Annelise dagegen nicht. Indizien begannen sich anzuhäufen, so zufällig und unumgänglich wie eine Schneewehe. Zeugen hatten Annelises Mietwagen vor Marnies Haus parken sehen. Eine Spur von Marnies Blut wurde auf der Fußmatte an der Fahrerseite desselben Wagens gefunden.

Die Polizei reagierte schnell, doch die Eliots waren noch schneller. Bis genügend Beweismaterial für eine Verhaftung vorlag, war Annelise schon über alle Berge.

Ihre Eltern behaupteten, nichts von dem Verschwinden ihrer Tochter zu wissen. Sie schalteten ihre Anwälte ein und forderten von der Polizei, die Sache als Entführungsfall zu untersuchen. Auf welchem Wege sie Annelise Geld zukommen ließen – wovon die Ermittlungsbehörden überzeugt waren –, ließ sich niemals herausfinden.

Dies war jahrelang der Stand der Dinge, trotz aller Bemühungen des FBI und der Polizei in zwei Bundesstaaten. Tausende von Spuren verliefen im Sande. Das Ärgerlichste an der Sache war, dass es von Annelise keine Fingerabdrücke gab. Sie war nie festgenommen worden, und sie hatte immer Freunde um sich gehabt, sodass jeglicher Abdruck auf ihren Sachen genauso gut von irgendwem aus ihrem Bekanntenkreis stammen konnte.

Der Fall war landesweit bekannt geworden, besonders aber in Montana, wo der damals achtzehnjährige Shiloh ihn in den Zeitungen verfolgt hatte. Er war zu jener Zeit bei einem der Waldarbeitertrupps des alten Eliot angestellt – ein Detail, das die Journalisten später besonders entzückte.

Aber als Shiloh glaubte, Annelise Eliot in Minneapolis aufgespürt zu haben, zwölf Jahre nach ihrem Verbrechen, beeindruckte das zunächst niemanden, nicht einmal Annelise selbst.

Wie die meisten Ermittler kreiste er sein Ziel immer enger ein, indem er versuchte, die Identität der angeblichen Aileen Lennox zu entlarven. Auf sein höfliches, unablässiges Nachbohren hin begann sie allmählich die Nerven zu verlieren. Erst probierte sie die Flucht nach vorn und schrieb ihm einen Brief, in dem sie sich alle weiteren Schnüffeleien in ihrem Privatleben verbat. Dann beschwerte sie sich bei seinen Vorgesetzten über die Belästigung, sekundiert von einigen Mitgliedern ihrer Gemeinde. Und Shilohs Vorgesetzte nahmen sie in Schutz.

Das sei doch eine unbescholtene Frau, betonten sie, obendrein noch eine Philanthropin, die ein geistliches Amt bekleide – nein, das könne unmöglich Annelise Eliot sein. Jeder wisse doch, dass die schon längst in die Schweiz ausgewandert sei. Jedenfalls halte sie sich garantiert nicht hier in Minnesota auf, in diesem rauen Klima, wo sie niemanden kenne, um als Pastorin einer freikirchlichen New-Age-Gemeinde die Obdachlosen und Sterbenden zu betreuen.

Einhellig vertraten sie die Ansicht, dass die Spur im Fall Eliot, wie lange er auch ungelöst sein mochte, mit Sicherheit nicht nach *Minnesota* führte. Annelise hatte in Montana gelebt und in Kalifornien gemordet. »Lass gut sein«, sagten sie. »Kümmere dich um deine eigenen Fälle.«

Shiloh steckte zurück, aber nur, um in aller Stille weiterzuforschen, minutiös dem Leben von Annelise nachzugehen. Er sprach mit Detectives in Montana. Er sprach mit dem FBI-Agenten, der die Eliot-Ermittlungen seinerzeit geleitet hatte, doch der erteilte ihm eine höfliche Abfuhr. Und schließlich begann er, Leute zu befragen, die Annelise gekannt hatten. Nicht ihre engen Freunde, nur irgendwelche alten Bekannten.

Diese Nachforschungen zogen sich lange hin, kosteten ihn Unmengen von Zeit, die er zusätzlich zu seinen regulären Dienststunden aufbringen musste. Aber dann kam der Tag, an dem er ein langes, freundliches Telefongespräch mit einer von Annelises ehemaligen Studienkolleginnen führte. Die Frau entsann sich plötzlich, dass sie bei einem Biologieseminar mit Annelise zusammen an Laborübungen teilgenommen hatte, bei denen sie gegenseitig ihre Blutgruppen bestimmt hatten. Ach ja, und die Fingerabdrücke hatten sie sich auch abgenommen, nur so zum Spaß. Sie hatte nie mehr daran gedacht, es war ja auch alles schon so lange her.

Mit ruhiger Stimme, obwohl ihm das Herz im Hals klopfte, fragte Shiloh, ob sie ihre alten Seminaraufzeichnungen zufällig aufbewahrt habe.

»Vielleicht«, sagte sie. »Meine Eltern sind die reinsten Hamster, die horten einfach alles.«

An jenem Frühlingsabend war er ziemlich spät von der Arbeit heimgekommen. Als ich ihn an der Hintertür traf, packte er mich ausgelassen unter den Achseln und hob mich hoch wie ein überschwänglicher Vater sein kleines Kind.

Ein paar Tage später, fast ein Jahr, nachdem er Aileen Lennox getroffen hatte, öffnete Shiloh ein FederalExpress-Päckchen, das die Fingerabdrücke von Annelise Eliot enthielt. Sie stimmten weitgehend mit denen überein, die er vor Monaten auf einem Beschwerdebrief von Aileen Lennox hatte sicherstellen lassen.

Jetzt war Special Agent Jay Thompson vom FBI auf einmal doch interessiert. Er war nach Minnesota geflogen. Ich werde nie vergessen, wie er auf unserer Türschwelle stand, ein hagerer, lederiger Endvierziger. Er schaute müde, verschwörerisch und sehr zufrieden drein, so eine Miene hatte ich bei einem FBI-Agenten noch nie gesehen.

»Schnappen wir sie uns, Mike«, hatte er gesagt.

Doch selbst dann war es nicht leicht. Thompson war nach Montana geflogen, wo Annelises Mutter, inzwischen verwitwet, immer noch in einem schönen alten Haus auf einem vierzig Hektar großen Grundstück lebte. Thompson und die Detectives, die damals die Ermittlungen in Montana geführt hatten, ließen sich einen Haussuchungsbefehl ausstellen und nahmen noch ein paar Beamte zur Verstärkung mit.

Die Witwe Eliot war so hoch gewachsen wie ihre Tochter, das blonde Haar nur von wenigen Silbersträhnen durchzogen. Sie war inzwischen an Polizeibesuch gewöhnt, und Detective Oldham vom dortigen Morddezernat war schon so etwas wie ein alter Bekannter. Falls sie erschrak, dass sie diesmal mit einem Haussuchungsbefehl anrückten – der ersten Haussuchung in zwölf Jahren –, ließ sie es sich nicht anmerken. Sie bot den Männern selbst gebackene Ingwerplätzchen an.

Es war ein stilvoller Versuch, die Fassade zu wahren, zumal sie wissen musste, wie aussichtslos es war. Zwar gab es kaum etwas in ihrem Haus, das auf fortgesetzten Kontakt zu ihrer Tochter schließen ließ – die Telefonrechnung, zum Beispiel, wies keine Verbindung nach Minnesota auf –, doch immerhin fand sich ein verschlossener und frankierter Brief auf ihrem Schreibtisch, der nach Eden Prairie, Minnesota, adressiert war. Nur der Name des Adressaten fehlte noch.

Es war Thompson, der den Brief gefunden hatte, und er wusste, dass von nun an äußerste Vorsicht geboten war. Der Brief war nicht versteckt gewesen; Mrs. Eliot würde sich gewiss nicht einbilden, sie hätten ihn übersehen. Sobald die Detectives aus dem Haus waren, würde sie auf der Stelle in Minnesota anrufen.

Es gab kein Zurück. Thompson öffnete den Brief. Die Anrede lautete: *Liebe Anni.*

Thompson ließ den Brief in seine Jackentasche gleiten, ging zu Oldham und bat ihn, sich mit Annelises Mutter noch einmal zu einer Befragung hinzusetzen. »Nur, damit sie abgelenkt ist«, sagte er.

Während Oldham sich unten im Salon eine Tasse Tee und Ingwerplätzchen reichen ließ, kehrte Thompson nach oben ins Schreibzimmer zurück und tätigte zwei kurze, eilige Anrufe nach Minneapolis. Als Erstes rief er einen Bundesrichter an und danach Shilohs Handynummer.

»Es ist so weit«, sagte er. »Wir sind im Eliot-Haus. Wir haben sie, und die Mutter weiß es. Ich habe Ihnen einen Haftbefehl ausstellen lassen. In zwanzig Minuten dürften Sie ihn in Händen halten.« Er blickte aus einem breiten Fenster auf die Eliot'schen Ländereien hinaus, die friedlich unter dem Märzschnee lagen. »Gehen Sie sie *jetzt* holen, Mike.«

Annelise hatte nie wirklich geglaubt, dass Shiloh sie schnappen würde. Als er an jenem Nachmittag ihr Arbeitszimmer betrat, dachte sie, er wolle ihr wieder einmal lästige Fragen stellen. Erst, als er begann, ihr ihre Rechte vorzulesen, begriff sie, was los war.

Der flammende Blick, den sie ihm zuwarf, muss der gleiche gewesen sein, den Marnie Hahn kurz vor ihrem Tod gesehen hatte, eine maßlose Wut, die von enttäuschter Selbstgewissheit herrührte. Eine Sekunde lang hatte Annelise Eliot ihn so angestarrt, dann war sie mit dem Brieföffner auf ihn losgegangen. Shiloh hatte gerade noch abwehrend den Arm hochreißen können.

»Hat sie wirklich gedacht, sie könnte der Festnahme entkommen, indem sie ihn tötet?«, wunderte sich Ligieia.

»Ich weiß nicht, ob sie versucht hat, ihn umzubringen. Es war einfach nur blinde Wut«, sagte ich. »Sie konnte es nicht fassen, dass sie doch noch geschnappt worden war.« Ich sah zu Sinclair hin. »Wahrscheinlich glaubte sie auch, sie hätte ihre Schuld abgebüßt, nachdem sie inzwischen so viel Gutes getan hatte.«

Sinclair bewegte die Hände. *»Und als Mike es nicht dabei bewenden ließ«*, übersetzte Ligieia, *»als sie wusste, dass er sie tatsächlich zur Rechenschaft ziehen würde, wurde sie wieder wütend, genau wie sie Jahre zuvor auf Marnie Hahn wütend geworden war, das Mädchen, das ihr ihre heile Welt kaputtmachte.«*

»Ja«, nickte ich. Sinclair besaß die gleiche intuitive Klarsicht wie Shiloh. Und außerdem, dachte ich, verstand sie auch ihren Bruder. Sie begriff, dass er damals als Achtzehnjähriger über Marnie Hahns kaltblütige Ermordung erzürnt gewesen war und diesen lange schwelenden Zorn immer wieder neu angefacht hatte durch eine langwierige, scheinbar fruchtlose Ermittlung, die schließlich zum Erfolg führte.

Und dann erzählte ich Sinclair und Ligieia noch die Anekdote, die für mich den Abschluss der Geschichte bildete.

Marnie Hahn, hatte Shiloh mir am Abend der Festnahme erzählt, war das Lamm eines armen Mannes.

»Hm, ist das nicht was aus der Bibel?«, fragte ich. Der Ausdruck selbst war mir nicht geläufig, aber Shilohs Art, Anspielungen zu machen.

»Aus dem Alten Testament«, sagte Shiloh. »König David begehrt eine verheiratete Frau, Batseba, und schläft mit ihr. Und Batseba wird schwanger. Als David sieht, dass er seine Sünde nicht mehr verheimlichen kann, schickt er den Ehemann an die Front, in den sicheren Tod.

Um ihm das Verwerfliche seines Tuns vor Augen zu führen, erzählt der Prophet Natan ihm das Gleichnis von dem reichen Mann – womit natürlich David gemeint ist –, der eine große Herde Schafe besitzt, aber lieber das einzige Lamm seines armen Nachbarn tötet, als eins von seiner eigenen Herde zu opfern.«

»War Marnie das einzige Kind der Hahns?«, fragte ich ihn.

»Ja«, sagte Shiloh, »aber darum geht es nicht. Annelise ist ja auch ein Einzelkind. Doch Annelise und Owen hatten alles, was man sich nur wünschen kann. Marnie hatte fast nichts. Und das bisschen, was sie hatte, das haben sie ihr auch noch weggenommen.«

In seiner Stimme klang der unverbrüchliche Glaube an Gut und Böse durch, der seine Jugend geprägt hatte, und ich fragte mich, ob Reverend Shiloh und seinen Sohn letztlich doch keine so tiefe weltanschauliche Kluft getrennt hatte.

Als ich die Geschichte beendet hatte, machte Sinclair ein kurzes Handzeichen: *Danke.* Für die Geschichte, nahm ich an. Ich wollte ihr dafür danken, dass ich sie erzählen durfte. Sie hatte mir mein Gleichgewicht wiedergegeben.

Sinclair stand auf und trat wieder zu mir, blickte auf das erhitzte, schlafende Gesicht ihrer Tochter. Sie beugte sich hinab, um Hope in die Arme zu nehmen. Dann nickte sie einladend zum Flur hin.

Es war Zeit, schlafen zu gehen. Ligieia war schon vor uns hinausgegangen.

Bevor Sinclair wegschauen konnte, hielt ich ihren Blick fest und sprach sie direkt an, sodass sie von meinen Lippen lesen konnte. »Weißt du, ob Mike jemals Drogen genommen hat?« Das war die Frage, die ich ihr vorhin noch nicht hatte stellen wollen.

Sinclair runzelte die Stirn, ehrlich überrascht, wie mir schien, und schüttelte den Kopf. *Nein.*

Kurz vor dem Einschlafen meinte ich, das Klappern einer altmodischen Schreibmaschine zu hören, doch es löste sich bald in nichts auf, wie das Geräusch eines vorbeirollenden Zuges, das in der Ferne verweht.

Kapitel XIX

»Wie war das noch mal?«, sagte ich zu Sorenson, dem Nachtdienstleiter der Hauptwache. Barfuß auf dem Linoleumboden unserer Küche bekam ich eisige Füße. Minnesota schien vorzeitig von der Winterkälte heimgesucht worden zu sein, während ich mich im milden Westen aufhielt.

»Ein Kollege von der Sitte hat eben eine Nutte wegen Passantenbelästigung festgenommen. Sie behauptet, sie habe eine wichtige Information im Austausch für ihre Freilassung anzubieten, will aber ausschließlich mit Detective Pribek sprechen.«

»Information worüber?«

»Ein Kapitalverbrechen, sagt sie, mehr ist nicht aus ihr herauszubringen.« Sorenson hüstelte verlegen. »Ich weiß, Sie sind im Moment freigestellt wegen dieser Sache mit Ihrem Mann, aber die Frau besteht darauf, Sie zu sprechen.«

»Schon gut, ich mache mich gleich auf den Weg.«

Ich war auf eine ausgemergelte Drogenabhängige gefasst, ein junges, verkommenes Ding, das seinen Zuhälter wegen irgendeiner Schurkerei anschwärzen wollte. Aber die Person, die mich dort im Vernehmungsraum erwartete, war wesentlich schwieriger einzuschätzen. Ihre makellose Haut und das schimmernde Haar ließen auf jugendliches Alter schließen, doch ihr Blick und vor allem ihre selbstgewisse Haltung waren die einer reifen Frau.

Sie hatte ihren Pelzmantel abgelegt, unter dem sie ein knappes, ärmelloses weißes Lederkleid trug. Die Wache war gut geheizt, nur meine Füße wurden einfach nicht warm.

»Ich höre, Sie haben mir etwas mitzuteilen«, sagte ich.

»Haben Sie 'ne Zigarette?«, sagte sie.

Ich wollte schon verneinen, um ihr von vorneherein klarzumachen, wer hier den Ton angab. Doch sie wirkte nicht im Mindesten nervös, wie sie so dasaß, und es konnte gut sein, dass sie auf stur schalten würde, bis sie ihre Zigarette bekam.

Im Flur hielt ich einen vorbeikommenden Beamten an, den ich vom Sehen kannte. »Ich brauch mal einen Glimmstängel«, sagte ich, und er nickte. »Ach ja, und auch Streichhölzer.«

Die Frau sagte nichts, als ich mit ihrer Zigarette zurückkam. Sie steckte sie sich an, produzierte eine eindrucksvolle Qualmwolke, nahm noch einen Zug und drückte sie wieder aus.

»Danke«, sagte sie mit kehliger Stimme.

Ein Machtspielchen. *Soll sie sich ihre Information doch an den Hut stecken.* »Tja, dann«, sagte ich, »noch nette neunzig Tage im Bau.«

Ich war schon an der Tür, als sie sagte: »Wollen Sie nichts von Ihrem Mann hören?«

Ich blieb stehen und drehte mich um.

Ihre harten Augen musterten mich abschätzend, von meiner Wollmütze über mein graues Sweatshirt bis hin zu meinen vom Salz fleckigen Winterstiefeln. Ich hatte mir nicht die Mühe gemacht, meine Dienstkleidung anzuziehen, weil es mitten in der Nacht war. Da sie schon eigens nach mir verlangt hatte, wusste sie offenbar, wer ich war.

»Ich hab ihn umgebracht«, sagte sie und schlug die Beine übereinander, die in schenkelhohen Stiefeln steckten.

Ich setzte mich ihr gegenüber an den Tisch. Im Stehen strahlte man zwar mehr Autorität aus, doch ich wollte nicht, dass sie meine Hände sah, falls sie anfingen zu zittern.

»Das bezweifle ich«, sagte ich sanft. »Können Sie es beweisen?«

»Ich habe Anzeigen in den Zeitungen stehen. Er hat mich angerufen. Wollte natürlich Sex. Als ich vorhin hier ankam, habe ich ihn auf den Fotos am schwarzen Brett erkannt.«

»Ich sagte Beweise, nicht zufällige Eindrücke.« *Wieso hab ich nur immer noch so verdammt kalte Füße?*

»Ich kann Ihnen sagen, wo er beerdigt ist.«

»Blödsinn. Wenn Sie unentdeckt davongekommen wären, würden Sie mir jetzt nicht einfach einen Mord beichten.«

»Er war echt klasse im Bett, was?«

»Hören Sie schon auf. Sie haben in der *Star Tribune* von Shiloh gelesen und beschlossen, die Polizei mit einem vorgetäuschten Geständnis zum Narren zu halten.«

»Nein, ich wollte Sie mir nur mal ansehen. Er hat mir erzählt, Sie hätten einer Klapperschlange eigenhändig das Genick gebrochen. Ist das wahr?«

»Ja.« Jetzt zitterten meine Hände wirklich. Wie konnte sie das wissen?

»Ich habe ihn gefragt, wieso er auf der Suche nach einer fremden Muschi rumzieht, wenn er so eine Frau zu Hause hat.« Sie beugte sich vertraulich vor. »Ihr Mann hat mir gesagt, Sie könnten sich im Bett nie richtig gehen lassen, wegen dem, was Ihr Bruder Ihnen angetan hat, als sie jung waren.«

Heftiges Herzklopfen weckte mich auf. Ich brauchte einen Moment, bis mir wieder einfiel, wo ich mich befand. Ein Plakat, auf dem das Ashland Shakespeare Festival angekündigt war, rief es mir in Erinnerung: Ich war in New Mexico, Samstagmorgen, im Haus von Shilohs Schwester. Ich hatte auf der Couch in Sinclairs Arbeitszimmer geschlafen, in bunte Wolldecken gewickelt. Meine Füße, die unten hervorschauten, waren eiskalt.

Steif wie ein alter Hund, der auf hartem Boden gelegen hat, schlug ich die Decken zurück und stand auf. Meine Beweglichkeit kehrte langsam zurück, während ich die Decken faltete und sie so ordentlich wie möglich am Fußende stapelte, mit dem Kopfkissen obendrauf. Dann suchte ich meine Sachen zusammen. In meiner Reisetasche fand ich Shilohs altes Kalispell-T-Shirt und hatte plötzlich Lust, es zu tragen.

Als ich mit feuchten Haaren vom Duschen in die Küche kam, saß Ligieia am Tisch und las *Der Kaufmann von Venedig*. Bei meinem Eintreten blickte sie auf.

»Ist Sinclair noch da?«, fragte ich und spürte schon, dass sie fort war.

»Nein«, bestätigte Ligieia meine Vorahnung. »Sie hatte was zu besorgen.«

Ich kramte meinen Notizblock aus der Schultertasche und schrieb meine Telefonnummern und meine E-Mail-Adresse auf. »Falls ihr noch irgendwas einfällt, können Sie mich anrufen, oder sie kann mir eine Nachricht schicken«, erklärte ich.

Dann lud ich mir die Reisetasche auf die andere Schulter. »Danke für alles. Bestellen Sie Sinclair, es tut mir Leid, dass ich mich nicht mehr von ihr verabschieden konnte.«

Ligieia begleitete mich zur Haustür. »Was haben Sie jetzt vor, wenn ich fragen darf? Wegen Ihres Mannes, meine ich?«

»Ich kehre nach Minneapolis zurück«, sagte ich. »Da gibt es noch einige Spuren, denen ich nachgehen kann.«

»Viel Glück«, sagte sie.

Auf der Rückfahrt nach Albuquerque hielt ich mich durchweg an die vorgeschriebene Geschwindigkeit.

Es bestand ja auch kein Grund mehr zur Eile. Ich würde den nächsten Flug nach Minneapolis zurück nehmen, aber wie es dort weitergehen sollte, war mir im Augenblick ziemlich unklar.

Ich war schon so lange bei der Polizei, dass ich gar nicht anders konnte, als zu lügen, wenn jemand wie Ligieia mich fragte, was ich in einer Ermittlung weiter zu tun gedachte. *Polizisten geben nie zu, dass sie in einer Sackgasse gelandet sind. Sie sagen immer, es gibt eine Menge Spuren zu verfolgen, ansonsten kein Kommentar.*

Was meistens ja auch der Wahrheit entsprach. Vermisstenfälle, Mordfälle, Bankraub – jedes Verbrechen zog unzählige Hinweise aus der Bevölkerung nach sich, die zum größten Teil allerdings wertlos waren: Visionen von Hellsehern, Falschmeldungen von anonymen Spaßvögeln oder Aussagen von aufrechten Bürgern, die irgendwas gesehen zu haben meinten, das sich dann als völlig irrelevant erwies.

Dennoch hatte Vang mir versprochen, jeglichem seriösen Hinweis nachzugehen und mir eine Nachricht zu hinterlassen, falls sich etwas ergeben sollte, und bisher hatte ich noch nichts von ihm gehört.

Am Flughafen von Denver hörte ich von einem Münztelefon aus meinen Anrufbeantworter ab. Heute war tatsächlich eine Nachricht für mich gespeichert, überraschenderweise von Genevieve; nur leider wenig aufschlussreich.

»Ich bin's«, sagte sie schlicht. »Ich ruf dann später noch mal an.«

Ich spielte die Nachricht noch mal ab. Aus ihrem Tonfall war verhaltener Ärger herauszuhören. Ich konnte mir nicht vorstellen, was sie von mir wollte.

Nun gut, ich würde sie zurückrufen, sobald ich heimkam, dachte ich. Hätte sie wichtige Neuigkeiten gehabt, hätte sie mir die sicher auf Band gesprochen.

Auf dem Flug nach Osten machte ich mir jede Menge – wenn auch etwas wirre – Notizen auf meinem Block. Ich versuchte, mir über die nächsten Schritte klarzuwerden.

Noch einmal die Zeugen aus der Nachbarschaft befragen? Hätte es sich um eine Übungsaufgabe in der Polizeischule gehandelt, dann wäre das eine Antwort gewesen, die ich mit einiger Zuversicht auf mein Blatt geschrieben hätte. Shilohs Spur schien eindeutig am frischesten in unserer eigenen Nachbarschaft, wo er sich noch am Tag seines Verschwindens etwas zu essen gekauft hatte, wo Mrs. Muzio ihn mit »zorniger« Miene hatte weggehen sehen, höchstwahrscheinlich an einem Samstag.

Doch irgendwie kam es mir jetzt schon hoffnungslos vor. Wenn sich keine nützlichere Information ergab, als dass er am Samstag vor einer Woche irgendwohin zu Fuß unterwegs gewesen war, dann hatte ich immer noch so gut wie gar keinen Ansatzpunkt, um zu verstehen, wie oder warum er verschwunden war.

Genevieves Sichtweise war letztlich wohl doch die wahrscheinlichste. Auf irgendeine Weise hatte er in der Nachbarschaft den Tod gefunden, wenn nicht durch einen Sprung von der Brücke, dann durch Mörderhand, vielleicht als Opfer einer Prostituierten oder ihres Zuhälters.

Diese verdammte Genevieve. Ihre bitteren Worte waren es, die mir den Traum der letzten Nacht eingegeben hatten. Shiloh und ich hatten uns physisch immer in bestem Einklang befunden; was das betraf, hatte ich mir nie Sorgen gemacht. Aber »fremde

Muschi« waren Genevieves Worte, und die Nutte in meinem Traum hatte sie zitiert.

Genevieves Theorien von Selbstmord oder Fremdgehen passten in keiner Weise zu dem, was ich von Shiloh wusste. Es war, verdammt noch mal, eine eklatante Respektlosigkeit ihm gegenüber – nicht seinem Andenken gegenüber –, so etwas überhaupt in Erwägung zu ziehen.

Ich klappte den Notizblock zu und ließ ihn wieder in die Schultertasche gleiten. Dabei streifte meine Hand über ein Rechteck aus Papier, das glatter und steifer war als die Zeitungen, die ich als Lesestoff für die Reise in die Tasche gestopft hatte.

Es war ein dickes Kuvert, das offenbar mehr als einen Briefbogen enthielt. Auf der Vorderseite stand in einer mir unvertrauten Handschrift nur ein Wort: *Sarah*.

Sinclair, dachte ich, öffnete den Umschlag und zog einen kleinen Packen Blätter hervor. Als ich sie auseinander faltete, fiel ein kleinerer Briefumschlag heraus. Er war cremefarben, zugeklebt und unbeschriftet.

Ich legte den zweiten Umschlag auf den freien Sitz neben mir und begann, den maschinegeschriebenen Brief zu lesen.

Sarah,

ich nehme an, ich werde schon außer Haus sein, wenn du heute aufstehst. Ich wünschte, wir hätten mehr Zeit zum Reden gehabt. Im Nachhinein habe ich das Gefühl, dass nichts von dem, was wir besprochen haben, dir bei deiner Suche nach Mike wirklich von Nutzen sein kann. Aber wie du sagtest, ging es dir ja auch darum, besser zu verstehen, woher Mike stammt, und vielleicht kann ich dir dabei helfen. Ich kenne dich zwar erst seit kurzem, aber Hope hat dich gern, und wie ich weiß, kann meine Tochter Menschen sehr gut einschätzen.

Ich bin mir nicht sicher, ob ich dir viel davon erzählen kann, wie es bei uns zu Hause war, als Mike dort aufwuchs, denn ich habe den größten Teil meiner Kindheit im Internat verbracht. Mike und ich lernten uns eigentlich erst richtig kennen, als wir beide älter waren und ich aus der Schule zurückkam, um wieder ganz bei der Familie zu leben. Diese

Zeit habe ich noch besonders deutlich in Erinnerung, weil sie recht schwierig für mich war.

Als meine Eltern mich aufs Internat schickten, taten sie das nur ungern; erstens waren wir eine sehr eng verbundene Familie, und zweitens machten sie sich Sorgen, dass ich dem Einfluss einer nicht-kirchlichen Umgebung ausgesetzt sein würde. Zum Ausgleich gaben sie mir eine Kinderbibel mit, und als ich etwas älter war, schickten sie mir Bücher mit erbaulichen Texten und Gebeten. Wenn ich in den Schulferien zu Hause war, ging ich immer mit ihnen in die Kirche und betete mit ihnen am Esstisch. Aber am Ende erwiesen ihre Befürchtungen sich doch als wohl begründet.

Ich hatte viele Freiheiten in der Schule. Es gab dort keine Verpflichtung, am Gottesdienst teilzunehmen. In der Schulbibliothek konnte ich lesen, was ich wollte. Die anderen Mädchen kamen aus unterschiedlichen Kulturen, und wir diskutierten oft über unsere religiösen Hintergründe. Ich stellte die Kluft zwischen meinen beiden Welten nie infrage. Mein Zuhause war nun mal so, wie es war, und die Schule eben anders.

Natürlich liebte ich meine Familie und war froh, wieder heimzukommen, als meine Eltern es so haben wollten. Aber auf einmal zu Hause zu sein war ein ziemlicher Schock. Kirchgang jeden Sonntagmorgen, Jugendgruppe jeden Sonntagnachmittag, Bibelstunde jeden Mittwochabend. Kein Kino, kein Fernsehen.

Das größte Problem aber war, dass keiner zu Hause die Gebärdensprache so gut beherrschte wie die Leute an der Schule. Meine Eltern wollten mich dazu bringen, zu sprechen wie sie, aber ich mochte nicht. Manche Mädchen an der Schule hatten erzählt, dass andere Kinder sich darüber lustig machten, wie Gehörlose sprachen, und es mit dem Blöken von Schafen oder den Lauten von Delfinen verglichen. Also beschloss ich aus Stolz, es bei der Gebärdensprache bewenden zu lassen.

Vieles von dem, was ich damals tat, geschah entweder aus Stolz oder aus Freiheitsdurst. Plötzlich war ich aus der Enge des Internats in die weite Welt entlassen, und doch fühlte ich mich noch eingeschlossener als zuvor: durch die strikten Regeln meiner Eltern und den Lebensstil mei-

ner Familie; durch die Art, wie Gleichaltrige den Blickkontakt mit mir mieden, weil sie nicht wussten, wie sie mit mir reden sollten; durch das herablassende Wohlwollen von Erwachsenen, die meinten, meine Behinderung mache mich zu etwas Besonderem, einer kindlich reinen Seele. Ich bekam allmählich Panik, als würde mir die Luft abgeschnürt.

In dieser Zeit gab es nur einen, der mir das Gefühl gab, immer noch so zu sein wie in der Schule. Und das war Michael.

Im September war ich schon den ganzen Sommer zu Hause gewesen und hatte ihn noch nicht gesehen. Seit über einem Jahr nicht. Die letzten Osterferien hatte ich in der Schule verbracht, und als ich im Juni heimkam, war er bereits weg, bei einem Kirchenprojekt, wo sie Häuser in einem Indianerreservat bauten. Wir beide hatten uns irgendwie immer verpasst. Und im September kam er auch erst mit Verspätung zurück, weil er bei der Arbeit von einem Dach gefallen war und sich den Arm gebrochen hatte. Obwohl das Schuljahr wieder angefangen hatten, behielten sie ihn noch eine Woche länger bei dem Projekt, damit er erst den Gips abgenommen bekam und nicht damit reisen musste.

Und dann, eines Abends in der ersten Schulwoche, als ich gerade an einer Lektüreaufgabe saß, hatte ich auf einmal das Gefühl, dass jemand hinter mir stand – wenn man taub ist, entwickelt man ein Gespür dafür –, und ich drehte mich um und sah Mike.

Zuerst hielt ich ihn für einen von Adams oder Bills Freunden. Mike war einen halben Kopf gewachsen, seit ich ihn das letzte Mal gesehen hatte; plötzlich war er größer als ich. Und als er mich fragte, was ich da läse und ob es interessant sei, stellte ich fest, dass er sich richtig gut in Gebärdensprache verständigen konnte, und ich war mächtig erleichtert.

Von da an verbrachten wir die meiste Zeit zusammen. Wir waren so lange getrennt gewesen und hatten uns inzwischen so verändert, dass es war, als lernten wir uns neu kennen. Wir führten endlose Gespräche. Mike war unglaublich bibelfest, er konnte argumentieren wie ein Seminarist, aber wenn ich ihm meine schlichten Glaubenszweifel gestand, verurteilte er mich nie. Ich begriff, dass er ebenfalls dabei war, seinen Glauben zu verlieren. Ich wollte ihn nicht in diese Richtung lenken, aber heucheln wollte ich auch nicht. Ich brauchte einen Menschen, bei dem ich völlig ich selbst sein konnte, und dieser Mensch war er. Der Verlust des Glaubens war hart für Mike, weit härter als für mich, die ich im Gegensatz zu ihm sowieso nie wirklich gläubig gewesen war.

Das Verhältnis zu meinen Eltern verschlechterte sich zusehends. Ich sehnte mich nach Freiheit und suchte sie da, wo junge Leute es für gewöhnlich tun: im Trinken und im Sex. Ich bin nicht gerade stolz darauf, wie ich mich damals benommen habe, aber ich war eben jung. Meine Eltern reagierten mit immer stärkeren Einschränkungen. Ich fing an, mich nachts aus dem Haus zu stehlen, aber nachdem ich ein paar Mal erwischt worden war, hörte ich wieder damit auf. Ich wusste, ich brauchte nur zu warten, bis ich achtzehn war, um ungehindert fortzugehen, und bis dahin machte Mike mir das Leben zu Hause erträglich. Er gab mir die nötige Luft zum Atmen, als alles andere mich zu ersticken drohte.

Ich weiß, nichts von alldem wird dir helfen, ihn zu finden. Ich wollte es dir einfach nur erzählen. Mike hat jetzt sein eigenes Leben, und ich habe meins, aber er wird immer ein ganz besonderer Mensch für mich sein. Als du gestern Abend von ihm gesprochen hast, habe ich gemerkt, wie viel er dir bedeutet, und ohne je mit ihm darüber gesprochen zu haben, weiß ich doch, was du ihm bedeuten musst, weil Mike ein ungeheuer loyaler Mensch ist. Welch ein Glück für ihn, dass er dich hat. Ich weiß, du wirst ihn finden, und wenn du ihn gefunden hast, übergib ihm doch bitte den Brief, den ich beigelegt habe.

Sinclair

Nachdem ich den Brief gelesen hatte, war mir seltsam leicht ums Herz, als hätte mir jemand eine unerwartete Freundlichkeit erwiesen. Ich hob den kleinen Umschlag vom Sitz neben mir auf.

Öffne ihn, drängte mich mein Instinkt; schließlich handelte es sich hier um eine polizeiliche Ermittlung, und da zählte jedes bisschen Information.

Mach dich nicht lächerlich. Sinclair hätte mir wichtige Hinweise doch nie in einem verschlossenen Umschlag gegeben, als wäre es eine Art Test. So etwas Albernes würde sie nie tun, da das Wohlergehen ihres Bruders auf dem Spiel stand.

Der verschlossene Brief war ein Vertrauensbeweis: Sie vertraute darauf, dass ich ihren Bruder finden und eine persönliche Nachricht an ihn nie ohne seine Erlaubnis lesen würde. Es war eine liebevolle, zarte und kluge Geste. Ich schob den Brief in die Tasche meiner Lederjacke.

Genevieve, Shiloh und nun Sinclair … wenn es einen Gott gab, fragte ich mich beklommen, wieso umgab er mich mit Menschen, die so viel weiser waren als ich, nur um dann so vieles, was mit uns geschah, von mir abhängig zu machen?

Kapitel XX

Vielleicht war mein Traum an jenem Morgen der Grund, dass ich, kaum zurück in Minneapolis, als Erstes zum Revier fuhr. Ich wollte mich im nüchternen Tageslicht in meinem angestammten Territorium wiederfinden und mich persönlich bei Vang erkundigen, ob er in der Zwischenzeit irgendwas gehört hatte, das ihm vielleicht nicht wichtig genug erschienen war, um mich anzurufen.

Aber als ich dort ankam, war Vang nicht da. Ich hörte meinen Anrufbeantworter ab: keine Nachrichten. Doch ich schuldete Genevieve noch einen Rückruf.

»Was ist los?«, fragte ich ohne Umschweife, als sie abhob. »Du hast mich heute früh angerufen.«

»*Er* ist los«, platzte Genevieve prompt heraus. »Dieser Scheißkerl Shorty. Er hat ein teuflisches Glück, dieser gottverdammte Schweinehund.«

Starke Töne, höchst ungewohnt von Genevieve. »Was ist denn passiert?«, fragte ich.

»Er hat den Pickup von dem Alten da gestohlen und ist schon wieder davongekommen.«

»Moment mal«, sagte ich. »Was für ein Pickup? Von welchem Alten?«

»Na, dieser alte Mann, der als vermisst galt. Sie haben seinen Wagen zu Schrott gefahren an der Landstraße außerhalb von Blue Earth gefunden und dachten, er hätte sich in verwirrtem Zustand vom Unfallort entfernt.«

»Ach ja, ich erinnere mich, das kam in den Nachrichten.«

»Vor ein paar Tagen ist der Alte wieder aufgetaucht. Er hatte in Louisiana einen Freund besucht, und währenddessen war sein Pickup vom Amtrak-Parkplatz gestohlen worden. Also haben sie den Pickup nach Fingerabdrücken untersucht, und rate mal, auf wen die passten?«

»Royce Stewart.«

»Ganz genau. Sie haben Teilabdrücke an der Wagentür gefunden. Aber er hat sich darauf rausgeredet, er hätte den zerbeulten Wagen zufällig nachts am Straßenrand gefunden, als er zu Fuß aus der Stadt zurückkam. Er war natürlich wieder auf Sauftour gewesen, wie üblich.«

»Hmm«, sagte ich nur.

»Er behauptete, er hätte in den Wagen reingeschaut, um sich zu versichern, dass kein Verletzter drin war. Da ihm aber so weit alles in Ordnung schien, sagte er, sei er beruhigt nach Hause gegangen. Jaja, er ist schon ein richtiger Heiliger, unser kleiner Shorty.«

»Hat er ein Alibi für die Zeit, als der Wagen gestohlen wurde?«

»Das Problem ist, dass sich nicht mit Sicherheit sagen lässt, wann der Diebstahl auf dem Parkplatz passiert ist. Das macht es schwierig für die Polizei, ihm irgendwas nachzuweisen. Aber genau so eine Aktion ist doch typisch für ihn. Er hat kein Auto, sieht eins, das ihm gefällt, und klaut es einfach. Und dann kommt er auch noch damit durch.«

»Ist das der einzige Grund, weshalb du mich angerufen hast?«

»Ja, reicht das etwa nicht? Warum kapiert denn niemand außer mir, was das für ein gerissener Schweinehund ist?«

»Ich weiß das so gut wie du, Gen«, sagte ich. »Aber da können wir nun mal nichts machen. Irgendwann wird auch er stolpern.«

Sie schwieg, offenbar unzufrieden mit meiner Antwort. Dann räusperte sie sich. »Sollte ich vielleicht fragen, wie deine Suche nach Shiloh voranschreitet?«

»Nein«, sagte ich.

Wir legten ziemlich schnell auf.

Ich blieb noch eine Weile am Schreibtisch sitzen. Ich dachte an Leute, die ich getroffen hatte, Angehörige von Verschwundenen, die in zunehmend größeren Abständen immer noch mal bei mir oder Genevieve nachgefragt hatten. Was hatten sie nicht alles versucht, hatten gewartet und gehofft, dass irgendwer vielleicht mal einen Zellengenossen oder einen Exfreund verpfiff, bis ihnen am Ende kaum mehr als die Hoffnung blieb, dass es eines Tages wenigstens ein ordentliches Begräbnis geben würde, einen Grabstein, den sie besuchen konnten.

Wie bald würde diese Zeit für mich kommen?

In den fünf Tagen meiner Nachforschungen hatte ich so gut wie nichts über Shilohs Verschwinden herausgefunden. Ich konnte mich an keinen einzigen Fall erinnern, in dem ich so erfolglos ermittelt hatte.

Unten im Flur fiel mein Blick auf ein pfeilförmiges Schild, auf dem »Heute Blutspende« zu lesen stand.

Shiloh hatte Blutgruppe o negativ. Er spendete regelmäßig.

Ryan Crane, ein Kollege aus der Archivabteilung, den ich flüchtig kannte, kam gerade um die Ecke. Er hatte ein frisches rosa Pflaster auf der Ellenbeuge.

»Wollen Sie sich auch pieksen lassen, Detective Pribek?«

»Ähm, ich hab eigentlich noch gar nicht dran gedacht«, entgegnete ich etwas verdattert. »Ich war gerade …«

»Oje, das hatte ich ganz vergessen«, sagte Crane. »Haben Sie etwas von Ihrem Mann gehört?«

»Nein«, sagte ich. »Nichts. Ich arbeite noch dran.«

Er nickte mitfühlend. Er war höchstens zweiundzwanzig – ich hatte ihn nie gefragt –, doch ich wusste, dass er verheiratet war und zwei Kinder hatte.

Crane ging weiter, ich aber setzte meinen Weg zur Parkgarage nicht fort.

Meine Blutgruppe war A positiv, eine der häufigsten, aber nicht so nützlich wie Shilohs. Aber Shiloh war ja nicht hier, um Blut zu spenden, und ich hatte so ein Gefühl, als müsste ich für ihn einspringen.

Außerdem war die neuerliche Befragung der Nachbarschaft, die mir bevorstand, sowieso nur eine müde Pflichtrunde auf einer kalten Spur. Das konnte auch noch warten.

Die Leute von der Blutspende hatten ihr Quartier im größten Konferenzraum aufgeschlagen. Dort waren vier Liegesessel aufgestellt, von Rollständern flankiert, an denen Plastikbeutel hingen, manche mit langsam einlaufendem Blut, andere leer.

Alle Sessel waren besetzt, was mich nicht wunderte. Auch ich hatte die Vorträge zur Blutspende gehört, damals als ich noch Uniform trug. Obwohl die meisten Polizisten ihre Dienstzeit ohne ernstliche Blessuren durchliefen, wurden die Streifenbeamten oft von Vorgesetzten belehrt, dass das Blut, das sie spendeten, den in der Ausübung ihrer Pflicht verwundeten Kollegen einmal das Leben retten könnte.

Während ich darauf wartete, dass ein Sessel freiwurde, las mir eine weiß bekittelte Laborärztin eine Liste unwahrscheinlicher Konditionen vor, die mich als Spenderin disqualifizierten. Hatte ich oder jemand in meiner Familie die Creutzfeld-Jakob-Krankheit? Hatte ich je mit Drogen für Sex bezahlt oder Drogen für Sex erhalten? Hatte ich Sex mit irgendwem gehabt, der nach 1977 in Afrika gelebt hatte?

Für all meine Neinantworten belohnte sie mich mit einem Lanzettenstich in den Finger.

»Setzen Sie sich schon mal auf den Sessel dort«, sagte sie. »Ich komm zu Ihnen, sobald Ihr Hämatokrit bestimmt ist.«

Ich lehnte mich neben einem angegrauten Bewährungshelfer zurück, den ich vom Sehen kannte.

»Wie geht es Ihnen?«, fragte er.

»Gut genug zum Blutspenden«, sagte ich leichthin. Sosehr es mir auch vor Ärzten und Arztpraxen graust, so wenig fürchte ich mich vor Spritzen, und schon gar nicht vor der Blutabnahme hier in unserer Dienststelle, wo ich mich geradezu pudelwohl fühle.

Die junge Frau im weißen Kittel kam zurück und reichte mir einen kleinen Gummiball. »Machen Sie eine Faust, und drücken Sie fest zu.«

Ich quetschte den Ball, bis sich eine gestaute Vene abzeichnete. Die Frau bepinselte meine Ellenbeuge mit einem Antiseptikum, schnürte mir einen Gurt um den Oberarm, und dann spürte ich den

Stich der Nadel. Sie fixierte die Nadel mit einem Klebestreifen. Eine Klammer am Schlauch verhinderte vorerst, dass das Blut aus meinem Arm hineinlief.

»Drücken Sie weiter den Ball«, gab sie mir Anweisung. »Nicht zu fest, nicht zu schwach. Das wird jetzt ungefähr zehn Minuten dauern.«

Sie nahm die Klammer ab, und der Schlauch färbte sich rot, während mir das Blut aus dem Körper strömte, als wäre es froh, einen Ausweg zu finden.

Der Bewährungshelfer war in ein FBI-Bulletin vertieft. Ich hatte nichts zu lesen dabei. Ich schloss die Augen und dachte daran, was Genevieve mir am Telefon von Shorty erzählt hatte. Eigentlich klang sein Alibi gar nicht mal so unglaubwürdig.

Wenn jemand ein Auto gestohlen hatte, fand man die brauchbarsten Fingerabdrücke gewöhnlich am Rückspiegel. Jeder muss ihn in einem fremden Auto erst einmal neu für sich einstellen, sogar ein Dieb. Aber Genevieve zufolge hatte die Polizei in Blue Earth lediglich Teilabdrücke an der Tür gefunden.

Na und?, hörte ich Genevieve sagen. Wir hatten solche Diskussionen so oft geführt, dass ich mir ihre Argumente mühelos vorstellen konnte.

Teilabdrücke an der Tür, dachte ich, passen sehr gut zu seiner Aussage, dass er nur in den Wagen hineingeschaut hat. Er hat zwar die Tür geöffnet, aber nicht an den Rückspiegel gefasst, weil er gar nicht vorhatte, mit dem Wagen zu fahren.

Dann hat er eben Handschuhe getragen, knurrte Genevieve. Ich konnte förmlich hören, wie sie sich ärgerte, weil ich Shortys Partei ergriff.

Ich fragte mich, wieso er erst die Tür mit bloßen Händen berühren, und dann aus Vorsicht Handschuhe anziehen sollte, um den Spiegel zu verstellen?

Weil er impulsiv handelt, ohne Vorbedacht.

Aber warum dann überhaupt Handschuhe anziehen? Und wenn er ohne Vorbedacht handelt, warum geht er dann extra zum Bahnhof, um einen Wagen zu stehlen?

Er hat ihn am Bahnhof gestohlen, weil er wusste, dass der Besitzer verreist war und seinen Wagen nicht so bald vermissen würde.

Aber gerade das deutet ja auf Planung hin, was ihm deiner Meinung nach nicht ähnlich sieht. Außerdem, was will er denn mit dem Wagen machen? Ein paar Tage in der Gegend herumfahren, wo ihn jeder am Steuer sehen kann? Das ist doch unsinnig. So ein Diebstahl hätte allenfalls Sinn, wenn jemand das Auto nur für ein paar Stunden benutzen wollte, zu einem ganz bestimmten Zweck.

Ich öffnete die Augen, von einem verrückten Einfall überrascht.

»Das gibt's doch nicht«, wisperte ich und setzte mich abrupt auf.

Ein Wagen ist eine Waffe, hatte Shiloh gesagt.

Die Welt verschwamm mir vor den Augen. Als ich einen erschrockenen Ausruf neben mir hörte, dachte ich, meine Eingebung hätte uns alle zugleich getroffen. Der Stuhl begann unter mir wegzurutschen.

»Legen Sie die Beine hoch.« Es war nicht mehr Genevieves Stimme, sondern die einer realen Person, die auf einmal durch den Nebel drang. »Können Sie mich hören? Bewegen Sie die Zehen, machen Sie Kreise mit den Füßen, große Kreise.«

Ich öffnete die Augen, oder vielleicht hatte ich sie schon aufgemacht, jedenfalls hob der Nebel sich langsam, und ich konnte meine Füße wieder sehen. Folgsam begann ich, sie hin und her zu drehen.

»So ist es gut. Immer schön weiter bewegen.« Die Frau im weißen Kittel stand an meiner Seite. Eine zweite kam mit einer braunen Papiertüte herbeigeeilt. Sie öffnete die Tüte mit einem schnellen Schütteln des Handgelenks.

»Hier, atmen Sie da hinein«, sagte sie.

»Es geht schon wieder«, winkte ich ab und versuchte, mich aufzusetzen. Sofort wurde mir wieder schwindlig.

»Legen Sie sich ruhig zurück. Wir sagen Ihnen schon, wann Sie sich aufsetzen können. Atmen Sie hier hinein.«

Ich nahm die Tüte und tat brav, wie mir geheißen. Ich brauchte sowieso einen Moment, um zu überlegen.

Noch konnte ich niemanden anrufen, nichts beweisen. Ich würde der Sache selbst nachgehen müssen.

Es vergingen mindestens zwanzig Minuten, bis sie mich entließen. Zunächst musste ich noch einen Moment auf dem Rand des Liegesessels sitzen bleiben, dann erlaubten sie mir, in die Erholungsecke hinüberzuwechseln, wo ein paar Klappstühle und ein Tisch mit Orangensaft und Feigenkeksen aufgestellt waren. Sie befühlten mir prüfend das Gesicht und ließen mich probeweise ein paar Schritte gehen, dann konnte ich mich endlich auf den Weg zur Parkgarage machen, mit einer leuchtend grünen Mullbinde um den Arm. Meine Blutspende hatte nur etwa die Hälfte der üblichen Menge ergeben.

Ich fühlte mich schon fast ganz erholt, nur ein bisschen müde, als ich zu Hause die leicht in den Angeln klemmende Küchentür aufstieß und meine Reisetasche achtlos auf den Boden fallen ließ. Zum Auspacken blieb keine Zeit mehr.

Am Telefon wählte ich eine der beiden Nummern, die ich inzwischen auswendig kannte: die auf der Rückseite von Shilohs Flugticket, mit der Vorwahl 507. Es war die Nummer jener ländlichen Kneipe, die ich zuvor für bedeutungslos gehalten hatte.

Aber in letzter Zeit hatte Süd-Minnesota einen viel zu breiten Raum in meinem Leben eingenommen, und daran war nichts Gutes gewesen.

»Sportsman.« Es war wieder mein Freund Bruce, mit dem üblichen Stimmengewirr im Hintergrund.

»Es wird Ihnen vielleicht wie eine dumme Frage vorkommen«, sagte ich, um einen lockeren Tonfall bemüht, »aber wo befinden Sie sich eigentlich genau?«

»Direkt am westlichen Stadtrand«, sagte Bruce.

»Am westlichen Rand von welcher Stadt?«

»Oha, Sie müssen sich aber mächtig verfranst haben.« Er klang verblüfft, aber immer noch zu Scherzen aufgelegt. »Blue Earth.«

Blue Earth.

»Könnten Sie mir vielleicht den Weg beschreiben?«

»Von wo kommen Sie denn?«

»M-mankato.« Ich verhaspelte mich ein wenig bei der Lüge.

Aber Bruce bemerkte mein Zögern nicht. Er leierte mir routiniert die Wegbeschreibung herunter und fragte dann: »Kommen Sie etwa die ganze Strecke aus Mankato her nur auf einen Drink? Junge, Junge, hier geht's zwar ganz schön fidel zu, aber ich wusste gar nicht, dass sich das schon so weit rumgesprochen hat.«

»Ist Shorty da?«

Es dauerte eine Sekunde, bis er antwortete, und nun klang seine Stimme eher misstrauisch als flirtend: »Nein. Wer sind Sie denn?«

Ich legte auf und dachte: *Ich wusste es.*

Nach Blue Earth würde es eine lange Fahrt werden, ungefähr drei Stunden, aber noch hatte ich einen gewissen Zeitvorteil. Das Problem war nur, dass der fidele Bruce ein guter Kumpel seiner Stammkundschaft zu sein schien und es Shorty wahrscheinlich gleich erzählen würde, dass eine seltsame Frau sich nach ihm erkundigt hatte. Vielleicht fiel ihm in dem Zusammenhang sogar der Anruf von Sarah Pribek ein, die ein paar Tage zuvor ihren Namen und ihre Telefonnummer hinterlassen hatte. Und Shorty könnte sich in einem seltenen Anflug von Hellsichtigkeit schleunigst aus dem Staub machen.

Die Nummer der Lowes war die zweite, die ich mir eingeprägt hatte, sodass ich sie diesmal nicht heraussuchen musste. Deborah hob ab.

»Hi, Deb, ich bin's. Kann ich Genevieve sprechen?«

Genevieve kam an den Apparat. »Was ist los?«, fragte sie eher gleichgültig.

»Ich brauche eine kurze Information von dir.« Ich ging erst gar nicht auf ihre Frage ein. »Du kennst doch Shortys Adresse, oder?«

»Was?« Jetzt klang sie schon interessierter.

»Ich brauch bloß seine Adresse.«

»Da muss ich erst nachschauen.« Sie legte den Hörer ab.

Das Thema Shorty war das einzige, was sie aus ihrer Depression aufzurütteln schien. Wenn sie mir die Adresse gab, würde sie wohl erraten, dass ich ihn aufzusuchen gedachte. Vielleicht würde sie sogar mitkommen wollen.

Ich hätte sie gerne dabeigehabt, doch es war keine gute Idee. Vielleicht musste ich mich ein wenig bei Shorty einschmeicheln, damit er überhaupt bereit war, mit mir zu reden. Und mit einem mütterlichen Racheengel an meiner Seite würde mir das wohl kaum gelingen.

Genevieve nahm den Hörer wieder auf und gab mir die Adresse. Dass er an der Route 165 wohnte, war keine Überraschung.

»Was ist los?«, fragte Genevieve noch mal.

»Vielleicht gar nichts«, sagte ich. »Ich ruf dich morgen wieder an.«

»Fährst du dorthin? Was hat er jetzt schon wieder verbrochen?«

»Ich ruf dich an«, wiederholte ich.

»Sarah …«

Ich legte einfach auf. Ich hatte keine Zeit für Schuldgefühle. Eilig raffte ich die Dinge zusammen, die ich brauchte: Autoschlüssel, Jacke und meine Dienstwaffe. Ich bebte vor Ungeduld, endlich loszukommen. Genau wie Shiloh.

Kapitel XXI

Jedes Mal, wenn ich auf dem 169 nach Süden unterwegs war – und dies war mein drittes Mal in einer Woche –, fuhr ich schneller. Allein das zeigte schon, wie hektisch mein Leben in den letzten sieben Tagen geworden war. Als ich die Stadtgrenze von Mankato erreichte, hatte ich fast eine halbe Stunde weniger für die Strecke gebraucht als beim letzten Mal, und erstaunlicherweise war ich in keine einzige Radarfalle geraten. Es dauerte nicht mehr lange, bis ich in gemächlicherem Tempo durch die stillen Straßen von Blue Earth fuhr.

Würde Shorty zu Hause anzutreffen sein oder in der Kneipe? Schließlich mussten sich selbst Gewohnheitstrinker nicht jeden Abend in ihrem Stammlokal aufhalten, und vielleicht war Shorty ja heute mal daheim geblieben.

Ich würde nicht mehr lange warten müssen, um es herauszufinden. Schon sah ich weiter vorn eine Neonente mit ausgebreiteten Flügeln an einem niedrigen Gebäude leuchten. Es war nicht nötig, erst daran vorbeizufahren, um zu wissen, dass ich das Sportsman gefunden hatte.

Sicher wäre es vorsichtiger gewesen, bis morgen zu warten und Shorty im nüchternen Tageslicht an seiner Arbeitsstätte zu begegnen, wo ich mich besser auf meine dienstliche Autorität berufen konnte.

Aber Taktik war nie meine Stärke gewesen, und all meine mühselig erworbene Vorsicht war fortgeschwemmt von dem drängenden Bedürfnis, mir endlich Klarheit zu verschaffen.

Für einen Samstagabend war das Lokal nicht besonders voll. Im Fernseher lief ein Spiel der Timberwolves, und die Jukebox war so leise gestellt, dass man sogar das Wechseln der Platten hören konnte. Shorty hockte an der Bar mit zwei Freunden; oder auch nur Saufkumpanen. Vielleicht mochten sie ihn bei Tag nicht einmal leiden.

Ich ging direkt auf ihn zu, und so gut wie jeder in der Kneipe beobachtete mich dabei.

Shorty hatte mich bei Gericht gesehen, wo ich als Kamareias Freundin und Hauptzeugin der Anklage gegen ihn ausgesagt hatte. Und natürlich wusste er auch, dass ich Polizistin war. Als er mich jetzt auf sich zukommen sah, machte er große Augen. Er sah so erschrocken aus, dass ich schon dachte, er würde Hals über Kopf zur Hintertür hinausstürzen.

Dann fing er sich wieder, wohl bei dem Gedanken, dass er ja freigesprochen worden war. Seine Miene verhärtete sich, von Erschrecken zu Verachtung, während er mich unverwandt anstarrte.

Ich blieb einen halben Meter vor seinem Barhocker stehen und sagte: »Ich muss mit Ihnen sprechen. Draußen.«

Das war mein erster Fehler. Wenn er jetzt einfach ablehnte, würde ich dumm dastehen. Er sah sich grinsend nach seinen Kumpeln um. »Oha«, sagte er.

Die beiden Typen neben ihm schienen mir eher von der biederen Sorte zu sein.

Ich zückte meine Dienstmarke und legte sie diskret auf den Tresen; ich wollte nicht vor aller Augen damit herumwedeln. Aber Shortys Kumpel hatten sie gesehen.

»Lassen Sie uns allein«, sagte ich knapp.

Sie standen auf, nahmen ihre Bierkrüge und trollten sich an einen Ecktisch. Mein dienstliches Auftreten hatte Shorty die Laune verdorben; seine Miene verfinsterte sich. Ich setzte mich auf einen der frei gewordenen Barhocker.

»Also, was wollen Sie?«, knurrte er.

»Mit Ihnen über Mike Shiloh reden.«

Der letzte Rest seines Grinsens verflüchtigte sich. »Ich weiß nicht, wer das ist«, log er. Dann nahm er einen tiefen Zug von seinem Bier, der Krug ein symbolisches Schlupfloch, in das er abtauchen konnte.

»Das wissen Sie wohl. Entweder reden Sie jetzt, oder ich besorge mir einen Haftbefehl.« Jetzt war es an mir, ihn anzulügen. Ich hatte keinerlei Grund für eine Festnahme.

»Sie belästigen mich«, sagte Shorty. »Es ist wegen dieser alten Sache in Minneapolis. Aber es wird Ihnen nichts bringen, niemand wird auf Sie hören.«

Vergewaltigung und Mord, das wagst du Mistkerl, eine »alte Sache« zu nennen? Nein, provozier ihn nicht, sonst kriegst du überhaupt nichts mehr aus ihm raus. Immer mit der Ruhe.

»Sagen Sie mir lieber gleich, was passiert ist, bevor Sie Schwierigkeiten kriegen«, beharrte ich.

»Was denn für Schwierigkeiten? Sie konnten mir letztes Mal schon nichts anhängen, also was soll der Quatsch.«

Dann merkte Shorty wohl, dass er einem Eingeständnis gefährlich nah gekommen war. Das Verfahren war aus Mangel an Beweisen eingestellt worden, aber da seine Unschuld nicht zweifelsfrei erwiesen war, konnte der Fall jederzeit wieder aufgerollt werden. So musste Shorty immer noch aufpassen, sich nicht durch unbedachte Äußerungen selbst zu verraten.

»Wollen Sie wirklich, dass ich Ihnen das Leben schwer mache, Shorty?«, sagte ich. »Wenn ja, dann sind Sie auf dem besten Wege dazu, falls Sie sich hier weiter stur stellen.«

»Ich hab Ihnen doch schon gesagt, ich weiß nichts«, brummte er verdrießlich.

Ich stand von meinem Barhocker auf und ging zur Tür, ohne mich noch einmal umzuschauen.

Draußen wendete ich verkehrswidrig mitten auf der Straße und fuhr in die Richtung zurück, aus der ich gekommen war. Doch bald hielt ich am Straßenrand an, um erst einmal nachzudenken, und stellte den Motor ab.

Shorty wollte mir nicht sagen, was er wusste. Er sah keinen Anlass dazu. Und er würde mich sicher auch nicht in sein Haus schauen lassen, was ich nur zu gern getan hätte.

Während ich so vor mich hin grübelte, knabberte ich an den Fingernägeln, wie es meine Angewohnheit war, wenn ich unter Stress stand. Doch da gab es nicht mehr viel zu knabbern, die Nägel waren erst vor kurzem geschnitten worden. Nicht von mir, sondern von Shiloh, als er neben mir auf der Bettkante saß und meine Hände in den seinen hielt.

Prewitt hatte mich ermahnt, ich solle mich bei meiner privaten Suche nach Shiloh trotz allem als Repräsentantin des Hennepin County Sheriff's Department betrachten. Womit er gewiss keine Einbrüche in fremde Wohnungen meinte.

Aber so viel ich auch grübeln mochte, letztlich diente es doch nur dazu, einen Entschluss zu rechtfertigen, den ich bereits getroffen hatte.

Die dunkle Landstraße, über die der Nova nun mit Vollgas preschte, war dieselbe, die Shorty auf dem Heimweg von der Kneipe immer entlangging. Es war nicht sehr weit bis zu seinem Haus, aber der Weg war doch um einiges länger als ein normaler Spaziergang. Dass er diese Strecke selbst im Winter fast allabendlich auf sich nahm, lag nicht nur am Alkohol; er hätte billiger und bequemer zu Hause trinken können. Doch er sparte wahrscheinlich lieber am Essen, als auf Budweiser vom Fass im Kreise seiner Kumpels zu verzichten.

Shortys »Haus« war nichts weiter als ein Gartenschuppen hinter einem Farmhaus. Ich schaltete die Scheinwerfer aus und ließ nur das Standlicht an. Im Vorderhaus brannte kein Licht, und ich rollte so langsam an dem dunklen Haus vorbei, als könnte mein Nova auf Zehenspitzen über den Rasen schleichen.

Tief eingegrabenen Reifenspuren folgend, fuhr ich um den Schuppen herum bis zur Rückseite, wo mein Wagen von der Straße aus nicht zu sehen war. Beim Aussteigen lehnte ich die Tür nur an, damit sie nicht laut zuklappte, und knipste vorher das Innenlicht aus, um die Batterie zu schonen.

Ich klemmte mir die Taschenlampe unter den Arm, während ich das Werkzeug hervorholte, das ich zum Öffnen des Schlosses brauchte. Die Haustür sah zwar so klapprig aus, als könnte man sie einfach eintreten, aber das musste ich mir leider verkneifen, wenn ich unauffällig vorgehen wollte.

Sobald ich den Türknauf anfasste, wusste ich bereits, dass ich das Schloss gar nicht aufzubrechen brauchte. Die Tür war schon offen.

Irgendwie kam mir das verdächtig vor, doch ich sagte mir: *Nur keine Panik. Was gibt's bei einem wie Shorty denn schon zu klauen? Alles ist in Ordnung. Worauf wartest du noch?*

Ich trat ein und knipste die Taschenlampe an.

Eine Gestalt tauchte plötzlich im Lichtkegel auf. Ich griff sofort nach meiner Pistole.

»*Sarah, halt, ich bin's!*« Der Schatten vor mir ging schon zu Boden.

»Gen?« Ich richtete den Strahl der Taschenlampe auf sie. Sie blinzelte im Lichtschein, schirmte die Augen mit dem Handrücken ab. »Was machst du denn hier?«

»Ich habe auf dich gewartet«, sagte sie. »Hör auf, mich mit der blöden Lampe zu blenden.«

Im Nachhinein würde mir auffallen, wie verwandelt sie auf einmal war, wie belebt im Vergleich zu dem Zombie der letzten Wochen.

Mit Verspätung fing mein Herz an zu hämmern. »Bist du völlig verrückt geworden? Ich hätte dich fast erschossen!«

»Kannst du endlich mal die Lampe wegdrehen?«, sagte sie. »Ich muss dir etwas zeigen.«

Als sie sich aufrichtete, streifte der Lichtstrahl über ihre Hand. Sie hielt irgendwas in den Fingern.

»Was hast du da?«, fragte ich.

Wortlos hielt sie es ins Licht. Etwas blitzte auf: das holografische Siegel des Staates Minnesota. Es war ein Führerschein. Michael David Shilohs Führerschein.

Ich war mir sicher gewesen, etwas zu finden, aber trotzdem war ich nicht darauf gefasst. Ich weiß nicht, wie lange ich auf den Führerschein gestarrt hätte, hätte Genevieves Stimme mich nicht zurückgeholt.

»Was zum Teufel ist hier eigentlich los?«, fragte sie.

»Wo hast du den gefunden?«

Genevieve zeigte auf den Boden. Ich folgte ihrer Hand mit dem Lichtstrahl. Dort stand ein Rucksack. Ebenfalls von Shiloh. Er benutzte ihn manchmal, um Bücher aus der Bibliothek mit heimzubringen. In letzter Zeit hatte er es allerdings so selten getan, dass mir das Fehlen des Rucksacks gar nicht aufgefallen war, als ich den Schrank durchsucht hatte.

Ich kniete mich vor den Rucksack, fand darin einen Bahnfahrplan, einen angefaulten Apfel und eine Brieftasche, leer.

»Shorty«, wisperte ich. »Dieser Schweinehund.«

»Ganz recht«, nickte Genevieve. »Aber was ist passiert? Wie bist du darauf gekommen, hier nachzuschauen?«

Ich richtete den Strahl der Taschenlampe zur Decke, damit wir uns gegenseitig im Licht sehen konnten.

»Du hast dich geirrt«, sagte ich, und meine Stimme zitterte kaum. »Nicht Shorty hat den Pickup gestohlen. Das war Shiloh.«

»Shiloh?« Sie klang ungläubig.

»Er ist letzte Woche hergekommen, als ich dich besucht habe. Sobald ich fort war, ist er los, und zwar auf einem Güterzug.«

»Einem *Güterzug?«*

»Er und seine Brüder sind früher aus Jux auf Güterzüge aufgesprungen. Er hatte da einige Übung. Und darum hat er auch keine Spur hinterlassen: Greyhound, Amtrak, nichts. Niemand hat ihn gesehen, niemand hat ihn im Auto mitgenommen. Der Zug brachte ihn direkt zum Bahnhof, wo er ein Fahrzeug stehlen konnte, das nicht so schnell vermisst werden würde. Danach konnte er es irgendwo in der Landschaft stehen lassen und wieder per Güterzug heimwärts fahren.«

»Aber warum das Ganze?«

»Kamareia«, sagte ich. Weiter kam ich nicht, weil mich ein Geräusch von draußen ablenkte, das Quietschen eines rostigen Gartentors. Genevieve hatte es auch gehört; sie trat an das schmutzige Fenster und spähte hinaus in die Nacht.

»Sieht ganz so aus, als hätte Shorty seine Sauftour für heute beendet«, bemerkte sie ziemlich sanft.

Ich sprang hastig auf. »Eigentlich dürften wir gar nicht hier sein«, sagte ich. »Von Rechts wegen.«

»Ich denke nicht dran, vor diesem Mörderschwein wegzulaufen.« Sie drehte sich herausfordernd zu mir um. »Du etwa?«

»Nein«, sagte ich. »Da, halt du die Taschenlampe. Aber möglichst tief.«

Genevieve ging in die Hocke, damit der Lichtstrahl dicht am Boden war. Ich stellte mich hinter der Tür auf. Kies knirschte unter näher kommenden Schritten, und wir schauten beide zu, wie der Türknauf sich gegen den Uhrzeigersinn drehte.

Sobald Shorty durch die Tür kam, schlug ich ihm meine Faust, so hart ich nur konnte, in die Magengrube. Als er vornüber knickte, packte ich ihn bei den Haaren und rammte ihm mein Knie ins Gesicht. Er sackte ächzend zu Boden.

»Na, Shorty, was nun?«, sagte ich. »Ich war nicht ganz zufrieden mit unserem kleinen Gespräch in der Kneipe.«

Genevieve hielt immer noch die Taschenlampe nach unten. »Mach lieber mal die Deckenlampe an«, schlug ich vor.

Sie zog an der Strippe, und es wurde hell.

Es war eine richtige Bruchbude. Eine nackte Glühbirne, eine schmale Pritsche, ein Klapptisch, ein Klappstuhl, ein schäbiger Schrank. Durch die halb offene Badezimmertür sah man den Rand einer vorsintflutlichen Zinkwanne und ein altes Waschbecken auf einem Porzellanfuß. Die Küche war nichts weiter als eine Spüle plus Kochplatte.

Aber Shorty besaß ja handwerkliche Fähigkeiten und war offenbar dabei, die Hütte ein wenig herzurichten. Im Bad lag Klempnerwerkzeug herum, ein Schraubenschlüssel und ein paar Rohre. Im Wohnraum stapelte sich allerlei Zeug, das er wahrscheinlich für seinen Job brauchte: Malerutensilien, Abdeckplanen, ein Tapetenmesser mit einem langen Griff und einer scharfen, schrägen Klinge.

Shorty wälzte sich auf die Seite und blickte auf. Als er Genevieve sah, trat ein gehetzter Ausdruck in seine Augen, als hätte er Besuch von den Harpyien bekommen.

»Also, reden wir über Mike Shiloh«, sagte ich, als befänden wir uns immer noch in Shortys Stammkneipe.

»Scheiß drauf«, knurrte er. Vorhin hatte er sich noch nicht getraut, so etwas zu einer Polizistin zu sagen, doch er hatte offensichtlich gemerkt, dass sich jetzt einiges geändert hatte.

»Sein Rucksack ist hier, seine leere Brieftasche, sein Führerschein. Sieht schlecht aus für Sie«, sagte ich.

Shorty setzte sich auf. »Die Sachen hab ich gefunden. In einem Graben.«

»In was für einem Graben?«

»An der Landstraße.«

»Neben dem Pickup mit Ihren Fingerabdrücken drauf?«

»Das ist rechtswidrig«, sagte er. »Sie sind in mein Haus eingebrochen. Was glauben Sie, was ein Richter davon halten wird? Das ist beschissen illegal, was Sie hier machen.«

Wie bei seinem Vorstrafenregister nicht anders zu erwarten, war Shorty in Rechtsdingen nicht ganz unkundig. In seiner Miene sah ich eine lauernde Schläue, die bei Leuten wie ihm oft Ersatz für fehlende Intelligenz war.

Ich zog meine Pistole hervor und richtete sie auf ihn. Er zuckte kaum mit der Wimper. »Keiner hier im Raum denkt an einen Richter«, sagte ich. »Außer Ihnen.«

Shorty rappelte sich hoch. Für einen Typen mit so blutverschmiertem Gesicht sah er noch ziemlich bedrohlich aus. Er sagte nichts.

Irgendwie hatte er mir angesehen, dass ich es trotz allem, was er getan hatte, nicht über mich bringen würde, auf ihn zu schießen.

Ein Anflug von einem Grinsen, wie er es in der Kneipe aufgesetzt hatte, erschien auf seinen Lippen.

Dann drehte er sich zu Genevieve um und sagte: »Ihre Tochter fand's toll, mit mir zu ficken.«

Er schaute zu mir herüber, um zu sehen, wie ich seinen kleinen Scherz aufnahm. Das war sein Fehler. Er hatte nicht darauf geachtet, was in Genevieves Gesicht zu lesen war.

»Gen, nein!«, schrie ich, aber es war zu spät. Mit einer einzigen schnellen Armbewegung hatte sie Shortys eigenes Tapetenmesser in seine Halsschlagader versenkt.

Shorty gab einen gurgelnden Laut von sich, und ich konnte nicht rechtzeitig zurückspringen, um zu verhindern, dass sein Blut mich bespritzte. Er taumelte rückwärts, die Augen zu Genevieve hin verdreht. Sie hieb noch einmal zu, grub die Klinge noch tiefer in seinen Hals.

»Gen!« Ich packte sie beim Arm. Shorty sank in die Knie, die Hände an der Kehle. Sie waren schon rot vom Blut, das ihm zwischen den Fingern durchsickerte.

»Ruf den Notarzt«, sagte ich mechanisch.

Genevieve sah mich an, und ich wusste, was sie dachte. Wenn Shorty starb und wir unsere Spuren verwischten, war alles in Ordnung. Wenn nicht, war Schluss mit der Karriere, Schluss mit der Freiheit. Und das alles für einen Mörder.

»Hier scheint's kein Telefon zu geben«, sagte sie.

Shorty lag am Boden und gab rasselnde Laute von sich, die nicht mehr viel für ihn hoffen ließen.

»Dann geh zum Vorderhaus. Weck die Leute auf«, sagte ich.

Genevieve sah zu Shorty hin, sah mich an, drehte sich wortlos um und ging hinaus.

Die Blutlache auf dem Boden von Shortys armseliger Hütte war wirklich erstaunlich. Ein ganzer See. Von unten traf Shortys Blick den meinen.

»Niemand zu Hause«, röchelte er.

»Im Vorderhaus?«

Er konnte nicht nicken, aus Angst, die Wunde in seinem Hals noch weiter aufzureißen. Doch ich sah die Bestätigung in seinen Augen.

Ich kniete mich hin, mitten ins Blut, das mir sofort die Hosenbeine durchtränkte.

»Dann war's das jetzt wohl für Sie«, sagte ich. »Das ist Ihnen doch klar, oder?«

»Ja«, sagte er.

»Ich will bloß wissen, wie es passiert ist«, sagte ich. Das Blut drang mir durch den Stoff bis auf die Haut, widerlich warm. »Wenn ich kann, will ich ihn nach Hause bringen und ihn begraben. Aber selbst, wenn das nicht geht, muss ich wenigstens wissen, was mit ihm passiert ist.«

Schaumiges Blut trat in Royce Stewarts Mundwinkel. Er keuchte.

»Bitte«, sagte ich.

Er schwieg so lange, dass ich schon dachte, er würde nie mehr etwas sagen.

»Ich war auf dem Weg nach Hause, spät nachts«, ließ er sich schließlich mit Mühe vernehmen. »Ein großer Ford-Pickup fuhr an mir vorbei. Viele meiner Kollegen fahren solche Wagen.«

Ich nickte. Ein Wagen wie ein Panzer, mit starkem Motor, massiver Karosserie, hohem Kühlergrill. Ein Wagen, in dem man – wenn man wütend genug war, und furchtlos genug – einen anderen Menschen überfahren konnte, ohne selbst zu Schaden zu kommen.

Royce holte rasselnd Luft. »Ein paar Minuten später hab ich den Wagen wieder zurückkommen hören. Aber ich konnte nichts sehen. Dann blendeten plötzlich die Scheinwerfer auf, wie aus dem Nichts. Er war ohne Licht gefahren und kam verdammt schnell auf mich zugerast, auf der falschen Straßenseite. Meiner Seite. Ich wusste nicht, wer es war, aber ich wusste, dass er es auf mich abgesehen hatte. Ich fing an zu rennen und rutschte aus. Es hatte geregnet und dann gefroren. Glatteis war auf der Straße. Ich saß dumm da und sah die Scheinwerfer auf mich zukommen. Ich dachte, ich wär tot.« Seine Hände schlossen sich noch fester um seine Kehle.

Ich erinnerte mich an den verbeulten schwarzen Wagen, den ich in den Fernsehnachrichten gesehen hatte. Mit intakter Karosserie, auf der Straße, die Scheinwerfer wie kaltes weißes Feuer … für Shorty musste es ausgesehen haben, als wäre der Teufel persönlich gekommen, um ihn zu holen.

»Aber dann ist er plötzlich ausgeschert«, fuhr Shorty fort, »zurück auf die Straßenmitte, und da ist er auf dem Eis ins Schleudern geraten. Er hatte nicht mal Zeit zu bremsen, bevor er in den Baum gekracht ist.

Erst hab ich noch gewartet, ob jemand aussteigt. Aber nichts passierte, also bin ich nachschauen gegangen.« Er schöpfte röchelnd Atem. »Da war nur ein Typ im Wagen. Er hatte die Augen offen, aber er sah mich nicht. Schien ziemlich angeschlagen. Also hab ich sein Zeug genommen und bin weg.«

»Als Sie weggegangen sind, war er noch im Wagen.«

»Ja. Er hat am Kopf geblutet, aber er atmete noch. Hilfe hab ich aber keine geholt. Nicht für den.« Shorty musterte mein Gesicht, um zu sehen, wie ich auf diesen Teil der Geschichte reagierte. »Der Kerl hatte mir aufgelauert. Er war selber schuld, dass es ihn erwischt hatte.«

»Sie haben eben gesagt, er sei auf die Straßenmitte ausgeschert. Sind Sie sicher, dass er da nicht schon die Kontrolle über den Wagen verloren hatte?« Ich musste es genau wissen. Ich blickte Shorty forschend in die Augen, um die Wahrheit herauszufinden. Doch ich glaubte, was Kilander erklärt hatte: Die Sterbenden hatten keinen Grund mehr zu lügen.

»Es war mit Absicht«, sagte Royce. Seine Stimme wurde langsam schwächer. »Er hat die Kontrolle über den Wagen verloren, weil er das Steuer zu schnell rumgerissen hat.«

Ich wusste nicht, was ich dazu sagen sollte. Genevieve war immer noch nicht wieder da. Shorty hustete. »Ich wollte«, wisperte er tonlos, »ich wollte doch …«

Er beendete diesen Satz nicht mehr. Seine Augen wurden glasig, und ich stand auf und ging hinaus.

Als Genevieve wiederkam, saß ich unter der Trauerweide und starrte durch die Zweige auf die abnehmende Mondsichel. Genevieves Hand, die vor meinen Augen wedelte, lenkte mich schließlich vom Nachthimmel ab.

Sie sagte irgendetwas, doch ich verstand sie nicht. Dann war ihre Hand plötzlich ein verwischter Schatten, klatschte mir ins Gesicht.

»Was ist?« Ich rieb mir die brennende Backe.

»Schon besser«, sagte Genevieve. »Hör zu, Shortys Hütte muss abbrennen. Du warst so klug, Handschuhe zu tragen, ich aber nicht.« Mondlicht schimmerte auf dem Metallkanister in ihrer Hand. »Du kannst hier ruhig noch ein bisschen sitzen bleiben, wenn du willst. Wie ist es mit Shilohs Sachen – möchtest du sie mitnehmen?«

»Shilohs Sachen?«, wiederholte ich verwirrt.

»Ja, das Zeug von ihm, das wir da drin gefunden haben. Jetzt versuch mal, dich zusammenzureißen, Sarah. Ich kann den Rest hier auch alleine erledigen, aber ich kann nicht zugleich deinen und meinen Wagen fahren, wenn wir nachher wegwollen.«

»Dein Wagen? Wo …?«

»Er steht da hinten.« Sie deutete zum Haus hin. »Du hast ihn nicht gesehen, als du hergekommen bist, und Shorty auch nicht, weil ich dort um die Ecke geparkt habe. Ich wusste nicht genau, was du hier vorhattest, aber es schien mir auf jeden Fall besser, erst einmal unbemerkt zu bleiben.«

Sie ging mit leichten, federnden Schritten zur Hütte hinüber und verschwand im Innenraum.

Nach ein paar Minuten kam sie wieder heraus. »So, ich zünde jetzt das Feuer an. Wir sollten bald machen, dass wir wegkommen, okay?«

»Okay«, sagte ich tonlos.

»Und du fährst mir zum Haus meiner Schwester nach, in Ordnung?«

»Ja, klar.« Ich brachte es nicht über mich, sie zu fragen, ob sie versucht hatte, ein Telefon zu finden und den Notruf zu verständigen, bevor sie ihren Plan durchführte. Ich war mir ohnehin sicher, die Antwort schon zu kennen.

Wir blieben noch lange genug dort, um zu sehen, wie Shortys Hütte in Flammen aufging. Vielleicht blieben wir etwas länger als unbedingt nötig, fasziniert von dem schauerlich schönen Anblick.

Das Zerstörerische zog uns magisch an, wie es auch von uns angezogen schien.

Genevieve übernahm die Führung auf dem Rückweg nach Blue Earth, doch sie hielt an, als sie meinen Wagen vor dem Baum, der im Dunkeln auftauchte, rechts ranfahren sah.

Im Scheinwerferlicht blickte ich mich auf dem feuchten, verfilzten Gras um, bis ich fand, was ich suchte: eine kleine Glasscherbe.

Ich ging in die Hocke und klaubte das Stück Glas aus dem Matsch auf.

»Du hattest vollkommen Recht, Genevieve«, sagte ich. »Er ist im Fluss. Wahrscheinlich hat er es bis zum Blue Earth River geschafft. Wenn nicht, hätten sie ihn schon gefunden, als sie nach dem Alten suchten, dem der Pickup gehört.«

»Besser, wir werden hier nicht gesehen, falls irgendwer vorbeifährt«, sagte sie sanft. »Es wäre nicht gerade günstig, wenn man uns nachweisen könnte, dass wir heute Nacht in Blue Earth gewesen sind.«

»Seine Leiche treibt bestimmt längst im Minnesota River. Niemand wird sie jemals finden.«

»Sarah, komm schon, ich mein's ernst«, sagte sie, doch meine Füße schienen am Boden festgefroren.

Genevieve nahm mich bei der Hand und führte mich zurück zum Nova.

Sie schwenkte als Erste auf die Straße hinaus, und ich folgte ihren Rücklichtern den ganzen Weg nach Mankato.

Konnte ich mir wirklich sicher sein, dass Shiloh tot war? Noch nicht, und vielleicht nie, wenn er vom Fluss fortgetragen worden war, wie ich vermutete. Da er nach dem Unfall noch am Leben war, wie Shorty bezeugt hatte, musste er sich irgendwann von dem Autowrack entfernt haben. Aber Shiloh war jetzt seit sieben Tagen verschwunden, und nun, da ich wusste, was ihm zugestoßen war, wusste ich auch, dass sieben Tage ungefähr sechs Tage zu lang waren. Die Gegend um Blue Earth war zwar nicht dicht besiedelt, aber doch keine so unwegsame Wildnis, dass man sich darin hätte verirren können, selbst mit einer Gehirnerschütterung. Wenn er es weder geschafft hatte, irgendwo Hilfe zu finden, noch von den

Leuten entdeckt worden war, die nach dem vermeintlich verschwundenen Thomas Hall suchten, dann war er tot.

Aus der Beratung von Angehörigen Vermisster wusste ich, dass es ein langwieriger, komplexer Verfahrensweg war, bis eine vermisste Person endlich für tot erklärt wurde. Noch weit schwerer aber, und von aller Welt unbemerkt, war der schreckliche Moment der Erkenntnis für die Angehörigen, wenn die leise Stimme des Herzens sagte: *Er ist tot.*

Genevieve schaltete die Scheinwerfer aus, während sie auf den Vorplatz des Lowe'schen Farmhauses einbog, und ich folgte ihrem Beispiel.

Als ich die Autoschlüssel in die Tasche meiner schwarzen Lederjacke steckte, stieß ich auf das kleine, verschlossene Kuvert, das Sinclair ihrem Brief beigefügt hatte.

Ich stieg nicht aus, sondern blickte zu Genevieve hin, die bereits oben auf der Veranda stand. Ich erwartete, dass sie mich wieder ungeduldig zur Eile mahnen würde, wie vorhin am Straßenrand. Aber nun, da wir uns in sicherer Entfernung von Blue Earth befanden, schien sie ganz entspannt. Im Dunkeln war sie nur eine Silhouette, doch ich sah, wie sie ruhig am Geländer lehnte, das Gesicht zum Nachthimmel erhoben.

Ich öffnete die Wagentür einen Spaltbreit, damit das Innenlicht anging, schob einen Fingernagel unter die Lasche des cremefarbenen Umschlags und schlitzte ihn auf.

Sinclair hatte den Brief gewiss in dem festen Glauben verschlossen, dass es Shiloh sein würde, der ihn irgendwann öffnete. Und ich hatte ihn unangetastet gelassen, noch nicht bereit, die leise Stimme in mir zu hören.

Sinclairs Botschaft war so knapp gehalten, dass der kleine Briefbogen dagegen fast übergroß wirkte.

Michael,
ich freue mich so für dich und Sarah.
Bitte sei glücklich.
S.

Genevieve und ich blieben noch mindestens eine Stunde wach, nachdem wir uns wie Diebe ins Haus geschlichen hatten. Deb und ihr Mann waren zum Glück nicht wach geworden.

Während die Waschmaschine im Keller Royce Stewarts Blut aus unseren Kleidern wusch, wenn auch nicht von unseren Händen, legten Gen und ich uns eine plausible Version der Geschichte zurecht: Ich hatte Genevieve aus der Stadt angerufen und gefragt, ob ich sie besuchen kommen könnte. Das war durch die Telefonrechnung belegt, falls es je so weit kommen sollte, dass jemand sie überprüfte. Ich war nach Blue Earth gefahren, um mit Shorty zu sprechen, der sich jedoch weigerte, über den Autodiebstahl und den Unfall zu reden, den Gen und ich immer noch verdächtig fanden. Da er mir nichts sagen wollte, fuhr ich direkt nach Mankato zurück. Genevieve war aufgeblieben, um mich ins Haus zu lassen, was erklärte, wieso ich nicht geklingelt und irgendwen geweckt hatte.

Später unterhielten wir uns noch leise wie Collegezimmergenossen, Seite an Seite in den Lowe'schen Gästebetten. Ich berichtete ihr, was Royce Stewart gesagt hatte, von Shiloh, der sein mörderisches Vorhaben in letzter Minute doch nicht durchgeführt hatte.

»Ist das nicht tröstlich für dich?«, fragte Genevieve.

»Was?«

»Zu wissen, dass Shiloh es nicht fertig gebracht hat, Shorty zu überfahren.«

»Doch, ja«, sagte ich. »Aber ich kann es einfach nicht fassen, dass alles, was ich zu wissen glaubte, sich als verkehrt herausgestellt hat.«

Ich hielt inne, denn es fiel mir nicht ganz leicht, das näher zu erklären, wie Genevieve es wohl von mir erwartete; mit kryptischen Worten mochte sie sich nie zufrieden geben.

Doch Genevieve waren die Augen zugefallen, und ihr Atem ging langsam und regelmäßig. Sie war eingeschlafen.

Alles, was ich wusste, war falsch.

Bei uns in der Abteilung hatte ich den Ruf, spontan und impulsiv zu handeln, ohne kalte Füße zu bekommen, wie Kilander sich ausgedrückt hatte. Ich war es, die einem verwirrten Teenager in den Mississippi nachgesprungen war. Genevieve dagegen war berühmt für ihre Geduld, für ihr Einfühlungsvermögen, mit dem sie sogar hartgesottenen Verbrechern Geständnisse entlockte.

Von uns dreien, Genevieve, Shiloh und mir, war ich es, der man noch am ehesten zugetraut hätte, mörderischen Impulsen nachzugeben. Bei Shiloh schien das schon weniger wahrscheinlich, und bei der sanften Genevieve so gut wie ausgeschlossen.

Und doch war es Genevieve, die mit einem Tapetenmesser auf einen unbewaffneten Mann losgegangen war und den Tatort anschließend frohgemut abgefackelt hatte. Und es war Shiloh, der Mordpläne geschmiedet hatte, aus einer schwelenden Wut heraus, die ich ihm niemals angemerkt hatte. Nur war er dann doch nicht imstande gewesen, seinen Plan auszuführen. Und ich war es, die bei dem Sterbenden gesessen hatte, einem eingefleischten Frauenhasser, und ihn dazu gebracht hatte, mir zu erzählen, was ich wissen wollte. Ich war es, die in Salt Lake City mit Shilohs Schwester gebetet hatte.

Ich sah zu Genevieve hinüber. Sie war nun eine Mörderin und schlief in einem Frieden, der alle Vernunft überstieg.

Mir fiel das Einschlafen nicht so leicht. Ich war immer noch wach, als die ersten Strahlen der Morgensonne durch die weißen Gardinen des Gästezimmers schienen und der Hahn draußen im Hühnerstall zu krähen begann.

Genevieve regte sich und schlug die Augen auf. »Sarah?«, sagte sie verwundert, als hätte sie die Ereignisse der letzten Nacht völlig vergessen.

Dann streckte sie die Hand zu mir herüber. Ich reichte ihr meine Hand, und sie drückte sie.

Wir standen auf, als wir Deborah und Doug durch den Flur gehen hörten. Sie zeigten sich leicht überrascht ob meiner Anwesenheit.

»Sarah hatte hier in der Gegend zu tun«, sagte Gen. »Sie hat ziemlich spät noch angerufen; ihr habt es wahrscheinlich nicht mehr gehört. Ich hab beim ersten Klingeln abgehoben.«

»Ah so«, sagte Doug und rieb sich das Kinn. Er stellte keine weiteren Fragen, auch wenn die Erklärung ihm etwas vage vorkommen mochte.

»Na, habt ihr denn Hunger? Ich hab schon Kaffee aufgesetzt«, lächelte Deborah munter.

»Ich könnte einen Kaffee gebrauchen«, sagte ich und merkte plötzlich, dass ich sicher auch einen Happen essen könnte.

Eine Viertelstunde später saßen wir zu viert bei Rührei und Kaffee am Küchentisch. Das dürfte schätzungsweise der Zeitpunkt gewesen sein, zu dem Shiloh im Polizeirevier von Mason City in Iowa auftauchte und sich des Mordes an Royce Stewart bezichtigte.

Kapitel XXII

Das Gedächtnis spielt einem manchmal Streiche, hatte der Polizeipsychologe gesagt, der Shiloh interviewt hatte. Shilohs Überzeugung, dass er Royce Stewart getötet habe, war der Effekt einer retrograden Amnesie. Wie es oft bei Unfallopfern der Fall war, konnte er sich nicht mehr an den Moment des Unfalls erinnern. Stattdessen lieferte sein Gedächtnis ihm Details, die sich als unwahr erwiesen; es hinkte sozusagen den Tatsachen hinterher, die er selber unwissentlich geschaffen hatte.

Um sich auf den Mord an Stewart vorzubereiten, hatte Shiloh sich das Szenario immer wieder ausgemalt, sich gedanklich darauf eingestellt, den Plan durchzuführen. So oft hatte er die Tat in seiner Fantasie schon geprobt, dass sie durch den Schock des Unfalls zur konkreten Erinnerung wurde, als hätte sie sich wirklich ereignet.

»Ich hab es ganz deutlich vor mir gesehen«, sagte Shiloh zu mir. »Wenn ich daran zurückdachte, sah ich ihn fallen, spürte den Aufprall, als der Wagen ihn rammte. Es war absolut real.«

Dagegen konnte er sich nur noch vage erinnern, was er in der Zeit zwischen dem Unfall und seinem Eintreffen bei der Polizei gemacht hatte. Er wusste, dass er eine Kopfverletzung und Fieber hatte, doch er wagte es nicht, ärztlichen Beistand in Anspruch zu nehmen. In seinen Wahnvorstellungen bildete er sich ein, die Polizei fahndete schon nach ihm, als er einen Hubschrauber über dem Gelände kreisen sah, auf der Suche nach dem vermeintlich verschwundenen Thomas Hall.

So schlug er sich denn in die Büsche, irrte querfeldein in südliche Richtung, von irrationalen Fluchtimpulsen getrieben, statt wenigstens zu versuchen, nach Minneapolis zurückzukehren, wo er sicher Unterschlupf gefunden hätte.

Eines Morgens, nachdem er sehr lange geschlafen hatte, wachte er mit etwas klarerem Kopf auf und wusste, dass er keine Wahl mehr hatte; er musste sich stellen.

Es dauerte allerdings noch eine ganze Weile, bis alle Beteiligten die Details dieser verworrenen Geschichte aufgeschlüsselt hatten.

Um sieben Uhr zwanzig am Sonntagmorgen genoss der Wachbeamte in Mason City gerade eine Tasse Kaffee und die Aussicht auf das baldige Ende seiner Nachtschicht, als Shiloh zur Tür hereinkam und sein Geständnis ablegte.

Er sagte, er sei derjenige, der Royce Stewart in Blue Earth, Minnesota, überfahren habe. »Sie brauchen mir keine Handschellen anzulegen«, setzte er noch hinzu. »Ich werde keinen Widerstand leisten, und außerdem habe ich vermutlich einen gebrochenen Arm.«

Der Wachtmeister nahm ihn mit aller gebotenen Vorsicht in Gewahrsam, sperrte ihn in eine Zelle und beriet sich erst einmal mit seinem Vorgesetzten.

Beiden war klar, dass Shiloh nicht nur verletzt, sondern wahrscheinlich auch krank war, also ließen sie ihn in die Klinik bringen, wo sein Arm geschient, sein Kopf verbunden und sein Fieber behandelt wurden.

Die weitere Untersuchung des Falles überließen die Beamten von Mason City dann aufatmend dem Faribault County Sheriff's Department.

Shilohs Identität wurde bald festgestellt, auch wenn er keine Papiere bei sich trug. Allein aufgrund seines Namens fand man heraus, dass er nicht vorbestraft, als vermisst gemeldet und zufällig auch noch Polizeibeamter war.

Um neun Uhr fünfundvierzig klingelte das Telefon in der Polizeizentrale von Minneapolis. Etwa zwanzig Minuten später registrierte mein Anrufbeantworter eine Nachricht von der Dienst habenden Kollegin beim Minneapolis Police Department.

Wenn es nicht gerade Sonntag gewesen wäre, hätte man sich bestimmt nicht so schwer getan, Royce Stewarts Adresse herauszufinden. Aber da er nirgends als Mordopfer oder auch nur als verstorben gemeldet war, brauchten die Beamten ziemlich lange, um zu erkunden, ob er noch unter den Lebenden weilte.

Bei Qwest war Royce Stewart nicht als Telefonkunde vermerkt.

Die Kraftfahrzeugzulassungsstelle hatte eine Adresse aus der Zeit, als er noch einen Führerschein besaß. Es war die Adresse seiner Mutter, in der Gegend von Imogene. Von einem Detective befragt, gab Mrs. Stewart über die gegenwärtigen Wohnverhältnisse ihres Sohnes Auskunft.

Royce, der ja ein geschickter Handwerker war, hatte sich mit einem jungen Ehepaar aus seiner Bekanntschaft auf die mietfreie Nutzung ihres Gartenhauses geeinigt, das er im Gegenzug zum Gästequartier ausbaute. Es war eine rein informelle Abmachung, ohne schriftlichen Vertrag.

Das Gartenhaus hatte noch keinen eigenen Telefonanschluss. Mrs. Stewart erklärte, dass sie stets im Vorderhaus anrief, wenn sie ihren Sohn erreichen wollte. Sie kannte aber nur die Vornamen der Leute, die dort wohnten: John und Ellen. Ihre Adresse hatte sie nicht.

Wieder dauerte es eine Weile, bis die Mitarbeiter der spärlich besetzten Sonntagsschicht bei Qwest anhand der von Mrs. Stewart angegebenen Telefonnummer die Adresse ihres Sohnes herausgesucht hatten. Dann fuhr Deputy Jim Brooke zum Haus von John und Ellen Brewer hinaus. Er war noch nicht einmal bis zur Tür gekommen, als ihm auffiel, dass dort irgendwas ganz und gar nicht in Ordnung war.

Man hatte ihm gesagt, dass Royce Stewart im Gartenhaus wohnte, doch von einem Gartenhaus war weit und breit nichts zu sehen. Er stand in der Einfahrt und schaute verdattert auf ein schwarz verkohltes, rauchendes Trümmerfeld.

Ungefähr um die Zeit, als Deputy Brooke diese Entdeckung machte, saß ich im Gästezimmer der Lowes und sah Genevieve beim Packen zu. Sie hatte beschlossen, mit mir nach Minneapolis zurückzukommen. Obwohl wir jede einen eigenen Wagen hatten, wartete ich, um mit ihr zusammen zu fahren.

Sie brauchte lange zum Packen. Seit mehr als einem Monat hatte sie nun schon bei ihrer Schwester gelebt, und ihre Sachen waren mittlerweile über das ganze Haus verstreut.

Während sie den restlichen Kram zusammensuchte, ging ich im Flur auf und ab, aber nicht ungeduldig. Nun, da Shiloh tot war, wie ich glaubte, hatte ich keine Eile mehr. Ich war vollkommen ruhig, wie betäubt.

Was mich jedoch nicht davon abhielt, meine Nachrichten abzuhören, allein schon aus Gewohnheit. Auf meinem Anrufbeantworter war eine Nachricht von Beth Burke eingegangen, aus der Zentrale in Minneapolis. Vorher wäre ich neugierig gewesen zu erfahren, was Lieutenant Burke wohl von mir wollte. Jetzt aber war es nur noch das Pflichtgefühl, das mich veranlasste, der Sache nachzugehen.

»Ich muss mal eben in Minneapolis anrufen. Ich leg das Geld dafür neben das Telefon.« Ich erwartete nicht, dass Genevieve mir antwortete, und falls sie es tat, hörte ich es nicht. Ich war schon dabei, die Nummer zu wählen.

Die nächsten Momente dürften wohl die sprachlosesten meines ganzen Lebens gewesen sein. Zuerst dachte ich, Lieutenant Burke wolle mir mitteilen, Shiloh sei in Iowa bei der Polizei erschienen und habe den Mord und die Brandstiftung der letzten Nacht gestanden. Ich begriff so wenig, was los war, dass ich nicht wusste, was ich ihr nun eigentlich vorschwindeln sollte. Also sagte ich nicht viel mehr als: »Was?«, und schließlich, als ich mich wieder gefangen hatte: »Ist mir ganz egal, was er getan hat oder nicht, sagen Sie mir einfach nur, wo er ist.«

Als ich den Hörer auflegte, schrie ich nach Genevieve.

Am Vormittag bargen die Feuerwehrleute eine Leiche aus der Aschewüste, die einmal Shortys Heim gewesen war. Angesichts von Shilohs Geständnis ergab das natürlich einen handfesten Verdachtsmoment. Zwei Beamte aus Faribault County fuhren sofort nach Mason City, um ihn zu vernehmen, und kamen Genevieve und mir um eine halbe Stunde zuvor.

»Nehmen Sie doch noch einen Moment Platz«, sagte die Krankenschwester am Empfang. »Die Polizisten, die gerade bei ihm sind, haben Anweisung gegeben, keine anderen Besucher hereinzulassen, bis sie ihr Gespräch mit ihm beendet haben.«

»In welchem Zimmer liegt er?«, fragte ich. »Nur, damit ich's für nachher weiß.«

»306«, sagte sie.

»Danke.« Statt mich in den Warteraum zu setzen, ging ich einfach am Empfangsschalter vorbei in den Flur.

»Hey!«, rief sie mir nach. Ich zeigte dem uniformierten Beamten vor der Tür von Zimmer 306 meine Dienstmarke, und er versuchte nicht, mich aufzuhalten.

Die Beamten blickten verdutzt auf, als ich eintrat. Nur Shiloh schien nicht überrascht, mich zu sehen.

»Du brauchst einen Anwalt«, sagte ich zur Begrüßung, ohne mich um die Polizisten zu kümmern. Meine Stimme klang hart.

»Sie dürfen hier nicht rein«, protestierte einer der beiden. Sie sahen sich recht ähnlich, beide weiß und kompakt, in mittlerem Alter, der eine mit Schnäuzer, der andere glatt rasiert.

»Er hat eine Gehirnerschütterung von seinem Autounfall«, sagte ich. »Alle Aussagen, die Sie heute von ihm bekommen, könnten deswegen anfechtbar sein.«

Der andere Beamte stand auf, um mich hinauszudrängen. »Sie haben hier nichts zu suchen«, sagte er.

»Ich bin seine Frau.«

»Ist mir schnuppe.«

»Außerdem bin ich Polizistin.«

»Und wenn schon.« Er packte mich am Arm.

»Nein«, ließ Shiloh sich zum ersten Mal vernehmen, in so scharfem Ton, dass beide Männer sich nach ihm umdrehten. »Wir sind hier sowieso fertig.«

»Wir haben aber noch mehr Fragen …«

»Wir sind hier fertig«, wiederholte Shiloh.

Die beiden wechselten einen Blick. »Sie werden sich einen Anwalt nehmen?«, fragte der erste.

Das war nicht, was Shiloh gemeint hatte, aber es war ein Grund, der ihnen einleuchtete. »Ja, ich nehme mir einen Anwalt.«

Achselzuckend steckten sie ihre Notizblöcke ein und gingen. Nachdem die Tür sich hinter ihnen geschlossen hatte, war es plötzlich still im Raum. Shiloh und ich musterten uns wortlos aus zwei Metern Abstand. Abgemagert, zerzaust und unrasiert, wie er war, glich er verblüffend dem Zivilfahnder, den ich vor Jahren am Flughafen getroffen hatte. Für einen langen Augenblick wusste ich nichts zu sagen. Er brach als Erster das Schweigen.

»Es tut mir Leid«, sagte Shiloh.

Jetzt erst begriff ich: Dies war Shiloh, er war wirklich nicht tot, ich sah Shiloh wieder vor mir. Ich trat zum Bett, vergrub mein Gesicht an seiner Schulter und brach in Tränen aus.

Shiloh hielt mich so fest, dass es mir unter normalen Umständen wehgetan hätte. An den Knochen, die sich gegen meine Wangen drückten, spürte ich, wie dürr er geworden war.

»Es tut mir so Leid, Baby, es tut mir so Leid«, murmelte er, wieder und wieder. Ich schmiegte mich an seinen Hals und ließ ihn mich festhalten, als ob er der Starke wäre, und ich schwach.

Shiloh blieb zwei Tage unter Beobachtung in der Klinik, bis der Arzt beschloss, dass er keiner weiteren stationären Behandlung mehr bedurfte. Dann wurde er nach Minnesota zurückgebracht und in das Gefängnis von Faribault County überwiesen.

Obwohl er für die Nacht, in der Shorty zu Tode gekommen war, kein Alibi hatte, schlossen Shilohs Verletzungen die Möglichkeit aus, dass er nach Blue Earth zurückgefahren war, um Shorty umzubringen. Der Autodiebstahl dagegen war ein Anklagepunkt, der zweifelsfrei feststand.

Bei der ersten Anhörung stellte sein Anwalt einen Antrag auf Freilassung gegen Kaution mit dem Argument, dass sein Mandant bis dato nicht vorbestraft sei und als Polizeibeamter einen ausgezeichneten Ruf genieße. Der Richter verwies darauf, dass Shiloh zurzeit nicht im Polizeidienst stehe, aller Wahrscheinlichkeit nach auch nie wieder in den Dienst aufgenommen werden würde und seine Fähigkeit, sich auch unter widrigen Umständen dem Arm des Gesetzes zu entziehen, bereits unter Beweis gestellt habe. Die Freilassung wurde nicht gewährt.

Dort unten in Faribault County konnte ich nichts mehr tun. Ich fuhr nach Minneapolis zurück, um nicht verrückt zu werden, und merkte bald, dass auch ein Ortswechsel nicht gegen die Nervosität half, die sich weder durch Bewegung noch durch Fernsehen vertreiben ließ. Kaum war ich wieder daheim, rief ich in Utah an und benachrichtigte Naomi, dass Shiloh lebend und einigermaßen wohlbehalten wieder aufgetaucht war. Dann schrieb ich Sinclair ein paar Zeilen und brachte den Brief zur Post.

Naomi rief am nächsten Nachmittag an und fragte nach Details. Ich tat mein Bestes, ihr zu erklären, was meinen Mann zu seinem Handeln bewegt haben könnte. Das Gespräch zog sich hin, während das Licht allmählich im Abendrot verglomm. Als wir aufgelegt hatten, blieb ich auf der Couch sitzen und grübelte müßig über die Zukunft nach, und da ich mich nicht überwinden konnte, die Lampe anzuknipsen, fiel in unser Wohnzimmer das gleiche Zwielicht wie draußen. Und wieder war eine einsame Nacht angebrochen.

Zehn Minuten später befand ich mich auf der 94 in Richtung St. Paul. Ich wollte sehen, wie es Genevieve ging, nun, da sie wieder zu Hause war. Und vor allem wollte ich wissen, wann sie wieder zum Dienst kommen würde. Ich selber sehnte mich schon förmlich nach der Ablenkung durch den Job.

Doch als ich an Genevieves Haustür klingelte, war es nicht sie, die mir öffnete.

»Vincent«, sagte ich.

»Sarah«, sagte Genevieves Exehemann. Sein Blick unter den schweren Augenlidern hatte eine ganz eigene Wirkung: Ich spürte ihn tief im Rückgrat.

Genevieve tauchte hinter ihm auf. Ich bemerkte erneut, wie sehr ihre Haare gewachsen waren: Sie waren jetzt schon kinnlang, schwangen leicht hin und her, wenn sie den Kopf drehte, und schimmerten im Licht. Rechts hatte sie sie hinters Ohr zurückgestrichen, und ich sah einen kleinen Silberring an ihrem Ohrläppchen aufblitzen.

»Komm rein, Sarah«, sagte sie. »Ich mach uns einen Kaffee.«

»Gute Idee.« Es war ein kalter Tag, aber es hatte noch nicht geschneit. Heftige Windböen fegten die letzten trockenen Blätter über die Straßen.

»Willst du nicht eine Pause einlegen und dich zu uns setzen, Vincent?«, schlug Genevieve vor.

»Nein, nein, ich mach lieber gleich weiter.« Er stieg die Treppe hoch, während ich Genevieve in die Küche folgte.

»Was macht er denn hier?«, fragte ich Genevieve.

»Er räumt Kamareias Zimmer aus.«

Aus der Antwort wurde ich zwar auch nicht recht schlau, doch ich spürte, dass es nur eine Einleitung war, und wartete ruhig ab, bis sie bereit war, mir den Rest zu erzählen.

Genevieve nahm eine Packung gemahlenen Kaffee aus dem Kühlschrank und tat etwas davon in einen Papierfilter. »Ja, wir sind nämlich gerade dabei, das ganze Haus zu räumen. Ich hab jetzt endgültig den Dienst quittiert.«

»Du hast … was?« Meine Stimme klang unnatürlich hoch.

»Wenn Vincent nach Paris zurückkehrt, fahre ich mit.« Sie hob verlegen die Schultern, goss Wasser in die Kaffeemaschine.

»Das ist nicht dein Ernst.«

»Doch.«

»Warum?«

Genevieve schüttelte den Kopf. »Ich kann hier nicht mehr leben. Nicht in diesem Haus, nicht mal in St. Paul. Ich kann vielleicht lernen, ohne Kamareia zu leben, aber nicht hier.«

Meine einzige Partnerin im Dienst. Meine einzige echte Freundin. Wie oft hatten wir uns an kalten Wintermorgen ausgemalt, in ferne, sonnige Paradiese zu flüchten, nach San Francisco oder New Orleans. Und nun tat Genevieve es wirklich und fuhr noch viel weiter weg, als wir es uns je vorgestellt hatten. Für immer. Ohne mich.

Du darfst nicht fortgehen, dachte ich wie ein Kind.

»Willst du einen Schuss davon in deinen Kaffee? Vince hat ihn vom Flug mitgebracht.« Sie hielt ein Fläschchen Bailey's hoch; ein zweites stand auf dem Küchentresen, neben einem ebenso kleinen Fläschchen Gin.

Das erste Mal, als ich bei Genevieve zu Besuch gewesen war, nach der Arbeit an einem Abend mitten im Winter, hatte sie es genauso gemacht. Sie hatte uns Kaffee gekocht, dann hatte sie gesagt: »Du bist außer Dienst, soll ich dir den Kaffee ein bisschen anreichern?«, und sie hatte uns teuren Weiße-Schokolade-Likör in die dampfenden Tassen gekippt.

Ich erinnerte mich, wie mich ihre Großzügigkeit gerührt hatte, wie entwaffnend es gewesen war, bei jemandem im Haus zu sein, der eine große Küche mit einem bunten Sortiment an Alkoholika hatte und nicht nur eine kümmerliche Mansarde mit Budweiser im Kühlschrank.

Wahrscheinlich wusste sie gar nicht, wie viel sie mir schon damals bedeutet hatte.

»Das jetzt mit Vincent«, sagte ich. »Ist das nicht ein bisschen überstürzt?«

»Überstürzt und lange überfällig. Er war der Grund, aus dem ich nie wieder geheiratet habe, ja nicht mal mit irgendwem ausgegangen bin.« Ihre Stimme klang fröhlich, eine fröhliche Totenglocke für unsere Partnerschaft. Sie nahm zwei schwere Glasbecher aus dem Schrank und schenkte den Kaffee ein. In den einen leerte sie das erste Likörfläschchen und schob ihn zu mir hinüber. »Er hatte in Chicago zu tun und ist danach hergekommen, und plötzlich wurde uns beiden klar … na, du weißt schon.«

Ich war froh über ihr wiedergefundenes Glück, aber ein bisschen wunderte ihre Lässigkeit mich schon. Vielleicht gelang es ihr endlich, Kamareia in Frieden ruhen zu lassen, aber Royce Stewarts Tod war doch noch mal etwas anderes. Diese Erinnerung war noch roh und blutig, und Genevieve versuchte offenbar, sie hastig in einem anonymen Grab zu verscharren, das sie im Geiste niemals besuchen würde. Sie verdrängte ihre Tat einfach, und vielleicht war das die beste Art und Weise, damit fertig zu werden. Vielleicht hatte sie ja Recht, vielleicht wurde die ganze Sache mit dem Verarbeiten auch ziemlich überschätzt.

»Oh Gott, entschuldige.« Genevieve sah mich mitfühlend an. »Ich hab noch gar nicht nach Shiloh gefragt. Wie geht es ihm?«

Sie hatte meine unausgesprochenen Gedanken falsch interpretiert. Ich trank einen Schluck Kaffee. »Schwer zu sagen. Er will sich schuldig bekennen und seine Strafe absitzen. Sein Anwalt versucht, es ihm auszureden. Er meint, man könnte zumindest die Art und Weise infrage stellen, wie es zu dem Geständnis gekommen ist, die Kopfverletzung als mildernden Umstand anführen, genug Argumente sammeln, damit die Klage abgewiesen wird.«

»Glaubst du, Shiloh macht da mit?«

Ich zuckte resigniert die Achseln. »Nein, wohl kaum. Er will ...« Ich musste nach dem richtigen Wort suchen. »Er will seine Tat sühnen.« In Wirklichkeit wollte Shiloh sich bestrafen, weil er seinem mörderischen Impuls nachgegeben und es trotzdem nicht geschafft hatte, Kamareia zu rächen; weil er seine Karriere ruiniert und mich eine ganze Woche lang in Angst und quälende Ungewissheit versetzt hatte.

»Vielleicht drückt der Richter ein Auge zu«, meinte Genevieve. Erfüllt von ihrem eigenen Glück, wollte sie auch mir ein wenig Hoffnung spenden.

»Nein«, sagte ich wieder. »Er wird in den Knast wandern, so viel ist sicher.« Ich konnte es mir nicht leisten, mir etwas vorzumachen.

»Und was wird aus euch beiden?«, fragte Genevieve. »Habt ihr schon über die Zukunft gesprochen?«

Ich schüttelte den Kopf. »Du hast noch nie ein richtiges Knastgespräch geführt, was? In diesem Sprechzimmer für Frauen, Freundinnen und Verwandte? Nicht gerade die ideale Umgebung, um über Zukunftsaussichten zu diskutieren.«

»Nun gut, aber wie soll's denn nun weitergehen?«, drängte Genevieve.

»Wie es weitergehen soll? Na ja, wie gesagt, Shiloh wird jetzt erst mal 'ne Weile einsitzen.«

»Für Autodiebstahl«, sagte Genevieve. »Da kriegt er aber nicht viel aufgebrummt. Und was wird mit euch, wenn er wieder rauskommt?«

Darauf hatte ich keine Antwort. Ausweichend blickte ich aus dem Fenster in das frostige Silberlicht des aufgehenden Mondes zwischen den Bäumen.

Wie der Richter bei der ersten Anhörung betont hatte, würde Shiloh nie wieder in den Polizeidienst aufgenommen werden. Sein ganzes Leben lang hatte er praktisch nichts anderes getan seit der Zeit, als er in der rauen Bergwelt Montanas nach jugendlichen Ausreißern suchte, bis zu der spektakulären Festnahme einer landesweit gesuchten Verbrecherin.

Wenn Shiloh irgendwann einmal aus dem Gefängnis kam, würde alles, was er erreicht hatte, zu nichts zerronnen sein. Ich wäre immer noch Polizistin, und er ein Exhäftling. Solche Ungleichheiten konnten eine Beziehung vergiften. Schleichend. Schmerzhaft.

Wenn Shiloh und ich miteinander sprachen, hing all das zwischen uns, unmöglich zu vergessen, aber zu schwer wiegend, um es zu erwähnen.

»Die Brücke überqueren wir dann, wenn wir sie erreichen«, sagte ich.

Meine rechte Hand ruhte auf dem Küchentresen, und Genevieve legte ihre Hand jetzt sanft darüber.

»Und du?«, fragte sie. »Wie geht es *dir*?«

»Keine Ahnung«, sagte ich ehrlich.

Auf dem Heimweg schaute ich kurz im Revier vorbei, um Vang zu sagen, dass ich morgen wieder zum Dienst kommen würde, ganz im Gegensatz zu Genevieve.

»Hab schon davon gehört«, sagte er. »Neuigkeiten machen hier immer schnell die Runde. Apropos – sie haben diesen Kerl gefasst, der die Frauen mit Schreckensbotschaften traktiert hat. Erinnerst du dich?«

»Ja, der mit den Im-Dienst-getötet-Anrufen?«

»Genau. Sergeant Rowe hat es seiner Frau erzählt, und sie hat von da an sämtliche Anrufe bei ihnen auf Band aufgenommen, nur so, für alle Fälle. Klingt paranoid, hat sich aber ausgezahlt. Der Kerl hat sie angerufen und behauptet, Rowe sei bei einer Schießerei getötet worden. Sie tat völlig geschockt, und er blieb noch eine ganze Weile in der Leitung und erzählte ihr alle möglichen erlogenen Details. Am nächsten Tag brachte Rowe das Tonband ins Revier mit und ließ es rumgehen, bis jemand die Stimme wiedererkannte.«

»Und? War es einer von der Polizei?«

»Nein, aus der Gerichtsmedizin. Wir kannten den alle gar nicht, er heißt …«

»Frank Rossella«, beendete ich den Satz für ihn.

Vang schaute verblüfft. »Woher weißt du das?«

Epilog

Shiloh wurde zu zweiundzwanzig Monaten Haft verurteilt, ein verhältnismäßig hohes Strafmaß, was der Richter damit begründete, dass Shiloh sich als Amtsträger in den Augen der Öffentlichkeit einen schwer wiegenden Vertrauensbruch hatte zuschulden kommen lassen. Letztlich aber bezog sich die Strenge des Urteilsspruchs wohl vor allem auf die Mordabsicht, in der Shiloh den Wagen gestohlen hatte, auch wenn dieses Motiv in der Anklageschrift mit keinem Wort erwähnt worden war.

Offensichtlich sah das Gericht Shiloh nicht als sympathische Person an, mochte er in der Vergangenheit auch noch so viele Schwerverbrecher hinter Gitter gebracht haben. Zumindest zeigte der Richter sich geneigt, diesen Umstand zu berücksichtigen, und machte eine entsprechende Eingabe bei der Gefängnisbehörde, sodass Shiloh seine Haftzeit aus Sicherheitsgründen jenseits der Staatsgrenze verbüßen durfte, in Wisconsin.

Dorthin wurde er gleich nach der Urteilsverkündung verlegt; ich fuhr ihn eine Woche später besuchen, Anfang Dezember. In der Nacht zuvor war der erste Schnee gefallen. Die Felder und Scheunen von Wisconsin wirkten lachhaft pittoresk in dem frischen Weiß.

Ich weiß nicht, ob es kollegiales Entgegenkommen war, jedenfalls ließen sie mich in einem kleinen, privaten Sprechzimmer mit Shiloh reden. Er war jetzt wieder glatt rasiert, aber zugenommen hatte er noch nicht. Sein Häftlingshemd schlackerte ihm um die Rippen.

»Wie geht's dir?«, fragte er sofort.

»Gut«, sagte ich.

»Und im Job? Verhalten sie sich dir gegenüber okay?«

Tatsächlich vermisste ich Genevieve schrecklich, allein schon, weil sie als Einzige normal mit mir umgegangen wäre. Alle in der

Abteilung waren schockiert von dem, was Shiloh getan hatte; sie wussten nicht, was sie sagen sollten, wenn sie mich sahen, und so zogen sie es vor, die Sache schweigend zu übergehen.

»Natürlich«, sagte ich.

Aber Shiloh ließ sich so leicht nichts vormachen. »Nein, wirklich«, hakte er nach. »Wie läuft es?«

»Alle verhalten sich ganz normal«, beharrte ich. »Ist ja auch gar nicht wichtig. Eigentlich wollte ich mit dir über was anderes sprechen.«

Ich blickte mich um. So privat der Raum schien, war es doch nicht auszuschließen, dass es hier eine Abhöranlage gab, und deshalb musste ich meine Worte mit Bedacht wählen.

Ich zögerte so lange, dass Shiloh schließlich das Schweigen brach. »Hör zu, Sarah«, sagte er. »Ich könnte es verstehen, wenn das, was ich in Blue Earth getan habe, deine Gefühle für mich verändert hat ...«

»Nein, nein«, wehrte ich ab. »Das ist es nicht, nur ...«

»Na? Was denn?«, drängte er mich sanft.

»Ich hab sie getroffen«, sagte ich leise. »Ich weiß, warum du von zu Hause weggelaufen bist. Ich weiß, was du damals am Weihnachtsabend gemacht hast.«

Ich hatte das Letzte auf der Welt angesprochen, das ihn noch erschrecken konnte. In seinen Luchsaugen, in dem scharfen Blick, der mich traf, sah ich die Bestätigung, dass ich mich nicht getäuscht hatte. Bis zu diesem Moment war ich mir noch nicht ganz sicher gewesen.

»Sie hat es dir *erzählt?«*, sagte Shiloh.

Ich schüttelte den Kopf.

Sinclair hatte mir die Wahrheit über die verhängnisvolle Beziehung zu ihrem Bruder nicht durch das mitgeteilt, was sie von ihrer Lebensgeschichte erzählte, sondern durch die Art, in der sie mir gerade die wichtigsten Seiten verschwieg.

Sie und Shiloh waren sich sehr nah gewesen, und doch hatte er sie nicht in Salt Lake City aufgesucht, nachdem er die Familie verlassen hatte. Er war in die andere Richtung geflüchtet, nordwärts, nach Montana. Erst, als sie nach Minnesota kam, hatten sie sich zufällig wieder getroffen, und Sinclair hatte nichts von einem Streit oder Zerwürfnis gesagt, obwohl sie sich danach offenbar nie wieder gesehen hatten.

Mike ohne Nachnamen in der Flughafenbar, vor fünf Jahren, gerade einer »sehr kurzen, sehr verkehrten« Beziehung entronnen.

Ganz plötzlich, ungewollt, hatte das Puzzle sich zusammengefügt, auf dem Rückflug von New Mexico. Sinclair hatte erwähnt, dass sie ihren Bruder damals im Winter getroffen hatte, um die Zeit, als drei Studenten des Carleton-College bei einem Autounfall ums Leben kamen. Ich hätte nicht gewusst, in welchem Jahr das gewesen war, wäre ich nicht zufällig unter den Streifenpolizisten am Unfallort gewesen, einer vereisten Landstraße außerhalb von Minneapolis im Januar. Es war nur ein paar Tage, bevor ich vom Tod meines Vaters erfuhr. Kurz darauf war ich zur Beerdigung nach Westen gereist, und bei meiner Rückkehr hatte ich Shiloh getroffen, als er einsam an der Bar eine erotische Verstrickung zu vergessen versuchte, über die er nichts Näheres hatte sagen wollen. Ich hatte ihn nie danach gefragt, weder damals, noch in all den folgenden Monaten und Jahren.

Kein Wunder, dass es ihm gelungen war, sein Vorhaben in Blue Earth vor mir geheim zu halten. Shiloh hatte schon lange zuvor gelernt, sein Innerstes zu verbergen. Ich hatte ja nicht einmal gewusst, dass er die Gebärdensprache beherrschte.

Er und Sinclair hatten sich sehr bemüht, die Geschichte zwischen ihnen zu vergessen, so viel war klar. Sie hatten sich ihr ganzes Erwachsenenleben lang sorgfältig gemieden, eine Entfremdung, die sich nach und nach auf ihre ganze Familie übertrug. Shiloh hatte sogar Naomis unschuldige, fragende Annäherungsversuche abprallen lassen, als sie eine unsichtbare Grenze übertrat, indem sie ihm vorschlug, wieder nach Hause zu kommen.

Shiloh konnte nicht mehr nach Hause, aus dem gleichen Grund, der ihn davon abhielt, zur Beerdigung seines Vaters zu fahren: Er konnte die Vorstellung nicht ertragen, seinen älteren Brüdern in die Augen zu sehen und sich zu fragen, was sie von all dem wussten, ob man ihnen wirklich nichts gesagt hatte oder ob sie sich nur unwissend stellten, weil die Wahrheit zu schrecklich war, um sie sich einzugestehen.

Er hätte sich keine Sorgen zu machen brauchen. Shilohs Brüder und Schwestern lebten in einem dichten Nebel der Selbsttäuschung. Naomi fragte sich nie, was an jenem unheilvollen Weihnachtsabend eigentlich vorgefallen war.

Bill besaß alle Puzzlestücke, hatte sie jedoch nie richtig zusammengefügt. *Mike war da, und dann war er plötzlich weg*, hatte Bill gesagt. *Mein Vater sagte, Gott verzeiht alles, aber erst, wenn man ihn darum bittet.* Bill hatte nie daran gedacht, dass Mike und Sara vielleicht doch Schlimmeres als alltägliche Jugendsünden begangen haben könnten. Er wunderte sich nicht einmal, wie es möglich war, dass ein bisschen Herumexperimentieren mit Drogen Mikes Verhältnis zu seiner Familie für immer zerstört haben sollte.

Wie sehr musste Shilohs Vater, offenbar ein wahrhaft gottesfürchtiger Mann, darunter gelitten haben, seine eigenen Kinder zu belügen, weil er ihnen nicht sagen konnte, was Sara und Mike an jenem Weihnachtsabend getan hatten.

Vielleicht hätte ich all die Hinweise ebenfalls übersehen – schließlich hatte auch ich ja guten Grund zur Selbsttäuschung –, wäre da nicht Sinclairs Botschaft gewesen. *Ich freue mich so für dich und Sarah. Bitte sei glücklich.* Kurz und knapp wie ein Haiku, Gruß und Abschied zugleich, jedes Wort schwer von der bittersüßen Wehmut einer Liebenden, ganz und gar nicht, was eine Schwester hätte schreiben sollen.

Ich hatte den Brief mitgebracht und übergab ihn schweigend.

Shiloh studierte ihn länger, als es für einen so schlichten Text angemessen schien. Als er endlich etwas sagte, war seine Stimme sehr leise, fast unhörbar.

»Gott weiß, dass ich versucht habe, es zu begreifen. Es hat nicht geklappt. Manchmal laufen die Dinge einfach falsch im Kopf.«

Doch er tippte sich nicht an die Schläfe, sondern an die Brust, deutete auf sein Herz.

»Ich war fünfzehn, als sie heimkam. Sie war wie eine Fremde für mich. Aber wir haben uns sofort verstanden. Ich konnte mit ihr reden. Und nicht bloß, weil ich die Gebärdensprache beherrschte. Ich konnte *wirklich* mit ihr reden.« Er blickte zum Boden, nicht zu mir hin. »Wir sind uns schnell nah gekommen, zu schnell. Eines Nachts lagen wir auf dem Dach, um den Meteoritenschauer der Leoniden zu beobachten. Sie ließ mich ihre Hand halten. Wir merkten nicht, dass wir im Begriff waren, eine Tür zu öffnen, die wir nie wieder würden schließen können.«

Er verstummte. Es war nicht das Ende der Geschichte, aber im Grunde doch alles.

Im Geiste sah ich sie wieder vor mir, Shilohs Schwester, vielleicht die schönste Frau, die ich je gesehen hatte. Ich brachte es nicht über mich, sie zu hassen.

Sie hatte das gleiche innere Leuchten, das mich vom ersten Moment an zu Shiloh hingezogen hatte. Er hatte Recht. Sie beide waren von der gleichen Art.

Was hatte ich zu Sinclair gesagt? *Ich fürchtete, etwas in ihm würde sich mir immer entziehen.* Ich hatte von den Anfangszeiten unserer Beziehung gesprochen, aber es galt heute noch genauso. Und meine Furcht war nur zu berechtigt gewesen.

»All die Jahre habe ich von nichts gewusst«, sagte ich. »Ich wäre sowieso nie an sie herangekommen.«

»Nein, das ist nicht wahr«, entgegnete Shiloh heftig.

Plötzlich fühlte der Raum sich zu eng an. »Tut mir Leid«, sagte ich. »Ich hätte nicht herkommen sollen.« Ich sprang auf.

Aber Shiloh, immer schon genauso schnell wie ich, war ebenfalls aufgesprungen und packte mich mit hartem Griff bei den Oberarmen. »Nein, Sarah, warte«, sagte er.

»Hey, hey, das reicht jetzt! Lassen Sie die Frau los!« Zwei uniformierte Wächter zerrten ihn von mir weg.

»Alles in Ordnung, Ma'am?«, fragte einer von ihnen. Ich bemerkte, dass Shilohs Stuhl umgekippt war, so wild war er aufgefahren. Es musste ganz schön erschreckend gewirkt haben.

»Jaja, alles in Ordnung«, nickte ich.

»Zeit zu gehen, Kamerad«, sagte der andere und führte Shiloh zu Tür. Auf der Schwelle drehte er sich noch mal um und sah mich an, dann war er fort.

Ich hatte gerade wieder die Grenze nach Minnesota überquert, als mein Handy klingelte. Die Augen auf die Straße gerichtet, angelte ich nach dem Apparat, ohne daran zu denken, wie oft ich Autofahrer belehrt hatte, sie sollten zum Telefonieren erst rechts ranfahren.

»Pribek?« Es war eine wohl klingende, bekannte Stimme. »Hier ist Chris Kilander. Ich wollte mich schon länger mal bei Ihnen melden. Wo sind Sie gerade?«

»Ähm, auf dem Rückweg nach Minneapolis. Ich brauche noch etwa eine halbe Stunde. Aber in die Dienststelle wollte ich heute eigentlich nicht mehr.« Es war spät am Nachmittag; die Sonne war schon untergegangen.

»Gut. Ich könnte Sie in einer halben Stunde draußen am Brunnen treffen, geht das?« Er meinte den Platz vor dem Regierungsgebäude. »Keine Sorge, ich will Sie nicht lange aufhalten.«

Ich fand eine Parklücke am Rathaus und ging durch den Passantenstrom, der jetzt zu Büroschluss am dichtesten war, zum Gerichtsgebäude hinüber. Am Rand des Platzes drängten sich die Leute, in Wollschals und Handschuhe eingemummelt, an den Bushaltestellen. Erstaunlich lang kamen mir diese Warteschlangen im Dunkeln vor, wie eine Menschenmenge, die um Konzertkarten anstand.

Am Brunnen sah ich Kilander, reglos wie eine Statue. Er trug einen langen dunklen Mantel, jeder Zoll ganz unverkennbar der klassische Jurist. Eine kurze Verkehrspause nutzend, eilte ich quer über die Straße auf ihn zu.

»Wie geht's Ihnen, Sarah?«

»Ganz gut.«

»Freut mich zu hören. Wo kommen Sie denn gerade her?«

»Aus Wisconsin.«

»Dem Gefängnis?«

Ich nickte.

Kilander fragte nicht nach Shiloh. Stattdessen setzte er sich auf den Brunnenrand und deutete wortlos auf den Platz neben ihm. Ich folgte seiner Einladung. Die gesprenkelte Steinfläche war nicht nur frei von Schnee, sie schien auch trocken zu sein.

Kilander schaute kurz zu der Menge der Büroangestellten an der Bushaltestelle hinüber, dann wieder zurück zu mir. »Keiner in der Abteilung hat angedeutet, Sie sollten nicht zum Dienst zurückkommen, oder?«

»Nein.«

Kilander nickte nachdenklich, eine seiner typischen hinhaltenden Gesten vor Gericht. »Shilohs Geständnis des versuchten Mordes hat natürlich die Frage aufgeworfen, wie Royce Stewart denn tatsächlich zu Tode gekommen ist.«

»Ach ja? Wie ist er denn gestorben?«, sagte ich, um einen möglichst lässigen Tonfall bemüht.

»Das ist noch nicht klar. Die Brandstiftungsexperten haben die Überreste seiner Hütte begutachtet und sind zu dem Schluss gekommen, das Feuer sei nicht aus natürlicher Ursache ausgebrochen.«

»Ja?«

»Und es gab offenbar eine Menge Reifenspuren um das Haus herum, zu viele angesichts der Tatsache, dass die Bewohner nicht da waren und Shorty einen Wagen hatte, mit dem er nicht fuhr. Die Abdrücke werden zurzeit noch untersucht.«

Meine Spuren. Und Genevieves. Genevieve würde in zwei Tagen nach Paris fliegen. Sie machte sich beizeiten aus dem Staub, und jetzt war ich froh drum.

»Und Stewarts Freunde haben ausgesagt, dass am Abend seines Todes eine Polizistin in die Kneipe in Blue Earth kam, um mit ihm zu reden. Eine auffällig große Polizistin in einem T-Shirt von der Kalispell-Rettungstruppe.«

Ich hatte meine Spuren schlecht verwischt. Natürlich wären Genevieve und ich vorsichtiger gewesen, wenn wir gewusst hätten, dass wir Royce Stewart töten würden. Aber wir waren ja gar nicht in dieser Absicht nach Blue Earth gefahren. Wir waren keine Killer. Royce Stewarts Tod war ungeplant passiert, fast wie ein Unfall. Ich musste es so sehen; ich konnte es nicht ertragen, meine Partnerin für eine Mörderin zu halten.

Niemand würde sie des Mordes verdächtigen, wurde mir plötzlich bewusst. Niemand hatte Genevieve in Blue Earth gesehen. Sie hatten *mich* gesehen.

In aller Augen war Genevieve eine beliebte, alt gediente Kollegin, die in vorzeitigen Ruhestand gegangen war. Um sie von jenseits des Ozeans zurückzuholen, müsste man einen Auslieferungsantrag stellen, unter ungeheurem Aufwand an Papierkram, Verhandlungen, internationaler Kooperation.

Eigentlich sollten diese Dinge keine Rolle spielen, taten es aber doch. Ich dagegen war nicht so bekannt wie Genevieve, konnte auf keinen besonderen Sympathiebonus zählen. Soviel ich wusste, hatte ich zwar keine Feinde in der Abteilung, aber auch keine hoch platzierten Freunde. Für die Gerichtsbarkeit war ich bloß ein Name, irgendeine junge Polizistin, die ohnehin schon in schiefes Licht geraten war durch ihren straffällig gewordenen Ehemann.

Und ich würde ja auch nicht in Paris sein, sondern hier in Minneapolis, nicht außer Reichweite, sondern inmitten des Systems, misstrauisch von meinen Vorgesetzten beäugt, während die Ermittlungen unaufhaltsam fortschritten.

»Ich verstehe«, sagte ich leise.

Kilander legte mir sanft die Hand auf den Arm. Es störte mich nicht. Bisher hatte ich ihn immer als eine Art munteren Schürzenjäger gesehen, dem man, bei allem Spaß an seinem Geplänkel, lieber nicht trauen sollte. Überrascht merkte ich jetzt, dass ich ihn als Freund sah.

»Kennen Sie das Sprichwort: ›Gottes Mühlen mahlen langsam, aber gerecht‹?«, fragte er.

»Ja«, sagte ich. Ich kannte es nicht, aber ich wusste, was er meinte.

Er stand auf, und ich folgte seinem Beispiel.

So nah, wie wir beieinander standen, spürte ich jeden der sechs Zoll, um die er mich überragte. Er legte mir die Hand auf die Schulter, und mit der anderen hob er mein Kinn und küsste mich leicht auf den Mund. Der fahle Schein der Straßenlaternen flackerte mir wie Blitzlichter in den Augenwinkeln.

Kilander ließ mich los und trat zurück. »Gottes Mühlen hören nicht auf zu mahlen«, sagte er. In seinen Worten schwang keine Ironie mit, wie auch sein Kuss nichts mit Sex zu tun gehabt hatte.

Zwei Busse waren inzwischen vorbeigekommen und hatten die Warteschlangen aufgesogen, sodass die Umgebung fast menschenleer war. Nur ein paar schattenhafte Gestalten geisterten in einiger Entfernung durch die Dunkelheit. Ich stand da und blickte Kilander nach, als er zum Regierungsgebäude zurückging. Ich sah seinen langen Mantel in einem Windstoß wehen, der die Wasserstrahlen des Brunnens erschauern ließ. Er blickte nicht zurück, und ich sah zu, wie er in der erleuchteten Eingangshalle des Hennepin County Government Center verschwand, dem Turm von Licht und Ordnung, in dem er seinen festen Platz innehatte.

Dank

Die Handlung dieses Romans ist frei erfunden; auch wenn reale Staatsbehörden erwähnt werden, ist damit nicht beabsichtigt, ihre tatsächliche Arbeitsweise darzustellen.

Dennoch gibt es verschiedene Leute, die mir geholfen haben, die Welt zu verstehen, in der Sarah Pribek arbeitet, und sie verdienen es, genannt zu werden. Ganz besonders möchte ich mich bei einem Officer des Las Vegas Metropolitan Police Department bedanken, sowie bei den Juristen Beth Compton aus Indiana und David Lillehaug aus Minnesota. Alle noch verbleibenden Unstimmigkeiten oder dichterischen Freiheiten sollten nicht ihnen, sondern mir zur Last gelegt werden. Ebenfalls eine große Hilfe war mir Carol Roberts, Reporterin von *The Tribune* in San Louis Obispo.

Mein Dank gilt ferner einigen außerordentlich hilfreichen Leuten im Verlagswesen: Barney und anderen von der Karpfinger Agency und Jackie und Nita bei Bantam.

Schließlich möchte ich meinem Vater danken, der tausende von Kriminalromanen bei uns im Haus herumliegen ließ, zum Glück nicht alle auf einmal; meiner Schwester, deren Meinung zu Handlung und Personen ich immer zuerst einholte; und meiner Lehrerin, die mir und vielen anderen Kindern das Lesen beibrachte. Danke, Bethie.